HEYNE

Das Buch

Sehnsüchtig starrt Maggie auf das Plakat der lokalen Eishockeymannschaft, aber eine Karte für das kommende Auswärtsspiel kann sie sich einfach nicht leisten. Da macht Justin, der Stadionmanager, mit dem sie eine lockere Liaison pflegt, ihr ein unmoralisches Angebot: Befriedigt sie seine erotischen Fantasien, besorgt er ihr eine Karte. Doch Justin hat nicht mit Maggies sexuellem Erfindungsreichtum gerechnet. Stolz präsentiert sie tags darauf ihren Freundinnen gleich vier Karten inklusive Hotelübernachtung in Bristol! Aufgeregt fahren die jungen Frauen – allesamt eingeschworene Fans der Eishockeymatadore – ins Wochenende. Maggie hat es besonders der dunkelhäutige Troy angetan, ein Bild von einem Mann und ein Ass auf dem Spielfeld. Als sie ihm nach gewonnenem Spiel begegnet, entgleitet sie zunehmend in eine leidenschaftliche Sphäre ohne Tabu, in der ihre erotischen Fantasien immer mehr die Herrschaft über sie gewinnen. Wäre da nicht Roland, der Manager der Spieler, der ein Auge auf sie geworfen hat, wäre ihr sinnliches Glück vollkommen. Da begeht sie den Fehler, Roland zu unterschätzen, und gerät in Lebensgefahr. Gut, dass Maggie nicht nur in Sachen Sex Courage beweist!

Susie Raymond

*** Verheißungsvolle Lippen

Aus dem Englischen
von Jutta Stinnes

WILHELM HEYNE VERLAG
MÜNCHEN

Titel der Originalausgabe
A SPORTING CHANCE

Umwelthinweis:
Dieses Buch wurde auf
chlor- und säurefreiem Papier gedruckt.

Redaktion: Angela Kuepper

2. Auflage
Deutsche Erstausgabe 06/2005

Printed in Germany 2005
Umschlagillustration: mauritius-images/AGE
Umschlaggestaltung: Nele Schütz Design, München
Satz: hanseatenSatz-bremen, Bremen
Druck und Bindearbeiten: GGP Media GmbH, Pößneck
ISBN 3-453-87112-X

www.heyne.de

*** Eins.

Während Maggie auf die Rückkehr ihrer Freundin wartete, ließ sie den Blick über die Plakate an der Wand schweifen. Eines fiel ihr besonders ins Auge:

DIE BRISTOL KOLIBRIS
gegen
DIE FAIRWOOD TROJANER
Spielbeginn: 6. März, 19.30 Uhr

Sie trat näher, um das Plakat genauer zu betrachten. Es würde ein entscheidendes Spiel sein. Wenn die Trojaner die Kolibris schlagen konnten, dann hatten sie eine gute Chance, in die Endrunde zu kommen. Was würde sie nicht alles dafür geben, wenn sie das Spiel live miterleben könnte! Sie warf einen Blick auf das Mannschaftsfoto und ließ die Augen hungrig über Troy schweifen, diesen großen, dunkelhäutigen Eishockeyspieler, der in ihren Fantasien eine ganz besondere Rolle spielte.

Das Foto von ihm war großartig: Seine raue Männlichkeit sprang sie quasi aus dem Plakat heraus an. Sie stellte sich vor, wie er scheinbar mühelos über das Eis glitt, wie sich dabei Schweiß auf seiner Stirn bildete und ihm über die Brust rann. Das Bild war so deutlich, dass sie beinahe den maskulinen Duft riechen konnte, den sein Körper ausströmte. Ebenholz und Elfenbein. Feuer und Eis. Welch eine Kombination! Unwillkürlich strich Maggie mit der Hand über das Plakat und ließ die Finger kurz auf dem Waschbrettbauch liegen. Sie war überrascht und auch ein wenig schockiert, wie stark ihr Verlangen danach war, all dieses heiße Fleisch zu streicheln und es gegen ihren Körper gedrückt zu spüren.

»Maggie? Was starrst du denn so?« Die Stimme kam von hinten, und sie fuhr zusammen. Schuldbewusst zog sie ihre Hand weg und drehte sich um. Ihre Freundin kehrte von der Damentoilette zurück. »Jetzt komm! Wenn wir uns nicht beeilen, verpassen wir noch den Anfang des Films!«

Janet Nichols, 32 Jahre alt, warf den Kopf in den Nacken, sodass sich ihre schulterlangen blonden Haare attraktiv um ihr hübsches, herzförmiges Gesicht legten. Sie eilte durch das Kinofoyer auf Maggie zu und warf einen neugierigen Blick über deren Schulter.

»Oh, die Trojaner! Hätte ich mir denken können. Kriegst du nicht täglich bei der Arbeit genug von ihnen?« Jan verdrehte die Augen und leckte sich die Lippen. »Schau dir nur mal an, wie breit Peles Schultern sind!« Sie zeigte auf einen blonden, blauäugigen Giganten mit einem Bizeps von der Größe einer Wassermelone. »Kannst du dir vorstellen, wie *das* dich morgens umarmt?«

Maggie musste lächeln. Sie und Jan waren Freundinnen, seit Jan ihr geholfen hatte, über die Immobilienmakler, bei denen sie arbeitete, eine Wohnung zu finden. Als Maggie als Empfangsdame im Eisstadion von Fairwood zu arbeiten begonnen hatte, waren sie beide eifrige Fans der örtlichen Eishockey-Helden, der Trojaner, geworden. Über die Spieler zu reden gehörte zu ihren Lieblingsbeschäftigungen.

»Ich ziehe nach wie vor Troy vor«, erklärte Maggie loyal, während sie mit einem Finger die Konturen seines Körpers entlangfuhr. Sie fragte sich, ob sie ihn jemals näher kennen lernen würde.

Jan lachte. »Ich wette, das ist der einzige Grund, warum du weiter im Eisstadion arbeitest«, beschuldigte sie ihre Freundin scherzhaft. »Die Bezahlung ist lausig, und die Arbeitszeiten sind grauenvoll, also kann es nur um die Spieler gehen.« Sie blinzelte auf das Foto, nahm dann die Brille ab und putzte sie mit ihrem Ärmel. »Es sei denn, es geht um Justin. Als gute Freundin des Managements, schätze ich, bekommst du doch automatisch Freikarten, oder?«, neckte sie ihre Freundin.

»Das bezweifle ich. Ein Heimspiel ist eine Sache, aber dieses Spiel findet in Bristol statt.« Maggie hoffte, Jan würde nicht schon wieder versuchen, etwas aus ihrer eher sporadischen Beziehung zu Justin Edwards, dem Manager des Eisstadions, herauszuschlagen. Das war ein Thema, über das sie nicht gern sprach.

Dann dachte sie über die Bemerkung ihrer Freundin nach und fragte sich, ob sie Recht hatte. Die meiste Zeit machte es ihr Spaß, für Justin zu arbeiten, und ihr gefiel es, in der Nähe der Trojaner sein zu können, selbst wenn sie nicht viel von ihnen sah. Genauer gesagt, es spielte für Maggie nicht wirklich eine Rolle, wo sie arbeitete. Ein Job war einfach ein Job für sie, ein Mittel zum Zweck, damit sie ihre Rechnungen zahlen konnte. Mit Sicherheit war sie nicht so sehr auf eine Karriere aus wie Jan. Im Grunde begriff sie nicht, wieso ihre Freundin so viel Energie in ihren Job steckte oder warum sie so ambitioniert daran arbeitete voranzukommen, um vielleicht eines Tages eine eigene Immobilienagentur aufmachen zu können. Vielleicht hätte Maggie es nachvollziehen können, wenn sie in der Schule besser gewesen wäre und – wie ihre Freundin – aufs College gegangen wäre, aber sie war einfach zu ungeduldig gewesen. Damals war ihr ein regelmäßiges Einkommen verlockender vorgekommen, als weitere drei Jahre zu lernen. Da Arbeit leicht zu bekommen war, schienen Qualifikationen keine so wichtige Rolle zu spielen.

Jan starrte immer noch auf das Poster. »Also, ich muss gestehen, es würde mir nichts ausmachen hinzugehen, aber ich kann mir kaum vorstellen, dass Marcus davon begeistert wäre. Du weißt, was er von meinem Interesse an den Trojanern hält.«

»Hattest du nicht gesagt, Marcus wäre nächstes Wochenende eh nicht da?«, fragte Maggie sie. Jans derzeitiger, mit ihr zusammenlebender Liebhaber verkaufte Computer und war oft geschäftlich unterwegs. Jedenfalls behauptete er das. Insgeheim hegte Maggie Zweifel daran. Jan konnte ganz schön herrisch sein, und sie vermutete, dass Marcus hin und wieder einfach seine Ruhe haben wollte.

Jan nickte. »Du denkst doch nicht wirklich daran, Tickets zu kaufen, oder? Ist das Spiel inzwischen nicht sowieso schon ausverkauft?«

Maggie schüttelte den Kopf. »Keine Ahnung.« Sie blickte auf das Plakat. »Ich könnte es mir eh nicht leisten. Im Augenblick bin ich ziemlich pleite. Außerdem müssten wir irgendwo übernachten, es sei denn, du wärst scharf darauf, nach dem Spiel zurückzufahren.« Sie zuckte mit den Schultern. »Ich denke, wir werden uns damit begnügen müssen, uns das Spiel bei dir im Fernsehen anzuschauen.« Maggie konnte sich kein Satelliten- oder Kabelfernsehen leisten. Sie sah auf ihre Uhr. »Los jetzt! Der Film fängt gleich an.«

Am nächsten Morgen kam Sara Williams zur gewohnten Zeit ins Eisstadion, um ihre Arbeit im Café anzutreten, und blieb vor dem großen Plakat am Empfang stehen, um es sich genauer anzusehen. Die Betreiber des Stadions waren zu Recht stolz auf den Erfolg der heimischen Mannschaft und nutzten jede Gelegenheit, für ihr Starteam Werbung zu machen. Sie starrte immer noch auf das Plakat, als Claire vorbeikam, die einen Teilzeitjob als Reinigungskraft hatte. Claire blieb stehen und schaute Sara über die Schulter.

»Ich wünschte, ich könnte hingehen und es mir ansehen«, sagte sie mit Bedauern in der Stimme. »Es könnte ein verdammt heißes Spiel werden.« Sara drehte sich um und lächelte Claire an, die honigblondes Haar hatte und die geschmeidige Figur einer Tänzerin. Obwohl sie gute zehn Jahre jünger als Sara und Maggie war, waren die drei die besten Freundinnen und eifrige Fans der örtlichen Mannschaft. Allerdings musste gesagt werden, dass sie im Grunde nie wirklich die Gelegenheit hatten, ihrer Unterstützung Ausdruck verleihen zu können. Da die Trojaner meist ganz früh am Morgen trainierten, bevor die Angestellten eintrafen, oder spät am Abend, sahen sie die Spieler so gut wie nie – außer bei den Spielen.

»Der Sky Channel wird es live übertragen«, versuchte die jüngere Frau ihre Freundin zu trösten.

Claire schnaufte verächtlich. »Das ist nicht dasselbe«. Sie starrte auf das Poster und ließ einen theatralischen Seufzer hören. »Ich würde alles darum geben, mit einem von ihnen mal einen Abend auszugehen«, fuhr sie dramatisch fort. »Besonders mit Pary. Er könnte alles mit mir machen, was er wollte!«

Sara grinste. So, wie sie Claire kannte, würde sie schon vor lauter Angst zittern, wenn ein Trojaner sie auch nur anschauen würde. Sie war schrecklich schüchtern, was das männliche Geschlecht anbetraf. Vielleicht lag es daran, dass sie so jung war. Sara betrachtete das Plakat erneut und fragte sich, wie es wohl wirklich wäre, einem der Helden in Fleisch und Blut zu begegnen. Jeder von ihnen hatte einen traumhaften Körper. Wenn ihr Stehvermögen unter den Laken auch nur annähernd so groß war wie ihr Stehvermögen auf dem Eis ... Ihre Wangen begannen zu glühen. Um der Wahrheit Genüge zu tun, würde wahrscheinlich nicht nur Claire in ihrer Gegenwart zu einem zitternden Wrack mutieren!

Sie richtete den Blick auf ihren persönlichen Favoriten. Passend zu ihrem Image trugen sie alle etwas dämlich klingende trojanische Namen. Derjenige, der als Ean – kurz für Aeneas – bekannt war, erinnerte sie entfernt an Mark, einen früheren Freund. Sie hatten beide dunkelbraune Haare und fast schwarze Augen. Selbstverständlich war Marks Körper nicht so vollkommen gewesen.

Claire sah auf die Uhr und seufzte noch dramatischer. »Mist! Ich muss los und mit der Arbeit anfangen, sonst macht mich Justin zur Schnecke. Er hasst es, wenn die Umkleideräume nicht gewischt sind, bevor die Leute kommen.«

Sara lächelte ihrer Freundin mitleidig hinterher, ehe sie den Blick wieder dem Plakat zuwandte. Sie fragte sich, wie Mark heute wohl aussehen würde.

»Es wird ein tolles Spiel.« Die männliche Stimme

hinter ihr ließ Sara zusammenfahren. Sie drehte sich schnell um.

Justin Edwards, der Manager des Eisstadions, war wie immer makellos gekleidet. Er trug einen dunklen Anzug und ein frisches weißes Hemd. Sein längliches blondes Haar war zu einem Pferdeschwanz zusammengebunden, und seine blassblauen Augen schienen schelmisch zu funkeln, als er ihren schlanken Körper beiläufig musterte.

»Gehen Sie hin?«, fragte er und deutete mit dem Kopf auf das Plakat.

Sara errötete unter seinem Blick und fuhr sich unbewusst durch die kurzen blonden Haare. Sie kannte Justins Ruf nur zu gut. Zwar war sie geschmeichelt, weil er sich für sie interessierte, nahm das aber nicht allzu ernst. Jeder wusste über ihn und Maggie Bescheid, doch das hielt ihn nicht davon ab, seine Augen oder – wenn er nur halbwegs die Chance dazu hatte – seine Hände auch anderswo wandern zu lassen.

Sie schüttelte den Kopf. »Ich versuche, mir alle Heimspiele anzusehen«, erklärte sie leise, »aber ich habe nicht die Zeit oder das Geld, zu den Auswärtsspielen zu fahren.« Sara machte sich schnell aus dem Staub. Die Leute der Frühschicht würden bald zum Frühstücken kommen, und sie war jetzt schon spät dran. Und da Samstag war, würde sich das Stadion bald mit Kids füllen, die hungrig waren und genug Geld hatten. Wie gewöhnlich würden sie und ihre Arbeitskollegen alle Hände voll zu tun haben, Hamburger, Fritten und Hotdogs zu servieren. Sara nahm die Verantwortung für ihren Job sehr ernst. Sie mochte zwar nur eine Hilfskraft im Café sein, aber das hieß noch lange nicht, dass sie es sich leisten konnte, schludrig zu sein.

Maggies Schicht am Empfang endete kurz nach Mittag. Es war ein ausgesprochen hektischer Morgen gewesen, und sie fühlte sich erschöpft. Kurz nach der Öffnung war ein Mädchen auf dem Eis hingefallen und hatte sich den Knöchel verstaucht. Es war keine besonders schwere Verletzung, aber es gehörte zur Politik des Stadions, auf Nummer Sicher zu gehen, und so war das Kind zum Röntgen gebracht worden. Das Mädchen hatte Angst gehabt, und da die Eltern nicht zu erreichen gewesen waren, hatte Maggie sich freiwillig gemeldet, um es zu begleiten und nach dem Röntgen nach Hause zu bringen. Obwohl das Justin nicht in den Kram gepasst hatte, hatte er doch zugeben müssen, dass es so das Beste gewesen war.

Nachdem das Mädchen den Schock überwunden hatte, hatte es sich als entzückende Kleine entpuppt, die schüchtern ihr Geheimnis preisgegeben hatte: Sie war beseelt von dem Ehrgeiz, eine Eiskunstläuferin zu werden. »Aber das ist nur ein Traum. Ich werde nie gut genug sein.«

»Unsinn!«, hatte Maggie erwidert. »Wenn du es wirklich willst, kannst du es auch schaffen.«

»Glauben Sie das wirklich?«, hatte das Mädchen gefragt, und seine verweinten Augen hatten vor Aufregung geglitzert.

»Aber sicher«, hatte Maggie beharrt. Als sie ungefähr im selben Alter gewesen war, hatte sie davon geträumt, Ärztin zu werden, doch alle hatten sie nur ausgelacht. Wer weiß, was passiert wäre, wenn jemand ihr Mut gemacht und Vertrauen in sie gesetzt hätte ... »Du kannst alles schaffen, was du dir vornimmst«, hatte sie mit Nachdruck erklärt. »Und lass dir nie von jemandem etwas anderes erzählen!«

Als Maggie vom Röntgen zurückkam, war ihre Arbeitszeit fast vorbei, und es lohnte sich kaum noch, ihre Kollegin abzulösen, die für sie eingesprungen war. Nachdem sie ihren Mantel aus der Garderobe der Angestellten geholt hatte, ging sie zum Haupteingang und warf noch einmal einen langen, sehnsuchtsvollen Blick auf das Plakat der Trojaner. Ja, wenn … Als sie das Stadion gerade verlassen wollte, trat Justin durch die Tür zur Eisbahn. Seine Miene hellte sich auf, als er sie entdeckte.

»Maggie! Ich hatte gehofft, dich noch zu treffen, bevor du gehst. Ist mit der Kleinen alles in Ordnung?«

Maggie nickte. »Alles bestens. Es war nur eine einfache Verstauchung. Ich habe sie nach Hause gefahren und bei ihrer Mutter abgeliefert.«

»Gut. Und danke. Pass auf, ich höre hier heute Abend früher auf. Was hältst du von einem Essen im *Cellar?*« *The Cellar* war ein Restaurant mit Nachtklub im schicksten Hotel in Fairwood. Es war so beliebt, dass es unmöglich war, ohne Reservierung einen Tisch zu bekommen – es sei denn, man hatte Beziehungen.

»Wir könnten hinterher zu mir gehen«, fügte er bedeutungsvoll hinzu.

Maggie zögerte. Sie war sich über Justin nicht im Klaren. Einerseits machte es Spaß, mit ihm zusammen zu sein, und er konnte so süß und aufmerksam sein. Andererseits war er manchmal völlig treulos und unzuverlässig. Ihren letzten Streit hatten sie gehabt, weil er sie versetzt hatte, angeblich wegen eines Geschäftskunden.

Es ging Maggie nicht darum, dass er sich mit anderen Frauen verabredete. Sie strebte keine dauerhafte Beziehung an, weder mit ihm noch mit einem anderen. Es ging ihr mehr um die Art und Weise, wie er sie behandelte. Für sie gab es nichts Schlimmeres, als versetzt zu werden. Das war für sie so, als säße sie auf der Reservebank.

»Ach, Justin, ich weiß nicht. Im *Cellar* kann es so laut und voll sein. Ich bin mir nicht sicher, ob ich dafür in der Stimmung bin.« Außerdem hatte sie Sara mehr oder weniger versprochen, mit ihr ins Rathaus zu einer Ausstellung örtlicher Künstler zu gehen. Sara war selbst so eine Art Amateur-Künstlerin und nahm die eine oder andere ihrer Freundinnen hin und wieder mit in Galerien oder zu Abendkursen. Unglücklicherweise war sie die Einzige unter den vier jungen Frauen, die wirklich Talent hatte. Maggies jüngster Versuch in Sachen Töpferei hatte ziemlich zu wünschen übrig gelassen. Sie hatte es geschafft, mehr Ton in die Haare zu bekommen als auf die Töpferscheibe.

Maggie starrte zurück auf das Trojaner-Plakat. Zu einem Abend im *Cellar* mit einem von ihnen würde sie nicht nein sagen – und liebend gern danach zu ihr oder ihm nach Hause gehen. Sie spürte einen Wärmeschub in ihrem Schoß. Ein Abend mit Justin versprach sicherlich mehr, als im Rathaus herumzutapsen. Jan hatte ohnehin mitkommen wollen, also würde sie Sara nicht wirklich im Stich lassen.

Justin trat näher an sie heran. »Ich verstehe nicht, wieso ihr Frauen so viel Zeit damit verbringt, diese Holzköpfe anzuhimmeln«, kommentierte er trocken. »Lass dich nicht von den gepolsterten Monturen täuschen. Die Jungs haben nichts, was ich nicht auch hätte.«

Maggie grinste.

»Ich vermute, du hast dir schon ein Ticket gekauft«, fuhr Justin fort.

Maggie schüttelte den Kopf. »Ich bin pleite«, erklärte sie kläglich. »Das muss etwas mit dem Hungerlohn zu tun haben, den du mir zahlst.«

Justins Miene bekam etwas Verschlagenes. »Wenn du wirklich hin willst, könnte ich vielleicht ein paar Tickets auftreiben.« Er legte die Hände auf ihre Schultern. »Wenn du deine Karten richtig ausspielst.«

Maggie starrte ihn überrascht an. Bot er ihr die Tickets als Gegenleistung dafür an, dass sie heute Abend mit ihm ausging? Wie könnte sie ein solches Angebot ablehnen? Denn einmal ganz abgesehen von ihren geheimen Gedanken bezüglich der Trojaner war sie auch mehr als bereit für das, was Justin mit ihr in seiner Wohnung vorhatte – was immer es auch war.

»Ich kann mir auch kein Hotel leisten«, erklärte sie vorsichtig.

Justins Hände glitten über ihren Körper und umfassten ihre Brüste. »Ich denke, auch darum kann ich mich kümmern, wenn du es willst«, flüsterte er, als er ihren Nacken zu liebkosen begann und danach an ihrem Ohrläppchen knabberte. Seine Finger spielten durch den BH hindurch mit ihren bereits fester gewordenen Brustwarzen. Maggie erschauderte lustvoll, sagte aber nichts.

Angesichts ihres Schweigens schnaufte Justin verächtlich. Er drehte sie herum und zog ihren Körper fest an sich heran. »Also, was ist? Willst du nun gehen oder nicht?«

Maggie war sich nicht sicher, ob sich seine Frage nun darauf bezog, mit ihm auszugehen, oder darauf, das Spiel der Trojaner anzusehen. Oder war beides ein und dasselbe? »Willst du damit sagen, dass ich nur mit dir zum Essen gehen brauche, wenn ich ein paar Tickets haben will?«, fragte sie herausfordernd.

Justin nickte. »Und dann mit mir nach Hause.« Er ließ die Hände über ihren Rücken gleiten und packte

Besitz ergreifend ihre Pobacken. »Und die Nacht dableibst.«

Maggie zauderte. Er bat sie immer, die Nacht mit ihm zu verbringen. Bisher hatte sie sich stets geweigert.

»In meinem Büro könnten wir das viel besser besprechen«, schlug er vor, während seine linke Hand sich unter den Bund ihres Rocks schob. Maggie biss die Zähne zusammen, als sie fühlte, wie seine Finger über den dünnen Stoff ihres Höschens fuhren. Er zog sie noch fester an sich heran, sodass sich seine Erektion gegen ihren flachen Bauch drückte. Als Reaktion darauf spürte sie ihren eigenen Atem schneller werden.

»Ich möchte das ganz klar wissen: Wenn ich den verruchten Plänen zustimme, die du mit mir hast, dann besorgst du mir Tickets und eine Unterkunft?«, fragte sie neckisch. Maggies Bluse war mittlerweile ganz aus dem Rock gerutscht, und sie konnte seine Hand spüren, die ihren Rücken hoch glitt, wobei seine Finger aufreizende Muster auf ihre sensible Haut zeichneten. Sie schmolz dahin und genoss die kleinen Wellen der Leidenschaft, die sie bereits durchfluteten. Dann fühlte sie, wie seine andere Hand ihren Po verließ und eine langsame und erregende Reise über ihre Hüfte hin zu ihrem bereits feuchten und geschwollenen Geschlecht begann.

»Wenn du mit mir in mein Büro kommst, können wir über das Abendessen sprechen und dass du die Nacht mit mir in meiner Wohnung verbringst. Dann sehen wir weiter.« Justin zog die Hand aus ihrem Höschen, drehte sie herum und steuerte sie in Richtung der Tür zum Büro des Managers am anderen Ende des Flurs. Ohne die Hand von ihrer Hüfte zu nehmen, stieß er die Tür mit einem Fuß auf und schob sie hinein. Er ließ sie los, um die Tür hinter ihnen zu schließen, und Maggie hörte das leise Klicken des Schlosses.

»Ich brauche zwei Tickets«, drängte sie ihn, »eins für mich und eins für meine Freundin Jan.«

»Das lässt sich sicher arrangieren …« – Justin packte sie von hinten und schob eine Hand wieder unter ihren Rockbund –, »… wenn du mich befriedigst.« Seine andere Hand fuhr an ihrem Bein hinunter und hob ihren Rocksaum hoch. Maggie schaute durchs Zimmer und sah deutlich ihr Spiegelbild in den Glasscheiben eines Trophäenschranks. Der Anblick seiner Hand, die erst den oberen Rand ihrer Strümpfe und dann den unteren Rand ihres Seidenhöschens enthüllte, erregte sie. Sie zitterte, als seine Finger langsam darin verschwanden, und ihr Atem ging wieder schneller, als er über ihre sorgfältig geschnittenen Schamhaare strich.

»Zweimal«, murmelte er hungrig.

»Aber Mister Edwards, Sir, bitte – muss ich wirklich?« Maggie tat, als wäre sie eine unschuldige Jungfrau. Es machte ihr Spaß, solche Rollen zu spielen, und Justin ging immer schnell darauf ein und spielte seine eigene Rolle hervorragend. Es war eine der Eigenschaften, die sie an ihm am meisten mochte.

»Ja, mein Mädchen, du musst. Wenn du diese Tickets haben willst, wirst du tun müssen, was immer ich dir sage.« Seine Finger zwängten sich zwischen ihre Schamlippen und suchten zielstrebig nach ihrer harten Knospe. Mit der Handfläche begann er rhythmisch ihren Schamhügel zu massieren. »Alles, was ich dir sage«, fügte er leise hinzu.

Maggie holte tief Luft. »Was muss ich denn tun?«, flüsterte sie und hoffte, er werde es detailliert erklären. Es machte sie immer ganz wild, wenn ein Mann ihr ganz genau sagte, was er mit ihr machen wollte.

»Zuerst befingere ich dich so lange, bis deine Säfte an deinen Beinen hinunterlaufen. Dann wirst du dich nackt für mich ausziehen.« Er steckte seinen Finger tiefer in sie hinein, und Maggie konnte spüren, wie sein Becken gegen ihre Pobacken stieß. Sie erzitterte erneut und schloss die Augen.

»Du wirst für mich in jeder Stellung posieren, an die ich denken kann, sodass ich dich in deiner ganzen nackten Pracht sehen kann.« Sie hörte, wie sein Atem schwerer wurde, als seine Fantasie mit ihm durchging. Seine Hände packten sie noch fester, und wieder durchwogte sie eine Welle der Leidenschaft.

»Dann musst du dich anfassen, während ich dir zusehe.« Er zwickte schmerzhaft einen ihrer Nippel. »Es könnte sogar sein, dass ich dir ein paar Hiebe verabreichen muss, weil du so ein ungezogenes Mädchen warst.« Er zwickte ihren Nippel erneut und grinste, als sie aufschrie. »Oder vielleicht überlasse ich dich all meinen Freunden? Oder noch besser, vielleicht lade ich sie alle ein, vorbeizukommen und dir zuzuschauen, wenn du mit dir selbst spielst? Nachdem du dich für sie ausgezogen hast, engagiere ich vielleicht ein Mädchen, damit ihr beide uns unterhalten könnt?« Er steigerte sich jetzt richtig in seine Wunschvorstellungen hinein. Maggie fühlte, wie sie noch nasser wurde.

»Wie würde es dir gefallen, auf ihren Schößen zu sitzen und dich an ihren harten Schwänzen zu reiben, bis sie in ihre Hosen spritzen? O ja, das würde dir Spaß machen, oder etwa nicht?« Er unterstrich die Frage, indem er ihren Venushügel noch härter mit seiner Handfläche massierte.

Maggie stellte sich vor, dass er von den Trojanern sprach. »Ja«, stöhnte sie hilflos, »ja, ich tue alles, was du willst.«

»Vielleicht verkaufe ich ihnen deinen Körper. Dann müsstest du tun, was immer sie wollen, nicht wahr?« Justins Atem ging jetzt fast genauso stoßweise wie ihr eigener, und sein Schwanz drückte hart wie Stahl gegen eine ihrer Pobacken.

»Zuerst wirst du dich vor mich hinknien, die Beine auseinander, und mir den Reißverschluss aufmachen«, fuhr er heiser fort und drückte wieder fest gegen ihren Schamhügel. »Du wirst meine Hose und meine Unterhose herunterziehen und meinen Schwanz anfassen.« Er betonte sorgfältig jedes Wort. »Du wirst mich in den Mund nehmen und mich aussaugen.«

Maggie blinzelte mit halb geöffneten Augen auf das Spiegelbild in der Glasscheibe. »Nein, bitte nicht, Sir, zwingen Sie mich nicht, Ihren Schwanz zu lutschen!«, bettelte sie leise.

»Es kommt noch schlimmer, Maggie. Du wirst deine Hand zwischen deine Beine legen und dich selbst befingern. Direkt vor mir, damit ich dir zusehen kann.« Er drückte seinen Finger tiefer in sie hinein. »Ich will nicht, dass du mir etwas vormachst, Maggie. Ich will deinen Höhepunkt sehen.«

Seine Stimme klang immer angestrengter, als seine Erregung zunahm. Maggie fühlte, wie er ihr Höschen bis zu den Knien herunterzerrte und ihren Rock hochschob. Als er sie wieder an sich zog, stellte sie fest, dass er seinen Reißverschluss geöffnet hatte. Sie konnte ein leises Stöhnen nicht unterdrückten, als sie spürte, wie sich sein heißer Schwanz zwischen ihre Pobacken legte. Und wenn jetzt jemand hereinkäme? Es war ein bisschen spät, sich darüber Gedanken zu machen; sie bezweifelte, dass sie ihn jetzt noch bremsen könnte, selbst wenn sie es wollte.

»O ja«, flüsterte sie, als er sich an ihr auf und ab zu

bewegen begann. Sie spannte ihre Pomuskeln um seinen Ständer herum an und starrte auf das Spiegelbild im Glas, als er ihren Rock noch höher hob und ihr Geschlecht sichtbar wurde. Sie blickte auf und sah, dass er sie beobachtete, wie sie sie beide betrachtete. Sein Gesicht war vor Erregung gerötet, und der Nachklang seiner Worte ließ ihre Klitoris noch stärker kribbeln.

Justin schob sie nach vorn und stieß fester gegen sie. »Wenn ich mit dir fertig bin, gebe ich dich an all meine Freunde weiter«, hauchte er. »Frauen und Männer gleichermaßen. Du musst sie alle befriedigen.«

»Oh bitte nicht!«, flüsterte sie. »Nicht auch noch Frauen.« Maggie spürte seine Bewegungen dringlicher werden, als sie um Gnade bat, und ihr selbst schnürte es die Kehle zu. »Ich tue alles, was du willst, wenn du nur versprichst, mich nicht an deine weiblichen Bekannten weiterzugeben«, bettelte sie.

»Du tust bereits, was ich will«, flüsterte er. »Vielleicht mache ich ein Video davon, wie du meine Freunde vögelst. Würde dir das gefallen? Ein Film, wie du eine andere Frau leckst?«

»Nein. Ja.« Maggie bekam weiche Knie, als sie sich den Bildern überließ, die er in ihrem Geist heraufbeschwor. Sie stellte sich einen Raum voller Männer und Frauen vor, die alle gleichzeitig mit ihren Händen über ihren nackten Körper fuhren, während Justin zusah und sich einen runterholte. Ihre Knie zitterten, und sie spürte, wie ihre Nässe an ihren Beinen heruntertropfte.

»Du lässt mich zusehen, wie du eine andere Frau leckst, ja?«

»Ja.« Sie meinte das ernst. Sie wusste, sie würde es zulassen. Vor allem aber wollte sie dazu gezwungen werden, damit sie keine andere Wahl hatte. Es gehörte zu ihren dunkelsten Fantasien, sich vorzustellen, von einer ganzen Gruppe von Männern und Frauen mehr oder weniger vergewaltigt zu werden.

Justin stöhnte hilflos, als er kam und sein Sperma auf ihren Hintern klatschte. Maggie spürte seinen Samen wieder und wieder auf ihr landen, auf ihren Pobacken und Beinen. Sie hörte sein angestrengtes Atmen und sah den wilden Ausdruck in seinen Augen, als sie sich nach ihm umdrehte. Sie drückte ihren Venushügel heftig gegen seine Hand und genoss ihre eigene Lust. Dann spürte sie, wie Justin sein Sperma mit den Händen über ihren ganzen Hintern verrieb. Sie hob ihren Rock hoch, um es ihm leichter zu machen.

»Man sagt, das sei gut für die Haut, nicht?« Er grinste frech, als er aufstand und seine Kleidung wieder in Ordnung brachte.

Maggie richtete sich auf. »Ich glaube, ich brauche eine Dusche.«

»Gut. Dann sehen wir uns heute Abend. Gegen acht Uhr?« Justin ging Richtung Tür, blieb aber stehen und drehte sich um. »Du kannst ruhig heiß und feucht bleiben für mich«, flüsterte er eindringlich, »aber du darfst erst kommen, wenn ich es dir erlaube.«

Als Maggie später ihre Haare bürstete und darüber nachdachte, was sie anziehen sollte, rekapitulierte sie, wie viel Spaß es ihr gemacht hatte, sich die Tickets zu verdienen. Das ganze Konzept, sich sozusagen zu verkaufen, erregte sie. Vielleicht konnte sie heute Abend noch zwei Tickets dazuverdienen. Sie wusste, dass sowohl Claire als auch Sara sehr gern zum Spiel mitkommen würden.

Maggie warf das Kleid, das sie gerade in der Hand hielt, zur Seite und wählte ein anderes aus. Es war kurz, saß eng, hatte einen Schlitz an einer Seite und einen tiefen V-Ausschnitt. Der weiche, silbrig-graue Stoff passte wunderbar zu ihren Augen und verlieh ihrer Haut ein warmes, gesundes Glänzen. Sie erinnerte sich daran, dass Justin große Augen gemacht hatte, als sie es das letzte Mal getragen hatte.

Maggie schlüpfte in das Kleid und in dazu passende silberne Sandalen. Als sie ihr Make-up im Spiegel überprüfte, klingelte es. Eines konnte man über Justin mit Sicherheit sagen: Er war stets pünktlich. Oder er kam gar nicht. Als Maggie sich an seine unverzeihliche Sünde erinnerte, sie zu versetzen, entschloss sie sich, es ihm an diesem Abend schwer zu machen. So, wie sie sich fühlte, meinte sie, dass ihr das leicht fallen würde. Sie grinste ihr Spiegelbild an, nahm die Jacke und eilte zur Tür.

»Fertig?« Justin beäugte sie von oben bis unten und pfiff leise. »Sehr nett!«

Maggie lächelte und gab ihm einen flüchtigen Kuss auf die Wange. Sie roch einen Hauch seines teuren Aftershaves. »Du siehst auch nicht schlecht aus«, erklärte sie großzügig. Aber das stimmte. Justin war zwar kein Trojaner, aber sein Körper befand sich in einem ziemlich guten Zustand, und das seidene Hemd und die Hose passten ihm wie eine zweite Haut.

Sie erinnerte sich genüsslich an das, was er in seinem Büro gesagt und getan hatte, und fragte sich, was er später für sie in petto hatte. Würde er es wagen, irgendeine seiner Drohungen wahr zu machen? Wenn ja, würde sie sich darauf einlassen? Sie war noch nie zuvor mit einer Frau zusammen gewesen. Jedenfalls nicht richtig. Als Heranwachsende hatte sie ein bisschen herumexperimentiert, wie es die meisten jungen Mädchen irgendwann einmal taten. Sie wusste aber, dass Männer sich die Begegnung zweier Frauen oft in ihrer Fantasie ausmalten. Und jetzt, als sie darüber nachdachte, stellte sie fest, dass es ihr gefiel. Es war ihr immer leicht gefallen, jemanden zu verführen. Obwohl die Männer glaubten, sie unter Kontrolle zu haben, waren sie doch meistens diejenigen, die sie verzweifelt und atemlos anbettelten, wenn sie mit ihrer Anmache fertig war.

»Ist das alles, was ich bekomme?«, beschwerte er sich. »Einen Schmatzer auf die Wange?« Justin schlang die Arme um sie und zog sie an sich heran. Er legte seine Lippen auf die ihren und zwängte sie mit seiner Zunge auseinander.

Maggie drückte sich eng an ihn und genoss den Moment. Sie legte ihre Hände hinter seinen Kopf und streichelte seinen Pferdeschwanz. Sie mochte lange Haare bei Männern. Das war so sinnlich. Sie presste ihr Becken gegen sein Gemächt und konnte die Form seines Schwanzes durch die enge Hose spüren. Als sie die Augen schloss, beschwor sie das Bild des dunkelhäutigen Trojaners herauf, den sie immer im Kopf hatte. Sie hatte Jans Bemerkungen nicht vergessen, und der Gedanke daran, sich gegen seinen riesigen Schwanz zu drücken, ließ sie sofort feucht zwischen den Beinen werden.

Mit einem leisen Stöhnen stecke Maggie ihre Zunge tief in Justins Mund. Sie wackelte mit den Hüften, presste sich gegen ihn. Justin erstarrte einen Augenblick lang, und sie fühlte seinen Penis zucken, als er auf sie reagierte. Seine Hand wanderte ihren Rücken hinunter und zog sie noch fester an sich. Ihr Busen wurde an seiner breiten Brust flach gepresst. Ihr gefiel es sehr, wie stark seine Arme waren.

»Du bist ein bisschen zu gut angezogen für das, was

ich mit dir vorhabe«, erklärte er ihr, nachdem er seine Lippen von den ihren gelöst hatte und jetzt an ihrem Nacken in einer Art und Weise knabberte, die sie völlig verrückt machte. Ihre Beine begannen zu zittern, und tief in ihrem Bauch schoss eine Flamme der Lust wie eine Leuchtrakete hoch. Sie konnte das Verlangen in seinen Augen sehen und seine Kurzatmigkeit hören, als er damit kämpfte, nicht die Kontrolle über sich zu verlieren.

»Zieh dein Höschen aus«, befahl er ihr, während er sie losließ und einen Schritt zurücktrat, um ihr zuzuschauen.

Maggie bemühte sich, eine ängstliche und zugleich verachtungsvolle Miene aufzusetzen. Ganz langsam, als ob sie nur widerwillig gehorchte, zog sie ihr Kleid hoch und drehte sich auf den Absätzen um. Sie beugte sich nach vorn und legte die Finger unter das elastische Band ihres Slips. Nach und nach schob sie das Höschen über die Rundungen ihres Hintern und achtete darauf, dass der Saum ihres Kleids dabei oben bleib. Dann richtete sie sich langsam auf und schob die Hände über die Hüften nach vorn in Richtung ihres Schamhügels, während sie sich wieder zu ihm umdrehte.

Justin beobachtete sie angespannt, doch mit unbeweglicher Miene und ohne mit den Wimpern zu zucken. Als sie die Finger unter das elastische Band vorn am Höschen schob und den Stoff langsam über ihre Schamhaare rollte, hörte sie ihn aufstöhnen.

»Jetzt deinen BH«, verlangte er mit heiserer Stimme.

Maggie stieg aus ihrem Slip und zog die Träger des Kleids hinunter. Nachdem sie ihren Büstenhalter geöffnet und ihre Brüste befreit hatte, beugte sich Justin vor und biss mit den Zähnen in ihre rechte Brustwarze. Sofort fühlte sie, wie beide Nippel steif wurden. Maggie hatte große Brustwarzen, und sie wusste aus Erfahrung, dass sie so schnell nicht wieder kleiner werden würden. Und Justin wusste das auch.

Grinsend knabberte Justin an ihrer anderen Brustwarze, zog Maggie fest an sich heran und knetete dann ihre Pobacken. Sie spürte, wie sein Schwanz den Stoff seiner Hose spannte. Wenn sie ihn jetzt nicht sofort bremste, würde es zu spät sein. Spielerisch schob sie ihn von sich. Sie wollte nicht, dass es jetzt zu weit ging – noch nicht. Sie wollte mit ihm spielen, bis er vollends verzweifelt und geil war. Sie hatten ja noch den ganzen Abend vor sich. Sie wollte keinesfalls, dass er so schnell zum Schuss kam.

»Lass uns gehen«, flüsterte sie. »Ich komme um vor Hunger. Ich habe seit dem Frühstück nichts mehr gegessen.« Ihre Stimme klang ein wenig zittrig, wie ihr selber auffiel. Sie musste zugeben, dass sie seit langer Zeit nicht mehr so geil gewesen war. Sie mochte dieses Spiel, wenn sich ein Mann so nach ihr verzehrte. Sie beobachtete sein Mienenspiel, als er seine Enttäuschung zu verbergen versuchte. Sein Atem kam schnell und stoßweise, und sie betrachtete besorgt das Verlangen in seinen Augen und fragte sich, ob sie schon zu weit gegangen war. Sie hörte, wie er schluckte, als er seine Selbstkontrolle zurückgewann.

»In Ordnung. Dann lass uns losziehen, bevor du mich zu sehr aufregst.« Justin zerrte am Schritt seiner Hose, um etwas gegen die Enge zu tun, und Maggie verspürte einen erneuten erotischen Reiz, als sie daran dachte, was ihm da solches Unbehagen bereitete.

Draußen half Justin ihr auf den Beifahrersitz seines fast neuen MG-Sportwagens, und Maggie genoss die

Art und Weise, wie seine Augen an ihr hoch wanderten, als sie ihre Beine ins Auto schwang und sich ins Lederpolster sinken ließ.

Zur Abwechslung fuhr er diesmal langsam, und er nahm seine Hand nur von ihrem Schenkel, wenn er schalten musste. Maggie bemerkte, dass seine Hose im Schritt immer noch spannte. Und sie tat das Nötige, um diese Situation aufrechtzuerhalten: Sie legte eine Hand in seinen Schoß und fuhr mit einer Fingerspitze an seinem Reißverschluss entlang. Als sie beim Klub ankamen, hatten sie beide errötete Gesichter und waren etwas kurzatmig, und sie fühlte, wie sehr ihr Herz pochte.

Justin parkte den Wagen auf einem der wenigen noch freien Plätze und ging langsam um den Wagen herum, um ihr die Tür zu öffnen. Maggie fiel auf, dass ihm das Gehen Mühe machte und dass er stehen bleiben musste, um seine Hose im Schritt aufs Neue zu richten. Dieser handfeste Beweis seiner körperlichen Erregung brachte sie dazu, ihre Beine fest zusammenzupressen. Sie ließ sich Zeit damit, aus dem Auto zu steigen und ihr Kleid über den Beinen glatt zu streichen, um ihn daran zu erinnern, dass sie keine Unterwäsche mehr trug.

Als sie auf den Eingang zugingen, sah Maggie, dass Justin wiederholt Blicke auf ihre stolz durch den dünnen Stoff ragenden Brustwarzen warf. Sie erzitterte, teils vor Erregung, teils weil der kühle Februar-Wind durch ihr Kleid drang und auf die Feuchtigkeit zwischen ihren Beinen traf.

Als sie an einigen Büschen am Rand des Parkplatzes vorbeikamen, zog Justin sie am Arm in die spärliche Deckung. Seine Zunge fand wieder ihren Mund, und seine Hände landeten umgehend auf ihren nackten Beinen und Pobacken. Sie verspürte eine ungewohnte Intensität in seinen Zärtlichkeiten, die sie ganz schwach vor Verlangen machte, während ihre Zunge eifrig mit seiner spielte. Erst als sie hörte, dass er seinen Reißverschluss öffnete, brachte sie genug Willenskraft auf, ihn von sich wegzudrücken.

»Benimm dich!«, flüsterte sie mit zittriger Stimme, und diese Aufforderung galt genauso für sie selbst.

Als sie den Klub betraten, traf die drinnen herrschende Hitze sie mit voller Wucht. Während sie sich im gedämpften Licht blinzelnd die enge Treppe hinuntertasteten, griff Justin sie fest um die Hüfte und spielte mit den Fingerspitzen an einer Brustwarze herum. Maggie presste ihre Beine zusammen, so gut es ging, und hoffte, dass niemand ihr unter den Rock guckte, während sie die Treppe hinuntergingen.

Obwohl es noch ziemlich früh war, war die Stimmung in dem populären Klub bereits aufgeheizt. Justin bahnte sich einen Weg durch die wogenden Körper auf der Tanzfläche und führte sie zu dem winzigen reservierten Tisch in der gegenüberliegenden Ecke. Nur Augenblicke später erschien ein schwitzender Kellner. Er und Justin wechselten ein paar freundschaftliche Worte, bevor Justin zwei Gläser Weißwein bestellte.

Maggie fiel die Art und Weise auf, wie der Kellner sie anstarrte – beinahe so, als könnte er ihre Nacktheit unter ihrem Kleid sehen. Sie fragte sich, ob Justin ihm etwas über sie erzählt hatte. Sie kannten sich ja offenbar. Der Ausschnitt ihres Kleids war tief genug, um ihm einen guten Einblick zu gewähren. Sie musste sich Mühe geben, nicht dauernd die Arme vor der Brust zu verschränken. Er hatte wahrscheinlich ihre Nippel sehen können. Sie warf einen prüfenden Blick auf seinen Schritt und fragte sich, wie er wohl reagieren würde, wenn sie den Saum ihres Kleids noch höher ihre nackten Beine hinaufrutschen ließe.

Nachdem der Kellner gegangen war, lehnte Justin sich zurück und sah in die Speisekarte.

»Was schwebt dir denn zum Essen vor?«, fragte er. »Maggie? Wach auf!«

»Was?« Der Klang ihres Namens riss sie aus ihren Tagträumen. »Entschuldigung, ich war ganz in Gedanken. Was hast du gesagt?«

»Essen! Du hast gesagt, du kommst um vor Hunger. Was willst du essen?«

Erst jetzt bemerkte Maggie, dass der Kellner schon mit ihrem Wein gekommen war und darauf wartete, ihre Bestellung aufzunehmen. Ihr Magen machte kleine Hüpfer als Nachwirkung ihrer Erregung, die immer noch durch ihren Kreislauf pulsierte. »Äh ...« Sie sah auf die Speisekarte und erinnerte sich des bläulichschwarzen Schimmers von Troys Haut. »Gefüllte Aubergine mit Käsesoße.«

Justin zog die Augenbrauen zusammen, sah dann den Kellner an. »Ich nehme ein Steak mit Salat. Englisch, mit reichlich Pilzen.«

Während sie auf das Essen warteten, nippten sie am Wein und plauderten über die Arbeit. Justin, der ein dynamischer und ambitionierter Manager war, hatte im Eisstadion vor kurzem ein neues Qualitäts-Management-Programm eingeführt. Jetzt wollte er unbedingt darüber diskutieren, wie man die nur zeitweise Beschäftigten dazu motivieren könnte, sich aktiver einzubringen.

Maggie versuchte Interesse zu heucheln, das sie nicht wirklich besaß. Obwohl sie zu schätzen wusste, was er anstrebte, fiel es ihr doch schwer sich vorzustellen, wie man Teilzeitangestellte, zu denen sie selbst und auch

Claire gehörten, dazu bringen konnte, ihre Arbeit mit so viel Hingabe anzugehen, wie Justin das tat. Jan würde seinen Standpunkt bewundern, aber Jan war mindestens so ambitioniert wie Justin, wenn nicht mehr.

Außerdem machte Justin es ihr nicht gerade einfach, sich zu konzentrieren. Sie war viel zu sehr damit beschäftigt, seine Hand zu genießen, die es irgendwie geschafft hatte, unter dem Tisch einen Weg zu ihrem Bein zu finden, und konnte sich nicht auch noch mit anderen Dingen befassen. Sie bewunderte die gelassene Art, mit der er es ihm gelang, ein völlig normales Gespräch zu führen, während seine Finger unbarmherzig an ihrem Bein hinaufkrochen. Als das Essen kam, merkte sie, dass sie gar nicht mehr hungrig war. Sie stocherte mit der Gabel auf dem Teller herum und malte geistesabwesend irgendwelche Muster in die dicke helle Soße. Die purpur-schwarze Haut der Aubergine schien sie zu verhöhnen.

»Ich hatte mir eh schon gedacht, dass du das nicht wirklich magst«, sagte Justin und deutete auf ihren Teller. »Möchtest du etwas anderes haben?«

»Nein, danke. Das Essen ist in Ordnung, ehrlich. Ich bin nur einfach nicht so hungrig, wie ich dachte.« Sie gab den Gedanken an Essen auf und schob den Teller von sich weg.

Justin verputzte sein Steak und trank einen Schluck Wein. Dann stand er auf. »Nun gut, wenn du kein Dessert willst, wie wäre es dann mit einem Tänzchen?«

»Warum nicht?« Maggie war begeistert von der Idee. Sie fühlte sich immer noch aufgedreht und ruhelos. Tanzen war eine gute Möglichkeit, überschüssige Energie abzubauen. Sie stand langsam auf, arrangierte sorgfältig ihr Kleid und nahm seine ausgestreckte Hand.

Die Tanzfläche war jetzt so voll, dass man kaum

etwas anderes machen konnte, als auf einer Stelle stehen zu bleiben und sich im Rhythmus der Musik hin und her zu wiegen. Justin zog sie an sich und platzierte seine Hände auf ihrem Hintern. Maggie spürte, dass er die erregende Stimmung ihrer vorherigen Umarmung wieder heraufbeschwören wollte. Da hatte sie nichts gegen.

Sie umarmte ihn fest, und ihre eigene Erregung nahm rasch zu, als sie seinen Schwanz fühlte, der gegen ihren Bauch drückte. Ihr war ein wenig schwindlig vom Wein, der schwülen Atmosphäre und den beunruhigenden Bildern in ihrem Kopf. Sie hätte nichts dagegen gehabt, wenn er jetzt ihr Kleid hochgehoben und vor allen Leuten ihre Nacktheit enthüllt hätte. Aufgeregt presste sie ihren Unterleib fester gegen seinen und ließ die Hüften kreisen, um ihn noch stärker zu provozieren. Insgeheim verspürte sie ein ungewöhnliches Verlangen, sich impulsiv und gewagt zu benehmen.

Ehe ihr richtig klar wurde, was sie tat, schob sie eine Hand zwischen ihre beiden Körper und suchte den Reißverschluss seiner Hose. Dann öffnete sie ihn.

Justin wurde starr, zog sie enger an sich und versuchte ihre Hand zu greifen. »Was machst du da?«, flüsterte er erschrocken.

»Wie bitte? Stimmt irgendwas nicht?«, fragte sie unschuldig, während sie den Reißverschluss ganz aufmachte und ihre Hand in die Öffnung schob. »Hör nicht auf zu tanzen!«

»Um Himmels willen, Maggie!« Justin zuckte heftig zusammen, als ihre Hand sich um seinen anschwellenden Penis schloss. Er verlor das Gleichgewicht, und sie stolperten gegen das Paar neben ihnen. »Entschuldigung!«, murmelte er verstört und zog sie noch enger an sich heran. Seine Hände legten sich um ihre Hüften, um zu verbergen, was sie da tat. Er hielt sie so fest an sich gedrückt, dass sie ihre Finger kaum bewegen konnte.

Maggie zog den Bauch ein und löste sich etwas von ihm, damit sie Raum bekam, um ihr Vorhaben in die Tat umsetzen zu können. Dann ließ sie die Finger an seinem Ständer hinuntergleiten. Justin presste sich sofort wieder ganz eng an sie, um ihrer Hand Einhalt zu gebieten, doch Maggies ganzer Körper begann zu kribbeln angesichts der erotischen Stimulation, die sie Justin angedeihen ließ. Er hatte ein Problem; er konnte sich ihr nicht entziehen, denn dann würde er sich vor allen Leuten entblößen. Sie zog indessen geschickt seine Unterhose herunter und verstaute sie unter seinem Hodensack, sodass sein Schwanz noch freier lag.

»Hör auf, dich zu wehren, sonst werden es noch alle sehen«, drohte sie ihm leise und drückte seine Genitalien warnend. Justin schnappte nach Luft und entspannte seinen Körper ein wenig. Maggie lächelte und umschloss seinen Ständer wieder mit ihren Fingern. Trotz seines Schocks schwoll Justin unter ihren Fingern rasch an, und sie konnte seinen Körper zittern fühlen, als sie ihren Griff verstärkte und seinen Schwanz rieb.

»Mist! O Gott, Weib! Was willst du mir da antun?« Er brachte kaum mehr heraus als ein schwaches Krächzen; dabei versuchte er sie noch enger an sich zu pressen, und sie spürte, wie seine Hände ihre Pobacken packten. Sie erzitterte erneut und rieb ihn fester. Sein Schwanz zuckte in ihren Fingern, und sie fühlte, wie die ersten Tropfen von Feuchtigkeit aus der Spitze traten.

Eine Welle der Lust durchwogte sie, so stark, dass

sie beinahe umgefallen wäre. Ihre Brüste begannen zu kribbeln, und ihre eigenen Körpersäfte verursachten einen rapide größer werdenden feuchten Fleck zwischen ihren Beinen. Sein Schwanz zuckte wieder, und sie hörte, wie er heftig Luft holte.

»Warum gehen wir nicht zurück und setzen uns wieder hin?«, zischte er zwischen zusammengebissenen Zähnen und versuchte, sie Richtung Tisch zu schieben. Maggie schüttelte den Kopf.

»Noch nicht«, sagte sie leise. »Ich finde ja gerade erst den richtigen Rhythmus.« Sie beschleunigte ihre Bewegungen, rieb ihn jetzt heftig. Justin schnappte nach Luft und versuchte, sich ihr zu entziehen.

»Um Himmels willen«, bettelte er, »ich werde mich nicht zurückhalten können, wenn du so weitermachst!«

»Versuch es!«, hauchte sie und bearbeitete ihn gnadenlos mit den Fingerspitzen. Es gefiel ihr, dass sein Schwanz immer noch größer zu werden schien. »Du predigst doch dauernd Selbstdisziplin – also praktiziere sie auch!«

Perverserweise schienen ihre Worte ihn etwas zu beruhigen. Er holte tief Luft und steckte ihr seine Zunge ins Ohr. Maggie wimmerte und verlor wieder beinahe die Balance, während ein Schauer ihre Beine hinunterlief. Justin zog ihr Kleid ein Stück höher, und Maggie schwankte gegen ihn.

»Was ist los?«, flüsterte er, als er ihren bebenden Körper mit seinen starken Armen auffing. »Wo ist die Selbstdisziplin, von der du gesprochen hast?« Er knabberte an ihrem Ohrläppchen und drückte sie fest an sich.

Maggie stellte fest, dass Justin jetzt zurückschlug. Er legte eine Hand auf ihren Hintern und zog sie wieder zu sich heran. Seine andere Hand wanderte zu ihrer Brust, und sie spürte, wie er mit den Fingerspitzen ihren Nippel streichelte. Er drückte sie so eng an sich, dass sie, während sie ihre Finger an seinem Schwanz auf und ab bewegte, auch sich selbst dabei rieb. Das Stechen der Leidenschaft tief in ihrem Bauch war so intensiv, dass ihr ganz schwindlig wurde. Sie konnte sich nicht erinnern, sich jemals so geil gefühlt zu haben. Sie musste sich schwer beherrschen, sich nicht vor aller Augen das Kleid vom Leib zu reißen. Ihre Finger umklammerten seinen Schwanz nun so fest, dass er vor Schmerz aufstöhnte.

»Himmel! Pass auf, was du da machst!«, japste er und zuckte mit den Hüften zurück. »Was ist heute bloß in dich gefahren?« Er bewegte seine Hand, sodass sie jetzt auf ihrem bloßen Schenkel lag, schob sie dann unter ihr Kleid und streichelte ihre linke Pobacke. Maggie spürte, wie der Saum noch höher rutschte.

Ja, was bloß?, fragte Maggie sich selbst, als sie ihren Busen gegen seine Brust presste. Ihre Brustwarzen waren jetzt so hart, dass es fast schmerzte. Sie dachte daran, dass sie unter dem Kleid nackt war, und fragte sich, ob sie den Saum noch höher schieben könnte, damit sie ihn direkt auf ihrer glühenden Haut fühlen konnte, ohne dass jemand es bemerkte. Langsam schob sie ihre Hand tiefer in seine Hose hinein und umschloss seinen Sack mit ihrer Hand. Ihre Finger begannen die weiche, empfindsame Haut dahinter zu streicheln.

Justins Körper erzitterte heftig, und sie fühlte, wie sein Schwanz gegen ihren Arm stieß. »O Gott! Lass uns hier verschwinden!«, flüsterte er eindringlich.

Maggie nickte stumm, weil sie ihrer Stimme nicht traute. Sie zog ihre Hand zurück und genoss es, seine glühende Erektion zu fühlen, indem sie ihre Finger langsam an seinem Ständer hochzog. Als sie die Eichel erreichte, begann sie die feuchte Spitze mit kreisenden Bewegungen eines Fingers zu reizen. Sein zitternder Körper und sein stoßweises Atmen in ihrem Ohr verrieten ihr, wie sehr er es mochte. Seine Reaktion fachte ihre eigene Lust an, sodass sie beide zitterten, als ob sie hohes Fieber hätten.

»Bitte, Maggie! Wir müssen gehen! Ich schwöre dir, ich halte das nicht länger aus!«

Seine Worte waren beinahe mehr, als sie ertragen konnte. Ihre Klitoris war so heiß und so sensibilisiert, dass sie befürchtete, allein die Reibung ihres Kleids könnte genug sein, sie kommen zu lassen. Sie wusste, sie würde sich nicht beherrschen können und laut aufschreien. Justin hatte Recht. Sie mussten gehen – sofort.

Maggie zog die Hand aus seiner Hose und versuchte den Reißverschluss hochzuziehen. Aber sein Schwanz war so groß, dass sie es nicht schaffte.

»Lass sein, ich mach das!« Justin schob die Hände zwischen ihre Körper. Seine Knöchel drückten gegen Maggies Bauch, und sie stellte sich auf die Zehenspitzen, damit sie ihren Schamhügel dagegen pressen konnte. Das machte es ihm nicht gerade leichter, aber schließlich gelang es ihm, den Reißverschluss zuzumachen. Justin legte einen Arm um ihre Taille und zog sie durch die tanzenden Körper.

Maggie hatte weiche Knie und machte vorsichtige kleine Schritte; sie hielt seine Hand so fest, dass ihre Knöchel weiß wurden. Wir müssen aussehen, als wären wir völlig betrunken, dachte sie, als sie sich schwankend über die Tanzfläche arbeiteten. Justin ging vornübergebeugt, um seine offensichtliche Erregung zu verbergen, und sie spürte, wie ihr Kleid über ihrem Po und dem nassen Bereich zwischen ihren Beinen klebte. Das weiche Material rieb über ihre hochempfindliche Klitoris, sodass sie kaum noch an etwas anderes denken konnte.

Sie hatte keine Ahnung, wohin sie gingen. Es war ihr auch egal. Hauptsache, er brachte sie hier heraus, ehe die Hitze, der Lärm und die Erregung zu viel für sie wurden. Sie schloss die Augen halb und ließ sich von ihm vor sich her schieben. Das Prickeln zwischen ihren Beinen marterte sie ohne Ende.

Justin führte sie flott durch einen schwach erleuchteten Korridor, der zu einem Notausgang auf der Rückseite des Klubs führte. Als er sie losließ, um den Riegel zu öffnen, wankte sie hin und her und musste sich an der Wand abstützen, um nicht das Gleichgewicht zu verlieren. Was war denn nur los mit ihr? Sie hatte doch nur ein Glas Wein getrunken!

Maggie hörte Justin erleichtert seufzen, als sich die Tür öffnen ließ. Er packte fast rüde ihren Arm und schob sie hinaus. Als er die Tür hinter ihnen zuwarf, zerrte er schon an seiner Krawatte. Er ließ sie auf den Boden fallen, machte seine Hose auf und ließ sie auf seine Knöchel rutschen.

Sie holte tief Luft. Nach der intensiven Hitze auf der Tanzfläche spürte sie jetzt die klare, kalte Luft, und sie merkte, dass sie eine Gänsehaut bekam. Abgesehen von den gedämpften Bässen der Discomusik war es still und verlassen auf dem Hotelgelände. Nur hin und wieder knackte ein Ast in den umstehenden Bäumen.

Justin packte sie und drehte sie herum, sodass sie jetzt mit dem Rücken zur Tür stand. Mit einer schnellen Bewegung zog er ihr das Kleid über den Kopf, sodass ihre Arme gefangen waren und sie nichts mehr sehen konnte. Seine starken Hände begannen ihre Brüste zu kneten, und sie fühlte seine warme feuchte Zunge auf ihrem Bauch.

»O mein Gott!«, schrie sie auf, als sie spürte, wie er eine Brustwarze in seinen Mund saugte. Eine weitere Woge animalischer Lust durchflutete sie. Ohne richtig wahrzunehmen, was sie tat, befreite sie einen Arm und zerrte sich das Kleid vom Kopf, sodass sie abgesehen von den Sandalen jetzt nackt war. Sie streckte einen Arm aus und zerrte unwirsch an seiner Unterhose. Sein Schwanz sprang heraus und stieß gegen ihr nacktes Fleisch. Er stöhnte laut auf. Er packte ihr linkes Bein, hob es hoch, legte es um seine Hüfte und entblößte so ihr feuchtes Geschlecht.

Maggie stemmte ihre Ferse gegen sein Bein und lehnte sich gegen die Tür, um nicht umzufallen. Sie spürte, wie er sie mit seinem Arm hochhob, sodass sie beinahe über dem Boden schwebte. Sie wimmerte leise, als sein Ständer mühelos in sie eindrang. Instinktiv schob sie ihre Hüften nach vorn, um ihn noch tiefer in sie eindringen zu lassen. Sie legte auch ihr anderes Bein um seine Hüfte, sodass sie jetzt ganz und gar von ihm aufgespießt war.

»Himmel noch mal, Weib, darauf hast du's den ganzen Abend doch angelegt!« Justin begann sie rüde zu stoßen, und sie fühlte, wie ihr Hintern rhythmisch gegen die Tür stieß. Dann hörte sie, dass in der Nähe eine Tür aufging. Gedämpfte Stimmen drangen durch die stille Nachtluft, als zwei Leute vom Küchenpersonal sich nach draußen stahlen, um eine Zigarette zu rauchen. Es klang so, als wären sie ganz in der Nähe. Was wäre, wenn sie etwas hörten und kamen, um nachzuschauen?

Maggie versuchte sich freizukämpfen, bewegte sich

hin und her, doch ihre Bewegungen schienen Justins Erregung nur noch mehr zu steigern. Sie spürte, dass ihn jetzt nichts mehr aufhalten konnte. Es wäre ihm wahrscheinlich sogar egal, wenn die ganze Küchenbrigade erscheinen und sie anfeuern würde.

Trotz ihrer Angst fachte der Gedanke, erwischt werden zu können, nur ihre eigene Lust an. Als Justin sich vorbeugte und einen Nippel zwischen seine weichen Lippen nahm, stöhnte Maggie laut auf und rieb ihre Klitoris verzweifelt an seinem Schwanz, bis sie der schon lange überfällige Orgasmus explosionsartig schüttelte. Sie schluchzte fast, sank kraftlos gegen ihn und schnappte nach Luft, als sie spürte, wie sein Schwanz heftig zuckte, als auch er endlich kam.

»O ja!«, stöhnte er laut, als ihn die Lust seiner Ejakulation übermannte.

Völlig verausgabt lehnte Maggie sich gegen die Tür und spürte, wie sein Schwanz sanft aus ihr herausglitt. Die Küchentür öffnete und schloss sich, als das Küchenpersonal fertig geraucht hatte und zur Arbeit zurückkehrte. Im Hintergrund konnte Maggie immer noch das dumpfe Dröhnen der Discomusik hören. Die kalte Nachtluft liebkoste ihren erhitzten Körper.

»Ich denke, das war mindestens vier Tickets wert. Was meinst du?«, flüsterte sie heiser, als sie sich vorbeugte, um ihr zerknittertes Kleid aufzuheben.

*** Zwei.

Maggie gab sich Mühe, gelassen auszusehen, als sie mit den Tickets für das Auswärtsspiel vor der Nase ihrer Freundin herumwedelte. Jan machte große Augen, als sie sah, worum es sich handelte.

»Wo, zum Teufel, hast du die denn her?« Sie schnappte nach den Tickets. »Vier Stück! Ich dachte, es wäre unmöglich, noch welche aufzutreiben.« Sie grinste verschlagen. »Habe ich nicht gesagt, es sei nützlich, Freunde in hohen Positionen zu haben? Der gute alte Justin! Was musstest du tun, um da ranzukommen?«

Maggie machte ein selbstgefälliges Gesicht. »Ach, ich brauchte nur mein normales, unwiderstehliches Selbst zu sein«, sagte sie lachend.

Jan starrte auf die Tickets. »Es ist eine Schande, dass Marcus nicht mitkommt. Ehrlich, ich kann gar nicht sagen, wie faul er geworden ist. Es kostet mich in letzter Zeit schon die größte Mühe, ihn dazu zu bewegen, mich einmal zum Essen auszuführen.«

Maggie grinste in sich hinein. Mal abgesehen davon, was Jan sagte, wusste jeder, wer in ihrer Beziehung die Hosen anhatte. Wenn Jan wirklich von Marcus irgendwohin mitgenommen werden wollte, dann würde Marcus das tun. Insgeheim fand Maggie, Marcus sei ein Weichei. Sie hatte immer energischere Männer bevorzugt. Nicht zu energisch, nein, denn es machte auch Spaß, gelegentlich die dominante Rolle zu übernehmen.

»Also – wen willst du denn noch einladen?«, fragte Jan. »Du kannst die Tickets nicht einfach verfallen lassen. Die sind ja richtig wertvoll.«

»Ich habe bereits Sara und Claire gefragt«, antwortete Maggie schnell. Jan und Claire kamen nicht immer gut miteinander aus. Sie neigten dazu, endlos über die dümmsten Dinge zu diskutieren, während Sara und Maggie ihr Bestes taten, um die Wogen zu glätten. Es lag vielleicht daran, dass Claire noch flatterhafter als Maggie war. Jan schien es als ihre persönliche Aufgabe zu betrachten, Claire in allen Dingen den rechten Weg zu weisen, von der Politik bis hin zur Mode. Aber was sollte sie machen? Sie hatte nun mal vier Tickets, und Claire war noch ein größerer Trojaner-Fan als Jan.

»Was ist mit einer Unterkunft? Ich bin nicht scharf darauf, hinterher zurückfahren zu müssen, und ich kann mir nichts Teures leisten. Ich habe gerade ein kleines Vermögen dafür bezahlt, mein Schlafzimmer zu renovieren.« Jan renovierte immer gerade das eine oder andere Zimmer. Das war eine ihrer Obsessionen.

Maggie stieß im Geiste einen erleichterten Seufzer aus, weil Jan sich nicht darüber aufgeregt hatte, dass sie Claire eingeladen hatte. »Kein Problem«, antwortete sie. »Justin hat versprochen, uns in einer Pension unterzubringen, die er kennt. Das wird nicht teuer.« Maggie lächelte noch mehr, als sie daran ging, ihre nächste Überraschung zu verkünden. »Er hat sogar angedeutet, er sei vielleicht in der Lage, uns eine Einladung zum Essen mit den Trojanern nach dem Spiel zu verschaffen.«

»Machst du Witze?« Jan grinste viel sagend. »Das muss ja eine tolle Nacht gewesen sein!«

Maggie dachte daran, was sie Justin im *Cellar* angetan hatte. »Man könnte sagen, ich habe seine Schwachstelle gefunden«, antwortete sie mit einem Kichern.

Am Tag des Spiels war es grau und nass, und der Verkehr auf der Autobahn war noch schlimmer gewesen, als Maggie erwartet hatte. Obwohl sie am frühen Nachmittag losgefahren waren, war es ziemlich spät geworden, bis sie Bristol erreicht und die Unterkunft gefunden hatten, die Justin für sie reserviert hatte.

Maggie fühlte sich müde und gerädert nach der Fahrt. Niemand hatte ihr geholfen, den Weg zu finden, und der Verkehr im Zentrum von Bristol war so stark und unberechenbar gewesen, dass sie mehrfach eine Abzweigung verpasst hatte und wieder hatte zurückfahren müssen.

Während sie sich darauf konzentriert hatte, Straßennamen zu lesen und offenbar zum Selbstmord neigende Fußgänger nicht zu überfahren, hatten die anderen gelacht und aufgeregt über das Spiel und die Möglichkeit eines anschließenden Essens geplaudert. Ausnahmsweise schienen sogar Jan und Claire gut miteinander auszukommen, und als Maggie jetzt mit ansah, wie ihre drei Freundinnen scherzend und schnatternd in die Pension einfielen und überlegten, wer wo schlafen sollte, fühlte sie sich ein wenig ausgeschlossen. Sie warf ihren kleinen Koffer auf ein Bett am Fenster und entschuldigte sich, um sich frisch zu machen.

Als sie in ihr erhitztes und leicht verärgertes Gesicht im Spiegel starrte, begann Maggies schlechte Laune zu verfliegen. Warum sollte sie sich das Wochenende durch Schmollen vermiesen? Die Fahrt war zwar schrecklich gewesen, aber jetzt waren sie da. In einer guten Stunde würden sie sich das Spiel ansehen, und danach würden sie – falls Justin sein Wort gehalten hatte – die Spieler persönlich treffen.

Da es keine Brause gab und nicht mehr genug Zeit für ein Bad war, entledigte Maggie sich ihres bestickten BHs und des dazu passenden Höschens und wusch sich mit einem Schwamm. Dann spritzte sie etwas kaltes Wasser auf ihre Wangen, schminkte sich nach und eilte zurück ins Zimmer, um sich umzuziehen.

Die anderen packten bereits ihre Sachen aus. Maggie zog einen langärmeligen Pullover an und wickelte den knöchellangen Schottenrock, den sie so mochte, um ihre schmale Taille. Die Spieler würden während des Spiels mächtig ins Schwitzen geraten, doch für die Zuschauer konnte es ziemlich kalt werden. Normalerweise hätte sie wie die anderen eine Hose getragen, doch der Rock ließ ihre Figur besser zur Geltung kommen, und sie wollte schließlich richtig gut aussehen.

Das Stadion der Kolibris war bis zum letzten Platz besetzt. Maggie war überrascht, wie viele Anhänger der Trojaner in der aufgeregten Menge zu finden waren, und sie war höchst erfreut darüber, dass sich die Plätze, die Justin ihnen besorgt hatte, in der ersten Reihe befanden, ziemlich genau in der Mitte der neutralen Zone. Sie ließ den Blick auf der Suche nach Justin über die Menge schweifen, konnte ihn aber nirgends entdecken. Nur der Trainer der Trojaner war zu sehen, der sich in einem ernsthaften Gespräch mit dem Manager des Teams und einem wichtig aussehenden Geschäftsmann befand, möglicherweise einem der Sponsoren. Der Coach machte eine besorgte Miene, und er schien mit dem Manager über irgendetwas zu diskutieren.

Die Uhr bewegte sich auf 19.30 Uhr zu, und die Mädels versorgten sich rasch mit Popcorn und Softdrinks aus einem Kiosk. Als sie auf ihre Plätze zurückeilten, lief ihnen plötzlich ein freudig grinsender Justin über den Weg.

»Hallo, Mag!« Er küsste sie in beinahe brüderlicher Manier auf die Wange. »Tut mir Leid, dass ich euch nicht eher treffen konnte. Der Trainer war wegen irgendeines Problems ganz aus dem Häuschen. Ist eure Unterkunft okay?«

Maggie lächelte ihn an. In seinem beigefarbenen Anzug und dem schwarzen Hemd sah er heute noch smarter aus als gewöhnlich. Seine blassblauen Augen funkelten vor Aufregung.

»Alles in Ordnung, danke. Und die Plätze sind großartig.«

»Ja. Danke, Justin«, fügte Jan hinzu. »Ich weiß nicht, was du dafür von Maggie verlangt hast, aber was auch immer es war, es war der Mühe wert.« Sie lächelte ihn listig an.

Maggie warf ihrem Freund einen raschen Blick zu, doch Justin lachte nur in sich hinein. Sara lächelte verlegen, und Claire kicherte.

»Ach, übrigens ...« – Justin schenkte Maggie ein bezauberndes Lächeln –, »... der Manager der Trojaner hofft, dass du und deine Freundinnen mit uns zum Essen kommen werdet.« Während er sie drängte, die reservierten Plätze einzunehmen, manövrierte er sich zwischen Maggie und Jan. Maggie fand sich am Ende der Reihe an einer Trennwand wieder, mit Justin an der anderen Seite.

Als sie sich hinsetzten, nahm die Aufregung der

Menge zu. Die beiden Mannschaften kamen aufs Spielfeld und schwenkten enthusiastisch ihre Schläger in der Luft, sehr zur Begeisterung ihrer Fans. Die ersten zwölf Spieler nahmen ihre Positionen ein, und einer der Schiedsrichter hielt den Puck zwischen den beiden Mittelstürmern hoch.

Justin beugte sich vor und langte unter seinen Sitz. »Wir wollen doch nicht, dass wir uns erkälten, oder?«, erklärte er fröhlich, während er eine wattierte Decke hervorholte und sie über ihre Beine breitete. Sie war gerade groß genug, um auch Jans Knie zu bedecken.

»Dank dir!« Maggie war angesichts dieser unerwartet fürsorglichen Geste richtiggehend gerührt.

Das Publikum schrie auf, als der Puck in der Mitte des Anspielkreises aufs Eis fiel. Der Mittelstürmer der Trojaner erwischte ihn sofort. Durch einen gekonnten Stoß schlingerte der Puck in ihre Angriffszone, und ein Trojaner folgte ihm sogleich. Aufgrund der Helme und der schweren Schutzausrüstung konnte man kaum erkennen, wer es war, aber Maggie hatte keine Mühe, Troy auszumachen, der den Pass geschickt auffing und herumwirbelte, um auf das Tor zu schießen.

Der am nächsten stehende Verteidiger der Kolibris lief mit voller Geschwindigkeit gegen Troy, um ihn aus dem Gleichgewicht zu bringen. Sein Schläger verpasste Troy nur knapp unterhalb der Schienbeine, aber er geriet ins Trudeln.

»Strafe!«, schrien die Anhänger der Trojaner, als Troy vergeblich versuchte, das Gleichgewicht zu halten und im Besitz des Pucks zu bleiben.

Der Schiedsrichter pfiff. »Zwei-Minuten-Strafe gegen die Kolibris wegen Haken. Powerplay für die Trojaner.«

Die Menge brüllte, und Maggies Herz klopfte vor

Aufregung. Die Kolibris waren jetzt die nächsten zwei Minuten benachteiligt, weil sie einen Verteidiger weniger im Spiel hatten. Sie schaute atemlos zu, wie beide Seiten sich in den Besitz des Pucks zu bringen versuchten und wertvolle Sekunden verstrichen. »Macht schon, Trojaner!«, murmelte Maggie immer wieder vor sich hin. Plötzlich schoss der Puck übers Eis, weit in die Angriffszone hinein, wo er von Bri geschickt gestoppt wurde. Mit einer kräftigen Bewegung aus dem Handgelenk schickte er den Puck wild schlitternd zu Troy auf der anderen Seite des Tors.

Der verbleibende Verteidiger der Kolibris stürzte sich in den Kampf, glitt über das Eis und krachte heftig gegen Troys breiten Rücken. Troy stolperte, und das Publikum stöhnte auf; dann aber jubelte es, als er seine Balance wiederfand und den Puck unbeirrt Richtung Tor trieb. Unvermittelt prallte der Verteidiger der Kolibris wieder gegen Troy und stieß den Puck von Troys Schläger weg, ehe er Zeit hatte zu reagieren.

Maggie und ihre Freundinnen stöhnten enttäuscht auf, als der Puck über die blaue Linie in die neutrale Zone rutschte. Maggie schaute auf die Uhr. Das Powerplay war jetzt fast vorüber. Noch zwanzig Sekunden, dann kam der zweite Verteidiger zurück aufs Spielfeld. Der Vorteil entglitt ihnen langsam. Justins Hand rutschte unter die Decke und auf ihr Knie. Maggie erstarrte. Sie drehte den Kopf und sah, dass er mit Jan munter die Check-Fähigkeiten der Kolibris diskutierte. Seine Hand bewegte sich an ihrem Bein hoch.

Verdammt! Sie konnte manchmal so naiv sein ... Die Decke war nicht da, um sie zu wärmen: Sie sollte verbergen, was er vorhatte. Sie sah nervös zu Jan hinüber und fragte sich, ob ihre Freundin bemerkte, was vor sich ging, doch alle drei Frauen schienen fasziniert an Justins Lippen zu hängen. Unbehaglich rutschte sie mit dem Po hin und her, und sie wünschte, die Sitze wären nicht so klein und nicht so eng beieinander.

»Erzählen Sie uns mehr über die Spieler«, bat Claire Justin. »Zum Beispiel: Was tun sie, wenn sie nicht Eishockey spielen? Ich meine, ich habe noch nie einen von ihnen in einem Klub gesehen oder so.«

Justin lächelte nachsichtig. »Während der Saison haben sie keine Zeit für Klubs. Sie müssen hart trainieren. Außerdem kommen nur wenige aus der Gegend. Wenn die Saison vorbei ist, fahren sie meist nach Hause.«

»Was ist mit Pary?«, fragte Claire. »Na ja, hat er eine Freundin oder was?« Maggie hatte sich schon gefragt, wie lange es wohl dauern würde, bis sie diese Frage aussprach; sie konnte manchmal sehr leicht zu durchschauen sein.

»Ich habe keine Ahnung«, antwortete Justin. »Sie können ihn ja später selbst fragen.«

Claire errötete sichtlich.

»Ich habe Gerüchte gehört, dass Pele seinen Vertrag für die nächste Saison nicht verlängern will«, bemerkte Jan. »Wissen Sie, warum?«

Justin zuckte mit den Schultern. »Um diese Jahreszeit gibt es immer Gerüchte. Das gehört zu dem Spiel dazu, die Verträge für die nächste Saison auszuhandeln. Ich denke, es hängt davon ab, ob wir den Pokal gewinnen oder nicht. Pele ist auch ein talentierter Mechaniker. Soweit ich weiß, will er einen eigenen Betrieb aufmachen, wenn seine Tage beim Eishockey vorbei sind.«

»Tatsächlich?«, antwortete Jan nachdenklich. »Aber

es wäre eine Schande, ihn zu verlieren. Er ist der beste Torwart, den wir je hatten.«

»Torhüter, nicht Torwart«, zischte Claire rechthaberisch. Maggie seufzte und hoffte inständig, sie und Jan würden nicht schon wieder einen ihrer dummen Streits anfangen. Sie spürte, wie Justin sie wieder streichelte, und presste schnell ihre Beine zusammen.

»Jedenfalls weißt du dann, wohin du dein Auto zur Reparatur bringen kannst«, meinte Maggie spitz, da sie genau wusste, dass Jan nicht an ihr Auto dachte. Manchmal konnte Jan genauso leicht zu durchschauen sein wie Claire.

Das Publikum stieß einen erwartungsvollen Schrei aus, als sich auf dem Eis einiges tat und der Mittelstürmer der Trojaner wie irre losraste, um den Puck zu stoppen. Die Menge stöhnte auf, als er ihn verpasste, volle Wucht in die Bande krachte und stürzte. Sofort stürmte ein Ersatzmann aufs Eis. Es war Tor, der jüngste Rekrut der Trojaner, und Maggie hielt wieder den Atem an, als er den Puck gekonnt unter der Nase des Gegners wegholte und ihn in Richtung der Angriffszone der Trojaner schoss.

Die Strafzeit war vorüber, und der zweite Verteidiger der Kolibris stürzte sich wieder ins Spiel. Doch er kam zu spät: Troy hatte seinen Stoß perfekt kalkuliert. Als der Puck auf seinen Schläger traf, wirbelte er ihn herum und stieß ihn direkt ins Tor. Der Schuss war so schnell und präzise, dass der Torhüter der Kolibris nicht die geringste Chance hatte.

»Eins zu null!« Jan, Sara und Claire jubelten, als der neue Spielstand auf der Anzeigetafel erschien und die Fans der Trojaner aufsprangen und ihre Mannschaft anspornten. Maggie nutzte die Gelegenheit dazu, Justins Hand wegzuschieben und auch aufzuspringen. Nachdem sie jetzt begriffen hatte, worum es ihm ging, würde sie vorsichtiger sein, wenn sie sich wieder hinsetzte.

Justin schenkte ihr ein weiteres bezauberndes Lächeln. »Macht's dir Spaß?«, fragte er unschuldig, während sie sich wieder hinsetzte und er die Decke erneut sorgfältig über sie ausbreitete, ehe sie protestieren konnte. Innerhalb von Sekunden hatten seine suchenden Finger den Schlitz in ihrem Wickelrock gefunden und ihn von ihren zusammengepressten Beinen geschoben. Maggie biss die Zähne zusammen, als seine Hand höher und höher an ihrem jetzt bloßen Oberschenkel hinaufwanderte.

Draußen auf dem Eis nahm das Tempo des Spiels zu. Die Fans der Kolibris schrien nach Revanche, und es gab Anzeichen von Panik, als ihre Flügelspieler sich bemühten, den Ausgleich zu erzielen. Ersatzspieler wurden scheinbar wahllos in den Kampf geschickt, als ob die Kolibris sich nicht auf eine beständige Mannschaftsaufstellung einigen konnten, und schließlich brach ein heftiger Kampf aus zwischen einem der massigen Verteidiger der Kolibris und einem Flügelspieler der Trojaner. Das führte unweigerlich dazu, dass beide Spieler wegen übertriebener Härte auf die Strafbank mussten, und schon begann eine weitere, aufregende Powerplay-Phase.

Maggie schlug die Beine übereinander und tat ihr Bestes, dem hektischen Spielverlauf zu folgen. Ohne es allzu auffällig machen zu wollen, versuchte sie, ihren Wickelrock wieder über die Beine zu ziehen, während Justin diesen Versuch unbarmherzig wieder zunichte machte. Ehe ihr klar wurde, was er vorhatte, spürte sie, wie er an der Nadel herumfummelte, die den Rock zusammenhielt. Mit einer raschen Bewegung seiner Finger öffnete er sie; Maggie hatte noch versucht, ihm Einhalt zu gebieten, doch sie war zu langsam. Als er die Hand zurückzog, rutschte der Rock von ihren Beinen, sodass sie unter der Decke jetzt nur noch ihren Slip und ihre Strümpfe trug. Sie fühlte sich entsetzlich entblößt und hielt die Decke mit beiden Händen fest, um ihre Nacktheit zu verhüllen.

Justin betrachtete die Nadel triumphierend und steckte sie dann in seine Tasche, in der sie für Maggie unerreichbar war. »Ja, los!«, rief er aufgeregt, als Pary einen Überraschungsangriff auf das Tor startete, aber an den geschickten Verteidigern der Kolibris scheiterte. Seine Hände begannen Maggies Beine erneut zu erkunden, und sie war überrascht, wie stark sie waren, als sie sich einen Weg zwischen ihre fest zusammengepressten Schenkel bahnten und sie zwangen, sich seinen fordernden Zärtlichkeiten weiter hinzugeben. Ihre Knöchel waren weiß geworden, so fest klammerte sie sich an die Decke. Wenn sie sie losgelassen hätte, hätte sie ihm sicher eine Ohrfeige verpasst. Allerdings hätten dann alle erfahren, was er gerade mit ihr anstellte, und das wollte sie auf keinen Fall.

»Hör auf damit!«, zischelte sie, als seine forschen Finger sich auf ihren Schlitz zu bewegten. Seine Berührungen waren jetzt so leicht, dass Maggie sie kaum fühlen konnte und eine Gänsehaut bekam. Ein Schauer der Erwartung und des Verlangens lief ihr den Rücken hinunter, als seine Finger ihrer kribbeligen Klitoris näher kamen. Sie seufzte enttäuscht, als er innehielt und seine Hand stattdessen an ihrem Schenkel hinunter und über den Ansatz ihrer Strümpfe strich.

Trotz des Unbehagens wegen ihrer Lage reagierte ihr treuloser Körper bereits auf seine Zärtlichkeiten, und etwas in ihr wünschte sich, seine Finger würden sich wieder hinaufbewegen.

Draußen auf dem Eis tobte der Kampf weiter. Trotz ihrer offensichtlichen Panik, noch keinen Treffer erzielt zu haben, ließen die Kolibris keine Sekunde lang eine Schwäche in ihrer Verteidigung erkennen. Sie waren für ihr Verteidigungsspiel berühmt, und so sehr die Trojaner sich auch bemühten, es gelang ihnen nicht, noch einmal an den beiden Verteidigern der Kolibris vorbeizukommen.

Justin dagegen hatte es viel leichter. Als ob er ihre wachsende Erregung und ihren abnehmenden Widerstand spürte, intensivierte er seinen Angriff. Maggie jaulte leise auf, als seine Hand ihren Schenkel hoch glitt und zum anderen Bein hinüberwechselte, wobei seine Knöchel leicht ihr Geschlecht streiften. Sie errötete und sah sich rasch um, ob sie wohl jemand gehört hatte, doch alle schienen ganz auf das Spiel konzentriert zu sein, sogar Justin. Sie runzelte die Stirn angesichts seiner Unschuldsmiene und holte tief Luft, um ihr pochendes Herz zu beruhigen. Während sie sich zwang, ihre Aufmerksamkeit wieder dem Spielfeld zuzuwenden, spürte sie, wie seine Knöchel zurückkamen. Sie biss sich auf die Lippen, um nicht vor sich hin zu wimmern, als seine Finger sich unter den Bund ihres Slips schoben.

»Ja, gut gespielt!«, rief Jan, als Troy einen weiteren hervorragenden Pass zu Bri spielte und der Verteidiger der Kolibris das Gleichgewicht verlor, weil er die Attacke falsch eingeschätzt hatte. Maggie spürte, wie ihr das Höschen langsam über die Schenkel gezogen wurde.

»Nein!« Sie fasste seine Hand durch die Decke hindurch.

»Doch!« Justin zog nun die Decke mit seiner anderen Hand weg, sodass Maggie ihn loslassen musste, um die Decke wieder über ihre Beine zu legen. Sofort nahm er seine Aktivitäten wieder auf. Sie drückte den Hintern fest auf den Sitz, aber auch das hatte keinen Zweck. Entweder würde das elastische Band des Slips reißen, oder der Rock würde zusammen mit dem Slip ganz herunterrutschen. Als sie nachgab und den Hintern hob, sah sie verärgert, dass er rätselhaft lächelte, und sie erwog kurz, ihm die Augen auszukratzen.

Justins Lächeln wurde noch breiter, während er ihren Slip weiter nach unten schob. Sobald ihre Pobacken frei lagen, setzte sich Maggie rasch wieder hin, um zu verhindern, dass auch ihr Rock zu Boden glitt. Sie konnte die Tatsache verbergen, dass ihr Höschen verschwunden war, aber sie wäre nicht in der Lage, von ihrem Platz aufzustehen, wenn sie auch noch den Rock verloren hätte.

Draußen auf dem Spielfeld war in der neutralen Zone zwischen den beiden Mittelstürmern wieder ein Kampf ausgebrochen, und das Publikum brüllte und buhte, während der Schiedsrichter heraneilte, um einzugreifen. Justin hatte Maggies Slip auf halbem Weg an ihren Beinen hinab losgelassen und nahm jetzt seine Finger, um ihre Schenkel weiter zu spreizen. Sie erschauderte und versuchte sich hin und her zu winden, damit der Slip weiter hinunterrutschte. Irgendwie kam es ihr schlimmer vor, wenn er so auf Halbmast hing, als wenn er ihn ihr ganz ausgezogen hätte. Sie zitterte, als er ihre äußeren Schamlippen leicht mit den Fingerspitzen liebkoste. Sie spürte ihre verräterische Feuchtigkeit auf Grund ihrer zunehmenden Erregung, und sie war sich sicher, dass er sie auch fühlte.

»Popcorn?« Maggie zuckte zusammen, als Jan sich über Justin beugte und ihr den Becher unter die Nase hielt.

»Nein, danke«, murmelte Maggie gepresst, während sie ihr Bestes tat, Justins beharrliche Zärtlichkeiten zu ignorieren. Ein Teil von ihr hätte ihn am liebsten gebeten aufzuhören, ein anderer Teil von ihr wollte ihn anfeuern. Ihre Erregung wuchs von Sekunde zu Sekunde, und sie wollte seine Finger unbedingt in sich spüren. Jedes Mal, wenn er sie berührte, spannte sie ihren Körper an und versuchte ihm zu zeigen, was sie wollte, indem sie sich ihm entgegendrückte. Was war los mit ihm? Er war doch sonst nicht so begriffsstutzig! Schließlich dämmerte es ihr.

Bastard! Maggie sank in den Sitz zurück und schloss die Augen. Er wusste ganz genau, was sie von ihm wollte. Er spielte mit ihr, er wollte, dass sie ihn anbettelte. Das war wohl die Rache für das, was sie ihm im *Cellar* angetan hatte. Sie öffnete die Augen und beobachtete entschlossen das Spiel, während sie darum kämpfte, nicht zu zucken, als er ihre Schamlippen spreizte und ihre geschwollene Klitoris zu streicheln begann. Sie setzte sich weiter in den Sitz zurück, um es ihm schwerer zu machen.

»Dir ist doch nicht zu warm, oder?«, fragte er mit Unschuldsmiene und begann die Decke hinunterzuziehen.

»Nein! Ich fühl mich bestens.« Maggie griff rasch nach der Decke. Schachmatt! Wenn sie nicht genau das tat, was er wollte, würde er die Decke wegziehen und sie entblößen. Sie sah ihm wortlos zu, wie er seine Hand wegzog, provozierend seine Finger ableckte und sie dann wieder unter die Decke schob.

Maggie blickte ängstlich auf die Anzeigetafel. Es waren nur noch ein paar Minuten bis zum Ende des ersten Drittels. Sie schob eine Hand unter die Decke und versuchte ihren Slip herunterzuziehen. Wenn es ihr gelang, ihn unauffällig abzustreifen, dann könnte sie ihn unter den Sitz kicken, ehe jemand etwas bemerkte. Justin zerrte an ihrem Arm.

»Ich zieh den Slip aus«, flüsterte sie, weil sie meinte, er hätte ihre Absicht missverstanden.

Justin schüttelte den Kopf und setzte seine unbarmherzige Attacke auf ihre äußeren Schamlippen fort. Was nun? Maggie saß hilflos da, musste die Sekunden verstreichen lassen, während er sie weiter quälte. Seine Zärtlichkeiten machten sie verrückt, aber sie waren nicht fest genug, um sie kommen zu lassen. Sie seufzte frustriert und versuchte, ihre Beine um seine Hand zusammenzupressen, ohne dass er etwas merkte. Sie fuhr beinahe aus der Haut, als das Signal zum Ende des ersten Drittels ertönte. Jan, Claire und Sara standen auf.

»Nach der ganzen Schreierei brauch ich was zu trinken«, verkündete Jan und sah Maggie und Justin an. »Kommt ihr mit?« Sie wollte die Decke wegnehmen.

Maggie krallte sich in der Decke fest. »Nein!«, sagte sie ziemlich laut. Jan sah sie erstaunt an.

»Sorry. Hab ja nur gefragt.«

»Soll ich dir etwas mitbringen, Maggie?«, fragte Justin, als er unter der Decke hervorschlüpfte und aufstand.

Maggie nickte stumm.

»Pepsi?«, fragte er. Sie nickte wieder.

»Dann los, Jan!« Justin nahm Jans Arm, als sie sich

umdrehten, um Claire und Sara zu folgen, die schon Richtung Kiosk unterwegs waren. »Lass alles, wie es ist, Maggie«, flüsterte Justin über die Schulter, als er ging.

Maggie sah unbewegt zu, wie Justin und Jan sich entfernten. Sie blickte hinunter auf die Decke und stellte fest, dass man eine Wölbung sehen konnte an der Stelle, an der ihr zusammengerolltes Höschen steckte. Flott arrangierte sie die Decke so, dass es nicht mehr so deutlich ins Auge fiel, und saß dann mit leicht gespreizten Beinen da, sodass sie die Kälte von der Eisfläche zwischen ihren nackten Schenkeln spüren konnte. Ihr Schoß zuckte weiter, als ob seine Finger immer noch mit ihr spielten. Sie schaute stur geradeaus, denn sie hatte Angst, sich umzusehen, falls jemand mitbekommen hatte, was geschehen war.

Hatte denn wohl jemand etwas gesehen? Maggie schloss die Augen und stellte sich vor, der Mann, der hinter ihnen saß, habe alles beobachtet. Sie malte sich aus, wie sehr ihr Liebesspiel ihn erregt hatte. War er immer noch da, oder war er an einen Ort geeilt, wo er seine Frustration loswerden konnte? Die Vorstellung, ein fremder Mann hole sich ihretwegen auf der Toilette einen runter, empfand sie als so erregend, dass sie sich nur mit Mühe davon abhalten konnte, eine Hand zwischen ihre zitternden Beine zu schieben.

»Tut mir Leid, dass wir so lange weg waren.« Justins Stimme machte ihren Fantasien ein Ende. »Die Schlangen waren schrecklich.« Er ließ sich auf den Sitz neben ihr fallen und hob die Decke an, ehe sie etwas dagegen tun konnte, um sie wieder über ihre und Jans Beine zu legen. Maggie spürte, wie ihr das Blut ins Gesicht schoss, als sie die Decke hastig über sich zog. Sie warf einen kurzen Blick zu Jan und den anderen hinüber, um festzustellen, ob sie etwas bemerkt hatten, und war beruhigt, als sie sah, dass keiner ihr Beachtung schenkte.

Obwohl sie damit gerechnet hatte, dass Justins Hand wieder unter die Decke schlüpfen würde, war sie nicht auf den Schock vorbereitet, als er eine Dose eiskalte Pepsi zwischen ihre Schenkel schob und sie fest gegen ihr heißes Geschlecht drückte.

»Oh!«, stöhnte Maggie ziemlich laut und beugte sich vor, um die Dose wegzuschieben. »Du Bastard!«, zischte sie, als die betäubende Kälte in ihren Schlitz und ihre Schenkel drang.

Justin lächelte schief und holte die Dose unter der Decke hervor. Genüsslich leckte er sie ab, bevor er sie ihr gab. »Hier ist dein Saft«, sagte er zweideutig. »Aber du schmeckst besser als das, was da drin ist«, fügte er flüsternd hinzu, als sie ihm die Dose wegschnappte.

Mit zittrigen Händen öffnete Maggie die Pepsi und trank einen großen Schluck vom sprudelnden Getränk, um ihre trockene Kehle zu befeuchten. Sie konnte immer noch die betäubende Kälte zwischen ihren Beinen spüren und merkte, wie angespannt sie war – und wie bereit für seine warme Hand.

Jan, Claire und Sara schnatterten aufgeregt über das Spiel im ersten Drittel, doch Maggie zog es vor, sich nicht daran zu beteiligen. Zwar war sie sich ziemlich sicher, dass die Trojaner in Führung lagen, aber abgesehen davon konnte sie sich nur vage an das erinnern, was auf dem Spielfeld vor sich gegangen war. Als die Spieler erschienen, um das zweite Drittel anzugehen, applaudierte sie heftig, blieb jedoch wie festgenagelt sitzen.

Als das Spiel begann und die beiden Mannschaften wieder eifrig über das Spielfeld flitzten, rutschte Maggie unruhig hin und her. Wie gern hätte sie Justins Hand zwischen ihren Schenkeln gespürt! Worauf wartete er bloß? Sie spähte misstrauisch zu ihm hinüber, ob er gar etwas mit Jan anstellte, und bemerkte beruhigt, dass ihre Freundin darauf verzichtet hatte, sich die schützende Decke über die Beine zu legen.

Hin und wieder tätschelte Justin liebevoll Maggies Bein, doch sie hatte das Gefühl, er tat es nur, um zu prüfen, ob sie sich wieder angezogen hatte. Aus irgendeinem perversen Grund setzte ihr sein jetziges mangelndes Interesse mehr zu als seine frechen Zärtlichkeiten zuvor. Ihre Knospe kribbelte noch immer, und ihre Verlegenheit, weil sie halb nackt war, machte es ihr äußerst schwer, sich auf etwas anderes zu konzentrieren als auf ihr brennendes Verlangen danach, angefasst zu werden.

Ein Aufschrei der Fans richtete ihre Aufmerksamkeit gerade rechtzeitig wieder aufs Spielfeld, sodass sie sehen konnte, wie ihr Verteidiger Ean gekonnt vom rechten Flügelspieler der Kolibris aus dem Gleichgewicht gebracht wurde. Es war ein hervorragend ausgeführter Check. Ehe Ean sich davon erholen konnte, hatte der linke Flügelspieler sich des verlorenen Pucks bemächtigt und ihn in Richtung auf das Tor der Trojaner geschossen. Pele gab sich die größte Mühe, den Puck zu stoppen, aber er war einfach nicht schnell genug.

»Eins zu eins!«, schrien die Anhänger der Kolibris ekstatisch, als das Signal ertönte, welches das Tor bestätigte.

»Verdammt!« Jan und Justin fluchten unisono, während Claire aufstöhnte und verzweifelt die Hände rang. Maggie rutschte auf dem Sitz hin und her und gab vor, entsprechend entsetzt zu sein. Es war das erste Mal, wenn sie sich recht erinnerte, dass sie ein Spiel völlig kalt ließ.

Schließlich – das zweite Drittel war schon mehr als zur Hälfte gespielt – schien Justin sich ihrer wieder zu erinnern. Er ließ eine Hand ihren Rücken hinuntergleiten, öffnete dabei unterwegs gekonnt ihren Büstenhalter und zwängte dann seine Hand zwischen ihren verlängerten Rücken und den Sitz. Maggie beugte sich ein wenig vor, woraufhin seine Hand auf dem Ansatz ihrer Pobacken zu ruhen kam. Justin gab ihr einen sanften Schubs, um ihr anzudeuten, dass sie sich ein klein wenig erheben solle.

Maggie wackelte mit dem Po hin und her, versuchte die Beine übereinander zu schlagen, aber ihr Höschen machte es ihr schwer, sich wie gewünscht in Position zu bringen. Sie verlagerte ihr Gewicht auf ihre linke Pobacke, hob die rechte an und biss die Zähne zusammen, als sie fühlte, wie er seine Hand unter sie schob. Ohne seine Augen vom Spielfeld abzuwenden, begann Justin ihre Pobacke mit seinen Fingern sanft zu streicheln und zu zwicken. Maggie liefen kleine Schauer den Rücken hinauf und hinunter, und ihre Pussy wurde immer feuchter.

»Gut, oder?«, murmelte Justin mit einem Nicken Richtung Eis. Ehe Maggie antworten konnte, schob er seine Hand noch weiter unter sie, und sie fühlte, wie er mit seinen Fingerspitzen absichtlich ihre Säfte auffing. Nachdem er seine Hand ein kleines Stück zurückgezogen hatte, wandte Justin sich zu ihr, sodass er in ihr erhitztes Gesicht schauen konnte.

»Hm, sehr gut.« Er fuhr mit einem Finger über ihren Anus und dann drum herum. Maggie schnappte nach Luft, kniff ihre Muskeln zusammen, versuchte sich ihm zu entziehen. Sie setzte sich fester auf ihren Sitz, aber das schien ihm die Sache nur zu erleichtern. Als sie spürte, wie seine Fingerspitze in sie hineinglitt, hob sie ihren Hintern wieder an, sodass er hinausschlüpfte.

»Strafe wegen groben Schlagens mit dem Stock. Powerplay für die Kolibris.« Das Geschrei des Publikums übertönte den Rest der Ansage. Justin befingerte noch einmal kurz Maggies Loch, zog dann seine Hand zurück und zwinkerte ihr zu.

»Du hast einen tollen Arsch, Maggie«, erklärte er ihr. »Gut zu ficken.« Er beobachtete genau, wie sie reagierte. Als sie nichts sagte, fuhr er fort: »Ja, ich glaube, ich stoße dich nachher ordentlich von hinten. Das würde dir gefallen, oder?«

Noch bevor Maggie eine passende Antwort eingefallen war, stand Justin plötzlich auf, drängte sich an den anderen Frauen vorbei, stieg die Stufen zwischen den Reihen hinauf und verschwand durch den Ausgangstunnel. Maggie lehnte sich in ihrem Sitz zurück und hoffte, dass das Zucken ihrer Muskeln endlich aufhörte. Sie spürte immer noch dieses Kribbeln an ihrem Po, so als ob sein Finger noch mit ihr spielte.

Jan rutschte auf Justins leeren Platz und starrte Maggie neugierig an. »Was habt ihr zwei bloß angestellt?«, flüsterte sie vorwurfsvoll. »Justins Schwanz war so hart, als er ging, dass ich dachte, es zerreißt den Stoff seiner Hose.«

Maggie grinste schwach und wagte nicht zu antworten. Das Publikum schrie erneut auf, und Jan und Maggie wandten ihre Aufmerksamkeit wieder dem Spiel zu. Die Flügelspieler der Kolibris taten ihr Bestes, um ihren Vorteil zu nutzen. Als der linke Flügelspieler den Puck in Richtung auf das Tor der Trojaner stieß, versuchte ein Verteidiger der Trojaner dazwischenzugehen. Ehe er den Puck jedoch erreichte, stieß der zweite Flügelspieler ihn zu Boden, erwischte den Puck und schleuderte ihn so heftig auf das trojanische Netz zu, dass Pele ihn gerade noch mit größter Not abwehren konnte. Die Menge johlte beifällig, als die Spieler ihre Positionen für das neue Anspiel einnahmen. Und schon bald war die erbitterte Schlacht wieder in vollem Gange.

Justin kam zurück, als gerade das Signal zum Ende des zweiten Drittels ertönte. Nachdem Jan ihm Platz gemacht hatte, setzte er sich gelassen hin und drapierte die Decke wieder über sie.

»Wo warst du?«, fragte Maggie leise.

»Hände waschen«, antwortete er. »Wieso? Hast du mich vermisst?«

»Lügner!«, zischte sie. »So lange braucht man nicht, um sich die Hände zu waschen.« Sie konnte förmlich riechen, dass hier etwas faul war. »Gib's zu, du hast dir einen runtergeholt«, warf sie ihm vor.

»Aber, aber ... So ein unanständiger Ausdruck!« Sein Grinsen schien im gleichen Maße zuzunehmen wie ihre Verärgerung. Maggie wünschte, sie hätte die Möglichkeit gehabt, etwas gegen ihren eigenen Frust zu tun, während Justin weg gewesen war, doch da Jan zu ihr hinübergerutscht war, hatte sie sich kaum zu bewegen gewagt. Selbst wenn Jan nicht gesehen haben sollte, in welchem Durcheinander sich ihre Kleidung unter der Decke befand, so hatte sie wahrscheinlich bemerkt, dass Maggies BH am Rücken offen war. Sie hatte schließlich auch mitbekommen, in welchem Zustand Justin sich befunden hatte.

Während sie auf den Anfang des letzten Drittels warteten, blieben die fünf auf ihren Plätzen sitzen und setzten ihre Unterhaltung über die Spieler fort. Auch diesmal nahm Maggie nicht aktiv an dem Gespräch teil, spitzte aber die Ohren, als Jan Justin einige Fragen über Troy stellte.

»Der Junge ist mir ein wenig ein Rätsel«, erzählte Justin. »Der Trainer hat mir einmal erzählt, er habe einen erstklassigen Abschluss in Mathe oder so. Aber er hat sich schon immer für alle möglichen Sportarten interessiert. Einmal wäre er beinahe ausgewählt worden, für England bei den Commonwealth-Spielen zu schwimmen, glaube ich. Egal, dann hat er angefangen, Eishockey zu spielen, und jetzt ist er bei uns. Ich denke, hier verdient er mehr Geld, als wenn er unterrichten würde oder was auch sonst er früher gemacht hat.«

Maggie rutschte das Herz in die Hose. Wenn Troy so ein intellektueller Typ war, würde er wohl kaum etwas für sie übrig haben, oder? Sie hatte die letzte Mathe-Prüfung erst im zweiten Anlauf geschafft. Wahrscheinlich war Jan eher sein Typ. Gut, dass Jan sich mehr für Pele zu interessieren schien. Und außerdem hatte Jan ja bereits Marcus.

Maggie tat so, als studiere sie eine Broschüre über die Mannschaften, während ihr alle möglichen Gedanken durch den Kopf schossen. Jedes Mal, wenn sich die Decke bewegte, spannte sie ihren Körper an und wartete darauf, Justins Hand zu fühlen. Darauf zu warten, was er wohl mit ihr anstellen würde, machte sie ganz verrückt. Als die Spieler zurückkamen, um das Spiel fortzusetzen, war sie in einem solchen Zustand, dass sie nicht mehr klar denken konnte.

Eine Zeit lang beachtete Justin sie nicht weiter und widmete seine ganze Aufmerksamkeit dem Spiel. Nach und nach beruhigte Maggie sich und dachte darüber nach, wie sie sich unauffällig wieder anziehen konnte, bevor sie aufstehen musste.

»Zieh dein Höschen auf die Knöchel runter und spreiz deine Beine weit!«, flüsterte Justin unvermittelt, als wäre ihm gerade eingefallen, in welchem Zustand er sie zurückgelassen hatte.

»Keine Chance!«, antwortete Maggie kühl. Er hatte sich schon mehr als genug auf ihre Kosten amüsiert.

Justin zog an der Decke und entblößte ihre Oberschenkel. Maggie schnappte sich die Decke schnell. »Okay, okay!« Schließlich musste sie vor Ende des Spiels eh etwas mit dem Slip anfangen. So unauffällig wie möglich schob sie das anstößige Kleidungsstück die Beine hinunter und zog es aus. Mit raschen Blicken vergewisserte sie sich, dass ihre Freundinnen nicht hinschauten, und schlüpfte heimlich aus dem geöffneten BH.

»Sehr nett!« Justin grinste und griff unter die Decke, um den BH an sich zu nehmen. »Gib mir auch dein Höschen!«, befahl er, während er den BH in eine Tasche steckte.

Maggie griff nach unten und holte den Slip unter dem Sitz hervor. Als ihr Blick auf die Anzeigetafel fiel, stellte sie fest, dass nur noch etwa zwei Minuten Spielzeit verblieben. Es stand nach wie vor eins zu eins, und glücklicherweise verfolgten alle gebannt den Kampf auf dem Eis. Maggie tat, was sie konnte, um ihren Rock zu glätten. Sie würde versuchen müssen, ihn so lange gut festzuhalten, bis sie die Damentoilette erreicht hätte, um etwas wegen der fehlenden Nadel zu unternehmen. Sara hatte vielleicht etwas bei sich, das sie dafür hernehmen konnte. Sie hatte immer Ersatz für alles dabei.

Als ob er ihre Gedanken gelesen hätte, grinste Justin und holte die Rocknadel aus seiner Tasche. Er wedelte damit vor ihrer Nase herum. »Hättest du die gern zurück?«

Maggie starrte ihn stumm an.

»Nein? Na gut! Ich wollte nur mal fragen.« Er machte sich daran, die Nadel wieder in seiner Tasche zu verstauen.

»Natürlich will ich sie zurückhaben«, sagte Maggie schnell.

Justin hielt die Nadel wieder hoch. »Aber nur, wenn du mir etwas versprichst.«

Maggie nickte.

»Ich möchte, dass du mir versprichst, heute Nacht nicht zu masturbieren. Ich möchte an dich denken, wie du daliegst, ganz heiß und nass und voller Verlangen – nach mir«, erklärte er ihr.

Maggie runzelte die Stirn. Für ihn war es in Ordnung, sich einfach so zur Toilette zu schleichen. Aber dann dachte sie daran, dass sie diese Nacht ja nicht allein sein würde. »Okay«, murmelte sie. »Ich verspreche es dir, wenn es dich glücklich macht. Und jetzt gib mir diese Nadel!«

Die Uhr auf der Anzeigetafel begann den letzten 60-Sekunden-Countdown, und die Menge sprang auf die Füße, als die Trojaner einen letzten verzweifelten Versuch unternahmen, den Sieg zu erringen. Dankbar wickelte Maggie ihren Rock fest um ihre Nacktheit und steckte ihn fest, und zum ersten Mal seit Beginn des Spiels stand sie mit den anderen auf, um ihre Helden anzufeuern.

Als Troy den Puck einem Gegner unter der Nase wegschnappte und auf das Tor der Kolibris losstürmte, stellte sich Justin ganz nah neben sie und schob eine Hand durch den Schlitz in ihrem Rock. Als er seine Hand auf ihren Schamhügel legte, drückte sie sich ihm fest entgegen und genoss die Schauer der Lust, die sie durchliefen.

Troy schien sich ganz inspiriert zu bewegen. Sein Stock flog geradezu über das Eis, und er wehrte die Angriffe der Gegner ab, als wäre er von einem unsichtbaren Kraftfeld geschützt. Als er auf das Tor zuschoss, wurde es ganz still im Stadion, denn alle hielten den Atem an. Der Puck glitt scheinbar schwerelos übers Eis – und ins Netz der Kolibris hinein, kurz bevor das Signal zum Spielende erklang. Zwei zu eins! Die Trojaner hatten gewonnen!

Maggie jubelte mit den anderen und seufzte dann bedauernd, als sie spürte, wie Justins Finger noch einmal langsam über ihren Kitzler strich, bevor er die Hand zurückzog.

»Spiel aus«, flüsterte Justin mit Bedauern in der Stimme. »Und nicht eine einzige Strafe für Behinderung.«

Sie konnte sich nicht entscheiden, ob sie lachen sollte oder ihm eine scheuern.

Maggie fuhr auf dem Weg zu dem Restaurant, in dem der Manager der Trojaner für die Feier nach dem Spiel Plätze reserviert hatte, hinter Justin her. Sie steuerte den Wagen wortlos und beteiligte sich nicht am Gespräch ihrer Freundinnen, denn in ihrem Kopf herrschte ein ziemliches Durcheinander. Ihr Körper vibrierte immer noch als Folge dessen, was Justin mit ihr getan hatte, und ihre Fantasie ging mit ihr durch, wenn sie daran dachte, dass sie die Trojaner jetzt tatsächlich persönlich kennen lernen würde. Sie tat ihr Bestes, nicht daran zu denken, dass sie keine Unterwäsche mehr trug.

Als sie am Restaurant ankamen, war die ganze Truppe schon da, einschließlich des triumphierenden Managers und des ebenfalls bestens gelaunten Trainers Stephen Jackson. Mit dabei war auch noch eine hübsche junge Brünette namens Gemma, die Maggie und den anderen als persönliche Physiotherapeutin der Trojaner vorgestellt wurde. Maggie war sofort hin und her gerissen zwischen Eifersucht und Bewunderung für die junge Frau. Also das nannte sie einen richtig tollen Job – eine legitime Entschuldigung dafür zu haben, all diese göttlichen Körper mit den Händen zu bearbeiten, wann immer einem danach war …

Justin stellte Maggie und ihre Freundinnen allen persönlich vor, und Maggie bekam weiche Knie, als sie schließlich vor Troy stand. Sie hob langsam den Kopf und verschlang seinen flachen Bauch und die breite Brust mit ihren Augen. Er trug jetzt einen makellosen cremefarbenen Anzug, der perfekt saß. Sein Hals war so kräftig und solide wie ein Baumstamm und sein Kinn so eckig, als wäre es aus einem Granitblock herausgehauen worden. Sie stand so nah bei ihm, dass sie den leichten Schweißfilm auf seiner Stirn sehen und den kräftigen männlichen Duft seines Körpers riechen konnte.

Ihre Blicke trafen sich, und Maggie stellte konsterniert fest, dass er genau registriert hatte, wie sie ihn musterte. Seine Augen waren schwarz wie Tinte und funkelten wie Sterne. Sie blinzelte und versuchte, den Kopf wegzudrehen, doch sein Blick war fest und hatte beinahe etwas Hypnotisches. Sie konnte die Augen nicht abwenden und fühlte, wie ihr das Blut in die Wangen schoss.

»Gefällt er dir?«, fragte Troy leise. Seine Stimme war fast ebenso hypnotisch wie seine Augen. Sie spürte seinen Atem auf ihren Wangen und sah, wie sein

Blick nach unten zu seinem Schritt wanderte. Sie konnte sich gerade noch davon abhalten, laut nach Luft zu schnappen.

»Der Anzug. Man hat mir gesagt, die Farbe passe gut zu meiner Haut.« Seine Stimme klang amüsiert, und Maggie war sich sicher, dass er sie zum Besten hielt. Irgendwie hatte sie das ungute Gefühl, er könne all ihre Gedanken lesen, und sie erinnerte sich an das, was sie zuvor über ihn erfahren hatte. Diesen Mann durfte man mit Sicherheit nicht unterschätzen. Sie schluckte und versuchte ihre Stimme wieder zu finden.

»Das stimmt«, krächzte sie leise. Ihre Augen flogen noch einmal über seinen Schritt. Spannte die Hose etwas mehr als noch vor ein paar Sekunden?

Troy lachte und legte eine riesige Hand auf ihren Arm. »Ich könnte mir vorstellen, du bist durstig nach dem ganzen Anfeuern und Applaudieren. Soll ich dir was zu trinken holen?«

Maggie nickte nur, weil sie ihrer Stimme nicht traute. Ihre Knie waren mittlerweile so weich, dass sie befürchtete, sie könnte umkippen, als er ihren Arm losließ. Sie rollte ihre Zunge im Mund herum, um ihn zu befeuchten; dabei empfand sie es als Ironie, dass ihr Mund so trocken war, während die Gegend zwischen ihren Beinen mit jeder Sekunde feuchter wurde.

Als Troy mit einem Glas Weißwein wieder bei ihr auftauchte, begann man gerade damit, zum Essen Platz zu nehmen. Wie benebelt ließ Maggie sich zu ihrem Stuhl führen und fand sich zwischen Justin auf der einen Seite und Gemma, der Physiotherapeutin, auf der anderen Seite wieder. Sie registrierte, dass Troy am anderen Ende des Tischs zwischen Bri, einem anderen Flügelspieler, und Tor, dem unlängst verpflichteten kanadischen Stürmer, Platz genommen hatte.

Jan saß ihr gegenüber, und Maggie bemerkte, dass ihre Freundin den gut aussehenden neuen Mittelstürmer mit mehr als nur flüchtigem Interesse betrachtete. Mit seinen kurz geschnittenen hellen Haaren und den silbergrauen Augen war Tor durchaus eine Sünde wert. Maggie grinste. War Pele so schnell vergessen? Sie fühlte sich ein wenig wie ein kleines Kind, das in einem Süßwarenladen herumstöbern durfte, jetzt, da sie von so vielen begehrenswerten Männern umgeben war.

Als die Vorspeise serviert wurde, schob Justin seine Hand unter den Tisch und platzierte sie beiläufig wieder auf ihrem Schenkel. Es dämmerte ihr, dass er sich bei so viel Konkurrenz ein wenig in Bedrängnis fühlen mochte. Vielleicht wollte er sie mit seiner Geste unbewusst an seine Vorrechte erinnern. Bei diesem Gedanken hätte sie beinahe laut losgekichert. Er konnte sie doch nicht wie eine Immobilie oder so etwas behandeln! Sie schenkte ihm trotzdem ein aufmunterndes Lächeln. Ein Spatz in der Hand … Aber wenn sie sich selbst gegenüber völlig ehrlich war, musste sie sich eingestehen, dass alle Gedanken an Justin augenblicklich verschwinden würden, sollte Troy Interesse signalisieren.

Stephen, der Trainer der Trojaner, beugte sich über den Tisch und verwickelte Justin in ein belangloses Gespräch über den Gebrauch der Eispoliermaschine, während Maggie die Suppe löffelte und die Wirkung zu ignorieren versuchte, die Justins Hand auf ihrem Bein auslöste. Sie hörte fröhliches Gelächter vom anderen Ende des Tischs und wandte ihren Kopf, um zu sehen, was da vor sich ging.

Gemma war voll in Fahrt, und die leicht geröteten Gesichter ihrer Zuhörer ließen darauf schließen, dass ihr Gesprächsthema nicht das Wetter war. Maggie lehnte sich zur Seite, um hören zu können, was Gemma sagte. Sie sprach zu Claire und zwei jüngeren Spielern, und Maggie spitzte die Ohren, als sie mitbekam, worum sich das Gespräch drehte.

»Jedenfalls«, fuhr Gemma mit ihrer Geschichte fort, »stellte sich heraus, dass er wirklich auf S & M stand. Ihr wisst: Leder, Gummi, Peitschen, die ganze Nummer. In seiner Wohnung stand sogar ein spezieller Stuhl zum Auspeitschen, an dem Ketten und Handschellen befestigt waren.« Gemma schüttelte den Kopf. »Ich dachte, ich traue meinen Augen nicht.«

Einer der jungen Eishockeyspieler errötete und rutschte unbehaglich auf seinem Stuhl hin und her, und Claire sah ganz verwundert drein, so als traute sie ihren Ohren nicht. Maggie musste erneut ein Grinsen unterdrücken. Obwohl sie nie aktiv am Geschehen beteiligt gewesen war, hatte sie sich doch ein oder zwei Mal am Rand dieser Szene bewegt, und Gemmas Geschichte, ob sie nun wahr war oder nicht, beschwor einige amüsante und erotische Erinnerungen herauf, die sie schon vergessen geglaubt hatte. Sie lächelte Justin verschmitzt an, setzte sich wieder gerade hin und genoss den Rest des Dinners.

Nachdem die Dessertteller abgeräumt worden waren, bestellte Maggie einen Kaffee, während sich die anderen mit allen möglichen Likören vergnügten. Die waren nie ihre Sache gewesen; sie fand sie viel zu süß, und ihr wurde eher schlecht davon. Die Gäste verließen jetzt nach und nach den Speisesaal und schlenderten zurück in die Lounge, wo weitere Drinks serviert wurden.

Der Manager der Trojaner, mittleren Alters und mit einem öligen Gesicht, kam mit ausgestreckter rechter Hand auf sie zu. »Sie sind Maggie, nicht wahr? Ich habe Sie im Stadion gesehen. Ich freue mich sehr, Sie kennen zu lernen.« Er nahm ihre Hand in seine feuchte Pranke und drückte begeistert ihren Arm, während er ihre Brüste mit Blicken verschlang. »Wie Sie vielleicht wissen, bin ich Roland Donaldson, der Manager der Trojaner. Ich hoffe, das Spiel hat Ihnen Spaß gemacht.«

Ja, danke.« Sie zog ihre Hand weg und unterdrückte den Drang, sie an der Seite ihres Kleids abzuwischen. »Es war sehr freundlich von Ihnen, uns einzuladen.« Rolands aufdringliches Aftershave drehte ihr den Magen um, und sie machte einen Schritt zurück, um sich zu entfernen.

Ihr Körper stieß gegen ein solides Bein, und sie drehte sich um. Es war Troy. Sie hatte nicht einmal bemerkt, dass er in der Nähe war. Einen kurzen, aber erfreulichen Moment lang konnte sie seine Genitalien spüren, die gegen sie drückten, und Lust durchzuckte sie wie ein Stromschlag. Maggie ließ wie beiläufig einen Arm an ihrer Seite herabhängen und tat so, als bemerke sie nicht, wie ihre Finger über seinen Schritt strichen. Sie hörte Troy tief Luft holen und stellt erfreut fest, dass er noch näher an sie herankam.

Roland strahlte ihn an. »Und hier ist der Held des heutigen Spiels.« Er klopfte Troy auf den Rücken. »Das war eine tolle Leistung heute Abend. Wirklich eine tolle Leistung. Du wirst sicher gut schlafen heute Nacht, oder?«

»Mir ist momentan nicht besonders nach Schlafen zumute«, flüsterte Troy Maggie ins Ohr. Maggie erschauderte bei seinen Worten und weil sie seinen

Atem in ihrem Nacken spürte. Sie stellte sich vor, wie er sie irgendwohin brachte, wo sie allein waren, und sie im Stehen nähme, gegen eine Wand gelehnt, so wie Justin es getan hatte. In ihrem Unterleib begann es heftig zu kribbeln, als sie sich seine riesigen Hände auf ihrer nackten Haut ausmalte.

»Wir müssen anstoßen!«, rief Roland. »Schafft Champagner heran! Lasst uns auf das heutige Spiel und die Gesundheit aller Spieler trinken!«

Eine junge Kellnerin kam mit einem Tablett voller Drinks, und Troy bewegte sich von Maggie fort, um zwei Gläser zu holen. Maggie schwankte leicht und lehnte sich gegen Jan. Als Troy ihr ein Glas reichte, nahm sie schnell einen Schluck und zog eine Grimasse, als die Kohlensäure sie in der Nase kitzelte.

Die nächsten zwanzig Minuten vergingen mit Scherzen und Gelächter und einer beinahe unbeschreiblichen sexuellen Spannung. Obwohl Maggie ihre Fassung wiedergefunden hatte, fühlte sie sich jetzt geiler als vorher. Sie schaute sich um und sah, dass ihre Begleiterinnen alle munter dem Champagner zusprachen und zusehends entspannter und enthemmter wurden, je weiter der Abend fortschritt.

Sie bemerkte Roland, der an einer Wand lehnte und alle anwesenden Frauen mit den Augen verschlang. Während sie ihn beobachtete, schlängelte er sich an Claire heran und legte einen Arm um ihre Schultern. Mit von zu viel Champagner und der ganzen Aufregung erhitztem Gesicht lehnte Claire sich an ihn, und Maggie befiel plötzlich die Ahnung, dass Roland die Trojaner dazu benutzte, die Frauen anzuheizen, bevor er sich an sie heranmachte.

Roland fing an, Claires Busen zu betatschen, und Maggie verzog das Gesicht. Was für ein Bastard! Sie gesellte sich rasch zu den beiden und zog ihre Freundin beiseite, wobei sie vorgab, sie etwas fragen zu müssen. Claire schien viel zu sehr neben sich zu stehen, als dass sie begriffen hätte, was da vor sich ging.

Troy hatte sich unterdessen zu Gemma gesellt, und als Maggie sich ihnen unauffällig näherte, konnte sie hören, dass Troy der hübschen Physiotherapeutin etwas über Wassersport erzählte. Während sie noch darüber nachdachte, wie sie sich in das Gespräch einmischen könnte, kam sie nicht umhin, sich zu fragen, wie gut die beiden einander wohl kannten.

»Tut mir Leid, wenn ich euch den Spaß verderben muss, aber wir müssen wirklich langsam aufbrechen. Bis Mitternacht müssen wir das Lokal verlassen haben, dann wird hier geschlossen«, verkündete Roland unvermittelt. Maggie starrte ihn stumm an und fragte sich, ob er nicht vielleicht den anderen den Spaß verderben wollte, weil er selbst bei keiner der Frauen landen konnte.

Während Roland die Mannschaft zusammentrieb, hielt Maggie den Blick auf Troy geheftet, der sich jetzt mit zwei anderen Trojanern in einem Gespräch mit Justin befand. Wenigstens himmelte Gemma ihn jetzt nicht mehr an. Maggie ließ den Blick noch einmal über Troys fantastischen Körper schweifen und verspürte mehr als nur ein leichtes Bedauern, als sie daran dachte, was vielleicht hätte sein können.

Roland ergriff ihren Arm und zog sie zur Seite. »Möglicherweise kann ich es einrichten, dass Sie wieder einmal zu uns stoßen.« Plump ließ er seine Hand an ihrem Arm heruntergleiten. »Ich wäre höchst erfreut, wenn Sie bei Gelegenheit mein persönlicher Gast sein würden.« Die Art und Weise, wie er mit den Augen ihre Brüste verschlang, ließ keinen Zweifel daran, was ihm wirklich vorschwebte. Maggie wandte sich angeekelt von ihm ab. Aus irgendeinem Grund bekam sie bei ihm eine Gänsehaut.

Justin beendete sein Gespräch und kam zu ihr herüber. »Ich muss heute noch nach Fairwood zurück«, erklärte er ihr. »Ich soll Stephen mitnehmen, damit er morgen beim Freundschaftsspiel der Junioren dabei sein kann.« Er legte einen Arm um ihre Taille. »Wenn ich allein zurückfahren würde, nähme ich dich mit«, murmelte er.

Sie grinste. »Was? Und ich sollte mein Auto und meine Freundinnen im Stich lassen? Danke, dass du alles arrangiert hast, Justin. Ich sehe dich dann am Montag bei der Arbeit.«

»Träumst du von mir?« Es war mehr ein Vorschlag als eine Frage.

»Natürlich.« Maggie sah, dass Troy im Gehen begriffen war, und lächelte in sich hinein. Ihre Träume für diese Nacht waren schon ausgebucht.

»Vergiss aber nicht, was du mir versprochen hast!«, fügte Justin leise hinzu, als er wegging.

Zehn Minuten später, während die lautstarken Abschiedsgrüße und guten Wünsche der Trojaner noch in ihren Ohren nachklangen, schloss Maggie ihren Wagen auf und schlüpfte hinters Steuer. Sie fühlte sich immer noch angespannt und erregt. Hinter sich hörte sie das fröhliche Schnattern der anderen Frauen, als sie ins Auto kletterten. Obwohl sie über die vom Hölzchen aufs Stöckchen kommende Unterhaltung lächeln musste, erinnerten ihre Worte sie doch an ihre eigenen Gedanken über Troy.

Sie rutschte unbehaglich auf dem Fahrersitz hin und her, als sie sich an seine Hand auf ihrem Arm und an seine gegen sie gedrückten Genitalien erinnerte. Sie konnte den warmen, süßen Duft von Schweiß und weiblicher Erregung riechen, der sich im Wagen verbreitete. Wahrscheinlich hatte keine von ihnen mehr ein trockenes Höschen.

»Schnallt euch an«, rief sie. »Wenn ihr so weit seid, machen wir uns auf den Weg.« Sie legte den ersten Gang ein und ließ die Kupplung langsam kommen. Ihre Hand verharrte auf dem Ganghebel, als sie ein weiterer Lustschauer durchfuhr. Was Troy anbetraf, hatte sie Recht gehabt. Er war all das, was sie erwartet hatte. Und noch ein bisschen mehr. Sie lenkte den Wagen vom Parkplatz und bog nach links in Richtung ihrer Unterkunft ab.

Im weiteren Verlauf der Fahrt legte sich das Geschnatter der anderen. Die Frauen verfielen in eine Art verträumten Schweigens, während Maggie hellwach und unruhig war. Sie fuhr den Wagen mehr oder weniger automatisch, während sich ihre Gedanken auf Troy konzentrierten. Das half ihr aber nicht gerade dabei, sich zu entspannen.

Um sich abzulenken, wandte sie ihre Gedanken dem gruseligen Manager der Trojaner zu. Er hatte mehr als deutlich zu erkennen gegeben, dass er hinter ihr her war. Was für eine abstoßende Vorstellung! Nicht einmal die Chance, Freikarten für sämtliche Spiele der Trojaner zu bekommen, könnte sie dazu bewegen, zu Roland ins Bett zu steigen.

Kurz vor halb eins kamen sie in ihrer Pension an und schlichen, dümmlich kichernd über jede knarrende Holzbohle und jede quietschende Tür, auf ihre Zimmer. Als Maggie unter ihre Bettdecke schlüpfte, prickelte ihr Körper voll aufgestauten Verlangens. Wegen Justins Zärtlichkeiten während des Spieles und ihrer

Gedanken an Troy hatte sie sich den ganzen Abend über in einem Zustand ständiger Erregung befunden. Durch die dünne Wand konnte sie Sara und Claire im Nebenzimmer flüstern hören. Sie vermutete, sie unterhielten sich über die Spieler. Maggie erinnerte sich daran, dass Sara einmal erwähnt hatte, Ean erinnere sie an jemand Speziellen aus ihrer Vergangenheit. Sara sprach nie über den Vater ihres Sohns Kevin, doch Maggie war sich sicher, dass er derjenige war, an den sie dachte, wenn sie den gut aussehenden Verteidiger betrachtete.

»Bist du noch wach?«, flüsterte Maggie. Es kam keine Antwort. Glückliche Jan. Sie träumte sicher schon etwas Schönes. Maggie fühlte sich wacher als je zuvor. Sie starrte auf die dunklen Schatten an der Decke und hörte auf die nächtlichen Geräusche draußen. In der Ferne bellte ein Hund. Sanft fuhr sie mit den Fingern über ihren Busen und fühlte, wie sich ihre Brustwarzen unter dem dünnen Nachthemd aufrichteten. Sofort kribbelte es wieder in ihrem Schoß.

Maggie drehte sich auf die Seite und winkelte die Beine an. Als sie sie zusammendrückte, spürte sie ein drängendes Verlangen tief in ihrem Bauch. Sie presste ihre Beine noch fester zusammen und genoss den erfreulichen Druck, der dadurch auf ihre Klitoris ausgeübt wurde. Dabei musste sie an das dumme Versprechen denken, das sie Justin gegeben hatte. Nicht, dass sie es brechen wollte: Sie hatte nämlich nie die Kunst beherrscht, leise zu kommen. Wenn sie jetzt masturbierte, würde sie aufschreien, wenn sie käme. Und wenn Jan dadurch wach würde?

Mit einem frustrierten Seufzer drehte sie sich auf den Bauch und klopfte sich das Kissen zurecht, um es sich bequemer zu machen. Sie schloss die Augen ganz fest und versuchte sich Troy in seinem Anzug vorzustellen. Ein Lächeln huschte über ihr Gesicht, als sie sich daran erinnerte, wie er sie mit der Farbe aufgezogen hatte.

Später in der Nacht erwachte sie mit einem Ruck und blickte sich um, um herauszufinden, wo sie sich befand. Ihr Körper war bedeckt mit kaltem Schweiß, und unter der Decke hatte sich der etwas stechende, nach Moschus riechende Duft ihrer Erregung ausgebreitet.

Sie hatte von Troy geträumt. Sie waren allein auf dem Eis gewesen, und Troy hatte sie fest in seinen Armen gehalten, während sie graziös über die Bahn geglitten waren. Sie hatte sich eng an ihn geschmiegt und die Wärme seines Körpers genossen, während sich sein harter Schwanz gegen ihren Bauch gedrückt hatte.

Irgendwie war sie plötzlich nackt gewesen, und Troy hatte ihren ganzen Körper mit seinen Händen gestreichelt. Er hatte sich seiner Hose entledigt, und seine Erektion hatte über ihre nackte Haut gestrichen, als er sie an sich gezogen hatte. Eben hatte sie nach seinem Schwanz greifen wollen, um sich von ihm aufspießen zu lassen, um seinen Ständer tief in sie eindringen zu lassen … da war sie aufgewacht.

So ein Mist! Maggie richtete sich auf und blickte sich im Zimmer um. Jan schien immer noch fest zu schlafen. Was nun? Sie konnte nicht masturbieren, wollte sie Jan nicht aufwecken, und sie konnte sich nicht einmal in ihren Träumen befriedigen. Genau der falsche Moment, um aufzuwachen! Ein paar Sekunden später, und Troy wäre in ihre triefend nasse Möse eingedrungen. Jetzt würde sie mit Sicherheit nicht wieder einschlafen können.

So leise wie sie konnte stieg Maggie aus dem Bett und schälte sich das durchschwitzte Nachthemd vom Körper. Zitternd zog sie frische Unterwäsche an und schlüpfte in eine Bluse und einen Rock. Sie legte eine Jacke über die Schultern und verließ auf Zehenspitzen das Zimmer. Möglicherweise würde ein Spaziergang an der frischen Luft ihr helfen, sich ein wenig zu beruhigen.

*** Drei.

Maggie war zur Hintertür der Pension hinausgegangen und folgte einem schmalen Pfad. Als sie zu einem kleinen Tor gelangte, setzte sie sich rittlings darauf und erwog die Möglichkeiten, die ihr offen standen. Nach links schien der Pfad zu der Straße zu führen, an der die Pension lag. Rechts verschwand er in einem nahe gelegenen Wald. Maggie verlagerte das Gewicht auf ihren Pobacken, denn sie spürte nur allzu gut das harte Metall zwischen ihren Beinen. Sie dachte an das Versprechen, das sie Justin gegeben hatte, und hätte sich beinahe gewünscht, sie hätte Roland nicht so übereilt abblitzen lassen. So aufgeheizt, wie sie sich jetzt fühlte, wäre ihr jeder Schwanz recht gewesen. Dann musste sie über sich selbst lachen. Roland war einer der übelsten Sackträger, dem sie je begegnet war – genau wie Justin. Sie wagte gar nicht daran zu denken, was sie Justin jetzt am liebsten antun würde.

Gott, war sie geil! Obwohl sie stolz darauf war, ihre Versprechen in der Regel zu halten, musste sie sich eingestehen, dieses letzte könnte vielleicht die Ausnahme von der Regel werden. Sie verspürte den Drang, etwas völlig Verrücktes und Verantwortungsloses zu tun. Ausnahmsweise einmal befanden sich ihre Fantasien und ihr Mut in Einklang. Wenn es nicht so kalt gewesen wäre, hätte sie sich womöglich alle Kleider vom Leib gerissen und wäre, vor Frust laut schreiend, nackt die Straße hinuntergelaufen. Sie presste sich fest gegen das Tor und genoss lustvoll den Druck gegen ihr Geschlecht.

»Fahr zur Hölle, Justin!« Maggie biss die Zähne zusammen und sprang von dem Tor hinunter auf den Pfad. Sie zögerte einen Moment, als sie zu dem einladend dunklen Wald hinüberblickte, seufzte dann schwer und ging in Richtung Straße. Mit jedem Schritt fühlte sie sich wacher denn je. Sie war sich der kühlen Nässe zwischen ihren Beinen wohl bewusst und dachte sehnsüchtig an ihren zuverlässigen Vibrator, der allein zu Hause lag und auf sie wartete.

Vielleicht sollte sie einfach nachgeben und sich ihrer selbst annehmen? Maggie blieb stehen, und ein Schauer der Erregung lief ihr den Rücken hinunter, als sie sich umschaute. Hier war mit Sicherheit niemand, der sie hören oder sehen konnte. Sie schloss die Augen und beschwor ein Bild von Troy herauf – nackt bis auf eine knappe Unterhose. Sie legte eine Hand auf ihren Schenkel und schob sie langsam unter ihren Rock.

Während sie mit ihren Fingern langsame, kreisende Bewegungen über ihre bereits harte Knospe vollführte, malte Maggie sich aus, wie sie Troys mächtige Erektion aus seiner Unterhose befreite. Irgendwo in der Nähe heulte eine Eule. Maggie stellte sich vor, sie läge nackt auf einer Wiese, der Mond schiene auf sie herab, und neben ihr kniete Troy, den Schwanz in einer Hand, während er mit der anderen ihren Busen knetete. Das Bild war so stark und deutlich, dass sie beinahe den süßen Duft des Grases riechen konnte. Sie wollte die leichte Brise auf ihrer Haut fühlen. Sie verzehrte sich nach dem Verlangen, es sich nackt selbst zu machen, getaucht in den Schein des Mondes wie eine griechische Göttin.

Justin und die blöden Versprechungen konnten ihr gestohlen bleiben! Außerdem – wie sollte er es je erfahren? Und darüber hinaus war ein unter Druck abgegebenes Versprechen gar kein richtiges Versprechen. Maggie schaute die Straße hinunter. Vielleicht gab es hinter der nächsten Kurve eine Möglichkeit, aufs freie Feld zu gelangen. Sie machte sich auf den Weg.

Beim Gehen betrachtete Maggie die dunklen Schatten der Hecken auf beiden Seiten. Das sanfte Streicheln der leichten Brise auf ihrer klammen Unterwäsche ließ ihre Erregung steigen. Ihr ganzer Körper prickelte vor Vorfreude. Sie ging schneller.

Als sie um die Kurve kam und ein Licht vor sich sah, hätte sie vor lauter Schrecken und Enttäuschung beinahe laut aufgestöhnt. In einer Einfahrt stand ein Van. Bilder von einem Pärchen, das einen ruhigen Platz auf der Rückbank gefunden hatte, schossen ihr durch den Kopf und machten sie noch wütender. Es gab keine Möglichkeit, sich vorbeizuschleichen. Was auf Erden sollte sie sagen, wenn jemand sie sah? Ihre schöne Fantasie löste sich in Nichts auf. Während sie noch da stand und ihr Pech verfluchte, öffnete sich eine Tür des Vans; eine große dunkle Gestalt stieg aus und bewegte sich auf sie zu. Maggie erstarrte, als der Strahl einer starken Taschenlampe sie erfasste. Sie hörte einen erstaunten Ausruf und sah eine zweite Gestalt aus dem Van klettern.

»Es ist eine Frau!« Die Stimme war tief und definitiv die eines Mannes. Und sie klang so überrascht, als hätte sie zu verkünden gehabt: »Es ist ein Marsianer!« Maggie kam die Galle hoch. Sie hob eine Hand, um ihre Augen vor dem grellen Licht zu schützen.

»Würde es Ihnen etwas ausmachen, das Ding irgendwo anders hinzuhalten? Ich kann verdammt nichts mehr sehen!«

»Sorry.« Der Lichtstrahl bewegte sich zur Seite, und Maggie blinzelte, um in der Dunkelheit wieder etwas erkennen zu können.

Sie konnte sich nicht entscheiden, ob sie bleiben oder wegrennen sollte. Zwar war sie sich ihrer Verwundbarkeit deutlich bewusst, aber sie war auch noch aufgedreht genug, um den Reiz dieser seltsamen Begegnung auszukosten. Vielleicht war das ja die Gelegenheit, auf die sie gehofft hatte. Sie ging ein paar Schritte vor und starrte in die Dunkelheit. Zwei große und kräftig gebaute Männer standen vor dem Van und schauten zu ihr hinüber. Durch die Windschutzscheibe konnte sie noch mehrere andere erkennen, die sich im Innern bewegten – und irgendetwas an ihnen kam ihr bekannt vor. Nein … Unmöglich. Das konnte nicht sein! Sie schnappte nach Luft, als es ihr dämmerte, und dann noch einmal, als sie auf losem Kies ausrutschte und ins Stolpern geriet.

Der Mann mit der Taschenlampe eilte auf sie zu und ergriff ihren Arm, um sie aufzufangen. »He, langsam! Was ist los? Hatten Sie einen Unfall?«

Maggie blickte sprachlos auf zu Tor, dem neuen Mittelstürmer der Trojaner. Sie blinzelte und schüttelte den Kopf, um klar denken zu können. War er das wirklich? Ihre überreizte Fantasie machte ihr offensichtlich etwas vor. Sie hörte die Stimmen anderer Männer im Innern des Vans, und dann öffnete sich die seitliche Schiebetür.

»Was tut sich hier? Wer ist da? Was ist los?« In ihren Ohren brauste ein einziges Stimmengewirr.

Tor starrte sie erstaunt an. »Moment mal! Kenne

ich dich nicht?« Plötzlich begann er zu kichern. »Ja! Du warst heute Abend beim Spiel.« Er grinste. »Ratet mal, wer hier ist, Jungs!«, rief er über seine Schulter. »Eine der Bräute, die nach dem Spiel mit uns zum Essen gekommen sind. Die es uns so schwer gemacht haben!«

Maggie spürte, dass sie von Kopf bis Fuß rot wurde. »Was in aller Welt macht ihr hier?«, stammelte sie verwirrt.

»Eigentlich sind wir auf dem Weg zu unserem Hotel«, antwortete Tor. »Roland hat uns irgendeinen schicken Laden auf dem Land gebucht. Aber dann ist uns der blöde Bastard vor der Nase davongefahren.«

Der andere dunkle Schatten in der Nacht, der sich als Troy entpuppte, trat auf sie zu, sodass Maggie seine Zähne und seine Augen im Licht der Scheinwerfer schimmern sehen konnte.

Er schien immer zu lächeln. Schockiert starrte Maggie ihn an. Er stand so nah vor ihr, dass sie die Wärme spüren konnte, die sein Körper ausstrahlte. Ihre Knie begannen zu zittern.

»Hallo, Troy«, murmelte sie verdattert, als sei es das Selbstverständlichste der Welt für sie, sich um diese Uhrzeit unterwegs zu befinden.

Troy trat näher an sie heran. Er hob seine Hand und fuhr mit einem Finger über ihre Wangenknochen. »Ich glaube, du und ich haben noch etwas zu erledigen«, flüsterte er eindringlich.

Maggies Gedanken wurden ganz verschwommen. Sie fühlte sich wie ferngesteuert, so als ob sie sich in einem fremden Körper befände. Oder sie träumte wieder, ließ ihren Fantasien freien Lauf. Er konnte ja nicht wirklich hier draußen sein, in der Mitte von Nirgendwo. Sie fühlte sich jetzt genau so, wie sie sich gefühlt hatte, als sie Justin im *Cellar* den Reißverschluss aufgemacht hatte. Verrückt und unbekümmert. Und geil. Sie ließ den Blick zu seinem Schritt wandern und starrte hungrig auf sein Gemächt. Wenn sie sich das alles nur einbildete, dann war es die realistischste Fantasie, die sie jemals gehabt hatte. ›Bitte, lieber Gott, lass mich nicht aufwachen‹, betete sie stumm.

Tor bemerkte ihren Blick. »Weißt du was? Ich glaube, sie würde gern wissen, wie groß du wirklich bist – ohne die Schutzausrüstung«, stichelte er. Maggie konnte den Alkohol in seinem Atem riechen und kam zu dem Schluss, dass sie wohl alle beschwipst waren.

Troys Grinsen wurde noch breiter. »Kein Problem.« Seine Hand verließ ihre Wange und begann ihre linke Brust zu erkunden. Außer tief Luft zu holen, zeigte Maggie keine Reaktion. Als er seinen Gürtel aufmachte, holte sie noch einmal tief Luft. Wie beiläufig öffnete er den Knopf und den Reißverschluss.

Seine Hose rutschte auf die Knöchel hinunter, und zum Vorschein kamen helle Boxer-Shorts. Seine Beine waren so dunkel, dass Maggie kaum ihre Konturen sehen konnte, und daher kam es ihr fast so vor, als schwebte sein Torso in der Luft. Langsam schob er eine Hand in den Schlitz der Shorts und schob den Stoff zur Seite. Maggie schluckte und atmete schließlich geräuschvoll aus.

»Nun?«

Sie schluckte noch einmal und nickte mit dem Kopf. »Sehr nett«, hauchte sie mit schwacher Stimme, ohne den Blick von dem bereits anschwellenden Schwanz abzuwenden. Jetzt wusste sie, dies musste ein Traum sein.

»Er wird größer, wenn du ihn streichelst«, versprach er.

Maggie hörte, wie die Schiebetür des Vans wieder geöffnet wurde. Sie schaute Tor an, der immer noch ihren Arm hielt, und wandte dann den Kopf zu den vier anderen Trojanern, die aus dem Van gestiegen waren und sich nun zu dem Grüppchen gesellten. Sie konnte auch bei ihnen Alkohol im Atem riechen und fragte sich, wie betrunken sie wohl waren. Jedenfalls betrunken genug, um in der Mitte von Nirgendwo zu landen.

Bri, einer der anderen Flügelspieler, grinste sie an und zwinkerte übertrieben mit einem Auge.

»Mach nur weiter, Süße! Mach's ihm!«, ermutigte er sie.

Mach's ihm! Maggie erinnerte sich daran, wie sehr sie ihn vorhin begehrt hatte und was sie für sich selbst im Sinn gehabt hatte, bevor sie hier aufeinander getroffen waren.

Tor nahm ihre Hand und führte sie zu Troys Geschlecht. Obwohl sie kaum glauben konnte, was sie da tat, machte sie keine Anstalten, sich zu widersetzen. Als ihre Fingerspitzen mit seinem Schwanz in Berührung kamen, zuckte sie zusammen. Er schien so heiß zu sein im Gegensatz zu der kühlen Nachtluft. Völlig außer Stande, sich zurückzuhalten, schloss sie ihre Faust um seinen Ständer und schob ihre Hand zu seiner Eichel hoch.

Er war noch nicht ganz erigiert, und sie fühlte ihn als Antwort auf ihr Streicheln anschwellen, als sie ihre Hand wieder nach unten bewegte. Sie schaute ihm ins Gesicht und sah, wie er die Zähne fest zusammenbiss. Ein brennendes Verlangen breitete sich in ihrem Unterleib aus. Langsam ließ sie ihre Finger bis zum Ansatz seines Schwanzes gleiten und streichelte leicht seine Eier. Sie spürte, wie sein Körper sich anspannte, als sie in sein dichtes Schamhaar griff und seinen Sack sanft drückte.

»Das ist gut! Spiel mit seinem Sack!«, ermutigte sie einer der anderen Trojaner.

Maggie leckte ihre trockenen Lippen und umfasste wieder den Ansatz seines Penis. Zumindest Troy war nicht zu betrunken. Sein Schwanz war jetzt so hart wie jeder Vibrator, und sie fühlte das Blut durch die geschwollenen Venen pochen. Dies fachte das Feuer ihrer Lust noch weiter an. Sie öffnete ihre Faust, trat einen Schritt zurück und stieß gegen Tor.

»Also weißt du, Troy, du solltest dich in der Öffentlichkeit nicht so entblößen! Was meint ihr, Jungs?«, tadelte Tor ihn und legte die Arme um Maggies Taille.

»Du hast es doch vorgeschlagen«, protestierte Troy.

»Nein, das habe ich nicht. Ich habe nur gesagt, sie sei neugierig. Ich wollte nicht, dass du sie derart erschreckst. Das arme Mädchen zittert ja vor Angst.« Er drückte sie fester an sich.

Sie zitterte in der Tat, aber es war sicher nicht korrekt zu sagen, dass das vor lauter Schreck geschah. Ihr ganzer Körper fühlte sich an, als ob er in Flammen stünde, und sie war sich Tors Körper nur zu bewusst, der sich fest gegen ihren drückte.

»Packt ihn, Leute! Ich glaube, wir müssen Troy eine Lektion erteilen«, fuhr Tor fort.

Zwei der anderen packten Troy von hinten und drückten ihn gegen die Seite des Vans. Sadistisch kichernd zogen sie ihm die Boxer-Shorts bis auf die Knöchel hinunter. Maggie fühlte, wie sie gegen seine strammen Arschbacken gedrückt wurde, sodass sie sich jetzt zwischen den beiden Männern befand wie der Belag eines Sandwichs. Instinktiv legte sie die Hände auf Troys Schenkel und streichelte das feste Fleisch. Was man in einem Traum tat, war egal, nicht wahr? Da es nicht wirklich geschah, zählte es nicht.

Troy stöhnte und kreiste mit dem Becken, presste seinen Hintern gegen ihr schon überreiztes Geschlecht und löste damit kleine Lustblitze in ihrem Körper aus. Sie packte seine Schenkel und spürte, wie sich als Reaktion darauf seine Muskeln anspannten. Tor stieß von hinten gegen sie, und sie konnte das eindeutige Zeichen seiner Erregung durch den Stoff seiner Kleidung spüren.

Plötzlich wurde sie weggezogen, und dann schaute sie wortlos zu, wie die anderen damit weitermachten, Troy seiner Kleidung zu entledigen. Sie hätte beinahe gekichert über die Art und Weise, wie er sich wehrte, wie er fluchte und wie er sich zu befreien versuchte. Drei gegen einen – das war hoffnungslos. Sobald sie ihm das Hemd ausgezogen hatten, drehten sie ihn herum und hoben ihn hoch, als wäre er so leicht wie eine Puppe.

»Zieh ihm die Hosen aus!«, befahl einer der Jungs Maggie.

Das musste man ihr nicht zweimal sagen; sie beugte sich vor und zog seine Hose und die Shorts über seine Knöchel. Ihre Augen fixierten wie hypnotisiert seinen großen Penis, und es juckte sie in den Fingern, ihn wieder zu streicheln. Wellen der Erregung und der Lust durchfluteten ihren Körper, und ihr Mund war so trocken, dass ihre Lippen nicht feucht wurden, so oft sie sie auch leckte. Dafür war die Feuchtigkeit an anderer Stelle umso intensiver.

»Scheiße! Das ist jetzt genug! Auch ein Scherz hat seine Grenzen!« Troy wehrte sich so heftig, dass seine Muskeln hervortraten.

Tor kicherte. »Dreht ihn um!«, kommandierte er gnadenlos.

Die Jungs wirbelten ihn herum und drückten ihn wieder gegen den Van. Maggie konnte ihre Augen nicht von seinen zuckenden Arschbacken lassen, als er sich ihrem Griff zu entwinden versuchte.

»Sechs anständige!« Tor nahm Maggies Hand und deutete an, sie solle Troy auf den Hintern hauen. Troy drehte seinen Kopf herum und warf wütende Blicke über die Schulter.

»Lasst mich los, ihr Drecksäcke!«, schrie er und nahm den Kampf wieder auf, als ein anderer Spieler seinen Kopf packte und ihn wieder nach vorn drehte. »Wenn ich freikomme, breche ich euch das verdammte Genick!«

»Wartet einen Moment! Wir wollen doch nicht, dass sie sich die Hand verletzt!« Einer der Verteidiger, an dessen Namen Maggie sich plötzlich nicht mehr erinnern konnte, kletterte hinten in den Van und wühlte darin herum. Wenig später erschien er wieder mit triumphierender Miene; er hielt einen Eishockeyschläger in der Linken.

»Hier, Süße.« Er reichte ihr den Schläger. »Sechs Schläge. Er muss mehr Selbstkontrolle lernen, sonst bekommt er womöglich noch mitten beim Spiel einen Steifen. Das können wir nicht zulassen.«

»Nein, das kann ich nicht.« Doch Maggies Miene verriet ihre freudige Erwartung, als sie ihre Jacke auszog und den Schläger nahm.

»Doch, das kannst du«, widersprach Tor ihr. »Sonst lassen wir ihn dich schlagen. Schließlich bist du daran schuld, dass er so aufgeregt ist.« Er grinste. »Nicht, dass ich es ihm übel nehmen würde. Zum Teufel auch, eine Frau, die so sexy ist wie du, macht jeden Mann heiß.«

Maggie stellte sich bereits in Positur. »Okay!« Sie packte den Schläger fest und hob den Arm. Glücklicherweise versuchte niemand, sie aufzuhalten. Sie war so erregt, dass wahrscheinlich nur alle zusammen sie von ihrem Tun hätten abhalten können.

»Ihr verfickte Bande, lasst mich los! Ahhh!« Troys Tirade endete abrupt, als der Schläger auf seine linke Pobacke klatschte. Er schrie vor Schreck auf und versuchte freizukommen. »Au!« Ihrem zweiten festen Schlag folgten gleich zwei weitere auf die andere Pobacke.

»Beugt ihn ganz nach vorn«, hörte Maggie sich flüstern, »bis er seine Zehen berührt.«

Als Troys Hintern noch höher in die Luft ragte, ließ Maggie den Schläger fallen und spuckte in die Hände. »Ich werde die Hand nehmen«, erklärte sie und ließ sie im nächsten Moment auf seinen Hintern klatschen. Sie ließ ihre Hand auf seiner Haut liegen, rieb die Backe leicht und platzierte dann einen weiteren Hieb auf die linke Pobacke.

Tor lachte. »Jetzt haben wir dir eine Lektion erteilt, oder, Troy?«

»Jesus, das brennt«, murmelte Troy leise, als seine drei Freunde ihn schließlich losließen und er sich aufrichten konnte.

Troy rieb seinen Hintern und drehte sich zu Maggie um. Seine Erektion schien noch größer geworden zu sein, und sie wickelte ihre Finger um seinen Ständer, ohne überhaupt eine Sekunde darüber nachzudenken, und zog ihn näher an sich heran, bis ihre Körper sich berührten. Langsam glitt ihre Hand an seinem steifen Schwanz auf und ab.

»So richtig scheinst du deine Lektion aber nicht gelernt zu haben«, flüsterte sie spöttisch.

»Nein, Ma'am«, antwortete er im selben Ton, »und da es Ihre Schuld ist, werden Sie sich drum kümmern müssen.« Er legte die Hände auf Maggies Schultern und drückte sie langsam nach unten. Das erregte sie sehr. Er wollte, dass sie ihm vor all den anderen einen blies!

Als sie sich Troy mit dem Mund näherte, legte Tor die Arme um sie, zog sie nach hinten und zwang sie so, sich nach vorn zu beugen, um an Troy heranzukommen. Sie schob eine Hand zwischen seine Beine und drückte gegen einen Oberschenkel. Folgsam spreizte Troy seine Beine etwas, und Maggie legte ihre rechte Hand auf seinen Ständer, um ihn ruhig zu halten. Mit den Fingernägeln ihrer linken zeichnete sie sanft Muster auf seinen Oberschenkel.

Als sie ihre Zunge ausstreckte, um seinen angeschwollenen Schwanz zu lecken, spürte Maggie, wie sein ganzer Körper erzitterte, und sie sah, wie er seine Muskeln anspannte. Sie spürte auch, dass die anderen Männer näher herankamen, um besser sehen zu können. Sie drehte ihren Kopf etwas zur Seite und bemerkte, wie einer von ihnen vorn an seiner Hose herumzupfte, um es sich bequemer zu machen. Dann gab er auf und grinste breit, während er eine Hand unter seinen Hosenbund schob. Sie schaute fasziniert zu, wie er mit der Hand in der Hose herumfuhrwerkte. Als er die Hand wieder herauszog, beulte sein Ständer seine Hose deutlich aus.

Entflammt ließ Maggie ihre Zunge Troys Ständer herunterwandern. Sie hatte keine Ahnung, was als Nächstes passieren würde. Sie hatte noch nie einem Mann vor Publikum einen geblasen, doch das Ganze gefiel ihr mehr, als sie gedacht hätte. Sie beugte sich tiefer hinab und leckte seine Eier. Dabei schob sie ihre

Hand weiter zwischen seine Beine und hielt sich dann an einer Arschbacke fest. Sie krallte ihre Nägel in seine Haut und spürte, wie er sich wand.

Ihr Körper fühlte sich an, als stünde er in Flammen. Sie hörte jedes Geräusch und spürte jede Bewegung. Sie konnte die kühle Nachtluft unter ihrem kurzen Rock fühlen, und sie stellte sich vor, wie die Männer auf ihre Blöße starrten. Erregte sie das alle? Vor ihrem geistigen Auge tauchten Bilder von ihnen auf, wie sie sich auszogen und sich angesichts der Kurven ihres Hinterns einen runterholten. Hofften sie, sie würde es ihnen allen besorgen?

Angeregt durch ihre eigenen Gedanken, nahm sie Troys Schwanz ganz in den Mund und saugte so fest sie konnte. Langsam schob sie die Lippen seinen langen dicken Ständer hinauf, ließ dabei ihre Zähne leicht über das empfindliche Fleisch streifen. Als sie spürte, wie er seine Muskeln noch stärker anspannte, ließ sie einen Finger um seinen Anus kreisen. Er stöhnte vor Lust auf, und ihre neugierigen Finger fühlten, wie seine Eier anschwollen und sein Sack sich straffte.

Weil sie nicht wollte, dass es zu schnell zu Ende war, zog Maggie ihre Hand zurück, hob den Kopf und machte eine Faust um seinen Schwanz. Erst als sie spürte, dass er sich ein wenig entspannte, spielte sie mit ihrer Zunge wieder an seiner heißen Eichel.

Troy seufzte und stöhnte bei diesem Wechsel von Agonie und Ekstase, denn Maggie brachte ihn wiederholt mit ihrem Mund an den Rand des Höhepunkts, hörte dann auf und drückte seinen Schwanz mit dem Finger, bis der gefährliche Moment vorüber war. Sein ganzer Körper erbebte dabei sichtlich vor Anstrengung, und seine Knie zitterten so sehr, dass er kaum noch stehen konnte. Jedes Mal, wenn sie ihn zurückhielt, brauchte er länger, um wieder die Kontrolle über sich zu gewinnen, und jedes Mal, wenn sie die Folter aufs Neue begann, schien seine Erregung schneller anzusteigen.

Maggie spürte irgendwie, dass die anderen Männer näher und näher kamen, und sie fühlte die Hitze, die ihre Körper ausstrahlten. Als sie die Hüften bewegte, stieß sie gegen eine gewaltige Erektion. Derjenige, zu dem sie gehörte, legte eine Hand auf ihren Rücken über ihrem Po und ließ die Finger dann über ihre Pobacken hinuntergleiten. Als sie anschließend wieder unter ihrem Rock hochwanderten und die Fingerspitzen die nackte Haut auf der Innenseite ihrer Oberschenkel streichelten, musste sie ihre ganze Willenskraft aufbringen, um nicht die Zähne zusammenzubeißen. Sie spreizte die Beine, um den anderen Verehrer zu ermutigen.

Gleichzeitig bearbeitete sie Troys Ständer härter, um sich selbst etwas von den Fingern abzulenken, die sich näher und näher an ihre Möse heranschlichen. Nach und nach wurde sie sich mehrerer Hände bewusst, die sie berührten. Erfahrene Finger öffneten gekonnt ihren BH, und sie spürte, wie die elastischen Bänder zur Seite sprangen. Eine Hand schob sich unter ihr Höschen und streichelte ihre linke Pobacke, während eine andere Hand ihre Bluse aus dem Rockbund zerrte.

Maggie erschauderte einmal mehr, als ein sanfter Kuss auf die Rückseite ihres Knies ihre Aufmerksamkeit auf den Trojaner richtete, der hinter ihr hockte. Er leckte ihr Bein und legte seine Hände auf ihre Knöchel, damit sie ihre Füße weiter auseinander stellte. Sie unterdrückte ein genüssliches Stöhnen, indem sie Troys Ständer schnell wieder in den Mund nahm. Während sie ihn in sich hineinsaugte, sah sie kleine

Schweißtropfen seinen Körper hinunterlaufen. Sie konnte nicht widerstehen und leckte den Schweiß mit ihrer Zunge von seinem flachen Bauch.

Als jemand ihre Bluse aufknöpfte, stöhnte sie laut auf. Ihr Büstenhalter hatte sich hochgeschoben, und jetzt fühlte sie eine große Hand, die eine ihrer Brüste packte, während ein anderer Mann ihr die Bluse von den Schultern und halbwegs die Arme hinunterschob. Weiche Lippen küssten ihren Nacken, und freche Finger spielten mit ihren rapide steif werdenden Nippeln. Sie schnappte nach Luft und schloss den Mund fest um Troys Schwanz, bis sich ihre Zähne in sein Fleisch bohrten.

Sie hörte, wie sich einige der Männer hinter sie stellten. Als eine Hand den Saum ihres Rocks hochhob und ihr Höschen herunterstreifte, zuckte sie zusammen. Maggie hörte mehrere bewundernde Pfiffe, als ihre Pobacken freigelegt waren.

Sobald ihr Slip auf den Knöcheln hing, hob einer der Männer ihren Fuß hoch, damit sie heraussteigen konnte. Die anderen klatschten Beifall, und dann fühlte sie, wie sich eine Hand ihre Beine hochschob. Ein neuer Schauer schüttelte sie, und sie presste ihre Lippen wieder fester um Troys Ständer, pumpte ihn gnadenlos. In ihrer Aufregung unterschätzte sie das Maß seiner Kontrolle und trieb ihn zu weit.

Mit einem tiefen Stöhnen explodierte Troy. Als sein heißer Samen aus ihm herausschoss, packte er ihren Kopf, zwängte seinen Schwanz tiefer und tiefer in ihren Mund, stieß vor und zurück, bis er seine ganze Ladung verschossen hatte.

Maggie hörte ihn erleichtert seufzen, als er seinen Schwanz schließlich aus ihrem Mund zog und sich erschöpft gegen den Van lehnte. Langsam glitt er nach unten, bis er auf seinen Fersen saß. Immer noch heftig atmend richtete Maggie sich auf und sah zu, wie sein Schwanz nach und nach schlaff wurde und Troy sich entspannte.

Zwei Hände packten sie von hinten und wanderten über ihren Bauch zu ihrem Busen hoch. Sie fühlte, wie ihr die Bluse und der BH über die Arme gezogen wurden, und sah, wie sie neben ihrem Höschen auf dem Boden landeten. Der Mann zog sie fest an sich und knetete ihre geschwollenen Brüste. Ihr Rock rutschte über ihre Hüften und dann die Beine hinab.

Als sie hörte, wie ein Reißverschluss aufgezogen wurde, blickte sie sich um und sah Tor. Er holte seinen Schwanz aus der Unterhose, und Maggie unterdrückte ein Stöhnen, als er hart gegen ihren Schenkel stieß. Mit einem kräftigen Stoß seiner Hüften brachte er ihn zwischen ihre Pobacken. Zitternd vor Erregung presste sich Maggie gegen ihn, bis sie seine Schamhaare auf ihrer Haut spüren konnte und seine glatte Eichel fest gegen ihren Anus drückte. Sie sah hinab zu Troy, der sie stumm beobachtete.

»Bringt mir etwas Öl!«, befahl Tor mit belegter Stimme, während er seinen Ständer in ihrer Pospalte langsam auf und ab bewegte. Er schob Maggie nach vorn, bis sie über Troy lehnte und sich mit den Händen an der Seite des Vans abstützte. Troy hob den Kopf und begann ihre Brüste zu lecken. Mit einem lustvollen Wimmern beugte Maggie sich ein wenig mehr hinab, sodass er ihre Brustwarzen in den Mund nehmen konnte. Seine breiten Lippen waren weich wie Seide und kühlten ihr loderndes Fleisch.

Tor trat zurück und entledigte sich des Rests seiner Kleidung. Er stand neben ihr und wartete auf das Öl. Maggie wandte den Kopf und blickte hungrig auf die massive Erektion, die stolz zwischen seinen Beinen aufragte. Das schimmernde Weiß seiner Haut dort unten stand in starkem Kontrast zu der dunkleren Haut seiner Beine und seines Bauchs.

Maggie biss die Zähne zusammen, während Troys weiche Lippen sie zärtlich neckten, und sah neugierig zu, wie Tor das Babyöl aus der Hand eines Freundes nahm und den Verschluss abschraubte. Er trat vor, und sie spürte ein paar Tropfen des warmen, zähflüssigen Öls zwischen ihre Pobacken dringen.

Tor verstrich das Öl mit einem Finger in ihrer Spalte, reichte die Flasche an Troy weiter und zog ein Kondom über seinen Schwanz. Troy goss etwas Öl in eine Hand und verrieb es sachte auf ihrem Busen und ihrem Bauch. Maggie stöhnte vor lauter Lust angesichts dieser unerwarteten Massage und zuckte zusammen, als sie fühlte, wie Tor einen ölbenetzten Finger sanft in ihren Hintereingang schob.

Heiliger Herr im Himmel! Maggie zitterte von Kopf bis Fuß, als sie zusah, wie Tor langsam und sorgfältig seinen Ständer mit Öl einrieb. Er wollte sie anal nehmen! Sie zitterte weiter, halb aus Angst und halb vor Aufregung, als Tor sie herunterdrückte, bis ihre Hände auf Troys Schultern ruhten. Tor stellte sich hinter sie und legte eine Hand zwischen ihre Beine; dann hob er sie hoch, bis ihre Fußspitzen gerade noch den Boden berührten und ihr Hintern in die Luft ragte.

Sie wimmerte leise, als sie spürte, wie er ihre Backen auseinander schob. Nie zuvor hatte sie analen Sex gehabt, auch wenn Justin während des Spiels deutlich klar gemacht hatte, dass er ihn haben wollte. Und jetzt sollte dieser Mann, den sie eben erst getroffen hatte, also praktisch ein Fremder, sie dort hinten entjungfern. Unwillentlich kniff sie die Pobacken zusammen. Sollte sie ihm sagen, es sei das erste Mal für sie, und er solle sanft mit ihr umgehen? Sie erschauerte erneut. Alle beobachteten sie. Sollte sie, nach all dem, was sie schon getan hatte, jetzt wie ein jungfräulicher Teenager winseln? Sie biss sich auf die Lippen, versuchte ihre Muskeln zu entspannen und sich den Gefühlen hinzugeben, die sein Finger auslöste, der ungehindert in ihren Anus glitt.

Nach und nach überließ sie sich der Lust und vergaß ihre Angst. Ihre Klitoris prickelte so sehr, als hätte er sie von vorn genommen, und sie verspürte bereits die ersten kleinen Vorboten ihres Orgasmus. Sie schloss die Augen und drückte sich gegen ihn.

»Los jetzt! Sie ist so weit! Steck ihn rein und fick sie!«

Maggie zuckte bei diesen Worten zusammen und riss die Augen auf. Sie hatte die anderen Männer schon fast vergessen. Jetzt konnte sie spüren, wie sie sich um sie drängten und sie überall beäugten und befingerten. Wie war das alles nur möglich? Sie holte tief Luft und stieß sie dann heftig aus, als Tor seinen Finger herauszog und seinen schlüpfrigen Penis hart gegen sie stieß.

»O Jesus!«, schrie sie auf, als er seinen Ständer in sie hineinrammte, mit einer Hand um sie herum griff und sie auf ihre Muschi legte. Sie wimmerte auf, als er sie vom Boden hochhob und sie jetzt richtig von ihm aufgespießt war. Tor drückte seine Hand fest gegen ihr Geschlecht und massierte mit seinem Mittelfinger ihre geschwollene Sexknospe; dann drehte er sie von Troy weg, näher zum Van hin.

Maggie hob instinktiv die Arme, um sich abzustützen, doch Tor schob sie mit der freien Hand weg. Er machte einen Schritt nach vorn und drückte damit ihren Busen fest gegen die Seite des Vans. Das Metall fühlte sich auf ihrer heißen Haut an wie Eis; ein Schauer fuhr durch ihren ganzen Körper, und sie schnappte unwillkürlich nach Luft. Sie fühlte, wie er seinen Schwanz aus ihr herauszog und dann wieder in sie hineinstieß, während er gleichzeitig erneut ihren gequälten Kitzler streichelte.

»Ihr solltet mal sehen, wie das von hier aussieht«, flüsterte eine heisere Stimme neben ihnen.

Diese Worte schienen Tor zu entflammen. Mit einem lauten Aufstöhnen stieß er wieder und wieder in sie hinein, tiefer und tiefer, viel tiefer, als sie jemals für möglich gehalten hätte. Seine Schenkel klatschten gegen ihre Pobacken, und sie stöhnte, weil sie spürte, wie ihr enger Hintereingang sich ihm widersetzte. Sie gab sich Mühe, sich zu entspannen, und war ganz erstaunt, dass das, was er mit ihr machte, nicht wirklich wehtat.

Sie entspannte sich noch mehr und fühlte ihre Lust anwachsen, sobald ihre Angst gänzlich verschwand. Dann schob Tor seine Hand zwischen sie und den Van und fing an, eine Brustwarze zu zwicken. Das Gefühl, gleichzeitig an drei verschiedenen Stellen stimuliert zu werden, machte sie ganz wild, sodass sie kurzatmig wurde und den Schweiß von sich tropfen fühlte.

»Ich wette, das ist ihr erstes Mal«, sagte eine andere Stimme.

»Nix da. Wie hätte solch ein Hintern sich dem so lange entziehen können?«

»Ist das dein erstes Mal, Süße?«

Maggie hatte keine Zeit zu antworten. Tor stieß sie fester und fester. Sein Mittelfinger steckte jetzt in ihr und sein Daumen massierte rhythmisch ihren Kitzler. Sie war nur noch Sekunden von ihrem Höhepunkt entfernt. Sie lehnte sich zurück gegen seine Brust und drehte ihren Kopf herum, um ihn am Ohr zu lecken.

Tor stöhnte und stieß weiter; Maggie schrie auf und biss ihm in ihrer überschwänglichen Erregung ins Ohrläppchen. Sie lehnte sich noch stärker gegen ihn, sodass er in ihr gefangen war, und spannte ihre Analmuskeln um seinen Schwanz herum an, als wollte sie ihn zerquetschen. Sie spürte seinen Schweiß an seinem Körper herunterlaufen und sich mit ihrem eigenen vermischen. Sie biss ihn noch einmal ins Ohrläppchen und verstärkte den Druck ihrer Muskeln.

»Ich komme«, stieß er hervor. »O Gott, ich kann nicht …« Er stieß sie vehement nach vorn, sodass sie beinahe ihre prekäre Balance verloren hätte. Schnell hob sie die Arme und presste die Handflächen gegen den Van. Tor packte sie um die Taille, um ein letztes Mal in sie hineinzustoßen. Als er das tat, zog er sie gleichzeitig an sich, und sie schrien beide auf, als sie das Zucken der bevorstehenden Explosion fühlten. Er stöhnte laut.

»O ja!«, rief Maggie, als ihr Körper von ihrem Orgasmus geschüttelt wurde und sie beide nach vorn gegen den Van fielen. Tor kam mit einem letzten Aufstöhnen, und sein ganzer Körper spannte sich an, als das Sperma aus ihm herausschoss. Dann zog er sich langsam aus ihr zurück.

Als er ihre Taille losließ, musste Maggie feststellen, dass ihre Beine zu schwach waren, um sie zu tragen, und sie sich gerade noch mit den Armen festhalten konnte, sonst wäre sie hingefallen. Nur schwach nahm sie die anderen Spieler wahr, die der Vorstellung applaudierten.

»Puh!«, rief Tor und wischte sich den Schweiß von der Stirn. »Das war unglaublich!«

»Ich bin als Nächster dran«, raunte eine Stimme in ihr Ohr. »Du kannst dich auf mich setzen. Ich leg mich hin und lass dich mich ficken.«

Zwei erledigt und noch vier mehr, dachte Maggie mit einem wohligen Erschauern. Was für eine fantastische Vorstellung!

»Nix da! Ich bin der Nächste.«

Maggie drehte sich um und sah, wie Eans große dunkle Augen sie anstarrten. »Sie braucht jetzt einen langen und langsamen Fick. Das stimmt doch, Süße?« Er leckte sich die Lippen. »Und dafür bin ich genau der richtige Mann.«

»Du solltest dich einfach vordrängen, Pary«, sagte Tor mit einem Lachen. »Wenn Ean mit ihr fertig ist, wird nicht mehr viel von ihr übrig sein.«

Maggie lehnte sich gegen den Van und schaute zu, wie Ean sein Hemd über den Kopf zog, ohne die Knöpfe aufzumachen, aus den Schuhen schlüpfte und seine Hose hinunterschob. Sie wunderte sich über sich selbst, dass sie das alles wie selbstverständlich hinnahm. Normalerweise war sie nicht so freizügig. Aber schließlich war diese Situation ja auch nicht normal. Es passierte ja nicht einmal wirklich. Es war nur ein verrückter, erotischer Traum. Jeden Augenblick würde der Wecker klingeln, und sie würde allein in ihrem Bett aufwachen. Sie warf einen langen Blick auf Eans aufgerichteten Schwanz, und es durchfuhr sie ein lustvoller Schauer, als er ein Kondom über seinen Ständer schob und dann ihre Hand ergriff.

Ean führte sie hinüber zu einem Grasstreifen und half ihr galant, sich auf den Rücken zu legen. Wie schon zuvor versammelten sich die anderen um sie, um zuzuschauen, und Maggie stellte mit Erstaunen fest, dass Troy sich bereits wieder zu erholen begann. Ean legte sich neben sie und umfasste ihren Busen.

»Nun mach schon, fang an!«, stöhnte Pary. »Ich kann nicht die ganze Nacht warten. Du kannst später mit ihren Titten spielen.«

»Okay, behalt die Hosen noch an«, lachte Ean, spreizte Maggies Beine und kniete sich dazwischen hin.

»Aber darum geht's doch! Ich will sie nicht anbehalten«, beschwerte sich Pary und massierte sich im Schritt. »Sie sind viel zu eng.«

Die anderen lachten laut, und Ean schob seine Hand zwischen Maggies Oberschenkel und zog ihre Schamlippen auseinander. Sie erzitterte, als seine Finger in ihrem feuchten Schlitz herumspielten. Er rutschte näher heran und rieb sie leicht mit seiner Eichel. Sie schob sich ihm sofort entgegen und zwang ihn so, in sie einzudringen. Sie hob ihre Beine hoch und schlang sie um ihn, drängte sich ihm weiter entgegen. Er stöhnte auf und schob seine Hände unter sie. Als er sie zu stoßen begann, hoben seine starken Arme sie vom Boden hoch und zogen sie auf seinen Schoß.

Maggie beugte sich vor und stützte ihre Hände auf seine Schultern, um dann ihr Becken begeistert zu heben und zu senken. Sie kreischte auf, als ein Finger in ihre Pospalte schlüpfte und ihren soeben entjungferten Anus penetrierte. Erregt hielt sie ihm ihre Brüste vor den Mund und drängte ihn dazu, erst an der einen und dann an der anderen Brustwarze zu saugen. Um sie herum feuerte ein begeistertes Publikum sie an und gab Obszönitäten von sich.

»Meint ihr, sie würde es auch mit Frauen treiben?«, fragte eine Stimme.

»Natürlich würde sie das.« Sie erkannte Troys tiefe Stimme. »Sie vögelt alles. Schaut nur, wie sie abgeht!«

Maggie spürte, wie sehr diese Kommentare sie stimulierten. Jedes Wort, jeder Vorschlag schien sie näher und näher auf ihren nächsten Höhepunkt zuzutreiben. Sie schob sich jedem von Eans Stößen entgegen, krallte die Finger in seinen Rücken und bewegte sich so, dass er noch tiefer in sie eindringen konnte.

»Was für ein Tier! Ich frage mich langsam, ob wir genug für sie sind.«

»Keine Sorge. Ich habe genau, was sie braucht.«

Die Worte tanzten und kreisten in ihrem Kopf. Wenn jetzt andere Frauen da gewesen wären, dann hätte sie, da war sie sich sicher, es auch mit denen getrieben, und damit wäre der Analsex nicht das einzige Novum an diesem Abend geblieben. Sie fing an zu begreifen, warum es Männer so heiß machte, zwei Frauen zuzuschauen, die es miteinander machten, und fand die Vorstellung zunehmend aufregend.

Ean schob seine Hände zurück unter ihren Hintern. Er hob sie mühelos hoch und ließ sie wieder herunter, sodass sie nur darauf achten musste, das Gleichgewicht zu behalten, während er sie auf seinem Ständer auf und ab schob. Sie spannte absichtlich ihre Vaginalmuskeln immer dann an, wenn er in sie hineinstieß. Als sie hörte, dass er zunehmend kurzatmiger wurde, stellte sie sich die Gedanken der anderen Männer vor, während sie zusahen, wie sein Schwanz in ihr verschwand.

»Jaaa!«, schrie sie auf, als ihr Orgasmus sie überkam, »o Gott, ja!« Sie stöhnte auf, als sie spürte, dass auch Ean zum Höhepunkt kam. Sie lehnte sich gegen seine breite Brust und genoss jeden Augenblick seines gewaltigen Samenergusses.

Nach und nach wurde sie sich des kühlen Winds und ihrer klammen Haut bewusst. Sie bekam eine Gänsehaut. Dann fühlte sie, wie Ean in ihr schrumpfte. Jemand fasste nach ihren Armen und hob sie von ihm weg, und sie konnte das leicht dümmliche Lächeln völliger Befriedigung sehen, das ihm ins Gesicht geschrieben stand.

Tor holte ein Handtuch und begann sie abzutrocknen; einer der anderen reichte ihr seine Dose Lagerbier, die sie dankbar annahm. Als Tor ihr den Schweiß abgewischt hatte, küsste er ihre Brüste, während er mit dem Handtuch die intime Gegend zwischen ihren Beinen rieb. Dann drehte er sie herum und küsste ihre Schenkel und ihren Schamhügel. Sie spürte, wie seine forschende Zunge sich zwischen ihre Beine zwängte. »Pary ist der Nächste.«

Maggie bemerkte, dass der braunhaarige, grünäugige Verteidiger, der Claires Fantasie so anregte, sich bereits auszog. Es war nicht schwer zu verstehen, was Claire an ihm fand. Er besaß die dreistesten sinnlichen Augen, in die Maggie je geblickt hatte.

»Bringt sie hier rüber!« Pary legte sich ins Gras und nahm seinen Schwanz in eine Hand. »Steckt sie da drauf!« Er rieb seine Finger an seiner Erektion auf und ab.

Maggie stellte die Bierdose hin und befreite sich aus dem Griff der Männer. Ihr vorheriges Gefühl völliger Unbekümmertheit kehrte zurück und wurde noch stärker. Sie war schon immer der Meinung gewesen, sie besäße ein großes Potenzial in Sachen Dominanz. Ein sehr großes. Es war jetzt an der Zeit, ihnen zu zeigen, wer hier das Sagen hatte. Mit übertriebenen Hüftschwüngen ging sie zu Pary hinüber und stellte sich mit gespreizten Beinen über ihn.

»Du glaubst, du kannst mich befriedigen?«, fragte sie, während sie sich auf seine harte Rute hinabließ. »So ist es noch nicht richtig«, beschwerte sie sich. »Etwas mehr nach hinten!« Sie begann sich in ihrer neuen Rolle zu gefallen.

Pary tat wie befohlen, und sie fühlte seine Eichel zwischen ihren Schamlippen. »Braver Junge«, lobte sie ihn, als sie sich ganz auf ihn hinabsenkte.

Die anderen pfiffen anerkennend. »Hoffentlich hast du den Mund nicht zu voll genommen«, frotzelte Troy. »Immerhin hat sie bis jetzt schon drei von uns fertig gemacht«, erinnerte er Pary.

Pary grinste selbstsicher. »Kein Problem.« Er biss die Zähne zusammen, als Maggie sich bis zum Anschlag auf seinen Ständer hinabsenkte. »Ich werd schon mit ihr fertig«, krächzte er mit heiserer Stimme.

»Aber nicht, bevor ich dich gefickt habe, dass dir die Schädeldecke wegfliegt«, gab Maggie mit einer Stimme zurück, die ihrer sehr ähnlich klang, die aber Worte gebrauchte, von denen sie nie geglaubt hätte, sie könnten ihr über die Lippen kommen. Sie ließ die Hüften aggressiv kreisen und spannte ihre Vaginalmuskeln an. Pary stöhnte.

Tor lachte. »Jetzt wird sie's dir zeigen. Wir sammeln nachher auf, was noch von dir übrig ist.«

»Und sorgen sogar für ein nettes Begräbnis«, fügte Troy mit einem vergnügten Lachen hinzu.

Maggie sah zu Pary hinunter und stellte fest, dass er ihnen schon gar nicht mehr zuhörte. Sein Gesicht hatte einen Ausdruck völliger Konzentration angenommen, und sein Atem ging bereits stoßweise. Sie grinste, denn sie bewegte sich noch nicht einmal auf und ab, sondern massierte ihn nur mit ihren inneren Muskeln. Ihr kam der Eishockey-Ausdruck für eine zehnminütige Spielverlängerung in den Sinn, durch die der Gewinner ermittelt wurde: »Plötzlicher Tod«.

»Ahh, Jesus!« Pary kniff die Arschbacken zusammen und versuchte in Maggie hineinzustoßen, während sie ihn weiter mit ihren Vaginalmuskeln bearbeitete. Er platzierte seine Hände auf ihren Pobacken und verstärkte seinen Griff jedes Mal, wenn sie ihre Muskeln anspannte. Eine Hand schlich sich zu ihrem Geschlecht, und er begann ihre Klitoris im Rhythmus ihrer vaginalen Massage zu streicheln.

Maggie spürte, wie ihr der Schweiß von neuem den Rücken hinablief, während sie ihre Muskelkontraktionen beibehielt. Parys Finger hatte einen Platz neben seinem Schwanz gefunden, und seine Fingerspitze schien ihren G-Punkt entdeckt zu haben. Sie wand sich vor Lust angesichts seiner unbarmherzigen Zärtlichkeiten.

»Nun macht schon, um Himmels willen!« Die Stimme eines Trojaners brach ihre angestrengte Konzentration und erinnerte Maggie daran, dass sie Publikum hatten. Pary zog seinen Finger aus ihrer Scheide und packte ihre linke Brust. Er holte tief Luft, schob seinen Hintern direkt unter sie und stieß mit aller Kraft in sie hinein.

»Nein!«, schrie er verzweifelt auf, als er den Kampf verlor.

Sobald Maggie ihn völlig ausgequetscht hatte, stand sie auf und starrte auf ihn hinunter. »Nicht schlecht, aber auch du könntest etwas mehr Selbstkontrolle vertragen«, erklärte sie.

Sie fuhr herum, um die Zuschauer zu mustern. Ihre Augen leuchteten auf, als sie auf Pele trafen, den goldhaarigen Torhüter. Im Mondlicht sah er aus wie ein junger griechischer Gott. Er würde ein Vermögen verdienen, falls er eine Werkstatt aufmachte. Frauen würden ihre Autos von weit her bringen, nur um ihn in Aktion sehen zu können. »Was ist? Worauf wartest du?«, fragte sie herausfordernd. »Zieh dich aus!«

Pele gehorchte aufs Wort. Mit einer Hand zerrte er an seinem Hemd, mit der anderen an seinem Reißverschluss. Als er die Hose herunterzog und auf einem Bein herumhüpfte, kam er ins Stolpern und wäre beinahe gefallen. Maggie unterdrückte ein Kichern und fragte sich, wie zum Teufel ein professioneller Eishockeyspieler sich so linkisch anstellen konnte. Schließlich stand er nackt da. Maggie beäugte kritisch seinen Schwanz.

»Leg dich hin und fass dich schon mal an, während ich noch ein Bier trinke«, instruierte sie ihn. Woran lag das nur, wunderte sie sich, dass sie keinerlei Hemmungen mehr kannte? Sie fand es wunderbar. Oder lag es nur an der pheromonhaltigen Nachtluft? Was auch immer es war – sie wollte mehr davon.

Tor reichte ihr eine Dose eiskaltes Bier, und sie rieb sie über ihren Busen; sie lächelte, als sie sich an Justins Cola-Dose erinnerte. Ihre Nippel wurden ganz hart und verdoppelten ihre Größe. Sie öffnete die Dose und fühlte die kühlen Spritzer auf ihrem Busen. Sie japste vor Vergnügen und warf Tor dann einen vermeintlich bösen Blick zu.

»Du hast die Dose geschüttelt!«, beschuldigte sie ihn. Sie trat näher an ihn heran. »Leck's ab!«

Tor grinste und gehorchte nur zu gern. Während seine Zunge über ihre Brüste glitt, goss Maggie etwas Bier über ihre Schamhaare. »Da auch!« Sie sah die anderen an. »Helft ihm doch!«, verlangte sie. »Du nicht!«, fügte sie hinzu, als Pele aufstehen wollte. »Du machst weiter wie gehabt!« Sie heftete ihre Augen gierig auf seinen mächtig angeschwollenen Schwanz, den er fest in der Faust hielt. Sie griff um sich herum und goss Bier auf ihren Hintern.

Als die Männer ihre Aufgabe erledigt hatten, hatte Maggie das Bier ausgetrunken und neue Energie gewonnen. Sie warf die Dose weg und trat näher an Pele heran, bis sie über seiner Brust stand, sein Geschlecht fest im Blick. Sie wurde mit jeder Sekunde selbstsicherer. Jetzt hatte sie das Sagen.

»Ich will euch alle wichsen sehen«, erklärte sie ihnen ganz gelassen. »Dich auch!«, fügte sie an Pary gerichtet hinzu; dabei hatte sich dessen Schwanz noch gar nicht erholt. Einen Moment lang glaubte sie, die Kerle würden sich weigern, aber dann öffnete Bri, der Letzte der sechs, den Reißverschluss und holte seinen Schwanz raus. Maggie lächelte und erinnerte sich daran, dass ihm die Hose schon ganz zu Anfang zu eng geworden war. Nach all dem Warten, schätzte sie, musste er jetzt ziemlich kurz vor der Explosion stehen.

Maggie stellte die Männer in einer Reihe neben Pele auf, ermunterte jeden von ihnen und lächelte angesichts Parys Versuchen, seinen kleinen Lümmel ins Leben zurückzurufen. Sie gab ihm ein paar Klapse auf den Hintern, schob eine Hand unter seinen Sack, um ihm behilflich zu sein, und ging dann zu Pele. Sie beugte sich über seine Brust, sodass ihr geschwollenes Geschlecht über seinem Mund schwebte und ihr Mund nur wenige Zentimeter über seinem Ständer.

Sie brauchte nur zur Seite zu blicken, entdeckte sie, dann konnte sie die anderen Männer deutlich in dem

Licht sehen, das aus der geöffneten Tür des Vans fiel. Sie fühlte, wie Pele seine Zunge in ihre Möse steckte. Sie sah nach unten und stellte fest, dass seine Hand bereits schneller an seinem Ständer hoch und nieder fuhr.

Maggie schob ihre Hüften nach hinten und zwängte so seine Zunge tiefer in sie hinein. Ein schneller Blick auf die anderen zeigte ihr, dass Pary wieder in die Gänge kam und dass Bri so aussah, als stünde er kurz davor abzuspritzen. Seine Hand raste geradezu an seinem Ständer auf und ab, und seine Miene zeigte, wie er konzentriert darum kämpfte, sein Vergnügen noch etwas zu verlängern.

Sie war so fasziniert davon, ihm zuzuschauen, dass sie beinahe Peles Höhepunkt verpasst hätte. Ein plötzlicher, dringlicher Stoß seiner Zunge und ein lautes Stöhnen, als er seine Muskeln anspannte, warnten sie. Sie ließ sich von ihm herabrollen, als sein Schwanz explodierte und ein Spermastrahl in die Luft schoss, bevor er auf seiner Brust landete.

Pele stöhnte erneut, als ein zweiter Strahl dem ersten folgte und dann noch einer, bis seine Brust mit seinem Samen bedeckt war. Maggie bekam große Augen. Das sah aus wie ein Vulkanausbruch. Sie hob den Kopf. Die anderen waren noch zugange. Dass Bri sich weiterhin zurückhalten konnte, war ein Wunder. Sein Gesicht war tiefrot, und er keuchte vor Anstrengung. Sie ging zu ihm hinüber, stemmte die Hände in die Hüften und spreizte die Beine.

»Gefällt dir, was du siehst?«, hauchte sie herausfordernd, steckte einen Finger in ihre Muschi und streichelte ihren Kitzler.

Bri schlug die Augen auf und starrte sehnsüchtig auf ihre Möse. Seine Hand hielt inne, und sie sah, dass er die Eichel leicht drückte, um sich zurückzuhalten. Er leckte sich die Lippen und nickte stumm.

»Dann zeig's mir!« Sie legte ihre Hand auf seine und brachte ihn dazu, mit dem Pumpen weiterzumachen. Ohne ihren Finger von ihrem Kitzler wegzunehmen, hockte sie sich hin, sodass sie sehen konnte, wie seine Eier fest an seinem Körper anlagen. Sie nahm ihre Hand von seiner auf und ab sausenden Faust weg und umfasste seinen Sack. Mit ihren Fingern streichelte sie die weiche Haut, und Bri schrie auf. Ein dicker Strahl Samen schoss aus der Eichel und rann über seine Finger.

Sein Schrei führte dazu, dass auch Tor und Troy kamen, sodass Maggie sich fühlte, als stünde sie unter einem Sperma-Wasserfall. Sie ging zu Pary, der fast wieder der Alte war, und schob die Lippen über seinen anwachsenden Schwanz. Als sie ihn zu blasen anfing, spürte sie, dass er noch steifer wurde, und hörte ihn keuchen. Sie saugte ihn noch fester.

Nachdem Pary ein zweites Mal gespritzt hatte, fühlte Maggie einen sanften Klaps auf ihrem Hintern. Sie fuhr herum und sah sich Troy gegenüber. »Du bist schon 'ne Nummer, Baby«, erklärte er ihr und reichte ihr ein Handtuch. »Das war fantastisch!« Er küsste sie auf die Wange. »Vielleicht können wir uns demnächst einmal zu einem Einer-gegen-einen-Rückspiel treffen«, fügte er leise hinzu. »Demnächst bald.«

Tor nahm ihren Arm. »Wenn wir nicht angehalten hätten, um zu besprechen, welchen Weg wir nehmen sollen, hätte das alles nicht stattgefunden. Letztlich hat Roland uns einen großen Gefallen getan.« Er sah sie an. »Aber du hast uns nicht erzählt, was du allein hier draußen wolltest.«

»Ich ... äh ... wollte nur ein bisschen spazieren gehen«, stammelte Maggie. »Meine Freundinnen und ich übernachten da vorn die Straße hoch, und ich brauchte etwas frische Luft.« Sie zeigte die Straße hinauf.

Troy grinste. »Unser Glück.« Er legte den Arm wieder um ihre Taille. »Ich sag dir was, Süße. Gib uns fünf Minuten, um ein paar Klamotten anzuziehen, und dann bringen wir dich zurück.« Er gluckste. »So ein süßes Ding wie du sollte nachts um diese Uhrzeit nicht allein unterwegs sein. Man weiß ja nie, was nicht alles passieren könnte.«

*** Vier.

Bei der kurzen Fahrt zurück zur Pension bestand Troy darauf, dass Maggie vorn neben ihm saß. Maggie war erstaunt darüber, wie leicht es ihr fiel, einfach so neben ihm zu sitzen und mit ihm zu plaudern. Es war beinahe so, als hätten die hemmungslosen Spiele der letzten Stunde gar nicht stattgefunden.

»Wie konnte es denn passieren, dass ihr euch verfahren habt?«, neckte sie Troy.

»Roland fährt wie ein Irrer«, erklärte Troy. »Außerdem kann man nicht erwarten, dass ein altes Wrack wie unser Van mit einem brandneuen Jaguar XK8 mithalten kann«, fügte er hinzu.

Maggie war beeindruckt. Sie hatte den Wagen auf dem Parkplatz des Eisstadions bemerkt, aber nicht gewusst, wem er gehörte. Dank Justins Vorliebe für schnelle Autos hatte sie eine ziemlich genaue Vorstellung davon, was ein XK8 kostete. Sie hätte aber niemals gedacht, dass Roland so viel an den Trojanern verdiente. Es hätte allerdings mehr als nur ein schickes Auto gebraucht, um etwas an ihrer Meinung über den Manager zu ändern. »Und was werdet ihr jetzt machen?«, fragte sie.

Troy zuckte nonchalant mit den Schultern. »Weitersuchen, denke ich mal. Wenn wir das Hotel nicht bald finden, werden wir es uns wohl hinten im Van gemütlich machen müssen. Es sei denn, du hast Platz für uns in deinem Bett.«

Maggie grinste angesichts der Vorstellung, wie ihre Freundinnen reagieren würden, wenn sie mit einem halben Dutzend Trojaner im Schlepptau auftauchen würde. Völlig unmöglich, aber ein verlockender Gedanke.

Troy hielt vor der Pension und wandte sich ihr zu. »Da sind wir, Maggie, und liefern dich heil ab.« Er küsste sie auf die Wange. »Danke für die schöne Zeit.«

Tor beugte sich vor und legte eine Hand auf ihre Schulter. »Wir werden dich hoffentlich bald wieder sehen, oder?«

Maggie drehte sich um und nickte. »Wahrscheinlich.« Sie erinnerte sich daran, dass er aus Kanada kam und erst ein paar Wochen bei der Mannschaft war. »Die ganze nächste Woche arbeite ich in der Frühschicht.«

»O ja, stimmt. Du bist am Empfang, richtig?« Er lächelte sie freundlich an.

Maggie öffnete den Sicherheitsgurt und dann die Tür. »Dann sehe ich dich vielleicht am Montag«, sagte sie. Sie fühlte sich geschmeichelt, weil sie ihm aufgefallen war.

Tor zog eine Grimasse. »Am Montag muss ich mich zuallererst auf die Suche nach einer Bleibe machen. Nachdem ich mich für die nächste Saison bei den Trojanern verpflichtet habe, brauche ich eine bessere Wohnung. Wo ich jetzt hause, das ist ein Saustall.«

Maggie sah ihn nachdenklich an. »Eine meiner Freundinnen arbeitet als Maklerin«, erklärte sie ihm.

»Du hast sie nach dem Spiel getroffen. Blondes Haar und mit Brille.«

»Ja. Ich erinnere mich an sie«, sagte Tor mit einem Nicken.

»Sie arbeitet für Hardy's in der High Street. Wenn du willst, dann frage ich sie, ob sie dir helfen kann, etwas zu finden.« Jan wird nicht aufzuhalten sein, wenn sie davon hört, dachte Maggie, als sie sich daran erinnerte, wie ihre Freundin Tor beäugt hatte.

»Großartig«, meinte Tor und lächelte. »Danke!«

Mein Lieber, das wird eine schöne Überraschung für Jan, dachte Maggie und grinste, als sie sich auf Zehenspitzen zur Hintertür hinein und dann zu ihrem Zimmer hinaufschlich.

Claire Patrick begann ihre Schicht im Stadion am Montag um sieben Uhr morgens. Sie hatte in der Nacht zuvor nur schlecht einschlafen können, und als der verdammte Wecker klingelte, fühlte sie sich, als hätte sie gerade erst die Augen zugemacht. Aufregende Träume von muskulösen Eishockeyspielern hatten sie in den Schlaf verfolgt. Es war schwer zu glauben, dass sie alle tatsächlich persönlich getroffen hatte.

Erschöpft wie sie war, schien alles, was sie tat, doppelt so lange wie sonst zu dauern. Sie hatte dunkle Ringe unter den Augen, und ihre Haare widersetzten sich dem Kamm. Sie trug eine doppelte Dosis Make-up auf und zähmte ihre Frisur mit einer großen Portion Gel. Während sie noch an ihrem Toast knabberte, war sie schon auf dem Weg zum Bus, den sie gerade noch erwischte. Nachdem sie im Umkleideraum aus ihren Jeans und in die frische schwarz-weiße Uniform geschlüpft war, hatte sie schon einiges an Verspätung.

An ihrem Garderobenfach hing ein hastig hingekritzelter Zettel des Personalchefs, der sie darüber informierte, dass sie an diesem Morgen den Umkleideräumen der Mannschaft zugeteilt worden war. Claire las den Zettel und knüllte ihn dann wütend zusammen.

Sie hasste es, wenn sie von ihrer normalen Arbeit in den Umkleideräumen für das Publikum abgezogen wurde. Die Arbeit dort mochte langweilig sein, aber sie konnte sie nach eigenem Gutdünken erledigen und meistens, ohne dass sich jemand einmischte. Die Duschen und Umkleideräume der Spieler dagegen waren nach einem Spiel oder einem Training meist ein Saustall. Gestern Nachmittag hatte die Damen-Juniormannschaft ein Freundschaftsspiel absolviert, und deren Umkleideräume würden in einem entsprechenden Zustand sein. Das garantierte förmlich, dass sie am Ende völlig verschwitzt und durchnässt sein würde.

Als sie den Wagen mit den Reinigungsutensilien widerwillig den Korridor entlang schob, tröstete sich Claire mit dem Gedanken, dass sie womöglich Justin begegnen würde, falls er an diesem Morgen arbeitete. Es gelüstete sie schon seit Ewigkeiten nach ihm, aber alle wussten, dass zwischen ihm und Maggie etwas war, und sie mochte Maggie wirklich gern.

Und außerdem machte Justin ihr Angst, wie sie sich eingestehen musste. Er war so höflich und sophisticated. Immer fehlten ihr im falschen Moment die richtigen Worte. Wenn sie nur ein bisschen so wie Maggie oder Jan sein könnte! Selbst der stillen Sara schien es nicht so schwer zu fallen wie ihr, sich mit Männern zu unterhalten.

»Guten Morgen, Claire! Du bist spät dran.« Justin war direkt vor ihr auf den Flur getreten. Er warf einen ungeduldigen Blick auf seine Uhr.

Claire fuhr zusammen. Ihr Herz begann wie wild zu klopfen, als sie sah, wem sie gegenüberstand, und sie wurde sofort rot. »Ich ... ich ... äh ... es tut mir Leid.«

»Dann mach dich mal besser gleich an die Arbeit«, schimpfte Justin. »Man hatte mir gesagt, du wärst spätestens um sieben hier.«

»Es tut mir Leid«, sagte sie noch einmal und wurde noch roter. »Ich habe verschlafen.« Sie fragte sich, ob ihm bewusst war, wie gut er aussah in seinem dunklen Anzug, dem makellos weißen Hemd, den zurückgebundenen langen blonden Haaren und den blitzenden Augen in seinem gebräunten Gesicht. Fast so gut wie ein Trojaner.

Justin legte eine Hand auf ihre und schenkte ihr ein strahlendes Lächeln. »Übrigens, hat es dir Spaß gemacht am Samstagabend? Wir haben es den Kolibris ordentlich gezeigt, nicht wahr?«

»O ja. Das war toll«, antwortete Claire nervös und ganz aufgeregt davon, dass er ihr so viel Aufmerksamkeit widmete. Sie erinnerte sich an die Art und Weise, wie er sie ein oder zwei Mal bei der Arbeit beobachtet hatte, und dass einige der Bemerkungen, die er ihr gegenüber gemacht hatte, ziemlich eindeutig gewesen waren. So als ob die Beziehung zwischen ihm und Maggie kein Thema wäre. Vielleicht hatte er ja doch ein Auge auf sie geworfen? Wenn sie sich nur sicher sein könnte!

Justin lächelte wieder und drückte ihre Hand fester. »Vielleicht sehe ich dich ja, wenn du fertig bist. Du fängst am besten in den Umkleideräumen der Frauen an. Ich bin in meinem Büro, falls du etwas brauchst.«

Als er den Flur hinabschlenderte, sah Claire auf seine verführerischen Pobacken. Meinte er das ernst, sie solle später zu ihm ins Büro kommen? Warum sonst sollte er ihr erzählen, wo er sein würde? Vielleicht wollte er aber auch nur ein guter Manager sein, oder war er doch an ihr interessiert?

Mist. Wenn sie nur Gewissheit hätte! Sie würde sich so blöd vorkommen, wenn er mit seinen Bemerkungen nichts weiter beabsichtigt hätte. Doch egal, es konnte schließlich nichts schaden, wenn sie ihm mitteilte, dass sie fertig war, oder? Vielleicht konnte sie ihn sogar überreden, nichts über ihr Zuspätkommen verlauten zu lassen. Es war nicht das erste Mal, dass sie verschlafen hatte, und der Personalchef hatte für so etwas absolut kein Verständnis.

Während sie den Putzwagen weiter den Flur entlang schob, stellte Claire sich vor, wie sie auf Justins Schoß saß und ihm erzählte, wie Leid es ihr tat, zu spät gekommen zu sein, während er wunderbare Sachen mit ihr anstellte. Sie seufzte, weil sie sich schon ziemlich sicher war, dass sie es nicht wagen würde, zu ihm zu gehen. Wenn sie nur lernen könnte, etwas mehr Durchsetzungsvermögen und Selbstvertrauen zu zeigen! Aber sie war schon immer schüchtern und zurückhaltend gewesen, auch als Kind. Wenn Justin nur angeordnet hätte, sie solle zu ihm ins Büro kommen, dann hätte sie nicht die Qual der Wahl. Vielleicht könnte sie ja so tun, als ob es eine Anordnung gewesen wäre.

Den Kopf immer noch voller ausschweifender Fantasien über sie selbst und Justin, wie sie es leidenschaftlich auf seinem Schreibtisch trieben, schob Claire den Putzwagen durch die Tür zu den Umkleideräumen der Frauen. Sie sah sich um, und das Herz sank ihr in die Hose. Das Ganze war wirklich ein einziger Saustall. Es sah aus, als wäre seit einer Woche nicht richtig sauber gemacht worden. Es würde eine Ewigkeit dauern, bis sie mit dieser Sauerei fertig war, und dann kamen noch die Umkleideräume der Männer dran.

Claire wirbelte los, sammelte weggeworfene Papiertücher und Verpackungen von Süßigkeiten ein. Unter einer Bank fand sie sogar einen Slip. Ziemlich sexy, aber zu groß für sie. Sie warf ihn in den Beutel mit den feuchten Handtüchern. Sollte die Wäscherei sich doch Gedanken darüber machen, was damit anzufangen sei.

Sie lugte in die Duschkabinen und verzog das Gesicht, als sie all die zurückgelassenen Shampooflaschen, die klebrigen Seifenstücke und die Büschel langer Haare sah, die jeden Abfluss verstopften. Diese Schlampen! Die Frauen waren viel schlimmer als die Männer. Ärgerlich zerrte sie am Wasserschlauch, lehnte sich an die Wand und drehte den Hahn voll auf. Sie hatte vergessen, wie viel Druck darauf war, und ehe sie den Hahn erreichen konnte, um ihn etwas zuzudrehen, hatte sie schon den Boden unter den Füßen verloren. Der Schlauch entglitt ihren Händen, tanzte auf dem Boden herum wie eine wütende Schlange und spritzte Wasser überall hin.

»Verdammte Kacke!« Ehe sie wieder auf die Beine kam und den Schlauch einfangen konnte, war sie schon bis auf die Haut durchnässt und der ganze Bereich überschwemmt. Justin würde ausflippen, wenn sie das nicht aufgewischt bekam, ehe er die Bescherung sah. Während sie das Wasser von sich selbst abzuwischen und ihren klammen Rock auszuwringen versuchte, watete sie durch den Raum, um einen Mopp zu holen.

Vielleicht könnte sie behaupten, die Abflüsse seien von Papiertüchern verstopft gewesen. Und was, wenn sie ihren Job verlöre? Dann würde sie sich ihr kleines Apartment nicht mehr leisten können!

Während sie das Wasser hektisch zum Abfluss in der Mitte schob, stellte sie sich vor, wie sie triefend in Justins Büro stand und ihn anbettelte, den Vorfall nicht dem Personalchef zu melden.

»Bitte, Mister Edwards, es tut mir so Leid! Es war ein Versehen. Ich tue alles, um es wieder gutzumachen!« Vielleicht sollte sie vorher den obersten Knopf ihrer Bluse aufmachen, damit er sehen konnte, was sie zu bieten hatte. Sie konnte sich beinahe sein wölfisches Grinsen vorstellen, während er auf ihr Dekolletee starrte. Sie würde keine andere Wahl haben, als alles zu tun, was er verlangte. Sogar ihr Freund würde verstehen müssen, dass es nicht anders ging. Denn sonst müsste sie zurück zu ihren Eltern ziehen, und das wäre ihm sicher noch weniger recht, oder?

Nachdem sie auf diese Weise ihr Gewissen wegen ihrer ungebührlichen Gedanken in Sachen Justin erleichtert hatte, ließ sie ihrer Fantasie wieder freien Lauf. Ihre Freundin Sally sagte, wenn ein Boss seine Position ausnutzte, dann wäre das nicht wirklich wie Fremdgehen. Claire meinte allerdings, wenn man so offensichtlich flirtete wie Sally, dann gälte das nicht, aber sie brachte doch mehr und mehr Verständnis für den Standpunkt ihrer Freundin auf.

Dass ihre Gedanken in diese Richtung liefen, musste mit Samstagabend zu tun haben. Sie war immer noch in Hochstimmung, all die Trojaner getroffen zu haben. Es hatte sie so angemacht letzte Nacht, an die Jungs zu denken, dass sie ihren Freund rangelassen hätte, wenn er da gewesen wäre. Sie ging noch nicht lange mit Nick und hatte bisher nur Petting zugelassen. Heute Abend wollten sie diesen neuen Klub in Guildford ausprobieren, von dem sie gehört hatte. Claire liebte Klubs. Sie könnte den tollen neuen Rock anziehen, den sie letzte Woche gekauft hatte. Oder vielleicht auch nicht. Nick hatte nur ein Motorrad, und solch einen kurzen engen Rock konnte sie nicht auf einem Motorrad tragen.

Claire spürte, wie ihre Wangen zu glühen begannen, als ihre Gedanken wieder zu den Trojanern wanderten und sie sich erinnerte, wie sie sich gestern Nacht unter der Bettdecke angefasst hatte. Sie waren ihr derart im Kopf herumgespukt, dass sie nicht hatte einschlafen können. Ihre Finger hatten schon zwischen ihren Beinen gelegen, ehe sie gemerkt hatte, was sie da tat. Die Jungs waren alle so heiß! Daneben sah Nick wie ein dürrer kleiner Junge aus. Als sie gekommen war, war ihr Orgasmus so intensiv gewesen, dass sie laut geschrien hatte. Dann hatte sie zitternd in ihrem kleinen Apartment gelegen und gehofft, dass niemand sie durch die dünnen Wände gehört hatte.

Claire wischte das letzte Wasser weg und säuberte dann die Duschkabinen in Rekordzeit. Sie war nicht besonders sorgfältig, aber für diesmal musste es reichen; sie war so spät dran, dass sie sonst nie fertig geworden wäre. Hastig stopfte sie ihre Putzmittel zurück in den Wagen und eilte zu den Umkleideräumen der Männer.

In ihrer Eile vergaß sie, das »Hier wird geputzt«-Schild aufzuhängen. Sie klopfte auch nicht an, sondern stürmte einfach hinein und sammelte sogleich die benutzten Handtücher und den Abfall auf. Heimlich hatte sie sich oft vorgestellt, in einen Raum voller nackter Männer zu platzen; doch wenn sie sich selbst gegenüber ehrlich war, musste sie zugeben, dass es ihr so peinlich wäre, dass sie wahrscheinlich in Ohnmacht fiele.

Der Raum aber war leer und glücklicherweise auch einigermaßen sauber, jedenfalls im Vergleich zur Umkleide der Damen. Wenn sie sich beeilte, konnte sie ihren Putzplan einhalten.

Sobald sie den Boden gewischt hatte, ging sie in die angrenzende Kammer und holte einen Stapel frisch gewaschener Handtücher. Sie hatte die Tücher gerade auf einer Bank deponiert und wollte nachsehen, wie viele Handtücher noch vorhanden waren, als sie hörte, wie die Tür zur Umkleide ging und Männer scherzten und lachten. In blinder Panik zog Claire die Tür zur Abstellkammer zu und machte das Licht aus. Soweit sie sich erinnern konnte, sollte die zweite Mannschaft erst am Mittwoch spielen. Hatte man für diesen Morgen ein Training angesetzt, ohne sie darüber zu informieren? Sie hielt den Atem an und lugte durch die Holzlatten der Tür.

Und wenn Justin jetzt käme, um nachzusehen, wie es mit ihrer Arbeit voranging? Wie sollte sie ihm erklären, was sie in der dunklen Kammer mit durchnässten Kleidern am Leib machte? Warum auf Erden hatte sie so panisch reagiert? Sie hatte doch das Recht, hier zu sein! Dann erinnerte sie sich: die Tür! Sie hatte vergessen, das Schild aufzuhängen!

Sie erblickte vier, nein fünf Männer, die scherzten und lachten. Heiliger Herr im Himmel! Wenn sie nur da geblieben wäre, wo sie gewesen war, hätte sie ›Guten Morgen!‹ sagen und ihren Wagen hinausschieben können. Was aber sollte sie jetzt tun? Instinktiv hockte Claire sich hin und machte sich so klein wie möglich. Sie spitzte die Ohren, um zu hören, was in der Umkleide vor sich ging, und versuchte sich daran zu erinnern, ob sie den Schlüssel hatte stecken lassen oder nicht.

»Das war ja ein heißes Spiel am Samstag!«

»Ich dachte schon, wir hätten verloren, als du beinahe das zweite Tor reingedonnert bekommen hättest!«

»Es war dein lausiger Check, der den ganzen Ärger verursacht hat!«

Claire hörte spielerische Schläge und dröhnendes Gelächter. Sie lugte mit einem Auge durch den Spalt zwischen zwei Latten. Sie musste eine Hand auf den Mund legen, um vor Schreck nicht laut nach Luft zu schnappen. Das konnte doch nicht sein! Sie war sich sicher, dass die Trojaner erst morgen wieder Training hätten.

Pele, der goldhaarige Torhüter, stand direkt vor der Tür mit offenen Jeans, sodass sie sehen konnte, wie sein Penis seine Unterhose ausbeulte. Sie schluckte und hätte beinahe das Gleichgewicht verloren.

Pele schob Unterhose und Hose hinunter und stieg aus seinen Sachen. Claire spürte, dass sie von Kopf bis Fuß glühte, als sie ihn nackt vor sich sah. Ihre Augen begannen zu brennen, und sie merkte, dass sie die Lider weit aufgerissen hatte. Sie rieb sich die Augen und drehte den Kopf ein wenig, um besser sehen zu können.

Ein zweiter Trojaner kam in ihr Blickfeld und entledigte sich ebenfalls seiner Kleidung, wie Claire begeistert registrierte. Sie erinnerte sich daran, dass er Tor hieß und gerade aus Kanada gekommen war, um als Mittelstürmer der Mannschaft zu spielen. Sie hätte beinahe wieder nach Luft geschnappt. Sie zogen sich alle aus!

Pele drehte sich um, sodass sein Schwanz jetzt direkt auf sie zu zeigen schien. Er gab Tor einen Ellenbogenstoß in die Seite.

»Und die liebliche Lady hinterher«, gluckste er. »Wir hätten sie fragen sollen, wer der Beste war. Sie hätte sicher nichts dagegen gehabt, ein Urteil abzugeben.«

»Die war schon was, nicht?«, antwortete Tor. »Was für ein Körper!«

Claire fragte sich neidisch, über wen sie wohl sprachen. Sie sah, dass Troy sich in ihre Richtung drehte; sein Schwanz schien speziell zu ihrem Vergnügen hin und her zu tanzen. Sie merkte, dass sie unwillkürlich eine Hand zwischen ihre zusammengepressten Beine geschoben hatte, und zog sie schnell weg. Was wäre, wenn die da draußen hörten, wie sie sich bewegte? Sie konnte den Gedanken kaum ertragen, dabei erwischt zu werden, wie sie hier derart spionierte. Sie würde vor Scham umkommen. Das hielt sie aber nicht davon ab, sich von Spalt zu Spalt zu bewegen, um alle Männer sehen zu können.

»Das hier war es, was sie haben wollte«, protzte Troy und tätschelte liebevoll seine Genitalien. »Nach mir hat sie sich nur aus Höflichkeit um euch gekümmert.«

Pele schnaufte verächtlich.

»Die Wahrheit ist, dass sie, wäre sie nicht so höflich gewesen, glücklicher dran gewesen wäre, wenn sie gewartet hätte, bis ich mich wieder erholt hatte«, fügte Troy leise hinzu.

»Da wäre sie ja alt geworden, während sie auf dich gewartet hätte«, gab Pele zurück.

»Hört mal, wer da 'ne große Klappe riskiert!« Pary klopfte Pele auf den Rücken. »Wenn ich mich recht erinnere, hast du deine Ladung verschossen, ohne deinen Bleistift in sie hineingesteckt zu haben.«

Claire musste schlucken. So hatte sie Männer noch

nie reden hören. Die waren ja schlimmer als Frauen! Sie drückte ihr Gesicht noch näher an die Tür und blinzelte, damit sie Tors Schwanz zwischen seinen weichen blonden Schamhaaren besser besehen konnte. Sie konnte sich durchaus vorstellen, wie sie ihn sachte dazu bringen würde, auf ihren Körper zu reagieren. Diese Vorstellung schockierte und erregte sie gleichermaßen. Sie wusste, dass sie errötete, aber das machte ihr nichts aus.

Tor sah sich um und marschierte dann in Richtung Kammer. Claire hielt den Atem an und beobachtete fasziniert, wie bei jedem Schritt seine Eier auf und ab hüpften und sein Penis hin und her schwang. Als er näher kam, schreckte sie von der Tür zurück vor lauter Angst, sie könnte entdeckt werden. Sie schaute sich hektisch um und suchte nach einem Fluchtweg. Welchen Grund sollte sie bloß dafür angeben, hier drin zu hocken?

Nur ein paar Schritte vor der Tür blieb Tor stehen und beugte sich vor, um ein Handtuch von der Bank zu nehmen. Claire wagte wieder zu atmen und schaute zu ihm hinüber. Seine Bewegungen waren gleichzeitig graziös und kraftvoll, sodass sie seine Muskeln unter der gebräunten Haut gut erkennen konnte. Wie er so dastand, auf ein Bein gestützt, das andere leicht angewinkelt, sah er aus wie eine der erotischen Skulpturen, die Sara ihr einmal gezeigt hatte. Sein Penis war nur wenige Zentimeter von ihrem Gesicht entfernt, und sie konnte die einzelnen Haare auf seinen Hoden erkennen.

Sie öffnete die Lippen. Ihre Zunge schoss heraus, als wäre sie gierig darauf, seine Männlichkeit zu schmecken. Tor wandte den Kopf in Richtung der Tür, und Claire erstarrte, weil sie meinte, er habe ihre Bewegung bemerkt. Sie seufzte erleichtert, aber auch bedauernd auf, als er sich plötzlich umdrehte und gegen die Tür lehnte. Seine Arschbacken waren gegen die Holzleisten gepresst, und sie verspürte das Verlangen, hindurchzugreifen und sie zu zwicken, nur um sich zu beweisen, dass das Ganze kein Traum war. Sie hob eine Hand und fuhr mit einem Finger eine Holzlatte entlang. Ihr Herz klopfte so laut, dass sie befürchtete, er könne es hören.

Vorsichtig beugte sie sich vor, blickte auf die krausen Haare zwischen seinen Beinen und ließ ihre Augen dann hinaufwandern bis zu seinen Hoden. Voller Schuldbewusstsein verdrehte sie den Kopf, bis sie den Ansatz seines Penis sehen konnte. Es verlangte sie danach, ihre Finger um seinen Schwanz zu legen und sie langsam und verführerisch bis zur Spitze hochzuschieben.

Tor ging weg, und Claire erinnerte sich wieder daran zu atmen. Sie spürte ihr kühles klammes Höschen auf ihrem Geschlecht, während Schweißtropfen zwischen ihren Brüsten herabliefen. Ihr Gesicht brannte wie Feuer, und ihr wurde vor Hitze ganz schummrig.

Als Pele wieder ins Blickfeld kam, heftete Claire den Blick auf sein Geschlecht. Sie spürte ihren BH in ihre Haut schneiden und langte nach hinten, um ihn aufzumachen. Als ihre Brüste gegen den feuchten Stoff stießen, griff sie unter ihre Bluse und schob die Körbchen ganz nach oben. Sie fuhr mit den Fingern über ihre kleinen Brüste und war überrascht, wie hart und groß ihre sonst so winzigen Nippel geworden waren.

Als sie eine der superharten Brustwarzen zwischen Daumen und Zeigefinger zwickte, verspürte sie ein heftiges brennendes Gefühl zwischen ihren Beinen. Wenn Nick nur jetzt hier bei ihr wäre! Es würde ihr nichts ausmachen, ihn ihren Busen betrachten zu lassen. Ganz im Gegenteil, sie sehnte sich nach seinen Berührungen. Sie konnte sich nicht erinnern, jemals so geil gewesen zu sein. Lag das daran, dass es ganz ungewöhnlich war, Männer so zu sehen? Oder war es mehr die Angst, als Voyeurin erwischt zu werden? Was auch immer der Grund sein mochte, ihr ganzer Körper brannte vor Verlangen und Erregung.

Sie zog ihren Rock hoch, so weit es ging, und fuhr mit einer Hand über ihren Schamhügel und ihre Schamlippen. Sie war so erregt, dass sie sich ernsthaft bremsen musste, nicht den Slip auszuziehen und sich zu reiben.

Das konnte sie nicht tun. Nicht hier. Was wäre, wenn sie wieder so schrie wie letzte Nacht? Ihr Kitzler zuckte, und sie presste die Beine fest zusammen; während sie weiter ihre Brüste streichelte, drückte sie ihren Schamhügel. Sie stellte sich vor, wie sich Nicks Hand anfühlen würde, wenn sie sich zwischen ihre zusammengepressten Beine zwängte und sich den Weg zu ihrer Möse erkämpfte, sodass sie nichts anderes mehr tun konnte, als sich ihm hinzugeben.

Ein nacktes Bein stieß gegen die Tür und ließ sie klappern; Claire schreckte zurück und wäre beinahe hinterrücks hingefallen. Sie lugte wieder nach draußen. Troy hatte Parys Unterhose geschnappt und hielt sie neckisch in die Luft. Pary hüpfte nackt herum und versuchte sie wieder zu ergattern. Seine Genitalien wedelten herum, als wollte er Claire verhöhnen. Er stieß mit einer Hüfte gegen die Tür, und Claire wich zurück; sie betete, dass sie nicht aufsprang und sie verriet. Schnell strich sie ihren Rock glatt. Ihre Hände waren viel zu zittrig, um ihren BH zu schließen, also zog sie ihre Arme aus den Ärmeln der Bluse und nahm den BH ganz ab. Ehe sie wieder in die Ärmel der Bluse schlüpfen konnte, stieß erneut jemand heftig gegen die Tür, und sie musste eine Hand auf den Mund pressen, um nicht aufzuschreien.

Sie zog sich weiter und weiter zurück, während sie immer noch mit der Bluse kämpfte, und hätte vor lauter Angst beinahe losgeheult. Sie rang nach Luft und zwang sich, ruhiger zu werden. Als ein anderes Paar von Pobacken gegen die Tür drückte, stand sie schon mit dem Rücken zur Wand. Während sie verzweifelt an den Knöpfen ihrer Bluse herumfummelte, kam sie zu dem Schluss, dass die Tür jetzt jeden Moment aufspringen musste.

Der Lärm draußen nahm ab. Was machten sie jetzt? Claire huschte zur Tür und lugte durch die Ritzen. Die Männer gingen zu den Duschen. Sie hörte das Echo ihres Lachens in dem gefliesten Flur, als sie Pary weiter aufzogen.

Was nun? Sollte sie schnell hinausschlüpfen, ehe sie zurückkamen? Wenn sie aber zurückkamen, ehe sie ihre Putzmittel zusammengerafft hatte? Vielleicht sollte sie sie einfach dalassen und später holen. Claire konnte sich nicht entscheiden; sie war damit beschäftigt, sich jeden Gedanken an die nackten, eingeseiften Körper zu versagen. Sie wusste, sie sollte hier schleunigst verschwinden, aber sie hatte Angst, sich zu bewegen.

Ehe sie sich zusammenreißen konnte, war es zu spät. Claire hörte patschende Schritte; die Männer kamen zurück, um sich anzuziehen. Sie schaute hinaus und sah fasziniert zu, wie sie sich abtrockneten und dann die gepolsterte Schutzkleidung anlegten. Gott sei Dank hatte sie genug Handtücher hingelegt, sodass niemand kam, um Nachschub zu holen.

Nach einer Ewigkeit, so kam es Claire jedenfalls vor, waren sie endlich fertig. Nachdem sie ihre Schlittschuhe zugebunden hatten und mit ihren Schlägern Richtung Spielfeld verschwunden waren, wartete sie noch ein paar Minuten, bis sie sicher sein konnte, allein zu sein. Sie stopfte ihren BH in die Tasche und sah auf die Wanduhr. Kurz nach acht: höchste Zeit! Sie stieß die Tür auf und ging hinaus.

Als sie auf ihren Wagen zuging, stellte sie fest, dass ihr Slip nicht richtig saß. Sie zerrte mit einer Hand daran herum und sammelte mit der anderen ihre Utensilien ein. Prompt rutschte ihr der Besen aus der zittrigen Hand und knallte auf den Boden. Sie hob ihn auf und sah sich rasch um, ob sie irgendetwas vergessen hatte.

»Oh!« Sie vergrub das Gesicht schockiert in den Händen.

Pele stand am anderen Ende des Umkleideraums; ein amüsiertes Grinsen spielte um seinen Mund.

»Du hast deine Bluse in dein Höschen gestopft«, sagte er ihr in aller Gelassenheit. Er kam auf sie zu. Das dünne Handtuch um seine Hüften ließ der Fantasie kaum Raum, aber sie hatte ihn ja eh schon nackt gesehen. Claire stand da wie versteinert, zu schockiert und erschrocken, um etwas sagen oder sich bewegen zu können. Woher auf Erden kam der jetzt? Hatte er sich nicht zusammen mit den anderen angezogen? Claire konnte sich nicht mehr erinnern.

Pele nahm ihre Hände vom Gesicht. Sie starrte ihn stumm an und war sich bewusst, dass ihr Busen sich heftig hob und senkte, weil sie immer noch nach Atem rang. Pele umfasste ihren Arm und zog sie Richtung Bank. Claire folgte ihm auf wackligen Beinen.

»Du warst da in der Kammer und hast uns beobachtet, nicht wahr?«, beschuldigte er sie leise. »Ungezogenes Mädchen!«

Als er vor der Bank stand, senkte Claire den Blick – und starrte direkt auf seinen Schritt. Das Handtuch schien noch enger um ihn geschlungen zu sein, sodass sie die Konturen seines Schwanzes genau erkennen konnte. Sie sah ihm wieder in die Augen und hätte angesichts seiner Worte und seines wissenden Lächelns vor Scham vergehen können.

»Ein Glück, dass ich mir morgens bei der Dusche immer Zeit lasse«, fuhr er grinsend fort. »Sonst hätte ich dich nicht erwischt.«

Ihr Herz setzte kurz aus. Du lieber Himmel, dieses Lächeln war göttlich! Trotz ihrer Demütigung lächelte sie zurück. Sein Grinsen war ansteckend; so, wie wenn jemand hilflos zu kichern anfängt und alle anderen schließlich mitkichern, ohne zu wissen, warum.

Er setzte sich mit breit gespreizten Beinen auf die Bank. Dann zog er sie näher an sich heran und nahm ihre Beine zwischen seine. Sie zuckte bei der Berührung zusammen.

»Mach dir keine Sorgen. Ich werde dich nicht verraten«, versicherte er ihr. »Aber ich kann dich nicht einfach so gehen lassen, oder?« Er ließ ihren Arm los und legte eine Hand hinten auf ihren hochgerutschten Rock. Claire verlor das Gleichgewicht und fiel nach vorn, sodass ihr Busen sein Gesicht streifte. Hastig stützte sie sich an der Wand hinter ihm ab und bog ihren Rücken durch. Sie spürte seinen warmen Atem auf ihrem Dekolletee.

Pele ließ seine Hand an ihren Beinen hinaufwandern und zog ihr das Höschen sacht herunter. Jede seiner Berührungen ließ sie vor Verlangen erschauern, und bei jedem Schauer stießen ihre Brüste gegen sein Gesicht. Sie drehte den Kopf zur Seite, um festzustellen, ob sie sehen konnte, was er machte, und entdeckte ihr Spiegelbild auf der gefliesten Wand auf der gegenüberliegenden Seite. Ein kleiner Seufzer entrang sich ihren Lippen.

Pele hatte den Saum ihres Rocks inzwischen um ihre Taille gewickelt. Während sie zusah, schob er seine Hände über die Rundung ihrer Hüften zum oberen Rand ihres Höschens. Claire beobachtete schweigend, wie er seine Finger unter das elastische Band schob. Sie fühlte und sah, wie er den Slip herunterzog. Wieder durchfuhr sie ein Schauer aus Angst und Verlangen, und ihre feuchten Hände glitten von der Wand ab. Er ließ sofort ihren Slip los und packte sie in der Taille, um sie zu aufzufangen.

Claire legte eine Hand auf seine Schulter und versuchte sich aufzurichten. Er grinste, beugte sich vor und nahm einen Blusenknopf in den Mund. Wenn sie sich weiter aufrichtete, würde der Knopf wahrscheinlich aufspringen und ihre nackten Brüste freilegen. Sie stand also ganz still und versuchte nicht zu sehr auf seine Finger zu achten, die ihre Pobacken und Schenkel streichelten. Sie hatte einerseits Angst davor, wieder zu ihrem Spiegelbild hinzusehen, doch andererseits wollte sie es unbedingt.

Langsam und sorgfältig zog Pele ihren Slip wieder über ihren Po und glättete den Stoff; seine Fingerspitzen bewegten sich nach vorn und strichen leicht über ihren Venushügel. Ein scharfer Stich der Lust fuhr durch ihren zitternden Körper. Mit einem leichten Stöhnen beugte sich Claire vor und senkte ihre Zähne in Peles Schulter. Ihr war ganz schwindlig im Kopf, und sie zitterte in einer Mischung aus Angst, Scham und Leidenschaft. So etwas hatte sie noch nie erlebt.

Als ob er ihre Reaktionen gar nicht mitbekam, beschäftigte Pele sich damit, ihren Rocksaum wieder über ihren Slip zu schieben. Erst jetzt fiel ihr auf, dass sie ihre Zähne immer noch in seiner Schulter vergraben hatte, und sie ließ los. Als sie den Kopf hob, konnte sie die geröteten Abdrücke ihrer Zähne ziemlich deutlich sehen. Ihre Augen wanderten an seinem Körper herunter und verharrten voller Faszination auf der glänzenden und glatten Eichel seines Penis, der jetzt hungrig über den Rand des Handtuchs lugte.

Pele nahm seine rechte Hand, um ihr zu helfen, sich aufzurichten, obwohl seine Beine sie noch immer festhielten. Unkontrollierbare Schauer schüttelten ihren Körper, und ihr Mund war so trocken, dass sie nichts hätte sagen können, einmal ganz abgesehen davon, dass ihr erst etwas hätte einfallen müssen.

»Weißt du, was mit ungezogenen Mädchen passiert, die sich im Umkleideraum von Männern verstecken?«, fragte er sie neckisch.

Claire schüttelte nur hilflos den Kopf. Ihre Angst vor öffentlicher Brandmarkung kehrte zurück.

»Doch, das weißt du. Sie bekommen den Po verhauen«, drohte er.

Sie schüttelte wieder den Kopf, stellte sich aber zugleich vor, wie er mit seinen großen Pranken ihren kleinen Hintern wund und rot schlug.

»Anständig und fest.«

Sie konnte die Lust in seinen Augen sehen, als er sie zur Seite drehte und ihren Rock wieder hochschob, ehe er sie auf sich zog, sodass sie schließlich auf seinem rechten Knie zum Sitzen kam. Als ihre Pobacken mit seiner Haut in Berührung kamen, ging ein Ruck wie ein Stromschlag durch ihren Körper. Da war ein verzweifeltes, ja fast schmerzliches Sehnen tief in ihr drinnen, das stärker und stärker wurde, bis sie meinte, gleich explodieren zu müssen. Was war nur los mit ihr? So hatte sie sich noch nie bei jemandem gefühlt. Jede Berührung seiner Haut mit ihrer schien sie zu verbrennen, und sie konnte nicht aufhören zu zittern. Sie musste weg von ihm.

Sie nahm all ihre Kraft und ihren Willen zusammen, beugte sich vor und versuchte auf die Füße zu kommen. Pele lachte nur und hielt sie ohne Mühe einfach fest, als wäre sie ein kleines Kind. Sobald sie aufhörte, sich zu wehren, drückte er ihren Kopf über sein linkes Bein, sodass ihr Po in die Luft ragte. Ihre linke Hüfte lag jetzt in seinem Schritt, und sie spürte seinen steinharten Schwanz an ihrer Haut, als er ihn gegen sie stieß. Sein Atem wurde schneller.

»Bitte hör auf«, bettelte sie. »Bitte!«

Ihre Worte schienen ihn zu beruhigen. Er atmete nun wieder ruhiger und hörte auf, gegen sie zu stoßen. Claire drehte den Kopf zur Seite, um ihn anzuschauen. Erneut durchfuhr sie ein Lustschauer, als sie sein hungriges Lächeln sah.

»O nein, Lady«, verkündete er laut. »Du musst bestraft werden!« Seine Stimme klang ein wenig seltsam, und Claire kam zu dem Schluss, dass er nicht mehr ganz Herr seiner selbst war. Das machte ihr jedoch keine Angst, sondern rief im Gegenteil neue Wellen der Lust hervor, die sie ganz schwach machten. Sie spürte, wie ihr Höschen ein Stück hinuntergeschoben wurde und wie seine Hände ihre nackten Pobacken streichelten.

Claire biss auf ihre Unterlippe und versuchte, sich nicht hin und her zu winden. Sie wollte nicht, dass sich seine Hand zwischen ihre Beine schob, denn sie wusste genau, was dann passieren würde. Sie war kurz davor zu kommen, sodass es reichen würde, wenn er sie dort auch nur leicht berührte. Claire war so unerfahren, dass sie es nicht für möglich gehalten hatte, in einen derartigen Zustand zu geraten, ohne viel dazu beigetragen zu haben.

Schöne Scheiße! Wie würde er es aufnehmen? Was würde er denken, wenn sie so schnell kam? Selbst der Gedanke an ihre Demütigung half nicht. Sie hatte eine derart intensive Erregung, wie sie sie jetzt verspürte, noch nie erlebt. Sie musste sich extrem zurückhalten, um in ihrer lustvollen Verzweiflung nicht laut aufzustöhnen.

»Was für ein wunderbarer kleiner Hintern«, brummte Pele leise, während er ihren Rocksaum sorgfältig unter den Rockbund stopfte. »Ich kann mich gar nicht entscheiden, ob ich ihn hauen, küssen oder lecken soll. Er ist großartig!« Sie fühlte seine Zunge auf ihrer linken Pobacke, und wieder durchfuhr sie ein Schauer des Verlangens.

»Ich wette, dein Freund will dich da immer ficken, oder?« Peles Fingerspitze spielte an ihrem Anus herum. Claire schnappte nach Luft und presste die Pobacken zusammen. Noch nie hatte jemand sie dort angefasst. Ihre Angst war jetzt größer als ihre Erregung.

»Bitte nicht«, murmelte sie. »Bitte lass das! Ich kann nicht …«

»Was ist los? Du hast doch keine Angst, dich gehen zu lassen, oder? Ich habe schon viele Frauen kommen gesehen«, erklärte Pele ihr gelassen. »Ich mag das, ihnen zuzusehen, wie sie es sich selbst machen. Ihnen zuzusehen, wenn sie sich wirklich gehen lassen.«

Die Lust, die in seiner Stimme zu hören war, ließ seine Worte hart klingen, und Claire zitterte vor Angst, weil sie nicht wusste, wie weit er gehen würde. Sie fühlte, dass er absichtlich seinen Schwanz wieder gegen sie drückte.

»Machst du es dir vor deinem Freund?«, fragte er mit heiserer Stimme. »Ich wette, du tust es. Machst du es auch für mich?«

Claire konnte ein kleines Stöhnen nicht unterdrücken, als er eine Hand unter sie schob und sie fühlte, wie er mit einem Finger über ihre Klitoris fuhr. »O nein!« Sie biss die Zähne zusammen, als sie kam. Eine Welle der Lust nach der anderen durchwogte sie, machte sie atemlos und ließ sie heftig zittern. Pele schien nicht bemerkt zu haben, was passiert war; sein Finger rieb sie weiter, und seine andere Hand spielte mit ihren Pobacken und ihrem Anus.

Als die letzten Zuckungen ihres Orgasmus abebbten, richtete Claire sich auf und saß hilflos zitternd auf seinem Knie, den Kopf an seine Brust gelehnt. Sie konnte immer noch seine Erektion an ihrem Bein fühlen, und sie wusste, dass er noch nicht mit ihr fertig war. Wollte er sie ficken? Sie erschauderte, als sie sich vorstellte, wie er sie auf seinen massiven Schwanz schob. Was wäre, wenn jemand hereinkäme? Justin könnte jeden Moment auftauchen, um nach ihr zu sehen.

Sie bebte, als Pele sich den Knöpfen vorn an ihrer Bluse widmete. Sanft drückte sie ihren Schenkel gegen seinen Penis und genoss das Gefühl, wie er als Antwort darauf zuckte. Eigentlich sollte sie dem Ganzen jetzt ein Ende machen. Sie konnte es nicht zulassen, dass er sie an einem derart öffentlichen Ort nahm. Aber sie wollte nicht, dass er aufhörte. Er schob den Stoff ihrer Bluse zur Seite und fuhr mit der Zunge über ihre nackten Brüste. Sie zuckte zusammen, doch das schien er nicht zu bemerken. Seine Zunge umkreiste eine ihrer Brustwarzen, während er die andere mit seinen Fingern sanft liebkoste.

»Du hast die süßesten Titten, die ich je gesehen habe«, flüsterte er. »So klein und fest.«

Claire errötete infolge des unerwarteten Kompliments und versuchte zu entscheiden, ob sie ihre Bluse selbst ganz ausziehen sollte oder lieber warten sollte, bis er es tat. Sie wünschte, sie säße anders herum, sodass sie ihr Spiegelbild auf den Fliesen sehen könnte. Was für einen Anblick würde sie wohl abgeben? Himmel, das war der Umkleideraum der Männer! Claire hätte beinahe gekichert. Wäre es der Umkleideraum der Frauen gewesen, wäre sie auch nicht besser dran! Aber, lieber Gott, lass bitte niemanden hereinkommen und uns erwischen!

Pele schob erneut eine Hand zwischen ihre Beine, und seine Finger spielten wieder mit ihrer Klitoris. Claire war erstaunt über die neuen Wellen der Erregung, die durch ihren Körper pulsierten. Sie fühlte, wie seine Finger ihre geschwollenen Schamlippen teilten, und versuchte die Beine weiter für ihn zu spreizen, doch ihr Höschen hinderte sie daran.

Pele zerrte ihr Höschen über ihre Knie bis zu den Knöcheln hinunter. »Heb hoch!«

Claire hob einen Unterschenkel an und schüttelte den Slip ab, und Pele schob ihre Beine sofort so weit wie möglich auseinander. Sie sah ihn hungrig auf ihre entblößte Möse starren, und der Gedanke an sein Verlangen nach ihr ließ ihr einen Schauer nach dem anderen den Rücken hinunterlaufen. Sie zuckte hilflos hin und her, als seine Hände ihr Geschlecht erkundeten und seine Zunge mit ihren Nippeln spielte.

Pele hatte die Bluse jetzt ganz aufgeknöpft und zog sie über ihre Arme. »Schließ die Augen!«, instruierte er sie. Sie fühlte, wie er ihr die Augen mit der zusammengerollten Bluse verband. Dann hob er sie hoch und bewegte sie an der Bank entlang.

»Das ist nicht fair«, beschwerte sie sich und wunderte sich, dass sie das überhaupt wagte. »Du kannst alles sehen und ich nichts.« Ihre Hände fuhren zu ihrem Gesicht hoch, aber er packte sanft ihre Handgelenke und schob sie zurück in ihren Schoß. Sie spürte, wie er sie herumdrehte, bis sie schließlich auf seinem Schoß saß, mit dem Rücken gegen seine Brust gelehnt.

Als Nächstes fühlte sie, wie sich sein Schwanz in ihre Spalte schob; entweder musste das Handtuch zu Boden gefallen sein, oder er hatte es weggenommen. Die Spitze seines Ständers drückte gegen ihren Anus. Vielleicht würde sie ihm erlauben, die Eichel hineinzuschieben, sagte sie sich, aber auch nur die! Sie wimmerte leise, als er ihre Beine weiter spreizte und ein Finger wieder zwischen ihre Schamlippen schlüpfte. Seine andere Hand umfasste ihre linke Brust und streichelte ihren Nippel. Ihre Leidenschaft wurde aufs Neue entfacht, und sie erschauderte am ganzen Körper, als er an ihrem Nacken knabberte.

Die Augenbinde schien all ihre Empfindungen zu verstärken, sodass jede kleine Zärtlichkeit sie ganz wild machte. All ihre Hemmungen schienen sich aufzulösen; sie fing an loszulassen und gab sich ganz der Lust hin, die seine Berührungen auslösten. Sie fühlte, wie er ihre Hände nahm und sie auf ihren Oberschenkeln platzierte, nur wenige Zentimeter von ihrer Möse entfernt.

»Du machst es!« Seine Finger führten die ihren zu ihrer Pussy, während seine Zunge und Zähne weiter an ihrem Nacken und ihren Ohren leckten und knabberten.

Claire zögerte. Ihre Klitoris stand in Flammen nach den Zärtlichkeiten seiner erfahrenen Finger, aber sie hatte im Beisein von jemand anderem nie mit sich selbst gespielt. Sie hatte Angst davor, es zu tun, und dann auch wieder nicht. Was wäre, wenn er sich über sie ärgerte?

Schüchtern fuhr Claire mit einer Fingerspitze über ihre kleine Knospe und gab sich Mühe, sich infolge der eigenen lustvollen Reaktion nicht hin und her zu winden. Pele hörte auf, ihren Nacken zu küssen, und saß ganz still da. Sie wusste, dass er sie anstarrte, und sie spürte seinen Schwanz unter ihr erregt zittern. Verwirrt hörte sie auf, ihren Finger zu bewegen, und holte tief Luft.

»Nicht aufhören!«, bat er dringlich. Seine Worte waren schwach, und er war atemlos, und Claire leckte sich aufgeregt die Lippen, als sie die Verzweiflung in seiner Stimme wahrnahm. Sie versuchte eine Miene völliger Unterwerfung anzunehmen, als sie ihre Hand etwas hob. Mehr oder weniger automatisch presste sie die Pobacken um seine Erektion zusammen und spürte ihn in seiner Erregung rhythmisch gegen sie stoßen.

Claire führte ihre Hand zum Mund und lutschte an besagtem Finger. Sie hörte ihn heftig ausatmen, als sie ihre Hand wieder zwischen ihre Schenkel sinken ließ und die angefeuchtete Fingerspitze über ihre Lustknospe rieb. Das regte sie selbst mächtig auf, und einen Augenblick lang dachte sie, sie würde noch einmal kommen. Flott zog sie ihren Finger zurück und atmete tief durch, um sich unter Kontrolle zu bekommen.

»O ja! Hör nicht auf, Baby!« Seine Stimme war ganz heiser, und ihr Klang machte sie ganz verrückt. Es hatte ihr immer Spaß gemacht, Nick zu necken und zuzusehen, wie er kurzatmig und geil wurde, aber sie hatte nie diese Art Macht über einen Mann erlebt. Sorgfältig darauf bedacht, ihre kleine Knospe nicht zu berühren, spielte Claire jetzt mit ihrer Pussy, rieb das feuchte Fleisch und genoss das Gefühl seines mächtigen Schwanzes in ihrer Pospalte. Sie fühlte, dass sie bald wieder von einem Orgasmus geschüttelt werden würde. Was würde er von ihrer mangelnden Selbstkontrolle halten, wenn sie so schnell schon wieder käme?

Flugs drehte sich Claire von ihm weg und hob ein Bein über seins. Sie hörte ihn laut aufstöhnen, als sie sich zwischen seine Beine drängte und sich hinkniete. Dann ließ sie ihre Hände seine Schenkel hinaufgleiten und tastete nach seinem Schwanz. Pele stöhnte wieder.

»Tut mir Leid. Hab ich dir wehgetan?«, fragte sie besorgt und zog ihre Hände zurück.

»Nein, alles in Ordnung«, versicherte er ihr leise, als ihre forschenden Finger seine Hoden streichelten und sich dann an seiner steifen Rute hocharbeiteten. Sie fühlte, wie er seinen Hintern hochhob und sich ihr entgegenstemmte. Sie zerrte an dem Handtuch, das noch um seine Taille gewickelt war, und zog es ganz weg.

»Jetzt bin ich dran«, sagte sie mit diebischer Freude, während sie sich an seinen Schenkeln entlangtastete. Ihre Finger fanden den Weg zurück zu seinem Schwanz und fuhren forschend seinen Ständer entlang, während sie sich vorzustellen versuchte, wie er aussah. Er fühlte sich so angeschwollen und groß an, dass sie kurz von Panik ergriffen wurde, als sie sich vorstellte, wie solch ein Riesenschwanz in sie eindrang.

Als sie daran dachte, wie seine Stimme vorhin geklungen hatte und wie schnell sein Atem gegangen war, steckte sich Claire die Finger in den Mund und leckte sie, bevor sie ihre geschlossene Faust an seinem Ständer von der Eichel bis ganz nach unten schob. Sie konnte sein dichtes Schamhaar fühlen, während sein Schwanz sich seidenweich anfühlte.

Nervös hob sie ihren Hintern hoch und beugte sich vor, um seinen Ständer in den Mund zu nehmen. Sie hatte das bisher erst ein einziges Mal gemacht und war von der Reaktion ganz begeistert gewesen. Wenn sie Pele bis an den verzweifelten Punkt gebracht hatte, an dem sie selbst gewesen war, würde sie aufhören und wieder mit sich selbst spielen. Vielleicht könnte sie ihn so dazu bringen, auch zu kommen, damit er erführe, wie sich das anfühlte, auf diese Weise zu ›verlieren‹.

Pele stöhnte vor Freude und legte die Hände auf ihre Schultern. Sie schmeckte bereits einen warmen, salzigen Tropfen von seinem Sperma. Vorsichtig schob sie eine Hand unter ihn, streichelte seinen Hodensack und versuchte dann, einen Finger in seinen Anus zu schieben, so wie er es mit ihr gemacht hatte.

»Herr im Himmel!«

Claire triumphierte innerlich, als er aufschrie, und lächelte in sich hinein, als er seine Pobacken anhob, damit sie tiefer und tiefer in ihn eindringen konnte. Sie fühlte seinen Schwanz in ihrem Mund auf und ab tanzen und wusste, dass er kurz vor dem Höhepunkt stand.

Ihre eigene Erregung drohte sie einmal mehr zu überwältigten. Claire fuhr mit ihrer anderen Hand über ihren Körper hinab zwischen ihre Schenkel und rieb sich dann heftig, um sich Erleichterung zu verschaffen. Plötzlich griff er in ihre Haare und zog ihren Mund von seinem Schwanz weg.

»Noch nicht, Baby!«, sagte er leise zu ihr. »Ich habe noch andere Pläne mit dir. Nach all dem, was du angestellt hast, kommst du nicht damit davon, mir bloß den Schwanz zu lutschen.« Sie spürte, wie ein Finger wieder in ihren Anus drang.

Claire zitterte als Reaktion auf seine Worte am ganzen Körper. Sie wusste genau, was er wollte. Er wollte sie ficken. In den Arsch ficken. Trotz ihrer Angst wollte sie das letztlich auch. Andererseits hätte sie ihn gern in ihrer Muschi gehabt. Sie wollte ihn kommen spüren, wenn sie selbst kam.

»Du lieber Himmel! Schaut euch das an! Typisch Pele. Wir lassen ihn unter der Dusche, damit er sich einen runterholen kann, und er findet eine saftige Pussy!« Der Unbekannte kicherte vergnügt.

Claire schoss hoch und riss sich die Augenbinde ab. Sie fuhr herum und schaute voller Entsetzen auf die drei Trojaner, die aufgereiht in der gegenüberliegenden Tür standen. Wie lange hatten sie da schon gestanden? Was hatten sie alles gesehen? Sie spürte, wie ihr das Blut in die Wangen schoss, als sie daran dachte, was sie alles veranstaltet hatte. Pele musste gewusst haben, dass sie beobachtet wurden. Sie drehte sich zu ihm um.

»Du Bastard! Du – du Wichser!«, schrie sie wütend.

»Nicht schuldig!«, grinste Pele. »Ich bin mir aber nicht so sicher, was die Jungs da anbelangt.«

Claire fiel erst jetzt auf, dass die anderen Trojaner unbekümmert durch ihre Kleidung hindurch mit ihren Schwänzen spielten, während sie sie anstarrten. Ungläubig schüttelte sie den Kopf; als sie von hinten gepackt und hochgehoben wurde, kreischte sie laut.

»Was machst du da?«, rief sie, als Pele sie auf die Bank stellte und sich eines ihrer Beine über die Schulter legte. »Hör auf damit! – Oh!« Sie sackte zurück gegen die Wand, als er sich vorbeugte und die Zunge in ihre Möse steckte. Seine Hände packten ihre Pobacken und zogen ihr Becken gegen seinen Mund; sie spürte ihre Erregung aufs Neue ansteigen, als seine Zunge tiefer und tiefer in ihren feuchtwarmen Schlitz drang.

Claires Kehle entrangen sich kleine wimmernde Laute, während seine gnadenlose Zunge sie rapide auf ihren Höhepunkt zutrieb. Ein leises Stöhnen ließ sie ihren Kopf heben, und sie bekam große Augen, als sie sah, dass die anderen Trojaner ihre Reißverschlüsse geöffnet hatten und nun an ihren geschwollenen Schwänzen herumspielten, während sie zusahen, wie Pele sie leckte. Claire schluckte und schloss die Augen. Nichts von all dem konnte wirklich passieren. Nicht hier. Und nicht mit ihr. Sie wand die Hüften, als ihr unvermeidlicher Orgasmus sie schüttelte.

»Alles klar. Schön sauber und trocken.« Sie öffnete die Augen und sah, wie Pele ihre Schenkel mit einem Papiertuch abwischte. Dann ließ sie sich von ihm von der Bank herunterhelfen. Ihr Blick fiel auf seine immer noch mächtige Erektion, die vor ihm aufragte wie ein Schwert. Das sah so großartig aus, dass sie ein fast unüberwindliches Verlangen verspürte, ihn wieder in den Mund zu nehmen und ihm ebenso viel Lust zu bereiten wie er ihr.

Ehe sie jedoch etwas unternehmen konnte, kam einer der anderen Trojaner näher und kniete sich hinter sie hin. Sie hatte für einen Moment gar nicht mehr an die anderen gedacht. Panik ergriff sie, als seine Hände ihre Beine auseinander schoben.

»Nein!«, schrie sie. Sie konnte nicht mehr. Wirklich nicht mehr. Was wäre, wenn alle sie nehmen wollten? Sie zog den Rock hinunter, schnappte sich die

Bluse vom Boden, rannte hinaus, ehe jemand reagieren konnte, und flüchtete in den Umkleideraum der Frauen.

Atemlos saß sie dann auf einer der Toiletten und atmete tief durch, um die Fassung wiederzugewinnen. In ihrem Kopf schwirrten Bilder von nackten Trojanern mit enormen Erektionen herum, und in ihrem Körper hallten Peles Zärtlichkeiten noch wider. Sie starrte durch die leicht geöffnete Tür auf die Uhr an der Wand. Kaum zu glauben, es war gerade erst 8.30 Uhr. Nick war womöglich noch nicht einmal wach.

*** Fünf.

Als Maggie am Montagmorgen aufwachte, wusste sie einen Moment lang nicht, wo sie war. Seit dem, was in der Nacht nach dem Spiel geschehen war, war sie in einem erschöpften Dämmerzustand herumgelaufen und konnte sich nur noch vage daran erinnern, was am Sonntag los gewesen war. Aus Gründen, über die sie sich selbst nicht im Klaren war, hatte sie ihren Freundinnen nichts von ihrem Abenteuer erzählt. Wenn man bedachte, dass jede von ihnen für eine solche Gelegenheit einen Wochenlohn geopfert hätte, war ihr Widerstreben, darüber zu reden, höchst seltsam. Lag es daran, dass sie dachte, sie sei zu weit gegangen? Oder zweifelte sie insgeheim daran, dass ihre Freundinnen ihr überhaupt glauben würden? Sie selbst war sich ja gar nicht mehr so sicher, ob das Ganze in Wirklichkeit stattgefunden hatte.

Sie kletterte aus dem Bett, ließ einen Seufzer hören und trottete ins Badezimmer. Fünf Minuten unter der fast kalten Dusche reichten aus, ihren Kopf so weit klar zu machen, dass sie wieder halbwegs funktionierte. Sie trocknete sich ab und schlüpfte in ein altes pinkfarbenes Kleid, ehe sie die Küche ansteuerte, um sich eine Tasse starken schwarzen Kaffee zu gönnen.

Als sie den dampfenden Kaffee schlürfte, kamen ihr

Erinnerungen an Samstagnacht in den Sinn. Die ganze Episode erschien ihr inzwischen schier unglaublich. Könnte das Ganze vielleicht einfach nur eine Ausgeburt ihrer überreizten Vorstellungskraft gewesen sein? Es war ihr aber so wirklich vorgekommen! Was aber, wenn es doch kein Traum gewesen war? Wenn es tatsächlich geschehen war?

Sie setzte die Kaffeetasse ab und ging zum Telefon. Als sie die Nummer wählte, zitterten ihre Finger ein wenig. Nach dem fünften Klingeln wurde abgehoben.

»Hallo Jan, hier ist Maggie!«

»Maggie, hallo! Scheiße! Warte eine Sekunde! Versuch die oberste Schublade links!« Maggie hörte die gedämpfte Stimme ihrer Freundin. »Nein! Die linke!« Es gab ein paar dumpfe Geräusche, und dann war Jan wieder dran. »Männer! Sind sie wirklich so hilflos, oder hat es etwas mit mir zu tun? Hast du einen Schimmer, wie spät es ist, Mags?«

»Ja. Tut mir Leid. Ich dachte, du bist schon weg, wenn ich nicht gleich anrufe.«

»Ich wäre auch schon weg, wenn hier heute Morgen nicht alles drunter und drüber ginge. Als ich gestern ankam, musste ich feststellen, dass Marcus früher von seinem Trip zurückgekommen war. Es war ein mühsames Unterfangen, ihm zu erklären, wo ich gewesen war. Er war der festen Überzeugung, ich wäre hinter seinem Rücken mit jemand anderem ausgegangen.« Jan machte eine Pause, um Luft zu holen, und Maggie nutzte die Gelegenheit.

»Apropos Samstag ...«, setzte sie an.

»Ja. Wenn Marcus dich irgendetwas fragt, dann bestätige ihm bitte, dass ich mit dir in Bristol war«, bettelte Jan.

»Was ist denn plötzlich mit dir los? Ich dachte, du

und Marcus, ihr habt eine Vereinbarung?« Wenn Maggie daran dachte, wie sehr ihre Freundin Marcus sonst dominierte, so war sie durch dieses Gespräch doch etwas verwirrt. Zumal half es wenig, ihre eigenen konfusen Gedanken auf die Reihe zu bekommen.

»Haben wir«, antwortete Jan. »Es geht nur darum, dass es mir nicht gefällt, wenn er annimmt, ich hätte etwas getan, was ich gar nicht getan habe. Ganz abgesehen davon war der Ärmste deswegen ganz mit den Nerven fertig. Es hat mich eine Ewigkeit gekostet, ihn zu beruhigen.«

Darauf wette ich, dachte Maggie bei sich und stellte sich unwillkürlich vor, was Jan wohl angestellt hatte, um ihn zu beruhigen. Kein Wunder, dass sie jetzt fast so müde und zerschlagen klang wie Maggie selbst. »In Ordnung, kein Problem. Ich werde ihm sagen, dass du mit mir unterwegs warst. Aber jetzt halt die Klappe und hör mir eine Minute zu, ja? Ich hatte keine Gelegenheit, es dir gestern zu erzählen, aber da gibt es etwas, was du wissen solltest.«

Jan warf den Hörer auf die Gabel. Als sie ins Schlafzimmer eilte, um sich anzuziehen, plante sie bereits ihre Strategie. Gütiger Gott! Ihr Boss würde überglücklich sein, wenn es ihr gelänge, einen Trojaner als Kunden zu gewinnen. Denk nur an die Publicity! Denk nur an die Chance, Tor wieder zu sehen!

Maggie hatte sich am Telefon richtig komisch angehört, sagte sich Jan, als sie ihren Lieblings-Lippenstift auftrug. Beinahe so, als ob sie etwas zu verbergen hätte. Wenn sie es genau betrachtete, hatte sie sich gestern den ganzen Tag komisch benommen. Sie war still und in sich gekehrt gewesen, so als ob sie in Gedanken irgendwo anders wäre. Wann hatte sie denn Gelegenheit dazu gehabt, sich mit Tor über das Thema Wohnungssuche zu unterhalten? Und warum hatte sie das nicht schon früher erwähnt? Sie und Maggie sollten schleunigst ein ernsthaftes Gespräch führen!

Sobald Jan fertig war, schnappte sie sich ihre Handtasche und die Autoschlüssel. Sie winkte Marcus fröhlich zu. »Tut mir Leid, ich muss los. Wenn ich mich beeile, habe ich die Chance, einen wirklich dicken Fisch zu landen.«

»Wer war das am Telefon?« Marcus warf ihr einen misstrauischen Blick zu.

»Nur Maggie.« Verdammt, sie konnte es jetzt gar nicht brauchen, dass er schon wieder empfindlich reagierte. Sie musste an Tor herankommen, ehe die Konkurrenz Wind von der Sache kriegte. Sollte Marcus doch vor sich hin schmollen. Sie würde das später wieder gutmachen, wenn der Deal geklappt hatte.

»Wie wäre es mit einem Essen bei Francesco heute Abend? Ich lade dich ein«, versuchte sie ihn zu bestechen. Es war eines ihrer Lieblingsrestaurants.

»Ja, gut.« Seine Lippen verzogen sich zu einem leichten Lächeln. »Und was ist mit einem anständigen ›Auf Wiedersehen‹?« Er ließ den Blick suggestiv über ihren Körper wandern.

»Ich kann jetzt nicht, Marcus«, sagte Jan, obwohl sie der Versuchung gern nachgegeben hätte. Was auch immer man sonst von Marcus halten konnte, er war ein guter Liebhaber. Sie sah, dass er schon wieder einen Schmollmund zog. »Pass auf! Ich mach's heute Abend wieder gut. Versprochen!« Sie warf ihm einen Luftkuss zu und eilte hinaus, ehe er etwas erwidern konnte.

Nachdem er sich im Speisesaal des kleinen Hotels etwas zu frühstücken geholt hatte, kehrte Tor in sein Zimmer zurück. Wenn er die Angelegenheit Roland überließ, dann war nicht abzuschätzen, wie lange er noch in diesem miesen Schuppen hausen musste. Er wusste aus eigener bitterer Erfahrung, was es bedeutete, wochenlang aus dem Koffer zu leben, und hielt es für eine gute Idee, sich selbst um eine Bleibe zu kümmern. Im Telefonbuch sah er die Adressen der örtlichen Makler durch und fuhr dann mit einem Taxi zu der Firma, die Maggie ihm empfohlen hatte.

Er fragte sich, ob sie wohl daran gedacht hatte, mit ihrer Freundin darüber zu sprechen, zuckte dann aber mit den Schultern. Es spielte keine Rolle. Einer der Vorteile, so etwas wie ein Lokalmatador zu sein, bestand darin, dass die Leute alles stehen und liegen ließen, sobald sie realisierten, wer man war. Er mochte ja erst seit kurzem bei den Trojanern sein, aber immerhin lange genug, um zu wissen, dass sie ziemlich populär waren in der Gegend. Er war sich ganz sicher, dass Jan ihn erkennen würde.

Tor lehnte sich in den Sitz des Taxis zurück und starrte aus dem Fenster. Es gefiel ihm, wieder in England zu sein. Die meisten Menschen nahmen an, er sei Kanadier, und er beließ sie bei diesem Glauben. Es schien ihn interessanter zu machen. Es hatte nun mal nichts Glamouröses, im Eastend von London geboren zu sein. Außerdem hatte er in Montreal gelebt, seit er ein Kind war, und betrachtete die Stadt praktisch als seine Heimat. Zu den Trojanern zu stoßen war gut für seine Karriere. Noch ein paar Jahre, wer weiß, und dann könnte er vielleicht nach Kanada zurückkehren und bei einem der nationalen Top-Teams einsteigen.

»Wir sind da, Kumpel.« Die Stimme des Taxifahrers beendete seine Grübeleien, als das Taxi vor der Maklerfirma hielt. »Das macht sechs Pfund fünfzig, bitte.«

Tor stieg aus dem Auto und gab dem Fahrer das Geld samt Trinkgeld. »Cheers!« Die schon halb vergessenen Ausdrücke aus seiner Kindheit waren ihm schnell wieder eingefallen, obwohl es ihm nicht Leid getan hatte, seinen eher harten Londoner Akzent gegen die leichteren und sanfteren kanadischen Töne eingetauscht zu haben. Als das Taxi wegfuhr, sah er sich neugierig um. Fairwood war ein nettes Städtchen. Klein und freundlich. Jene Art von Ort, wo jeder jeden kannte.

Als Tor die Tür öffnete und eintrat, klingelte eine Glocke anhaltend. Er besah sich sorgfältig die Einrichtung. Er stand in einem alten Wohnhaus in einem großen Raum, der zu einem Büro mit drei großen Schreibtischen umfunktioniert worden war. Die Schreibtische waren verlassen, und Tor fragte sich, ob die Firma überhaupt schon geöffnet hatte.

»Hallo? Ist jemand da?«, rief er mit seiner tiefen Baritonstimme. »Bin ich zu früh?«

»Zu früh wofür?« Eine große schlanke Frau mit blonden Haaren und einer Brille kam durch eine Tür aus einem Flur auf der anderen Seite des Raums auf ihn zu. Tor erkannte sie sofort; sie war bei dem Essen am Samstag dabei gewesen. Er hatte nur vergessen, wie attraktiv sie war.

»Hallo! Ihre Freundin, Maggie, sagte mir, Sie könnten mir vielleicht helfen, eine Bleibe zu finden, die ich mieten kann.« Er beäugte sie kritisch. Sehr nett. Feste Brüste, wohlgeformte lange Beine. Ja. Sehr nett. Es würde ihm Spaß machen, an diesem Morgen mit ihr zusammen zu sein. Dann vielleicht noch zum Lunch und ...

»Fertig?« Ihre Stimme klang etwas hart, und Tor fuhr schuldbewusst zusammen. Er schaute ihr in die Augen und lachte verlegen, als er merkte, wie sie ihn anblickte.

»Es tut mir Leid, ich ...«, stammelte er und verstummte. Er hatte nicht bemerkt, wie aufdringlich seine Musterung gewesen war. Aber zum Teufel auch, sie war nun mal eine anziehende Frau. Sie musste daran gewöhnt sein, dass Männer sie so anschauten.

»Kein Problem. Jedenfalls solange Sie daran denken, dass wir nur Immobilien vermieten. Ich bin Jan Nichols.« Sie streckte eine schlanke, wohl manikürte Hand aus.

Obwohl ihre Stimme nicht sanfter geworden war, zeigte sich ein Blitzen in ihren Augen und ein Lächeln in ihrem Gesicht, während sie sprach, und Tor atmete erleichtert auf, als er ihr die Hand schüttelte. Er hatte schon befürchtet, es vermasselt zu haben. Heutzutage konnte man da nie sicher sein. Einige Karrierefrauen schien alles total abzustoßen, was auch nur einen Anflug von Sexismus hatte. »Tor«, antwortete er leise.

Er riskierte es, ihr einen weiteren bewundernden Blick zuzuwerfen, und musste grinsen, als sie sich für ihn einmal um die eigene Achse drehte. Ihr Rock war ausgestellt, sodass er hochschwang, als sie sich drehte, und ihm den Anblick ihrer Beine und der oben mit Spitzen besetzten Strümpfe gewährte. Mein Gott, war sie sexy!

Nach ihrer Drehung sah sie ihn an und hob sardonisch lächelnd eine Augenbraue. »Und?«

Tor schluckte. »Perfekt!«, murmelte er.

Jetzt schien Jan den Blick auf seinen Schritt zu lenken, und er war sicher, dass sich die Ausbeulung dort bereits etwas vergrößert hatte. Er widerstand dem Drang, sich irgendwie zu bedecken, und er war erleichtert, als sie ihm wieder in die Augen sah. Ihre Wangen waren jetzt leicht gerötet, aber er war sich nicht sicher, ob Erregung oder Verlegenheit oder vielleicht beides der Grund dafür waren.

»Und?«, ahmte er sie nach, und Jan lachte und nickte.

»Prächtig«, gab sie zu. »So, nachdem wir jetzt beide wissen, dass wir den Test bestanden haben, sollten wir vielleicht zum Geschäftlichen kommen«, fügte sie eindringlich hinzu. »Wenn man bedenkt, wer Sie sind, dann gehe ich einmal davon aus, dass Sie nach etwas suchen, das abgelegen und privat ist. Vielleicht ein Objekt außerhalb der Stadt?«

Tor nickte. Ob sie und Maggie miteinander wohl über ihn geredet hatten? Und hatte Maggie ihrer Freundin am Ende erzählt, was Samstagnacht passiert war? Männer würden mit so einer Sache prahlen, aber bei Frauen war er sich da nicht sicher.

»Sind Sie mit dem Wagen gekommen?«, fragte Jan.

Tor schüttelte den Kopf. »Taxi.«

»Das macht nichts. Wir nehmen meinen Wagen. Es gibt drei Objekte, von denen ich glaube, sie könnten für Sie geeignet sein.«

Jan ging zu einem der Schreibtische und beugte sich vor, um die unterste Schublade zu öffnen. Tor betrachtete die Rundungen ihrer Beine und Pobacken, die sich durch das weiche Material ihres Rocks abzeichneten, um kam zu dem Schluss, dass sie darunter einen Tanga tragen musste. Er tat so, als müsste er sein Hemd in der Hose zurechtrücken, und gab sein Bestes, es seinem weiter hart werdenden Schwanz etwas bequemer zu machen.

Jan holte eine Aktenmappe aus der Schublade und legte sie auf den Schreibtisch. Sie nahm einige Prospekte heraus und breitete sie nebeneinander aus. Tor kam näher, um sie sich anzusehen, und stand jetzt direkt neben ihr. Er konnte einen Hauch ihres Parfüms riechen. Er hasste die starken Körpersprays, die manche Frauen benutzten, sodass man sie schon zehn Meter gegen den Wind riechen konnte. Jans Duft war genau richtig. Sexy und suggestiv – wie die Lady, die ihn trug.

Tor rückte näher heran, damit er die Informationen über eines der Häuser studieren konnte. Seine Hüfte stieß gegen ihre, und er stellte mit Genugtuung fest, dass sie nicht wegrückte. Sie kam aber auch nicht näher. Die Wärme ihres Körpers erregte ihn noch mehr. Bemerkte sie die Wirkung, die sie auf ihn hatte? Er warf einen Blick auf ihre Nippel. Ja. Sie waren eindeutig hart; aber das waren sie vorhin auch schon gewesen.

»Dieses hier ist wahrscheinlich das Geeigneteste.« Jan tippte mit einem langen lackierten Fingernagel auf eines der Prospekte und wandte ihren Kopf, um ihn lächelnd anzuschauen. Ihre Lippen waren nur Zentimeter von den seinen entfernt.

»Ja, in Ordnung«, krächzte er mit hoher Stimme. Er drehte den Kopf weg und hustete, um seine Kehle frei zu bekommen. »Dann lassen Sie uns loslegen.« Er klang immer noch mehr wie ein Sopran denn wie ein Bariton. Er konnte der Versuchung nicht widerstehen, sie anzufassen, und legte einen Arm locker um ihre Taille, als wollte er sie führen.

»Wo ist Ihr Wagen?« Er kam sich plötzlich komisch

dabei vor, sie durch das Büro zu schieben, ohne zu wissen, wo es hingehen sollte.

»Im Hinterhof. Aber ich muss hier erst zuschließen. Ich bin im Moment allein hier.« Jan entwand sich elegant seinem Griff und ging zur Vordertür, um sie abzuschließen.

Tor betrachtete ihre Bewegungen und ergötzte sich an der Art und Weise, wie ihr Rock um ihre Beine schwang und sich an ihre Schenkel schmiegte. Das Licht schien direkt hindurchzuscheinen, und der Anblick war es wert, mehr als einen Blick zu riskieren. Seine Hose fühlte sich extrem eng und unbequem an. Er schob eine Hand unter den Bund, um den Sitz zu korrigieren. Schon hörte er das Schloss klicken, und Jan setzte an, sich umzudrehen.

Tor zog die Hand blitzschnell weg und dachte ebenso schnell nach. »Ich, äh, müsste vorher noch auf die Toilette, wenn das okay ist.«

»Selbstverständlich. Ich zeige Ihnen den Weg.« Er war sich ziemlich sicher, dass sie ihn absichtlich streifte, als sie an ihm vorbeiging. Sein Schwanz zeigte den vorhersehbaren Mangel an Timing. Statt als Reaktion auf sein Unbehagen zu schrumpfen, war das verdammte Ding so steif, dass er mit dem Gehen Probleme hatte.

Tor biss die Zähne zusammen und humpelte hinter ihr her. Eines Tages würde er eine Frau wie Jan einmal fragen, ob ihr klar war, was sie einem Mann antun konnte, ohne überhaupt etwas anzustellen, oder ob das eher unabsichtlich geschah. Wie auch immer, es war eine große Erleichterung, aus ihrem Blickfeld verschwinden und die Tür hinter sich zumachen zu können.

Tor öffnete den Reißverschluss und schob eine

Hand in die Hose. Sein Ständer war hart wie Stein. Er ließ die Hose auf die Knöchel rutschen und beugte sich mühsam über die Kloschüssel. Es war verdammt schwierig, geradeaus zu pinkeln, wenn man einen Steifen hatte. Als er zum Ende kam, begann sein Schwanz zu schrumpfen. Er zog sich sorgfältig wieder an und achtete darauf, seinen Schwanz so zu platzieren, dass er, falls er wieder anschwellen sollte, es bequemer haben würde.

Als er zu Jan kam, warf sie einen pointierten Blick auf seinen Schritt, und Tor war sich sicher, dass sie gar nicht so unschuldig war, wie sie tat. Wusste sie Bescheid?

»Besser?«

Er sah, wie sich ihre Lippen kräuselten, weil sie ein Lachen unterdrücken musste. Gut, das beantwortete seine Frage. Offensichtlich hatte sie genau gewusst, warum er sich aus dem Staub gemacht hatte. Gott sei Dank hatte er der Versuchung widerstanden, sich einen runterzuholen.

»Ja, danke«, antwortete er und nickte umständlich.

»Gut. Hier geht's zu meinem Auto.« Jan lief durch einen dunklen engen Korridor zum Hintereingang. Tor trottete hinter ihr her wie ein verlorenes Schaf, das der Hirtin folgt; seine Augen hingen gebannt an ihrem Hintern, der sich so verführerisch hin und her bewegte.

Sobald sie draußen waren, schloss Jan die Hintertür ab und verstaute den Schlüssel in ihrer Handtasche. Tor nahm ihren Arm und half ihr die paar Stufen einer engen Treppe hinunter. Nicht dass sie Hilfe gebraucht hätte, aber es war eine gute Gelegenheit, ihr wieder näher zu kommen, und sie schien nichts dagegen zu haben. Als sie unten angekommen war, drückte sie einen Knopf an ihrem Schlüsselbund und schloss damit einen weißen BMW auf.

»Netter Schlitten«, sagte Tor.

»Danke.«

Er geleitete sie zum Wagen und öffnete ihr die Fahrertür. Als sie sich graziös hinters Steuer setzte, konnte er durch die kleinen Öffnungen zwischen den Knöpfen der Bluse kurz ihren bestickten weißen BH und ihre gebräunte Haut sehen. Es war nur ein kurzer Augenblick, aber er reichte aus, sein Blut wieder in Wallung zu bringen.

Tor schloss die Tür und ging um den Wagen herum. Er grübelte darüber nach, warum er in der Gesellschaft einer schönen Frau immer zu einem wortkargen, unbeholfenen Klotz wurde. Wenn er daran dachte, was er und die anderen Jungs neulich mit Maggie angestellt hatten, machte es keinen Sinn, dass er jetzt so unsicher war. Schon komisch, dass er immer wusste, was zu tun war, wenn sich so eine Gelegenheit wie mit Maggie ergab oder wenn er mit den anderen Jungs zusammen war. Steckte er aber allein in einer solchen Situation wie jetzt mit Jan, dann wurde er zu einem stammelnden Deppen. Es war fast so, als wohnten zwei völlig verschiedene Persönlichkeiten in ihm: nach außen hin Tor, der Trojaner, und innen drin der immer noch glücklose Andy Robbins. Alkohol half, aber er konnte ja wohl kaum ständig betrunken herumlaufen.

Er setzte sich auf den Beifahrersitz und warf einen schnellen Blick zu Jan hinüber. Wie weit würde sie die Dinge gehen lassen? Er beugte sich vor und schlüpfte aus seiner Jacke, damit er sie auf den Schoß legen und seine Erregung verdecken konnte. Jetzt endlich durfte er sich zurücklehnen und die Fahrt genießen. Daran hätte er früher denken sollen.

»Den Sicherheitsgurt anlegen, bitte!« Jans Stimme riss ihn aus seinen Tagträumen. Tor langte nach dem Gurt, zog ihn über seine breite Brust und klickte ihn ein. Er drehte sich etwas im Sitz, sodass er das obere Ende ihrer Strümpfe sehen und sich daran erfreuen konnte, wie sich der weiche Stoff des Rocks an ihre Schenkel schmiegte. Sie hatte wundervolle Beine. Es kribbelte ihn in den Fingern, diese Beine zu streicheln, doch er widerstand der Versuchung. Stattdessen begnügte er sich damit, sich vorzustellen, wie weich und glatt ihre Haut sich anfühlen würde, wenn er seine Finger über die Nylonstrümpfe hinaus zu ihrer nackten Haut gleiten ließe.

Er stellte sich vor, wie seine Finger weiter über ihre Schenkel und dann über ihre Hüften und ihren Bauch strichen. Er war sich ziemlich sicher, dass sie nur einen winzigen Tanga trug. Aus Baumwolle oder aus Seide? Seine Finger würden über den Tanga streichen und die Konturen ihres Geschlechts erfühlen. Ob sie wohl rasiert war? Sie war gut gebräunt, also würde sie ihre Schamhaare zumindest bis zur Bikinilinie rasiert haben. Seine Finger würden sie leicht reiben und die Feuchtigkeit der verbliebenen Schamhaare erkunden. Sein Schwanz zuckte ungeduldig. Vielleicht könnte seine andere Hand in ihre Bluse schlüpfen und diese prächtigen Brüste streicheln.

Seine Gedanken fanden ein jähes Ende, als Jan plötzlich scharf bremste. Die Jacke rutschte von seinem Schoß auf den Boden. Herr im Himmel! Hatte sie erraten, woran er gerade dachte? Er griff rasch nach unten und legte die Jacke wieder auf seinen Schoß, ehe sie das Ergebnis seiner Fantasien sehen konnte.

»Tut mir Leid.« Jan drückte auf die Hupe und starrte durch die Windschutzscheibe. »Dieser blöde Trottel braucht wohl noch ein paar Fahrstunden!« Sie überholte den Wagen vor ihnen.

Tor schob eine Hand unter seine Jacke, um zu versuchen, es sich bequemer zu machen. Reißverschlüsse waren ja praktisch, aber manchmal machten sie einem auch Ärger. Er zuckte zusammen, als er sich unvermittelt an das erste Mal erinnerte, bei dem er überhaupt mit einem Mädchen zusammen gewesen war. Da war er fünfzehn Jahre alt gewesen.

Er hatte sich gerade ausgezogen, als ihre ältere Schwester hereingeplatzt war. In seiner Panik hatte er sich von – wie hieß sie noch mal? O ja, Charlotte! – gelöst, war aufgesprungen und hatte die Hose hochgezerrt, ohne auf seine Unterhose zu achten. Als er den Reißverschluss hochgezogen hatte, hatte er seinen Schwanz eingeklemmt. Scheiße, hatte das wehgetan! Den Namen von Charlottes Schwester hatte er nie erfahren, aber er würde nie vergessen, wie gemein sie gelächelt hatte, als er vor Schmerzen gekrümmt dagestanden hatte.

»Was vergessen?«, hatte sie höhnisch gesagt und seine Unterhose am Ende eines Fingers baumeln lassen. Sie hatte in der Tür gestanden und zugeschaut, wie er seine Jeans wieder ausgezogen und sich dann ordentlich angezogen hatte. Es war die peinlichste Situation gewesen, die er je erlebt hatte, besonders weil sie seinen so plötzlich geschrumpften Penis eingehend betrachtet hatte. Ihre letzten Worte waren für immer in sein Gedächtnis eingemeißelt: »Ach, Schwesterlein, mit dem Ding hätte er eh nicht viel ausrichten können!«

Tor zog ungläubig die Augenbrauen zusammen. Normalerweise reichte die Erinnerung an diesen Vorfall völlig aus. Heute aber funktionierte es nicht. Sein

Schwanz war so steif und lüstern wie zuvor. Damit Jan nichts bemerkte, schob er ihn ganz langsam und vorsichtig seitwärts, weg vom Reißverschluss. Er schaute aus dem Fenster, um sich abzulenken, aber dort sah er die Reflexion ihres Gesichts im Glas. Es war ein hübsches Gesicht, voller Charakter und klassischer englischer Schönheit. Obwohl er die Farbe ihrer Augen nicht erkennen konnte, war er sich bewusst, dass sie immer wieder zu ihm herüberschaute. Ihre Züge hatten etwas Nobles, aber er konnte in ihnen keine Gefühle ablesen, nur Konzentration. Das ließ sie noch schöner und begehrenswerter erscheinen.

»Sie klingen nicht sehr kanadisch«, sagte Jan und unterbrach damit seinen Gedankenfluss. »Von wo kommen Sie?«

»Montreal. Obwohl – geboren bin ich in London.«

»Wirklich? Das erklärt es, denke ich.«

»Das ist aber lange her.« Er war sich nicht ganz sicher, ob er damit seine Zeit in London oder seinen entwürdigenden Versuch meinte, seine Jungfräulichkeit zu verlieren. Er hätte das Gespräch gern fortgesetzt, wurde aber wieder wortkarg.

Fünf Minuten später bog sie in eine Auffahrt ein und hielt vor einem geschlossenen Tor. Sie löste ihren Sicherheitsgurt.

»Bleiben Sie doch sitzen, ich mach das Tor auf.« Tor öffnete die Autotür.

»Danke, aber denken Sie nicht, es wäre besser, wenn Sie erst den Sicherheitsgurt lösten?«

In seinem eiligen Bemühen, sich als hilfreich zu erweisen, hatte Tor den Gurt vergessen. Ihre Worte hatten freundlich geklungen, und er konnte sich des Gefühls nicht erwehren, dass sie es mehr als gewohnt war, dass Männer sich in ihrer Gegenwart wie totale

Deppen benahmen. Mit einem verlegenen Grinsen löste er den Gurt, musste dann aber angesichts ihres warmen Lächelns auch lachen. Das allein schon war es wert, sich zum Narren zu machen.

Nachdem er eine Seite des Tors geöffnet hatte, suchte er nach einem Gegenstand, mit dem er es aufhalten konnte, während er die andere Seite des Tors festhielt. Als er einen alten Ziegelstein in Position rückte und dann zu dem anderen Torflügel hinüberging, spürte er, dass sie jede seiner Bewegungen genau beobachtete.

Sobald Jan durch das Tor gefahren war, schloss er die beiden Flügel, kehrte zum Wagen zurück und setzte sich wieder auf den Beifahrersitz. Er brauchte nicht lange, um zu bemerken, dass sie den obersten Knopf ihrer Bluse geöffnet hatte. Er lächelte in sich hinein. Wenn sie dachte, er würde so etwas nicht bemerken, dann unterschätzte sie ihn ernsthaft. Er mochte Probleme damit haben, sich an seinen eigenen Namen zu erinnern, aber bei ihr gab es so gut wie nichts, was ihm nicht aufgefallen wäre. Er wusste ganz genau, wie viele Knöpfe die Bluse vorn hatte und auf welcher Seite ihres Rocks sich der Reißverschluss befand. Er wusste sogar, dass ihr BH am Rücken mit zwei Häkchen geschlossen wurde.

Das Auto erreichte das Ende der Auffahrt und hielt an. Als Jan den Motor abstellte, hüpfte Tor aus dem Wagen und rannte förmlich um ihn herum, um ihr die Tür aufzuhalten. Als sie sich ihm zuwandte, um auszusteigen, hatte er wieder die Gelegenheit, ihr in die Bluse zu äugen. Er meinte, einen kurzen Blick auf ihre rosenfarbenen Nippel unter all der Spitze erhascht zu haben; allein schon der Gedanke daran reichte aus, sein Blut zum Kochen zu bringen. Er nahm ihren

Arm und half ihr heraus, wobei er sein Bestes tat, um zu verhindern, dass sie ihren Rock herunterstreichen konnte.

»Also, das wäre meine erste Wahl.« Jan stand neben dem Auto und ließ den Blick über das Haus und das Grundstück schweifen. Jetzt konnte er erkennen, dass ihre Augen blau waren: ein tiefes violett-blau, was verstärkt wurde durch ihre Brille, sodass der Himmel daneben unbedeutend blass aussah.

»Ziemlich großes Grundstück, aber es gibt einen Gärtner, der einmal die Woche kommt, also brauchen Sie sich darum keine Sorgen zu machen«, erklärte sie ihm.

Sie hatte sich etwas zur Seite gedreht, sodass das Sonnenlicht jetzt vorn durch ihre Bluse fiel. Der Stoff schien beinahe transparent geworden zu sein, und Tor konnte den Blick nicht von den deutlich sichtbaren Konturen ihres Busens abwenden. Posierte sie absichtlich so, oder war sie sich über den Effekt, den sie hervorrief, gar nicht im Klaren? Sein Schwanz jedenfalls war sich des Effekts nur allzu deutlich bewusst. Irgendwie hatte sein auf das Eine fixierter Freund es geschafft, sich in eine ganz unbequeme Position zu manövrieren; der Reißverschluss schnitt regelrecht in ihn hinein.

Tor bemerkte, dass Jan ihn anstarrte und auf eine Reaktion wegen des Hauses wartete. Er riss den Blick von ihrem Busen los und sah sich flott um. »Ja. Das große Grundstück gefällt mir. Wie sieht's hinten aus?« Sein Blick landete wieder auf ihrem Dekolletee.

»Lassen Sie uns doch hingehen und nachsehen. Ich denke, es wird Ihnen sogar noch besser gefallen.« Sie warf noch einen Blick in den Prospekt. »Sehr privat und weitgehend nach Süden ausgerichtet. Aber es ist noch ein bisschen zu früh im Jahr, als dass es eine große Rolle spielen könnte.«

Als sie sich auf den Weg machten, nahm Tor wieder ihren Arm. Der Pfad war schmal und gewunden, sodass sie ganz nah beieinander gehen mussten und Tor wieder einen berauschenden Hauch ihres Parfüms mitbekam. Er legte einen Arm um ihre Taille und zog sie sanft an sich.

»Vorsicht« – er nickte hinab zu den mit Moos bedeckten Wegsteinen –, »die sehen ziemlich rutschig aus.«

»O ja, danke!« Jan unternahm keinen Versuch, sich ihm zu entwinden. Im Gegenteil. Zu seiner großen Freude legte sie auch einen Arm um ihn. »Falls ich ausrutsche. Das macht Ihnen doch nichts aus, oder?« Sie sah ihn an und zog fragend eine Augenbraue hoch.

Tor kämpfte gegen den Drang an, seine Lippen auf ihre zu legen. »Achten Sie nur darauf, dass Sie auf mich fallen, wenn Sie ausrutschen«, murmelte er.

Jan lachte. »Versprochen«, sagte sie mit leicht belegter Stimme.

Schenkel an Schenkel gingen sie weiter den schmalen Pfad entlang. Tors Hand rutschte auf Jans Hüfte hinab, sodass er bei jedem ihrer Schritte spüren konnte, wie sich ihre Muskeln anspannten und wieder lockerten. Sein Schwanz zuckte heftig gegen den Reißverschluss, und er musste sich auf die Lippe beißen, um nicht vor Schmerzen aufzustöhnen. Er sah sich um, um sich abzulenken.

»Was ist das da drüben?« Er zeigte auf ein kleines Gebäude, das zum Teil von den Ästen einer riesigen Trauerweide verdeckt war, die bereits zu knospen begonnen hatte.

»Ich bin mir nicht sicher«, gab Jan zu. »Soweit ich mich erinnere, steht im Prospekt nichts darüber. Lassen Sie uns einen Blick darauf werfen.« Sie machte einen Schritt von dem Pfad weg und zog eine Grimasse. »Vielleicht lieber doch nicht. Der Boden ist so weich, dass ich mit meinen Absätzen drin versinke.«

»Kein Problem. Ich trage Sie.« Tor nahm sie in seine starken Arme, ehe sie protestieren konnte.

Jan schaute überrascht drein und lächelte dann. »Nun gut, wenn es Ihnen nichts ausmacht?« Sie legte die Arme um seinen Nacken und machte es sich an seiner muskulösen Brust bequem. Tor fühlte ihre weichen Brüste, die sich gegen ihn drückten, und er roch erneut den Duft ihres Parfüms, das seine Sinne verwirrte.

Mit einem Arm unter ihren Beinen und dem anderen um ihren Rücken ging er mit sicherem Schritt über die Wiese auf das kleine Gebäude zu. Er konnte fühlen, wie sich ihr Rock an den Nylonstrümpfen rieb, und platzierte seine Hand etwas höher an ihrem Schenkel, sodass er jetzt die Spitzen am Ende des Strumpfs fühlen konnte. Er musste sich sehr beherrschen, nicht ein triumphierendes Grinsen zu zeigen. Seine Finger fühlten sich an den Stellen, an denen er sie berührte, wie elektrisiert an, und – obwohl das eigentlich unmöglich war – sein Schwanz suchte nach Raum, um sich noch weiter zu vergrößern. Er verlagerte seinen anderen Arm so, dass seine Finger jetzt die Rundungen der linken Brust berührten. Jan drückte sich so fest gegen ihn, dass er sich sicher war, sie könnte sein Herz klopfen hören. Gott sei Dank war es ihr nicht möglich, auf seinen Schritt zu blicken. Seine Erregung war unübersehbar geworden.

Als sie näher kamen, erkannte er, dass das Gebäude eine Art altes Gartenhaus war, das aber wohl lange Zeit nicht benutzt worden war und daher sehr vernachlässigt wirkte. Vorsichtig stieg er die hölzernen Stufen empor, da er sich nicht sicher war, ob sie ihrer beider Gewicht tragen würden.

»Sie können mich jetzt absetzen!« Jans Worte klärten den Nebel in seinem Hirn.

»Natürlich.« Etwas widerwillig stellte Tor ihre Beine auf den Boden; als sie an ihm hinunterglitt, rutschte ihr Rock hinauf. Er hielt sie um die Taille gefasst und zog ihren Bauch gegen seine steinharte Erektion. Sehen konnte er nicht viel, aber seine Fantasien überschlugen sich. Pure Lust schüttelte seinen Körper, als er sie noch näher heranzog. Wenn sie ihm nur ein Zeichen geben oder irgendetwas tun würde! Er bemerkte das wissende Lächeln in ihrem Gesicht. Offensichtlich war sie sich nicht nur der Wirkung bewusst, die sie auf ihn hatte, sondern amüsierte sich auch noch über seine unbeholfenen Versuche, ihr näher zu kommen. Er knirschte mit den Zähnen und fühlte die bekannte Wut in ihm aufsteigen, die er immer dann verspürte, wenn er das Gefühl hatte, gefoppt zu werden.

Schon immer hatte er es gehasst, wenn jemand mit ihm spielte. Es machte ihn verrückt vor Verlangen. Er wollte sehen, wie sich Jan hilflos in seinem Griff wand, wie sie seufzte und stöhnte vor lauter unkontrollierter Leidenschaft und Lust. Mist! Er ließ sie so unvermittelt los, dass sie leicht ins Stolpern geriet, ehe sie ihr Gleichgewicht wieder fand.

»Danke fürs Mitnehmen«, sagte sie mit einem unschuldigen Lächeln, das so bezaubernd war, dass Tors Herz für einen Schlag aussetzte. Mit diesem Lächeln könnte sie einen Eisberg zum Schmelzen bringen! Er bemerkte ein verspieltes Aufblitzen in ihren Augen und musste jetzt selbst grinsen. Sie war so schön! Er begehrte sie so sehr!

Jan ging einen Schritt zurück und beugte sich vor, um ihren Rock in Ordnung zu bringen. Tor konnte einen flüchtigen Blick auf ihren Slip werfen, und dieses Bild blieb ihm lange im Kopf. Ach, er würde so gern auf die Knie sinken und sie anbetteln, sich von ihm ficken zu lassen!

Um sich abzulenken, überquerte er die Veranda, schaute durch eines der verdreckten Fenster und holte mehrmals tief Luft. Das Adrenalin schoss noch immer durch seine Adern und ließ seine Hände zittern. Er ballte eine Faust, schlug sie in die andere Hand und hielt sie fest, um das Zittern physisch zu stoppen. Im schmutzigen Fensterglas konnte er undeutlich Jan erkennen, die hinter ihm stand. Ohne sich umzudrehen, war er sich sicher, dass sie auf seinen Rücken starrte. Er war entschlossen, sich nicht umzudrehen, bevor er sich wieder unter Kontrolle hatte.

Tor drehte den Kopf nach links und ließ den Blick durch den Park schweifen. Eines Tages, so hoffte er, würde er so etwas besitzen. Nicht, dass er ein begeisterter Gärtner gewesen wäre oder so, aber er war ja lernfähig. Es würde wohl noch eine Weile dauern, bis er sich etwas so Großes leisten konnte, es sei denn, sein Einkommen nähme drastisch zu. So ein Besitz verursachte immense Kosten!

»Der Park reicht bis zu diesen Bäumen hinter den Büschen«, unterbrach Jans Stimme seine Gedanken. »Es gibt sogar Gemüsebeete dort, aber ich bezweifle, dass jetzt etwas angepflanzt ist.«

Tor bemerkte, dass sie näher an ihn herangetreten war. Er konnte die Wärme ihres Körpers spüren und roch einen weiteren Hauch ihres verführerischen Parfüms.

»Wollen Sie es sehen?«, fragte sie. »Das heißt, wenn es Ihnen nichts ausmacht, mich wieder zu tragen.«

Das war verlockend, sehr verlockend. Das Gefühl ihres schlanken Körpers in seinen Armen, die strammen Brüste gegen seine Brust gepresst ... »Nein.« Seine Stimme klang etwas harsch, selbst in seinen Ohren. Verdammt, sie machte ihn so geil! »Nein, ich glaube Ihnen auch so.« Er beschäftigte sich damit, sein Hemd in die Hose zu stopfen, und schob dabei ein bisschen mehr Stoff zwischen seinen Schwanz und den Reißverschluss. Viel besser!

Jan kam noch näher und hakte sich bei ihm unter. »Wollen Sie dann jetzt das Haus sehen?«

Tor wandte sich zu ihr und sah sie an. Er nickte stumm, und Jan legte den Arm um seinen Nacken.

»Also?«, sagte sie herausfordernd. Er war in die Falle getappt. Haus oder Gemüsegarten, das machte keinen Unterschied. So oder so würde er sie wieder in den Armen halten. Sein Herz begann zu rasen, als das Adrenalin wieder durch seinen Körper schoss.

»Okay.« Als er sie diesmal hochhob, schlüpfte er mit den Fingern absichtlich unter ihren Rock und erlaubte seiner anderen Hand, sich noch weiter vorzuwagen, sodass er jetzt die ganze Brust umfasste. Er hatte Mühe, ruhig und gleichmäßig zu atmen, und als er losging, spannte die Hose im Schritt und der Stoff rieb an seinem gequälten Schwanz. Seine ganzen Bemühungen, sich zu beruhigen, waren völlig umsonst gewesen. Die Leidenschaft ließ seinen Körper zittern.

»Ich bin doch nicht zu schwer, oder?« Selbst ihre Stimme machte ihn ganz wild.

»Nein. Sie sind perfekt. Ich meine, Sie haben das perfekte Gewicht für mich, äh, Sie zu tragen.«

Jan wandte den Kopf und lächelte ihn an. Seine Hand auf ihrer Brust wanderte noch etwas weiter. Er musste mit sich kämpfen, um sie nicht fest zu packen, als er die Konturen ihres bestickten BHs und das weiche warme Fleisch darunter fühlte. Seine Fingerspitzen kamen in Kontakt mit der kleinen Erhebung ihrer Brustwarze, und die Welle der Lust, die ihn durchströmte, ließ ihn ins Stolpern geraten. Instinktiv krallten sich seine Finger fest, und jetzt konnte er ihren Nippel noch deutlicher fühlen.

Jan drehte sich etwas und deutete auf einen kleinen Rosengarten. Ihre andere Brust drückte hart gegen ihn, und sein Schwanz zuckte. Ihr Rock war bis über die Enden ihrer Strümpfe hochgerutscht, und er starrte gebannt auf die weiße Haut ihrer nackten Oberschenkel. Als er merkte, dass er kurz davor war zu kommen, übermannte ihn Panik. Er beschleunigte seine Schritte und geriet ins Schwitzen, während er auf den Pfad zueilte. Als er sie absetzte, achtete er darauf, dass sie keinen Körperkontakt mehr hatten. Er musste sich erst etwas beruhigen.

»Hier lang!« Jan hakte sich unter. »Die Alarmanlage kann vorn oder hinten abgeschaltet werden. Sie ist mit dem örtlichen Polizeirevier verbunden. Wenn Sie sie versehentlich in Gang setzen, denken Sie daran, die Polizei anzurufen, sonst fällt die ganze Truppe hier ein.« Sie blieb vor dem Hintereingang stehen.

Tor nickte bloß. Er dachte jetzt nicht an Alarmanlagen. Er was sich sicher, sie wusste ganz genau, was sie ihm antat. Die einzige Frage lautete: Wie weit würde sie gehen? Mist, ihretwegen zitterte er wie Espenlaub. Er war noch nie so gekonnt gereizt worden. Jetzt war er nicht mehr aufzuhalten. Wenn sie ihn nicht ranließ, würde er seinen Schwanz rausholen und sich vor ihren Augen einen runterholen. Dieser Gedanke erregte ihn noch mehr. Es war seine liebste Fantasie. Wenn sie nein sagte, würde er es tun. Er würde sie auf den Boden legen, auf ihr sitzen und auf ihren ganzen Busen spritzen, während er ihr sagte, was er alles mit ihr tun wollte.

»Geht es Ihnen nicht gut? Sie sehen etwas blass aus.« Jans Frage holte ihn auf den Boden der Realität zurück.

»Nein, mir geht es gut.« Hör auf zu fantasieren, ermahnte er sich streng. Sie zeichnet Hexenkreise um dich herum, und du machst es nur noch schlimmer. Lass sie nicht die Oberhand bekommen! Er atmete tief durch.

»Lassen Sie uns einen Blick hineinwerfen!«, schlug er mit tiefer, starker Stimme vor. »Nach Ihnen!« Er hielt die Tür auf und trat einen Schritt zurück, damit sie zuerst hineingehen konnte. Dann folgte er ihr und konnte es gerade noch vermeiden, sie über den Haufen zu rennen, weil sie stehen geblieben war, um die Alarmanlage neu einzustellen. Er sah zu, wie sich ihre Brüste unter ihrer Bluse verführerisch bewegten, als sie nach oben langte, um einige Zahlen einzugeben.

»Ein Mann aus Stein«, murmelte er in sich hinein.

»Wie bitte? Sagten Sie etwas?«

»Nein, nichts.« Er konnte den Blick nicht von ihr wenden. »Nur laut gedacht.«

»Die Nummer kann nach Ihrem Belieben geändert werden, falls Sie sich für das Objekt entscheiden«, informierte Jan ihn, während sie den Korridor entlangging. »Also, lassen Sie uns mal sehen. Ich denke, das müsste die Küche sein.« Jan öffnete eine Tür und sah hinein. »Eisschrank, Mikrowelle, Gasherd und Abzug, reichlich Schränke und Arbeitsplatten.« Sie ging in den Raum hinein, während er in der Tür stehen blieb und zusah, wie sie auf die verschiedenen Einrichtungsgegenstände wies. »Die Küche ist voll ausgestattet mit allem Besteck und Geschirr, das Sie brauchen.«

Tor schluckte, als sie sich auf die Zehenspitzen stellte, um in einen Wandschrank zu schauen, und sich dann nach vorn beugte, um einen Blick unter die Spüle zu werfen. Sonnenlicht fiel durch die großen Fenster hinein, sodass er die Rundungen ihres Hinterns deutlich durch den Rock hindurch sehen konnte.

»Waschmaschine und Trockner sind im nächsten Raum.« Jan ging durch eine weitere Tür. »Falls Sie mal was zu waschen haben.«

»Jeden Augenblick jetzt, wenn Sie so weitermachen.«

»Bitte?«, fragte Jan verwirrt.

»Nichts«, brummte Tor leise. Himmel! Er hatte noch nie in seine Hose gespritzt, aber das würde passieren, wenn er nicht seinen Fantasien über sie ein Ende machte. Er trat von einem Fuß auf den anderen, um den beinahe unerträglichen Druck zu mindern.

»Kochen Sie?«

»Sorry. Was war das?« Sie hatte ihm offensichtlich eine Frage gestellt. Er war mit seinen Gedanken ganz woanders gewesen.

»Ich habe mich nur gefragt, ob Sie gern kochen. Es ist so eine schöne Küche.«

»Warum kommen Sie nicht mal einen Abend vorbei und finden es raus?« Seine Frage überraschte ihn selbst. Besser, viel besser! Das hatte sehr höflich und sophisticated geklungen. Er war es leid, sich vor ihr wie ein Trottel zu benehmen.

»Vielleicht mache ich das«, antwortete Jan. »Was ist Ihre Spezialität?«

»Äh, das könnte alles Mögliche sein, obwohl ich während der Spielsaison wenig Zeit habe.« Nicht im nächsten Leben hätte er zugegeben, dass er nicht mal ein Ei kochen konnte, selbst wenn er am Verhungern wäre. Er hielt sich strikt an die Take-Away-Läden.

Jan lächelte und ging zurück in den Korridor. Tor folgte ihr in jedes Zimmer und tat sein Bestes, sich genau anzusehen, was das Haus zu bieten hatte, und nicht, was ihr Körper an Versuchungen heraufbeschwor. Er hielt die Hände auf seinem Rücken und beugte sich beim Gehen leicht vor, um die Ausbeulung in seiner Hose zu verbergen. Er war jetzt in einem Zustand, dass jeder Schritt ihn weiter reizte, und in seinen Fantasien über sie gab es keine Unterbrechungen mehr. Bereits drei Mal hatte er sich vorgestellt, wie sie es von ihm haben wollte. Als sie die Treppe hinaufgingen, gab er sich Mühe, nicht auf ihre Beine zu starren und auch nicht darauf, wie ihr Rock sich über ihrem Hintern spannte.

»Oh!« Jan stolperte und verlor das Gleichgewicht. Tors Reaktionen kamen blitzschnell: Er sprang vor, wand einen Arm um ihre Taille und griff mit der anderen Hand nach dem Treppengeländer.

»Vielen Dank!« Ihre Stimme war etwas zittrig. »Ich muss mit dem Absatz hängen geblieben sein. Wenn Sie mich nicht aufgefangen hätten, wäre ich gefallen.« Ihre Lippen waren so nah an seinen, dass er jetzt einfach nicht mehr widerstehen konnte. Sie schmeckte so süß wie Honig. Obwohl sie ihn nicht zurückküsste, entzog sie sich ihm auch nicht.

Er hob sie mühelos hoch und trug sie bis zum Treppenabsatz. Sie sagte nichts. Er stand mit ihr da, dann küsste er sie wieder sanft. Diesmal spürte er, wie sie den Druck seiner Lippen leicht erwiderte. Sie öffnete ihre ein wenig, und er berührte bereitwillig ihre Zunge mit seiner.

Jan beugte den Kopf zurück und lächelte ganz süß. »Es sieht so aus, als verlangte mein rettender Ritter seine Belohnung.« Sie wand sich aus seiner Umarmung und stellte sich dann auf die Zehenspitzen, um die Arme um seinen Nacken zu schlingen. Sie zog seinen Kopf zu sich hinunter und küsste ihn leidenschaftlich.

Tor reagierte mit der gleichen Inbrunst. Er umfasste ihren schlanken Körper und zog sie eng an sich heran. Dabei konnte er die Wärme spüren, die ihr Körper ausstrahlte, und das brachte sein Blut zum Kochen. Sein schmerzender Schwanz zuckte gegen seine Kleidung, und er stöhnte hilflos, als er ihre weiche, feuchte Zunge an seiner fühlte.

Als sie sich von ihm abwandte, zog Tor sie wieder fest an sich. Langsam schob er die Hände hoch, um beide Brüste zu umfassen, während er ihren Nacken und ihre Ohren küsste. Er konnte deutlich ihre hart gewordenen Nippel fühlen und stöhnte leise, während er ihre Bluse aufknöpfte. Ihre Haut war so weich und glatt. Sanft schob er eine Hand unter ihren BH, um die zarte Haut ihres Busens zu streicheln, während er mit der anderen Hand seinen Reißverschluss aufmachte, um den Druck zu lindern.

Jan wimmerte leise, und diese Töne machten ihn verrückt. Sein Puls raste, und sein Schwanz fühlte sich an, als würde er bersten müssen, während seine Erregung immer noch zunahm. Mit zittrigen Fingern zerrte Tor ihr die Ärmel der Bluse über die Handgelenke.

Er ließ die Bluse zu Boden fallen, beugte sich vor und fuhr mit seiner Zunge über ihren Rücken. Seine Finger fummelten am Verschluss ihres Büstenhalters herum. Beide seufzten, als er endlich aufging, und Tor setzte seine Erkundungsreise ihren Rücken hinab zu ihrer Taille fort. Er schob seine Hände über ihren flachen Bauch und wieder hoch, um ihren Busen zu streicheln. In seiner Erregung bewegte er sich jetzt schneller, zog die Träger ihres BHs über die Arme und ließ ihn dann neben die Bluse auf den Boden fallen. Er konnte fühlen, dass sie bei seinen Berührungen am ganzen Körper zitterte, und sah die Gänsehaut, die sie jetzt bekam.

Brennend vor Leidenschaft riss Tor sich das Hemd vom Leib und zog sie an seine Brust. Seine Finger spielten mit ihren steifen Brustwarzen, und er genoss das erregende Gefühl, ihre Haut auf seiner zu spüren.

»Du bist so schön«, flüsterte er ihr leise ins Ohr, »so begehrenswert. Ich muss dich haben!« Er spürte ihren Körper als Reaktion auf seine Worte erschaudern, und eine Welle der Lust jagte durch seinen Körper, tief in den Unterleib hinein. Er hatte das Gefühl, als habe er nie eine Frau mehr begehrt als Jan just in diesem Moment.

Tor blieb das Herz stehen, als sie sich von ihm löste, doch dann nahm sie seine Hand und führte ihn in eines der Schlafzimmer. Sie zog ihn zu dem großen Doppelbett, drückte ihn auf die nackte Matratze und trat einen Schritt zurück, um den Reißverschluss ihres Rocks aufzumachen. Achtlos ließ sie den Rock zu Boden fallen, stieg aus ihm hinaus und setzte sich dann auf Tors Beine. Mit einem kleinen Lächeln knöpfte sie ihm die Hose auf.

Tor schüttelte es vor Lust, und er hielt den Atem

an, als sie entdeckte, dass sein Reißverschluss schon offen war. Er wand sich hin und her und biss die Zähne zusammen, um seiner Erregung Herr zu bleiben. Er war schon wieder kurz davor zu kommen. Viel zu kurz davor. Nur mit schierer Willenskraft konnte er sich zurückhalten. Herr im Himmel, wenn sie seinen Schwanz anfasste, würde er sich nicht mehr zu helfen wissen.

Sie zog die Hose über seine Beine. Sein Schwanz mit seiner geschwollenen, purpurroten, zu allem bereiten Eichel schnellte in die Luft, als sei er an Federn aufgehängt. Es würde nur eine einzige Berührung von ihr brauchen. Tor schloss die Augen und ergab sich in das Unvermeidliche.

Er spürte, wie sie seine Hose so weit wie möglich herunterzog, ihre Hände auf seinen Bauch legte und dann unter seine Pobacken schob. Er zuckte zusammen, als ihre Finger sie fest packten, und begriff, dass er seinen Hintern hochheben sollte. Ganz in ihrem Bann, folgte er ihrem stummen Befehl und biss die Zähne zusammen, weil er sicher war, dass sein Schwanz sogleich ihre Brüste berühren würde. Sobald das passierte, würde er explodieren. Er wusste, dass es so sein würde. Er musste die Kontrolle übernehmen, er musste mit ihr spielen, bis sein überreizter Körper sich wenigstens ein bisschen beruhigt hatte.

Jan zog ihm die Unterhose über die Pobacken und Schenkel, drückte ihn zurück aufs Bett und küsste seine Brustwarzen. Sein Schwanz rieb gegen eine ihrer Brüste, und Tor stöhnte verzweifelt auf, als er explodierte. Sein Penis zuckte unkontrolliert hin und her, als sich die ganze Spannung und Erregung entlud, die sich den Morgen über aufgebaut und aufgestaut hatte.

Als der erste heiße Spermastrahl auf ihre Brust klatschte, richtete Jan sich auf und sah wortlos zu. Vage nahm Tor trotz seiner fast unerträglich lustvollen Erleichterung wahr, dass ein kleines amüsiertes Lächeln um ihre Lippen spielte, als sie Zeugin seines völligen Kontrollverlustes wurde. Er stöhnte wiederholt und war sich am Rande bewusst, wie beschämt er sich fühlen würde, wenn die Lust erst einmal nachgelassen hatte. Als die letzten Schauer seines Orgasmus abebbten und sein immer noch steifer Schwanz aufhörte, hin und her zu zucken, wurde Jans Lächeln breiter.

»Hhmm. Wir sind etwas überempfindlich, nicht wahr?«, spottete sie.

Er wandte den Blick von ihrem grinsenden Mund ab und schaute seinen Schwanz an, der jetzt zu seiner normalen Größe schrumpfte. Die erste Welle heftiger Beschämung packte ihn. Vor Erniedrigung musste er tatsächlich mit den Tränen kämpfen. Er schloss die Augen, um ihr Gesicht nicht sehen zu müssen, doch die Erinnerung an ihre amüsierte Miene hatte sich schon in sein Gedächtnis eingebrannt. Er blieb stumm liegen, als sie aufstand und durch das Zimmer ging. Kurz darauf hörte er, wie eine Tür geöffnet wurde und dann im angrenzenden Badezimmer Wasser lief.

Was ging ihr jetzt wohl im Kopf herum? Ihr Lächeln hatte darauf hingedeutet, dass ihr Spaß bereitet hatte, was sie ihm angetan hatte. War es das? Hatte sie es von Anfang an darauf abgesehen? Ihn so weit zu reizen, dass er schließlich jede Selbstkontrolle verlor? Wenn das so war, dann musste sie jetzt sehr zufrieden mit sich sein. Es gab nur ein Problem: Er war immer noch unglaublich geil. Seine Ejakulation hatte nur wenig dazu beigetragen, seine überwältigende Leidenschaft zu mäßigen; sie hatte ihm lediglich die Möglichkeit genommen, jetzt gleich etwas dagegen oder eher dafür zu tun.

Tor stand auf und zog sich ganz aus. Nackt ging er hinüber ins Badezimmer. Jan kam zu ihm und wischte den Schweiß von seiner breiten Brust.

»Weißt du, in gewisser Weise war das eines der größten Komplimente, die ich je bekommen habe.« Sie lächelte anziehend.

Tor gelang nur ein schwaches Lächeln. Jedenfalls war sie nicht verärgert. Und schließlich hatte er ihr gezeigt, wie sehr sie ihn antörnte. Er ging unter die Dusche und fühlte sich schon etwas besser.

Nachdem er den Schweiß und das Sperma abgewaschen hatte, nahm er sich ein Handtuch und wickelte es sich um die Hüften. Jan war schon ins Schlafzimmer zurückgegangen und hatte ihren Rock wieder angezogen. Sie wollte gerade das Zimmer verlassen, wahrscheinlich um ihren BH und ihre Bluse vom Treppenabsatz zu holen.

»Warte!« Tor griff ihren Arm. »Willst du mir den Rest nicht mehr zeigen?«

Jan sah überrascht aus und blickte sich dann im Zimmer um, als ob sie nach etwas suchte, was sie ihm noch zeigen könnte. »Also, da drüben sind einige Wandschränke, aber ich glaube, sonst hast du alles gesehen.«

Tor schüttelte den Kopf. »Nein, noch habe ich nicht alles gesehen.« Er sah dabei sie an, nicht das Zimmer. Der Anblick ihres bloßen Busens hatte bereits eine positive Wirkung auf sein tückisches Organ.

»Nun, es gibt noch zwei weitere kleine Schlafzimmer mit einem separaten Bad.« Jan zuckte mit den Schultern. »Aber willst du dich nicht erst anziehen?«

Tor schüttelte wieder den Kopf. »Ich bin noch nicht ganz trocken. Komm!« Er führte sie aus dem Zimmer und an der Treppe vorbei, ohne ihr eine Chance zu geben, ihre Kleidungsstücke aufzuheben. Dabei beobachtete er die Art und Weise, wie ihre Brüste beim Gehen wippten.

»Das ist das zweitgrößte Schlafzimmer«, erklärte sie ihm, während sie eine weitere Tür öffnete. »Wenn ich mich recht entsinne, hat man hier einen wunderbaren Blick auf den hinteren Teil des Gartens.« Sie zuckte zusammen, als er sie anfasste. »Was machst du da?«, fragte sie, als er den Reißverschluss ihres Rocks öffnete und den Rock dann über ihre Beine hinabschob.

Tor drehte sie zu sich um. Das Handtuch rutschte von seinen Hüften und fiel zu Boden. Er sah, wie sie nach unten schaute und große Augen bekam. Rasch beugte er sich vor und fuhr mit der Zunge über ihre Brüste, während seine Hände über ihre Taille und dann über ihren Bauch glitten. Er schob seine Finger unter das elastische Band ihres Slips und zog ihn herunter, sodass ihr Geschlecht sichtbar wurde.

Jan öffnete leicht den Mund, und er konnte einen kleinen Seufzer hören, als seine Lippen an ihrem Körper nach unten wanderten. Es erregte ihn sehr, dass ihr Körper bei den Berührungen seiner Hände und Zunge erzitterte. Sein Schwanz schwoll wieder zu voller Größe an, und die glänzende Eichel stieß gegen ihre heiße Haut.

»O ja!«, stöhnte Jan und wand sich vor Lust, als seine Zunge ihr zum Teil rasiertes Geschlecht erreichte und die Spitze ihre kleine, dunkelviolette Klitoris fand. Ihr ganzer Körper zuckte, und alle Luft entwich aus ihren Lungen, als er die geschwollene Knospe in den Mund saugte. Tor spürte, wie sie gegen das elastische Band ihres Slips ankämpfte, als sie versuchte, ihre Beine weiter zu spreizen. Sie griff seinen Kopf und zog ihn fest an sich heran; als ihre Leidenschaft zunahm, wühlte sie mit ihren Fingern in seinen Haaren.

Jans wachsende Erregung ließ auch Tors Erregung weiter ansteigen. Das hier war viel besser. Nach seinem vorherigen Kontrollverlust, dieser totalen Demütigung, hatte er jetzt das Sagen. Er stieß sie mit der Zungenspitze an. Ihre kleinen Lustschreie wurden schon lauter und dringlicher. Er konnte fühlen, wie ihr Kitzler anschwoll und hart wurde, während er sie leckte und streichelte. Die Feuchtigkeit in ihrer Möse nahm so rapide zu wie ihre Erregung.

Bald, sehr bald, würde er sie noch ein bisschen weiter treiben. Und dann noch ein bisschen weiter. Er würde ihr den Fick ihres Lebens verpassen. Ehe er fertig war, würde sie ihn anflehen aufzuhören. Sein Ständer zuckte, als seine Zunge mühelos in ihre Möse drang und ihr ganzer Körper erbebte. Er würde jeden Quadratzentimeter ihres Körpers erkunden und sie völlig verrückt vor Verlangen machen. Er war jetzt viel ruhiger. Er hatte jede Menge Zeit.

»O mein Gott, ja!«, wimmerte Jan, während Tor sich in seinen Fantasien erging. »O ja!«

* * * Sechs.

Sara Williams summte zufrieden vor sich hin, während sie in der riesigen Küche herumwirbelte. Die Arbeit machte ihr Spaß, auch wenn die Art von Fastfood, die sie im Café des Eisstadions servierten, nicht gerade ihre Kochkünste herausforderte.

In den letzten Tagen jedoch war Sara so mit ihren eigenen Gedanken beschäftigt gewesen, dass sie den Hamburgern und Pommes nur flüchtige Aufmerksamkeit geschenkt hatte. Seit dem Auswärtsspiel in Bristol und dem Dinner danach hegte sie verliebte Gefühle für Ean, den dunkelhaarigen Verteidiger der Trojaner.

Sie hatte nur ein paar Minuten mit ihm geredet. Mit Tor, dem großen blonden Mittelstürmer, hatte sie viel länger gesprochen. Nichtsdestoweniger hatten diese wenigen Minuten, während derer ihre Körper sich berührt hatten, dazu ausgereicht, nicht nur ihre Fantasie zu entflammen. Wie sie schon immer vermutet hatte, war Ean das Ebenbild von Mark, nur zwanzig Jahre früher. Nun ja, fast jedenfalls, wenn man einmal von den Muskeln absah.

Sara war jetzt fertig damit, die Spülmaschine mit dem Geschirr vom Frühstück der Angestellten zu füllen, und sah sich mit einem prüfenden Blick in der Küche um. Alles war getan; jetzt mussten nur noch der Eisschrank aufgefüllt und die Vorbereitungen für den vormittäglichen Kaffee und die Snacks getroffen werden, denn das Stadion öffnete um zehn Uhr die Pforten für das Publikum.

Während Sara die Brötchen mit Butter bestrich, fragte sie sich, warum die Managerin der Catering-Firma sie wohl sehen wollte, wenn sie mittags mit der Arbeit fertig war. Der Stimme von Mrs. Jamison hatte sie nichts entnehmen können, aber es war immer schwierig herauszufinden, was in ihr vorging. Sie war sehr effizient und freundlich, aber es war unmöglich zu erraten, was sie dachte. Das konnte man weder an ihrem Gesichtsausdruck noch an ihrer Stimme ablesen. Vor einer Woche oder so hatte Sara angefragt, ob sie zusätzliche Schichten arbeiten könnte, denn seit ihr Sohn aufs College ging, war sie immer knapp bei Kasse. Hoffentlich würde Mrs. Jamison sie nur deswegen sprechen wollen.

Eineinhalb Stunden nach dem Gespräch stand Sara am anderen Ende der Stadt vor dem Tor einer langen Auffahrt, die zu einem großen alten Haus führte. Sie überprüfte noch einmal die Adresse auf dem Zettel in ihrer Hand und starrte dann auf die Gegensprechanlage, die an einem der Torpfosten angebracht war.

Jedenfalls hatte Mrs. Jamison sie nicht lange auf die Folter gespannt.

»Hallo Sara, setzen Sie sich! Ich kümmere mich gleich um Sie.«

Während die Managerin Saras Personalakte durchgeblättert hatte, hatte Sara nervös zugesehen und sich gefragt, ob wohl jemand im Stadion sich über ihre Arbeit beschwert hätte. Sie hatte sich aber nicht vorstellen können, aus welchem Grund das jemand hätte tun sollen.

»Einige unserer Kunden spüren den Druck der steigenden Zinsen und des starken Pfunds«, hatte Mrs. Jamison gesagt. »Sie kürzen die Ausgaben, wo auch immer sie können, und darunter leidet letztlich auch unser Geschäft.«

Sara war das Herz in die Hose gerutscht; plötzlich hatte sie Angst bekommen, man werde sie entlassen. Aber das hätte doch keinen Sinn ergeben! Dem Stadion ging es schließlich gut. Sie hatte gehört, wie Justin zu Maggie gesagt hatte, die erfolgreiche Saison der Trojaner habe Eislaufen populärer denn je gemacht.

»Hier bei Butterflies haben wir uns entschlossen, dass wir selbst einige Änderungen einführen müssen, um zu überleben. Also haben wir uns entschieden, alles zu tun, um einen größeren Kundenkreis zu erreichen.« Mrs. Jamison hatte Sara nachdenklich angeschaut. »Sie haben doch gesagt, Sie seien an zusätzlicher Arbeit interessiert.«

Sara, die schon die Kündigung vor Augen gehabt hatte, war von diesen Ausführungen völlig überrascht gewesen.

»Nun, ja …«, hatte sie gestammelt. »Es ist ein bisschen eng im Moment, da doch mein Sohn …« Dann aber hatte sie sich selbst unterbrochen. Normalerweise war sie eine sehr zurückhaltende Person, aber sie hatte schon immer die Angewohnheit gehabt, zu viel zu reden, wenn sie nervös war, um dann später ihre Äußerungen zu bereuen.

»Also, wir haben einen neuen Kunden, der für einige Monate eine Haushälterin sucht. Jemanden, der sowohl effizient ist als auch diskret. Ich entnehme Ihrer Personalakte, dass Sie diese Art von Arbeit schon gemacht haben.« Sie sah erwartungsvoll auf. »Kann ich davon ausgehen, dass Sie Interesse haben? Es würde bedeuten, das Eisstadion eine Zeit lang aufzugeben, aber es ist einfacher, Sie dort zu ersetzen, als eine gute Haushälterin zu finden. Die Bezahlung ist extrem gut.«

Als Mrs. Jamison erklärt hatte, was unter »extrem gut« zu verstehen war, hatte Sara keinen Augenblick länger gezögert. Da Kevin ohnehin die meiste Zeit im College verbrachte, gab es nicht viel, was sie zu Hause hielt.

»Natürlich müssen Sie zu einem Bewerbungsgespräch, doch ich bin sicher, das ist nur eine Formalität.«

Als Sara ihr Kleid glatt strich und den Klingelknopf drückte, dachte sie schon über verschiedene Rezepte nach. Mrs. Jamison hatte gesagt, dass wahrscheinlich oft Gäste erwartet würden. Es war Jahre her, dass sie Dinner-Parties ausgerichtet hatte. Was wäre, wenn sie verlernt hätte, allein klar zu kommen?

»Ja?« Die Stimme klang kalt und misstrauisch. Sara erinnerte sich daran, dass es sich um einen Kunden handelte, der seine Privatsphäre schätzte.

»Guten Tag. Mein Name ist Sara Williams. Butterflies, die Catering-Firma, hat mich geschickt.«

Die einzige Antwort, die sie bekam, war ein kurzes Brummen, gefolgt von einem scharfen Klicken, und dann schwangen die Torflügel auf.

Sara zog die Brauen zusammen. »Bitte kommen Sie herein. Ich habe Sie bereits erwartet«, murmelte sie angesäuert in sich hinein, als sie den langen Kiesweg entlangging. Offensichtlich war ihr künftiger Chef in spe kein Mann, der viele Worte machte.

»Sara Williams?« Der Mann, der im Eingang des imposanten roten Ziegelbaus stand, war mittleren Alters und übergewichtig. Er kam ihr irgendwie bekannt vor. War er jemand Berühmtes, oder hatte sie ihn schon einmal irgendwo gesehen oder getroffen? Sie zermarterte ihr Hirn. Wenn er berühmt war, würde er womöglich beleidigt sein, wenn sie ihn nicht erkannte.

»Willkommen, meine Liebe! Ich habe mich auf Ihr Kommen schon gefreut.«

Seine Worte überraschten sie, und sie revidierte schnell ihre ersten Eindrücke. Vielleicht war er gar nicht unfreundlich, sondern Fremden gegenüber eher vorsichtig. Wo hatte sie ihn nur gesehen? Sie war sich sicher, es musste in letzter Zeit gewesen sein.

Der Mann eilte die Stufen der Eingangstreppe hinunter und schüttelte ihre Hand. »Roland Donaldson. Nennen Sie mich Roland.« Er nahm ihren Arm. »Kommen Sie bitte herein und lassen Sie mich Ihnen alles zeigen.« Er schaute erstaunt an ihr herunter. »Sie scheinen gar kein Gepäck bei sich zu haben! Werden Ihre Sachen geschickt?«

»Äh, nein.« Seine Hand fühlte sich feucht und klamm auf ihrer Haut an, und sein Körpergeruch wurde von dem Aftershave, in dem er gebadet zu haben schien, nicht ganz überdeckt. Wer war er nur? Plötzlich erinnerte sie sich. Roland Donaldson. Er war der Manager der Trojaner! Wieso hatte es bei seinem Namen nicht gleich bei ihr geklingelt?

»Man hat mir gesagt, ich solle zum Bewerbungsgespräch kommen«, fügte sie hinzu und starrte ihn an. Jetzt war sie sich sicher, dass er es war.

»Bewerbungsgespräch? Nicht nötig! Sie kommen mit den besten Empfehlungen, Sara. Ich bin hoch erfreut, Sie nehmen zu können. Jetzt aber hinein! Ich kann dafür sorgen, dass Ihre Sachen später geholt werden.«

»Sind wir uns nicht schon begegnet?«, fragte sie schnell.

»Begegnet?« Roland sah verwirrt aus.

»Ja. Sie sind doch der Manager der Trojaner, nicht wahr? Ich arbeite … ich habe im Café des Stadions gearbeitet. Und dank Justin war ich beim Auswärtsspiel in Bristol letzte Woche.«

»Ah ja, natürlich! Deswegen sind Sie mir gleich bekannt vorgekommen. Sie waren eine der netten Damen, die mit uns zum Essen gingen, nicht wahr?«

Sara nickte und spürte, dass sie leicht errötete. Sie war etwas durcheinander im Kopf.

»Und auch ein Fan?« Er zog fragend eine Augenbraue hoch. »Sind Sie ein Fan?«

Sara nickte wieder.

»Hervorragend!« Roland führte sie die Stufen hinauf und durch die breite Tür aus Eichenholz. »Wie schön, dass wir uns schon begegnet sind«, fuhr er fort. »Einige der Jungs verbringen so viel Zeit hier, dass es praktisch ihr zweites Zuhause ist. Ich bin sicher, sie werden sehr erfreut sein, Sie wieder zu sehen. Außerdem« – er zwinkerte ihr zu und verstärkte den Griff um ihren Arm – »ist keiner von ihnen das, was man häuslich nennen könnte. Kochen Sie ihnen Hausmannskost, Sara, und sie werden alle augenblicklich zu willigen Sklaven. Ach ja, wenn man vom Teufel spricht …«

Sara bekam große Augen, als mehrere Trojaner den Raum betraten. Sie war versucht, sich selbst zu kneifen, um sich zu vergewissern, dass sie nicht träumte. Sie hätte beinahe laut gelacht, weil Roland sie

»Jungs« genannt hatte. Ihr Blick blieb an Ean hängen, und ihre Knie wurden weich.

»Jungs, das ist Sara. Sie hat sich gerade bereit erklärt, hier einzuziehen und sich um mich zu kümmern.«

Sara war zu schockiert, um zu erwähnen, dass sie noch gar nicht zugestimmt hatte. Sie starrte nur die Eishockeyspieler an und fühlte, wie ihr das Blut in die Wangen stieg.

»Falls Sie es vergessen haben, das sind Tor, Troy, Ean, Pele, Pary und mein kleiner Bruder Bri.« Roland deutete auf die jeweiligen Männer und legte dann einen Arm um Bris Schultern. »Oder eher Ex-Bruder«, fügte er hinzu.

Sara starrte ihn verwundert an.

»Roland war mit meiner Schwester verheiratet«, erklärte Bri, als er sich Rolands Umarmung entzog und seine rechte Hand ausstreckte. »Willkommen an Bord.«

Sara schüttelte jedem von ihnen die Hand. Als sie Eans Hand nahm, fühlte sie, wie sie noch stärker errötete, und ein Kribbeln wie bei einem leichten elektrischen Schlag lief durch ihren Arm. Seine dunklen Augen funkelten sie fröhlich an. Er war in der Tat das Ebenbild von Mark.

»Ich kenne dich von irgendwoher«, stellte Tor fest, als er ihr kurz die Hand schüttelte. Sara nickte. »Ich war bei eurem Spiel in Bristol letzte Woche«, antwortete sie leise.

Tor grinste. »Wie schmeichelhaft!«, lachte er. »Wo auch immer ich hingehe, scheine ich auf loyale weibliche Fans zu stoßen. Ich hatte nicht den blassesten Schimmer, dass wir so populär sind.«

»Justin hat meiner Freundin Maggie einige Freikarten besorgt«, erklärte Sara. »Maggie arbeitet am Empfang im Stadion. Ich arbeite – ich meine, ich habe als Köchin im Café gearbeitet«, fügte sie hinzu und fragte sich, wem Tor wohl sonst noch begegnet war.

»Äh, ja, wir kennen Maggie«, bestätigte Tor, und Sara hätte schwören können, dass die Männer sich höchst bedeutungsvolle Blicke zuwarfen, als der Name ihrer Freundin fiel. War ihr wohl etwas entgangen?

»Eine Köchin. Großartig!« Pele unterbrach ihre Gedanken. »Was gibt's heute Abend?«, fragte er. »Ich habe einen Bärenhunger.«

Roland lachte. »Du denkst immer nur an deinen Bauch. Verschreck sie mir nicht!« Er legte einen Arm um Saras Schultern und herzte sie freundschaftlich. »Sie hat noch nicht einmal ihr Zimmer gesehen!«

Sara entwand sich ihm und versuchte klar zu denken. Das ging ihr alles viel zu schnell. »Vor morgen kann ich aber nicht anfangen«, erklärte sie Roland.

Ean verzog das Gesicht. »Morgen? Hab Mitleid mit uns, Sara! Noch ein von Roland gekochtes Essen überstehe ich nicht, und all das Take-Away-Zeug kann ich nicht mehr sehen!«

Pele nahm ihre Hand. »Wir fallen vom Fleisch, wenn wir nicht bald etwas Ordentliches zu essen bekommen. Wie sollen wir Spiele gewinnen, wenn wir nichts Anständiges zwischen die Zähne kriegen?«

»Ja, bitte, Sara! Es gibt nur noch eines, das schlimmer ist als Rolands Kochkünste«, fügte Tor um Mitleid heischend hinzu, während er vor ihr auf ein Knie fiel.

Sara grinste. »Und das wäre?«

»Sein Essen zu essen«, antwortete Tor düster.

Sara schüttelte den Kopf und gab nach. »Nun gut. Ich sehe mich mal um und schaue, was ich zusammenkratzen kann.« Sie sah Roland an. »Wenn Sie damit einverstanden sind.«

Ean fasste sie spielerisch um die Taille. »Du gute Samariterin!« Er küsste sie auf die Wange und nahm ihre Hand. »Du kannst gern fühlen, dass ich schon vom Fleisch falle«, beschwerte er sich und legte ihre Hand auf seinen flachen Bauch.

Sara erschauderte und fuhr mit ihren Fingern leicht über seine Brust. »Ich denke, du übertreibst ein bisschen«, rügte sie ihn scherzhaft, obwohl sie nicht ein Gramm Fett an seinem göttlichen Körper hatte fühlen können.

»Also gut, dann ist das beschlossene Sache.« Roland klang ganz glücklich. »Was das Menu anbetrifft, kochen Sie das, was Ihnen am leichtesten fällt. Gut … Also, dann kommt, Jungs, wir haben zu arbeiten! Besonders an der Verteidigung.« Er warf Pary und Ean einen Blick zu. »Eure Checks waren jämmerlich. Sara hier hätte es besser geschafft, die Kontrolle zu übernehmen.«

»Das liegt daran, dass wir nie was Vernünftiges zu essen kriegen«, murmelte Pary.

Sara lachte und war ganz aufgeregt in Anbetracht der Freuden, die da auf sie zukamen. Wer hätte je gedacht, dass sie eines Tages die Trojaner und ihren Manager ›bemuttern‹ würde! Obwohl sie, wie sie zugeben musste, gar keine mütterlichen Gefühle für die Jungs hegte. Ganz im Gegenteil!

Als sie später in der wunderbar ausgestatteten Küche herumwirbelte, spürte sie Schweißtropfen zwischen ihren Brüsten hinabrinnen. Nach dem, was die Männer gesagt hatten, war es keine große Überraschung für sie gewesen, Rolands Vorratsschränke so gut wie leer vorzufinden, und sie hatte einen Ausflug zum Supermarkt machen müssen, um alles einzukaufen, was sie brauchte. Roland hatte ihr ein ordentliches Bündel Geldscheine in die Hand gedrückt und ihr versichert, dass sie sich über Ausgaben keine Sorgen zu machen brauchte und dass sie später ordnungsgemäß abrechnen würden.

Die Küche war heiß und dampfig, denn in einem der großen Backöfen brutzelte ein Braten, und auf dem Gasherd köchelten drei verschiedene Gemüse. Sara spürte ihren Puls hämmern, und ihre Hände zitterten leicht, als sie die Kasserolle aus dem Ofen nahm, um den Bratensaft in die Sauciere zu schütten. Sie versuchte sich einzureden, dass sie sich keine Sorgen um das Gelingen zu machen brauchte. An den Wochenenden machte sie oft einen Braten für sich und ihren Sohn Kevin. Das hier war nicht anders; nur war der Braten größer.

Sara piekste den riesigen Rinderbraten mit einer langen Gabel. Pinkfarbener Saft rann heraus, genau so, wie sie es mochte. Mit einem zufriedenen Seufzer schob sie ihn in den Ofen zurück und bückte sich, um nach den Yorkshire-Puddings zu sehen. Sie waren gut geraten: Der aufgegangene Eierteig an den Rändern war braun und knusprig und in der Mitte weich und porös, um eine ordentliche Portion ihrer schweren dunklen Soße aufzusaugen. Ihr Magen knurrte bei der Kombination köstlicher Düfte, die in der Luft hingen.

»Irgendetwas riecht hier wunderbar!« Die maskuline Stimme hinter ihr erschreckte sie derart, dass sie beinahe die Pfanne mit den Bratkartoffeln fallen gelassen hätte. Sie stellte sie schnell zurück auf den Herd, schloss die Backofentür und fuhr nervös herum. Ean stand direkt hinter ihr, und in der Küche schien es plötzlich noch heißer zu werden.

»Das Essen ist in fünf Minuten fertig«, sagte sie, während sie sich hastig den Schweiß von der Stirn wischte und Strähnen ihrer silbrigblonden Haare hinter die Ohren schob.

»Großartig. Ich bin so hungrig, dass ich ein ganzes Pferd essen könnte.«

Ihr fiel auf, dass er sie neugierig musterte, und sie wünschte sich, sie hätte Zeit gehabt, ihre Küchenschürze auszuziehen.

Sie versuchte die Situation mit einem kleinen Scherz zu entspannen. »Du wirst dich mit einem halben Rind begnügen müssen.« Als er nicht antwortete, drehte sie ihm den Rücken zu und rührte in der Soße herum.

»Der Geruch erinnert mich an zu Hause.« Ean war näher gekommen. »Meine Mutter macht am Wochenende immer einen Braten.«

Sara verkrampfte sich. In Anbetracht der Gedanken und Gefühle, die sie in Bezug auf ihn in letzter Zeit gehabt hatte, war eine Anspielung auf ihr Alter ungefähr das Letzte, was sie hören wollte. »Dann wollen wir mal hoffen, dass ich ihr das Wasser reichen kann«, murmelte sie.

»Große Herausforderung. Sie ist ziemlich gut«, antwortete er, und Saras Herz setzte kurz aus. »Freilich hat sie einiges mehr an Übung als du. Mein Vater und sie sind seit fünfundzwanzig Jahren verheiratet.«

Bei diesem Kompliment fühlte Sara ihre glühenden Wangen noch roter werden. Glücklicherweise konnte man dafür die Hitze in der Küche verantwortlich machen. »Ich werde das Essen gleich servieren.« Sara griff nach einem Sieb, um die Gemüse zu seihen. »Würdest du für mich die anderen zu Tisch bitten?«

»Selbstverständlich.« Ean grinste sie wieder an und schob sich beiläufig eine Strähne seiner weichen dunklen Haare aus der Stirn. »Eins kann ich dir sagen: Weit sind die nicht!« Sein Magen knurrte vernehmlich. »Hoppla!« Er tätschelte seinen Bauch. »Entschuldigung!«

Sein Gesicht glühte jetzt pinkfarben infolge der Hitze und des Dampfes, und sie konnte ihr Spiegelbild in seinen riesigen mandelfarbenen Augen sehen. Die Haut seiner Wangen sah weich und glatt aus wie Buttermilch und stand in starkem Kontrast zu den dunklen Stoppeln seines Barts über den Lippen und auf dem Kinn. Sara ließ den Blick über seine breiten Schultern, die Rundungen seiner Bizeps und die schmale Taille über dem fast konkaven Bauch wandern. Seine legere graue Hose war aus dünnem Material und die Erhebung seiner Männlichkeit zog ihre Augen magisch an.

»Und dann komme ich zurück und helfe dir, ja?«

Sie riss sich von ihren Fantasien los und nickte nur. Als er die Küche verließ, verfolgten ihre Augen jede Bewegung seiner Hüften und Pobacken, und sie hatte plötzlich einen Kloß in der Kehle. Wenn er Mark nur nicht so ähnlich wäre! Sie drehte sich schnell herum und widmete sich dem Essen.

Als Sara und Ean fünf Minuten später den Tisch mit Schüsseln und Platten voll stellten, zählte Tor überrascht die Plätze. »Wo ist dein Teller?«, fragte er sie dann.

»Ich bin nicht so hungrig«, antwortete sie rasch. »Ich esse eine Kleinigkeit in der Küche.«

»Was? Eine Köchin, die ihr eigenes Essen nicht isst?« Roland grinste. »Was hat das wohl zu bedeuten?«

»Ein anderes Mal vielleicht. Ich habe noch so viel zu tun.«

Pele und Troy schlugen wie Kinder rhythmisch mit ihren Löffeln auf den Tisch. »Zu uns an den Tisch, zu uns an den Tisch!«, riefen sie unisono. Sara lachte.

»Benehmt euch, oder es gibt kein Dessert«, drohte sie.

»Dessert?« Tor bekam große Augen. »Was gibt's denn als Dessert?«

»Blaubeerkuchen mit Sahne«, antwortete sie.

»Ich glaube, wir sollten Sara doch zurück an ihre Arbeit lassen«, meinte Troy.

»Einverstanden«, stimmte Ean zu. Und sagte dann noch: »Aber nur dieses Mal!«

Später in der Küche lächelte Sara in sich hinein, während sie einen Schluck Rotwein trank und ein Stück Blaubeerkuchen auf ihrem Teller hin und her schob. Sie konnte immer noch nicht glauben, wie viel Spaß es machte, bei den Trojanern zu sein. Sie war den ganzen Nachmittag kaum aus dem Lachen herausgekommen. Auch Roland hatte ihr das Gefühl gegeben, willkommen zu sein – mehr wie eine alte Freundin denn wie eine Aushilfskraft.

Sie griff mit einer Hand hinter sich und massierte ihren schmerzenden Nacken und die Schultern. Ganz allein für so viele Leute zu kochen war weitaus ermüdender, als sie gedacht hatte. Sie sah besorgt auf die Berge von schmutzigem Geschirr. Wenn sie die Spülmaschine nicht bald einräumen würde, dann würde sie nie fertig werden.

»Lass mich das machen!« Überrascht vernahm sie Eans Stimme. Sie hatte gedacht, sie hätten sich alle in Rolands großes Wohnzimmer zurückgezogen, um sich einen Film anzuschauen und ein paar Bierchen zu kippen.

Sara zuckte zusammen, als seine großen Hände ihre wegschoben und er mit den Fingern ihre Schultern zu massieren begann. Sie ließ den Kopf kreisen und gab sich dem angenehmen Gefühl hin, als seine starken Hände ihre verspannten Muskeln lösten.

»Du bist angespannt wie eine Sprungfeder«, rügte er sie neckisch, während er mit den Händen über ihren Rücken fuhr. »Du brauchst jetzt etwas zur völligen Entspannung.«

Ja, bitte!, dachte Sara verträumt. Sie stellte sich seine Hände überall auf ihrem Körper vor, und ihr Bauch fühlte sich plötzlich so an, als sei er voller Schmetterlinge. Das war doch alles nicht wahr, oder etwa doch?

»Ich denke, ich sollte dir eine anständige Massage geben«, fuhr er fort. »Denn wenn du regelmäßig für uns kochen sollst, dann können wir es nicht zulassen, dass du wegen eines schlimmen Rückens nicht arbeiten kannst, oder?«

Bevor sie sich zwicken konnte, um festzustellen, ob sie schon eingeschlafen war, hatte Ean den Stuhl unter dem Tisch hervorgezogen und ihn herumgedreht, sodass sie ihm jetzt von Angesicht zu Angesicht gegenüber saß. Er hockte sich vor sie hin, hob ihr linkes Bein hoch und zog ihr sachte den Schuh aus.

»Fangen wir unten an«, erklärte er ihr, während seine Finger erfreuliche Dinge mit ihrer Fußsohle anstellten. Ihre Schenkel zuckten angesichts der Doppeldeutigkeit seiner Worte – und weil ihre Fantasie bereits mit ihr durchging. Sie seufzte leise und lehnte sich mit geschlossenen Augen zurück.

Ean legte ihren Fuß auf sein Bein und beschäftigte sich jetzt mit jedem einzelnen ihrer Zehen. Durch den weichen Stoff ihrer Strümpfe hindurch fühlten sich seine Finger unglaublich glatt an, und seine Berührungen waren unerwartet erotisierend. Sara spürte, wie ihre Brustwarzen als Reaktion darauf hart wurden und die Muskeln am oberen Ende ihrer Schenkel zuckten. Seine Finger fuhren über ihre Fußsohlen und umschlossen dann ihre schlanken Fesseln. Sara zitterte von Kopf bis Fuß und öffnete die Augen, um ihn anzusehen.

»Wir sollten dich irgendwohin bringen, wo du es bequemer hast«, sagte er zu ihr. Er dachte einen Moment nach und nickte dann. »In Rolands Bibliothek gibt es eine große weiche Couch.«

Ehe sie protestieren und darauf bestehen konnte, dass sie noch zu arbeiten hatte, stand Ean auf und hob sie hoch, als wäre sie ein kleines Kind. Er hielt sie gegen seine breite Brust und trug sie einen Flur entlang in die große, menschenleere Bibliothek. Sara kuschelte sich an ihn und genoss es zu fühlen, wie sich seine Muskeln unter seinem Hemd bewegten.

Ean setzte sie auf einer langen, mit Samt bezogenen Couch vor dem Kamin ab und stand jetzt vor ihr. Sara sah sich in dem Raum um. Eine große Glasvitrine voller Eishockey-Trophäen stand hinter Rolands Schreibtisch.

»Hast du die alle gewonnen?«, fragte sie ihn nervös.

Ean nickte, ohne die Augen von ihr zu lassen. »Nicht alle. Jedenfalls nicht persönlich. Einige stammen aus der Zeit, bevor ich zur Mannschaft kam. Und jetzt zieh dein Kleid aus und leg dich auf den Bauch«, kommandierte er. »Ich schau nicht hin, ich versprech's«, sagte er, als er sah, dass sie zögerte. »Mach dir keine Sorgen, Sara, ich weiß, was ich tue«, versicherte er mit leiser Stimme.

Seine Bemerkung erschien ihr sehr doppeldeutig. Oder wollte sie unbedingt etwas heraushören? Er wusste ja vielleicht, was er tat, aber wusste sie es auch? Sie fand keine Worte für all das, was sie sagen wollte. Sie dachte nicht mehr daran, dass sie eine Aushilfskraft war, die ihren Pflichten nachzugehen hatte, sie vergaß, dass er ein Trojaner war. Es kam ihr eher so vor, als wäre sie eine Patientin in einer exklusiven Klinik und er wäre der besorgte Therapeut.

Sara stand auf und wandte ihm den Rücken zu. Langsam zog sie das Kleid über den Kopf und versuchte nicht daran zu denken, dass er hinter ihr stand. Sie stieß ein stummes Dankgebet aus, dass sie ihre kostbarste Unterwäsche trug, und versuchte nicht daran zu denken, dass sie tatsächlich an ihn gedacht hatte, als sie sich heute Morgen angezogen hatte. Als sie sich umdrehte, sah sie, dass er sie begeistert betrachtete.

»Ich dachte, du hättest versprochen, nicht hinzusehen«, rügte sie ihn.

Ean grinste und legte den Kopf zur Seite. »Ich hatte die Finger hinter dem Rücken gekreuzt«, gestand er und half ihr dabei, sich hinzulegen.

Sara lag auf dem Bauch und bettete den Kopf auf ihre verschränkten Arme. Unmittelbar danach fühlte sie seine kräftigen Finger ihre glatten Waden streicheln. Eine Welle des Verlangens rauschte durch ihren Körper, und sie spürte die Säfte in ihrer Möse fließen. Sie presste ihre Beine so fest zusammen, wie es seine Hände erlaubten, und hob die Brust leicht an, damit ihre geschwollenen Brustwarzen nicht gegen den BH scheuerten.

»Entspann dich!«, tadelte er sie. »Ich kann dich nicht ordentlich massieren, wenn du weiter deine Muskeln so anspannst.«

»Sorry.« Sara tat ihr Bestes, ihm entgegenzukommen. Das war nicht einfach. Seine Hände arbeiteten sich langsam, aber stetig ihre Beine hoch, wobei sie jeden Quadratzentimeter kniffen und kneteten. Sie unterdrückte ein Aufstöhnen, als seine Finger das Ende ihrer Strümpfe und dann die nackte Haut ihrer Oberschenkel erreichten. Seine Berührung fühlte sich heiß an, und das auf ihrer bereits glühenden Haut.

»Wo hast du gelernt, so gut zu massieren?«, fragte sie ihn.

»Ich habe mal einen Kurs in Heilmassage besucht«, antwortete er. »Und sogar drüber nachgedacht, meinen Lebensunterhalt damit zu verdienen, ehe ich zu den Trojanern stieß. Vielleicht tue ich das später auch.«

»An Patienten wird es dir nicht mangeln«, versicherte Sara mit einem leisen Seufzen.

»Weißt du, du hast einen richtig sexy Körper«, gab er ihr Kompliment zurück. »Ich wette, du achtest darauf, dich fit zu halten.«

Sara gelang es nicht, ein weiteres leises Stöhnen zu unterdrücken, als seine kundigen Finger über die Rundung ihrer linken Pobacke glitten und er dann die verspannten Muskeln am Ende ihrer Wirbelsäule zu kneten begann.

»Fühlt sich das gut an?«, fragte er als Reaktion auf ihr Stöhnen.

»Es fühlt sich wunderbar an«, murmelte sie.

Seine Hände glitten ihren Rücken hinauf, und sie spürte, wie er den Verschluss ihres Büstenhalters öffnete. Ihre schmerzenden Brüste schwangen nach vorn und stießen gegen die Couch. Ihre Nippel fühlten sich an, als wären sie aus Marmor. Er zog die Träger ihres BHs herunter, und sie fühlte seine Hände große kreisende Bewegungen auf ihrem ganzen Rücken machen.

»Warum tust du das?«, fragte sie.

Eans Hände verharrten. »Magst du es nicht?«

»Doch, natürlich. Es fühlt sich unglaublich gut an. Ich habe mich nur gefragt, warum? Wärst du nicht lieber bei den anderen?« Eigentlich wollte sie fragen, warum ausgerechnet er ausgerechnet sie ausgesucht hatte. War das bloß ein Zufall, oder hatte er die besondere Anziehungskraft gespürt, die er auf sie ausübte, ohne vielleicht selber den Grund dafür zu kennen?

»Wir haben gewürfelt«, gab er zu. »Und ich habe gewonnen.«

Es war das erste Mal, dass ein Mann um sie gespielt hatte. Sara war sich nicht sicher, was sie davon halten sollte.

»Betrachte es mal aus meiner Perspektive«, erklärte er ihr, als ob er ihre Unsicherheit spürte. »Entweder ein paar Bierchen mit den Kollegen oder meine Hände auf deinem schönen, sexy Körper. Ich glaube, das kann keine Frage sein.«

Sara drehte den Kopf und sah ihn erstaunt an. Meinte er das ernst? Hielt er sie wirklich für eine schöne Frau? Sie jedenfalls fühlte sich so. Jung, schön und begehrenswert. Er war auch schön. Und begehrenswert. So überaus begehrenswert.

»Weißt du, dass du eine unglaubliche Haut hast? Es ist, als massierte man Seide oder Elfenbein.« Ean tätschelte ihre Pobacken. »Und außerdem hast du einen richtig sexy Arsch.« Er zog ihren Slip in ihre Spalte.

Sara setzte an, zu protestieren, hielt dann aber ihren Mund. Das Prickeln in ihren Pobacken lag nicht nur an seinen Klapsen. »Mit solchen Schmeicheleien kannst du viel erreichen«, flüsterte sie mit leicht heiserer Stimme.

Ean beugte sich über die Couch, auf der Höhe ihres Busens. Der Reißverschluss seiner Hose war beängstigend nah vor ihrem Gesicht. Sein Penis lag nach links, und anhand der Art und Weise, wie der Stoff spannte, konnte kein Zweifel daran bestehen, dass er zumindest teilweise erigiert war. Sara spürte, wie ihr Höschen im Schritt immer feuchter wurde, und in ihrem Kopf begann es sich zu drehen, als ihr der unverwechselbar maskuline Duft seines Körpers in die Nase stieg.

»Ich kann nicht glauben, wie steif du bist.« Seine Hände bearbeiteten ihren Nacken und ihre Schultern. Er beugte sich noch weiter vor, sodass sein Gemächt jetzt an ihrem Oberkörper ruhte, und sie konnte spüren, wie die Erektion in seiner Hose zunahm.

»So steif wie du!«, murmelte sie leise. »Vielleicht solltest du dich selbst massieren!« Herr im Himmel! Wie konnte sie nur so etwas sagen? Was war denn bloß in sie gefahren? Sie vergrub ihr errötendes Gesicht in den Polstern und gab sich ganz dem exquisiten Gefühl der Erregung hin, das ihren Körper durchflutete.

»Dreh dich rum«, wies er sie plötzlich an.

Sie reagierte ohne Zögern und hörte, wie sein Atem kurz aussetzte, als sie sich auf den Rücken legte. Ean zog die Träger ihres Büstenhalters hinunter und den weichen Stoff von ihren Brüsten. Sara verschränkte automatisch die Arme, um sich zu bedecken, doch Ean schob sie sanft aus dem Weg. Seine Lippen waren leicht geöffnet, und seine Augen schienen noch größer zu werden, als er auf die Rundungen ihrer nackten Brüste und die dunklen, geschwollenen Brustwarzen starrte. Beinahe ehrfürchtig platzierte er seine Hände auf ihren Schultern und massierte ihre oberen Brustmuskeln.

Sara versuchte sich still zu halten. Sie konnte spüren, wie ihre Brüste im Rhythmus seiner Bewegungen sanft auf und ab wippten. Ihr Höschen war jetzt so durchnässt, dass er keinen Zweifel mehr am Grad ihrer Erregung haben konnte. Sie erzitterte, als seine Hände an den Seiten ihres Körpers nach unten glitten und seine Finger ihre Brüste streiften. Sie spürte seine Hände über ihrem Nabel zusammenkommen und registrierte hilflos das Flattern in ihrem Magen und das Zittern ihrer Beinmuskeln. Er schob seine Hände jetzt wieder zurück nach außen.

Sara stöhnte und presste ihre Beine fest zusammen. Ihr Kitzler prickelte immer heftiger, als ihre Leidenschaft wuchs, und sie musste sehr an sich halten, um nicht eine Hand zwischen ihre Beine zu schieben und ihr verzweifeltes Verlangen zu befriedigen.

Sie wandte den Kopf zur Seite und starrte wieder auf seinen Schritt. Sein Reißverschluss war jetzt sozusagen zum Zerreißen gespannt. Es schien unmöglich, dass das Material weiterhin diesem Druck standhalten konnte. Sie erwartete fast, dass der Stoff riss, seine zügellose Männlichkeit herausschnellte und sie aufspießte. Seine Finger hatten jetzt wieder ihren Nacken erreicht und begannen eine neue Reise über ihre Brüste. Sara schrie auf, als er sie mit den Händen umfasste. Das anhaltende Prickeln zwischen den Beinen wurde zu einem dringlichen Ziehen, und sie bog den Rücken durch, wodurch sie instinktiv ihre Nippel gegen seine riesigen Hände drückte.

»Entspann dich«, murmelte er noch einmal. »Lass dich einfach gehen!«

Lass dich gehen! Du meine Güte ... Sie wusste kaum noch, wie sie sich zurückhalten sollte! Sie konnte sich nicht daran erinnern, wann sie zum letzten Mal so erregt gewesen war. Doch, das konnte sie. Es war das erste Mal gewesen, als Mark sie geliebt hatte. Jedes Mal, wenn Mark sie geliebt hatte. Sie fühlte, wie eine von Eans Händen über ihren Bauch wanderte, ihren Nabel umkreiste und dann über ihr Spitzenhöschen strich. Sie biss sich auf die Unterlippe und versuchte ihre Hüften ruhig zu halten, als er mit federleichten Berührungen ihren Venushügel liebkoste und sich dann auf die feuchte Gegend zwischen ihren Beinen konzentrierte.

»Bitte!«, schluchzte sie. Sie war sich nicht sicher, ob sie ›Bitte aufhören!‹ oder ›Bitte weitermachen!‹ damit meinte. Sie war viel zu verwirrt, um klar denken zu können. Wenn nun einer der anderen Trojaner hereinkäme und sie so sähe? Oder wenn Roland sie so fände? Sie würde wahrscheinlich gefeuert werden. Und sie würde es höllisch schwer haben, diesen Umstand der supereffizienten Mrs. Jamison zu erklären!

Eans rechte Hand drückte und knetete die Innenseiten ihrer Oberschenkel. Seine andere Hand spielte immer noch mit ihrer rechten Brust; mit einer Fingerspitze streichelte er sanft die harte Brustwarze. Jeder Zentimeter ihrer Haut schien jetzt zu glühen. Ihre Klitoris stand in Flammen, und sie wünschte sich so sehr, er würde sie dort küssen.

Ehe sie darüber nachdenken konnte, was sie tun sollte, hob Sara schon die Hände und langte an den Bund seiner Hose. Umständlich fummelte sie an dem Knopf herum und nahm den Haken des Reißverschlusses zwischen Daumen und Zeigefinger. Sie hätte schwören können, einen Seufzer der Erleichterung des Stoffs zu hören, als sie den Reißverschluss öffnete und damit die Spannung löste.

Sie hob den Kopf und sah ihn an. Seine Unterhose drängte durch den geöffneten Reißverschluss, und sie konnte die glänzende Eichel seines erigierten Penis sehen, die über den Rand der Unterhose ragte. Sie fuhr mit einer Fingerspitze darüber und fühlte ihn erschaudern. Schnell steckte sie den Finger in den Mund und leckte ihn ab, dann streichelte sie wieder seinen Schwanz.

Ean seufzte schwer und gab die Massage auf. Sie fühlte, wie er heftig an ihrem Höschen zerrte, und sie wimmerte, als seine Finger ihre heiße, nasse Möse zu erkunden begannen.

»Zieh sie aus!« Sara zog an seiner Hose. »Ich möchte dich sehen!« Sie schob ihre Hand an seinem Ständer hinunter.

Ean zog Hose und Unterhose mit einer flotten Bewegung aus. Sein Schwanz war hart wie Granit und purpurrot angeschwollen. Als sie ihn anstarrte, trat ein kleiner Tropfen Flüssigkeit an der Spitze aus und lief an der Eichel hinunter. Sara streckte gierig einen Finger aus und verrieb den Tropfen über die Eichel. Sein Schwanz zuckte erregt, und ganz plötzlich konnte sie nicht länger warten.

»Bitte!«, flüsterte sie wieder. Diesmal bestand keinen Zweifel mehr daran haben, was sie meinte.

Ean schüttelte seine Kleider von den Knöcheln und kniete sich über sie auf die Couch. Er nahm seinen Ständer in die Hand, um ihn einzuführen. Sara spreizte eifrig die Beine und hob ihren Hintern, um ihm entgegenzukommen.

Doch anstatt sie zu penetrieren, drückte Ean die Eichel gegen ihre Schamlippen und rieb sie an ihrer kleinen Knospe auf und ab. Sie stöhnte laut vor Lust und Ungeduld. Es fühlte sich so gut an! Ihre Pussy war so nass und schlüpfrig, dass sein Schwanz mühelos auf und ab glitt. Sie war nur noch Augenblicke von ihrem Orgasmus entfernt. Sie musste ihn jetzt in sich haben!

Sara streckte die Arme aus, packte seine Pobacken und zog ihn zu sich hinunter. Ihre Fingernägel kratzten über seine Haut und ließen tiefrote Streifen zurück. Ean stöhnte schockiert angesichts dieser Attacke und stieß fest in ihr feuchtes Loch. Die Macht seiner Penetration war so groß, dass sein Hodensack gegen ihre Schenkel knallte.

»O Mark, ich habe dich so vermisst«, schrie sie hilflos auf. Sie presste ihren Kitzler gegen ihn, und ein mächtiger Orgasmus schüttelte sie, als er seinen Schwanz etwas zurückzog, um erneut in sie hineinzustoßen.

Draußen, auf der anderen Seite des Flurs im Wohnzimmer, röhrte der Fernseher. Irgendjemand schrie etwas, und die anderen klatschten und pfiffen begeistert. Ohne davon etwas wahrzunehmen, pumpte Ean seinen Schwanz in sie hinein. Sara ging eifrig mit; ihre Lust steuerte sie auf einen neuen Orgasmus zu, und all ihre aufgestauten Spannungen und Sehnsüchte lösten sich in diesem wilden Liebesspiel auf.

*** Sieben.

»Guten Morgen, Maggie!«

Maggie sah erstaunt vom Empfangsschalter auf. Sie hatte gedacht, sie wäre allein hier. Sie war nicht gerade begeistert, als sie sah, wer sie grüßte.

»Mister Donaldson! Guten Morgen!« Sie zwang sich dazu, höflich zu sein. »Kann ich etwas für Sie tun?« Sie hoffte allerdings, dass das nicht der Fall wäre. Ihr gefiel die Vorstellung nicht, etwas für Ronald Donaldson tun zu müssen. Er war ein unangenehmer Mann.

»Da kommen mir verschiedene Dinge in den Kopf«, antwortete Roland mit eindringlichem Blick und legte eine Hand auf ihren Arm. Maggie unterdrückte einen Ekelschauer. »Sie könnten damit anfangen, mich Roland zu nennen. Und dann könnten wir vielleicht zusammen eine Tasse Kaffee trinken …«

»Tut mir Leid, das geht nicht. Ich habe bis zwölf Uhr Dienst«, unterbrach Maggie ihn rasch.

»So lange? Ich dachte, Sie hätten früher Schluss.« Roland sah auf die Uhr. »In diesem Fall könnten wir uns zum Mittagessen treffen. Was halten Sie von einem schnellen Drink und einem Happen zu essen im *Royal Standard*?«

»Nun, das ist sehr nett von Ihnen, aber ich habe

schon etwas vor heute Nachmittag.« Das stimmte sogar. Nachdem sie mit dem kleinen Mädchen mit dem verstauchten Knöchel gesprochen hatte, hatte Maggie ernsthaft darüber nachgedacht, dass es ihr selbst an wichtigen Fähigkeiten und Qualifikationen mangelte. Oder lag es an den Dingen, die sie über Troy erfahren hatte? So oder so hatte sie sich gefragt, was sie dagegen tun könnte. Jan nahm schon länger an Abendkursen teil, um sich weiterzubilden, und Maggie hatte sich nun selbst zu einem Besuch der örtlichen Bibliothek überredet, um in Erfahrung zu bringen, welche Kurse angeboten wurden.

»Ich verspreche, nicht viel von Ihrer Zeit in Anspruch zu nehmen«, insistierte Roland. »Aber es gibt etwas, über das ich mit Ihnen sprechen möchte. Etwas, das Sie sicher interessieren wird.«

»Und das wäre?« Maggie ärgerte sich, dass sie so neugierig war. Sie mochte Roland nicht leiden können, aber er war der Manager der Trojaner. Außerdem hasste sie Geheimnisse. Roland grinste.

Er wiederholte seine Einladung. »Mittagessen?«

Maggie gab ihrer Neugier nach. »Spätestens um zwei muss ich gehen.«

»Dann sehe ich Sie um zwölf.« Roland nahm seine schwitzige Pranke von ihrem Arm, und sie atmete erleichtert auf. Sie bereute ihre hastige Entscheidung schon jetzt. Was könnte er schon mit ihr besprechen, das es wert war, mindestens eine Stunde in seiner Gesellschaft verbringen zu müssen? Was soll's, sagte sie sich, jetzt war es zu spät. Zumindest brauchte sie nicht für ihr Mittagessen zu zahlen.

Das *Royal Standard* war ein beliebtes Lokal und schon ziemlich voll, als sie eintrafen. Roland fand einen Tisch am Fenster und rückte Maggie den Stuhl zurecht, als sie sich setzte. Sie musste zugeben, dass er auf altmodische Weise gute Manieren hatte. Außerdem hatte ihr die Fahrt in seinem auffallend roten XK8 Spaß gemacht, auch wenn er, wie Troy schon gesagt hatte, wie ein Irrer raste.

»Was möchten Sie trinken?«

»Wodka und Tonic, bitte.«

»Ich bestelle das Essen, ehe es hier richtig rund geht, oder?«, schlug Roland vor. »Der hiesige Ploughman ist exzellent. Oder möchten Sie einen Blick auf die Speisekarte werfen?«

»Nein, ein Ploughman ist in Ordnung, danke.« Vielleicht war sie in ihrer Einschätzung von Roland etwas voreilig gewesen. So schlimm war er nun auch nicht. Mit seinen dunklen, von etwas Grau durchsetzten Haaren und seinen dunkelbraunen Augen sah er gar nicht so schlecht aus. Er war ein bisschen plump vielleicht und viel zu überzeugt von sich selbst, aber er war beileibe nicht der einzige Mann mit diesem speziellen Fehler. Sie lächelte, als sie sogleich an Justin denken musste.

Als Roland mit den Getränken zurückkam, setzte er sich auf den Stuhl ihr gegenüber und lächelte sie an. »Zum Wohl!« Er trank einen großen Schluck Bier. Maggie erwiderte das Lächeln und nippte an ihrem Wodka-Tonic.

»Sie scheinen einer unserer größten Fans zu sein, Maggie. Was meinen Sie, haben wir eine Chance, in dieser Saison Meister zu werden?«

Maggie war überrascht. Für den Manager der Trojaner schien ihr dies eine seltsame Frage zu sein. »Das sollten Sie mir besser sagen«, antwortete sie fröhlich. »Ich würde sagen, es sieht gut aus.«

»Vorausgesetzt, die Spieler konzentrieren sich auf die Spiele und lassen sich nicht von anderen Dingen ablenken«, stimmte er zu. »Oder von anderen Leuten.«

Also das war es! Kaum zu glauben, dass er sie eingeladen hatte, um ihr zu sagen, sie solle von Troy und den anderen Jungs die Finger lassen! Wie ein übertrieben besorgter Vater aus viktorianischer Zeit. Maggie hatte Mühe, eine ernste Miene zu wahren.

»Ich bin mir sicher, die Spieler wollen genauso sehr gewinnen, wie Sie es wollen«, erklärte sie ihm.

»Das sollten sie auch, wenn sie ihre Jobs für die nächste Saison behalten wollen«, antwortete Roland. »Ah, hier kommt das Essen. Danke.« Er strahlte die hübsche junge Kellnerin an, die ihnen das Essen an den Tisch gebracht hatte. »Könnte ich bitte etwas französischen Senf haben?«

Sie aßen ein paar Minuten schweigend, ehe Roland fortfuhr. »Planen Sie übrigens, an diesem Wochenende beim Spiel dabei zu sein?«

Maggie zog die Brauen hoch. Wollte er ihr durch die Blume sagen, sie solle fernbleiben? Für wen, zum Teufel, hielt er sich eigentlich? Wenn sie nicht so pleite gewesen wäre, hätte sie sich schon aus Trotz ein Ticket gekauft. »Das weiß ich noch nicht«, erklärte sie pikiert. »Warum?« Na los, sag's schon, dachte sie. Versuch nur, mir vorzuschreiben, nicht hinzugehen, und du wirst sehen, was passiert!

»Oh, es geht darum, dass ich jemanden brauche, der als offizielle Hostess der Mannschaft fungiert. Die junge Dame, die das normalerweise macht, hat sich beim Schifahren ein Bein gebrochen.« Er sah sehr enttäuscht aus, so als hätte das Mädchen sich absichtlich verletzt, nur um ihm eins auszuwischen.

Maggie starrte ihn erstaunt an. Nach seinen anfänglichen Bemerkungen hätte sie diese Wendung als Letztes erwartet.

»Ich dachte nur, da Sie sowieso für das Stadion arbeiten und da Sie ein so großer Fan sind, wären Sie daran interessiert einzuspringen. Freie Unterkunft und ein Spitzenplatz beim Spiel gehören dazu.« Er sah sie an. »Mir ist klar, das kommt jetzt sehr kurzfristig«, fügte er hinzu, als sie nichts sagte. »Vielleicht haben Sie ja schon andere Pläne für das Wochenende?«

»Nein, nichts Wichtiges«, versicherte Maggie ihm, während ihre Gedanken rasten. »Vielen Dank, Roland. Ich werd's gern machen.« Sie hatte ihn ernsthaft falsch eingeschätzt, dachte sie. Er war wirklich ganz nett, wenn man ihn näher kennen lernte. Jetzt würde sie nicht nur eine Freikarte bekommen, sondern auch das ganze Wochenende mit den Trojanern verbringen! Beinahe wäre sie aufgesprungen und ihm um den Hals gefallen.

»Gut!«, sagte er und strahlte. »Dann sind wir uns einig. Ich sage Ihnen die Details im Lauf dieser Woche. Diesmal habe ich einen Bus gechartert, mit dem alle fahren, damit es nicht wieder zu so einer Farce kommt wie in Bristol, wo die Hälfte der Jungs nach dem Spiel verloren gegangen ist.« Glücklicherweise schien er nicht zu bemerken, dass Maggie schuldbewusst errötete. Er tätschelte ihre Hand und lugte lüstern in ihren Ausschnitt.

Plötzlich hatte sie ein ungutes Gefühl. Hatte sie vielleicht einen schlimmen Fehler gemacht? Meinte er jetzt, sie stünde in seiner Schuld? So attraktiv war er nämlich nicht! Aber was sollte es! Mit einem Hotel voller Trojaner würde sie kaum Zeit für jemand anderen haben. Falls Roland der Meinung war, er habe sich gerade für Nottingham eine nette kleine Liaison gekauft, dann irrte er sich gewaltig.

Am Freitag stand Maggie gegen zwei Uhr mit gepacktem Koffer draußen vor dem Eisstadion. Sie hatte niemanden gefunden, der ihre Frühschicht übernommen hätte, aber glücklicherweise war es ziemlich ruhig gewesen, und sie hatte es geschafft, pünktlich um zwölf Uhr wegzukommen, um sich umzuziehen und ihre Sachen zu packen.

Ein kleiner luxuriöser Bus wartete auf dem Parkplatz, und einige Mitglieder der Mannschaft hingen schon herum und vertrieben sich die Zeit mit Scherzen. Stephen Jackson, der Trainer, und Gemma Sullivan, die Physiotherapeutin, waren auch schon da. Gemma sah ruhig und entspannt aus, als sie mit den Spielern plauderte, während Stephen mit einem Clipboard in der Hand wie ein aufgescheuchtes Huhn herumrannte.

»Maggie, gut!« Sobald er sie entdeckt hatte, eilte Stephen zu ihr. »Hier ist eine Liste mit den Namen derer, die mitfahren. Passen Sie besonders darauf auf, dass nichts von der Ausrüstung zurückbleibt. Checken und double-checken Sie! Mit den Jungs ist es manchmal schlimmer als mit einem Haufen ungezogener Kinder bei einem Schulausflug.«

Maggie nahm die Liste und nickte.

»Wenn wir ankommen, gibt Ihnen das Hotel eine Zimmerliste. Sorgen Sie dafür, dass jeder das richtige Zimmer bekommt, und achten Sie darauf, dass niemand etwas im Bus liegen lässt. Irgendeiner vergisst immer etwas.« Stephen grinste. »Ich hoffe, Sie wissen, auf was Sie sich da eingelassen haben. Kindermädchen für diesen Haufen Primadonnen zu spielen ist harte Arbeit.«

Maggie lächelte zuversichtlich; sie war viel zu aufgeregt, als dass Stephens Warnungen ihr die Laune hätten verderben können. »Kein Problem. Mit ungezogenen Kindern komme ich gut klar«, erwiderte sie gut gelaunt.

»Umso besser. Entschuldigen Sie mich, ich muss dem Fahrer noch etwas sagen.« Stephen eilte zum Busfahrer, und Maggie warf einen Blick auf die Liste.

Gemma schlenderte herüber und gesellte sich zu ihr. »Hallo, Maggie, willkommen im Irrenhaus!«, sagte sie.

Maggie sah auf und lächelte die hübsche junge Frau an. Obwohl sie wegen Gemmas Position bei der Mannschaft immer noch ein kleines bisschen eifersüchtig war, war ihr klar, dass es nicht schaden konnte, eine weibliche Verbündete zu haben. Außerdem musste Gemma an Dutzenden von Auswärtsspielen teilgenommen haben und die Chose kennen. »Hallo, wie geht's?«, sagte sie freundlich.

Gemma verzog das Gesicht. »Völlig erschöpft, um ehrlich zu sein. Ich bin lange um die Häuser gezogen, war in aller Herrgottsfrühe im Stadion und habe alles zusammengepackt, was die Jungs brauchen könnten – von Aspirin bis zu frischen Unterhosen.« Sie schob eine Strähne ihres braunen Haars hinters Ohr und nahm einen Kaugummi aus ihrem Schulterbeutel. »Magst du auch einen?«

»Nein danke.« Maggie mochte Kaugummi nicht besonders. Sie fühlte sich dann immer ein wenig wie eine Kuh beim Wiederkäuen.

Gemma steckte sich einen Streifen in den Mund. Maggie sah kommentarlos zu und versuchte nicht zu grinsen, als sie sich vorstellte, wie sich der Kaugummi um Gemmas Zunge wickelte. Gemma würde sehr vorsichtig sein müssen, wenn sie jemandem jetzt den Schwanz lutschte, denn sonst könnte aus einer leidenschaftlichen Angelegenheit schnell eine klebrige werden. Maggie grinste breit, doch glücklicherweise schien Gemma das nicht zu bemerken.

»Sobald wir an Bord sind, haue ich mich hin und hole meinen Schönheitsschlaf nach«, informierte sie Maggie. »Die Jungs gehören dann ganz dir, es sei denn, einer verletzt sich oder es wird einem schlecht.« Sie ging zum Bus, und schon kam Stephen wieder angerannt und sah noch gehetzter aus als zuvor.

»Lassen Sie bitte alle einsteigen, Maggie«, rief er. »Ich möchte sobald wie möglich losfahren. Der Fahrer sagt, es gäbe viele Baustellen auf der Autobahn.«

Maggie sah sich um und stellte fest, dass die meisten von der Mannschaft angekommen waren. Sie sah, wie Tor und Troy ihre Sachen im Gepäckraum verstauten, und ihr Herz begann wie rasend zu klopfen. Sie wollte unbedingt wissen, wie Tors Haussuche mit Jan ausgegangen war. Sie hatte Jan schon anrufen wollen, war aber nicht dazu gekommen. Das Blut schoss ihr in die Wangen, als sie sich daran erinnerte, was Tor mit ihr gemacht hatte. Jan konnte sich glücklich schätzen!

Troy richtete sich auf und drehte sich um. Als er Maggie entdeckte, verzog sich sein sinnlicher Mund zu einem breiten Grinsen. Er stieß Tor an, und dann schlenderten die beiden zu Maggie hinüber.

»Hallo, Babe! Ich habe gehört, du kommst mit, um auf uns aufzupassen. Nett. Wirklich nett«, sagte Troy. Er zwinkerte ihr zu.

»Hallo, ihr zwei!«, murmelte Maggie ein wenig verlegen. »Ich hoffe, du und die anderen macht mir keinen Ärger. Wie man so hört, könnt ihr manchmal kaum zu bändigen sein.«

Troy schenkte ihr ein weiteres lüsternes Lächeln. »Darauf kannst du Gift nehmen, Süße!«, sagte er neckisch.

»Nun gut, jetzt steigen wir erst mal alle ein.« Maggie tat ihr Bestes, geschäftsmäßig zu klingen. »Sind alle da?« Sie stellte sich neben die Tür des Busses und hakte die Namen ab, als die Spieler einstiegen. »Komm zu uns nach hinten, Maggie«, sagte Tor, als er sich in den Bus schwang. »Wir halten dir einen Platz warm.«

Nachdem alle eingestiegen waren und Maggie Stephen versichert hatte, sie seien nun vollzählig, hörte sie schon seltsame Geräusche von den hinteren Sitzen und fragte sich, was sie wohl im Schilde führten.

»Okay, hört mal alle zu!« Stephen hielt eine Hand hoch, damit es ruhig wurde. »Macht nicht so viel Lärm und denkt daran, dass ihr alle Beschädigungen aus eigener Tasche bezahlen müsst. Keine obszönen Gesten und keine nackten Ärsche an den Fenstern und vor allen Dingen absolut keinen Alkohol. Versucht im Auge zu behalten, dass es morgen ein entscheidendes Spiel wird.« Er ließ sich erschöpft in den Sitz fallen und sah zu Maggie auf. »Fertig?«

Sie nickte.

»Okay«, sagte er dem Fahrer, »dann lassen Sie uns fahren.«

»Ich sehe mal nach, ob alles in Ordnung ist«, sagte Maggie zu Stephen. Der Lärm von hinten hatte zugenommen, und Maggie war neugierig, was da los war.

»Sicher, was auch immer«, antwortete Stephen. »Wenn Sie nicht zurückkommen, schicke ich einen Suchtrupp.«

Maggie ging den Mittelgang des fahrenden Busses hinunter und lächelte angesichts der leisen Pfiffe und des eindringlichen Geflüsters, als sie an den Spielern vorbeikam. Stephen hatte Recht gehabt. Sie benahmen sich wie ein Haufen Kinder bei einem Schulausflug – allerdings waren es extrem attraktive und gut gebaute Kinder.

Einige Männer lehnten über die Rückenlehnen und sahen nach hinten. Alle lachten.

»Achtung, gleich gibt's Ärger!«, rief Pary, als Maggie sich näherte. Troy drehte sich herum und grinste sie unschuldig an. Maggie lächelte zurück und ging an ihnen vorbei zur hintersten Sitzreihe. Dort lag Gemma und schlief friedlich. Neben ihr lag, einen Arm über Gemmas strammen Busen und einen anderen unter ihrem Rock, eine lebensgroße aufblasbare Puppe, nackt und in jedem Detail anatomisch korrekt.

»Das ist Anna«, kicherte Bri.

»Sie ist unser inoffizielles Maskottchen«, erklärte Troy ihr. »Die perfekte Frau: Der Mund ist immer offen, aber sie sagt nie ein Wort«, fügte er neckisch hinzu.

»Pass auf, was du sagst«, rügte Maggie ihn. »Solange ich das Kommando habe, gibt es keine sexistischen Bemerkungen.«

»Ja, halt die Klappe, schwarzer Junge!«, rief Bri.

»Pass auf, Weißer! Sei vorsichtig, wen du hier schwarz nennst, sonst hetze ich dir Maggie auf den Hals!«

Ehe Maggie eine witzige Antwort finden konnte, wachte Gemma auf und öffnete die Augen. »Was, zum Henker ...« Sie setzte sich auf und warf die Puppe auf den Boden. »Haha. Sehr lustig.« Sie betrachtete das feixende Publikum. »Wartet nur, bis ihr auf meinem Massagetisch liegt!«, drohte sie.

»Aber du und Anna, ihr seid so ein nettes Paar«, insistierte Ean. Er duckte sich rasch, um Gemmas Schwinger zu entgehen.

»Träum weiter!«, gab sie zurück.

»Okay, jetzt beruhigt euch!«, sagte Maggie. »Wenn ihr nicht aufhört, platzt Stephen der Kragen, und man wird mich nie wieder bitten, die Hostess zu spielen.«

Troy rutschte zur Seite, um ihr Platz zu machen. »Komm, setz dich neben mich!«, schlug er vor. »Dann kann ich dir zeigen, worin deine Pflichten bestehen.«

Nun, das war ein Angebot, das ein Mädchen nicht ablehnen konnte, dachte Maggie bei sich, als sie ihren Platz einnahm und sich unter leisem Gejohle an Troy kuschelte. Das Wochenende begann viel versprechend, ganz so, wie sie es sich gedacht hatte.

Roland erwischte Maggie, als sie später am Nachmittag aus ihrem Zimmer kam.

»Ah, da sind Sie ja, Maggie. Vielleicht möchten Sie heute Abend mit mir essen gehen? Nicht hier. Irgendwo, wo wir ungestört sind.« Er verzog das Gesicht. »Die Jungs sind schon schwer in Ordnung, aber bei einem Durchschnittsalter von fünfundzwanzig sind ihre Scherze manchmal ein bisschen kindisch, finden Sie nicht auch?«

Sie lächelte. Kindisch war nicht ganz das Wort, das ihr spontan in den Sinn kam. Anstrengend wäre wohl der bessere Ausdruck gewesen. Jedenfalls wusste sie jetzt, warum Gemma immer Hosen trug, wenn sie im Dienst war. Bis jetzt hatte sie noch keine Strafandrohung gefunden, die sie nicht noch mehr animiert hätte.

»Ich habe mich schon mit ihnen zum Essen verabredet«, erklärte sie Roland. »Schließlich arbeite ich ja dieses Wochenende.«

»Ihre Pflichten als Hostess verlangen nicht, dass Sie den ganzen Abend mit der Mannschaft verbringen. Ganz im Gegenteil sollten Sie dem Trainer und mir helfen, die Jungs im Zaum zu halten. Denken Sie immer daran, dass sie morgen ein wichtiges Spiel haben«, erklärte ihr Roland pikiert.

»Sollten Sie dann nicht mit ihnen essen?«, fragte sie frech.

»Ich bin ihr Manager, nicht ihr Babysitter«, gab Roland zurück. Er legte eine Hand auf ihren Arm. »Ich hatte gehofft, Sie würden sich als dankbar erweisen. Schließlich haben Sie es mir zu verdanken, dass Sie hier sind.«

Maggie schüttelte seine Hand ungeduldig ab; seine Worte ärgerten sie, überraschten sie aber nicht wirklich. Sie hatte etwas in der Art erwartet. »Ich bin hier, um meine Arbeit zu tun. Mir war nicht bewusst, dass das Verpflichtungen Ihnen gegenüber mit einschließt. Ich weiß Ihre Einladung zu schätzen, Roland, aber ich habe schon andere Pläne für heute Abend.«

Roland zog die Brauen zusammen. »Ich verstehe. Mein Fehler. Wird nicht wieder vorkommen. Entschuldigung!« Er machte auf dem Absatz kehrt und stolzierte von dannen.

Verdammt! Maggie sah ihm missmutig nach. Nicht gerade ein idealer Start ins Wochenende. Aber was soll's, es war nun mal geschehen. Sie hatte ja gewusst, dass sein Interesse an ihr größer war als das ihre an ihm. Je eher er begriff, dass er seine Zeit verschwendete, umso besser war es. Es lag jetzt an ihr, das Beste aus der Lage zu machen, denn es kam ihr unwahrscheinlich vor, dass Roland sie noch einmal als Hostess einsetzen würde.

Später am Abend stand Gemma vor dem Spiegel und drehte den Kopf hin und her, um die neuen silberblonden Strähnen in ihren schulterlangen braunen Haaren zu bewundern. Obwohl sie anfangs wegen des Preises entsetzt gewesen war, freute sie sich jetzt über das Ergebnis. Unter den blitzenden Lichtern eines Nachtklubs würde sie richtig schick aussehen.

Sie drehte sich langsam um die eigene Achse, begutachtete kritisch ihren kurzen Lycra-Rock und das eng sitzende rote Top. Ihre Brüste waren fest und rund und ihre Brustwarzen deutlich zu sehen. Sie befestigte ihren diamantenen Nasenschmuck, fügte noch zwei Sets von Ohrringen hinzu, zog halterlose Strümpfe an, stieg in ihre bevorzugten knöchellangen Stiefel und griff sich ihre Wildlederjacke. Schnell verpasste sie sich noch eine Dosis Bodyspray und eilte dann aus dem Zimmer hinunter in die Empfangshalle. Falls Roland dachte, sie würde den ganzen Abend im Hotel herumhängen, hatte er sich geschnitten. Die Mannschaft befand sich im Training, doch für sie galt das nicht.

Der Klub, den sie besuchen wollte, hatte ein bisschen den Ruf, ein Himmel für Schwule zu sein, wie ihr der nette junge Hotelkellner erklärt hatte, aber dort sollte es die beste Musik und die billigsten Drinks geben. Sie verließ das Hotel und winkte ein vorbeifahrendes Taxi heran.

Nachdem sich Gemma an der Bar einen Drink besorgt hatte, ging sie in den oberen Stock, wo bereits Dutzende schwitzender Gäste unter den Stroboskop-

Lichtern tanzten. Sie fand einen winzigen Tisch an der Wand und setzte sich hin, um den Tanzenden zuzuschauen; die meisten waren männlich, und einige versuchten angestrengt, die Aufmerksamkeit auf sich zu ziehen. Der Hotelkellner hatte ihr offensichtlich die richtige Auskunft gegeben. Es würde schwer werden, hier ein Talent zu entdecken. So wie es aussah, dachten die meisten Männer hier nur an Männer.

Gemmas Miene hellte sich auf, als sie eine Gruppe von jungen Frauen sah, die zusammen tanzten. Abgesehen von ihren Protesten wegen Anna hatte sie nichts gegen gleichgeschlechtlichen Sex, wenn die Umstände stimmten. Die laute Musik und der starke Drink hatten ihr Blut schon in Wallung gebracht, und so sprang Gemma auf, um sich der Gruppe anzuschließen. Schon bald gab sie sich ganz der Stimulation durch den hämmernden Rhythmus der Musik und der hypnotischen Deckenlichter hin und ließ selbstvergessen die Hüften kreisen.

Nach und nach stellte sich ein sinnliches Gefühl des Wohlbefindens ein, durchflutete ihren ganzen Körper und ließ ihre Haut wie elektrisiert prickeln. Für Gemma gab es kaum etwas Schöneres, als auszugehen. Sie lächelte die hübsche Blondine an, die neben ihr tanzte, und fühlte einen kleinen Lustschauer zwischen ihren Beinen, als die Blonde mit der Zunge über ihre vollen roten Lippen fuhr. Kaum etwas Schöneres – außer einem passenden Partner, mit dem man die Nacht beenden konnte.

Gemma hatte ungefähr zehn Minuten getanzt, als ihr zwei Neuankömmlinge auffielen. Selbst bei diesem Licht war nicht zu übersehen, dass sie göttliche Körper hatten. Da sie zusammen gekommen waren, ging Gemma davon aus, dass sie ein Paar waren, und sie dachte bei sich, was das nur für eine Verschwendung sei.

Die beiden Männer lehnten gegen eine Wand und nippten an ihren Drinks, und Gemma musste grinsen, als sie sich näher heranpirschte und sah, wer die beiden waren. Sie hatte angenommen, Stephen und Roland hätten wie immer dafür gesorgt, dass die gesamte Mannschaft jetzt im Bett lag. Wie hatten die beiden es nur geschafft, sich aus dem Staub zu machen?

»Pary, Bri! Wie ich sehe, habt ihr es geschafft zu entkommen. Ich sollte euch beide melden!« Nach Pary hatte sie es schon immer gelüstet, aber sie hatte nie die Gelegenheit gefunden, etwas anderes zu tun, als seinen schmerzenden Körper nach einem Spiel zu massieren. Ihre Hüften wippten verführerisch im Takt der Musik, und sie stellte sich genau vor die beiden hin.

»Und, was treibt euch hierhin?« Im Stillen fragte sie sich, ob die zwei wohl wussten, welchen Ruf der Klub hatte. Vielleicht waren sie ja schwul. Einige der Spieler gaben das ganz offen zu. Sie hoffte, dass diese beiden es nicht wären.

Pary zuckte mit den Achseln. »Es war der erste Laden, auf den wir gestoßen sind, der einen Versuch wert schien. In dieser Stadt ist einfach nichts los.«

»Aber jedenfalls mehr als in diesem blöden Hotel«, fügte Bri hinzu. »Wir haben uns zu Tode gelangweilt; Stephen hat endlose Tiraden über Taktik losgelassen. So wie er sich benimmt, könnte man meinen, wir hätten noch nie ein Auswärtsspiel gehabt.«

»Wir haben uns davongeschlichen, als er und Roland über irgendetwas gestritten haben«, gestand Pary. »Die denken wahrscheinlich, wir schlafen friedlich und träumen davon, das Spiel zu gewinnen. Du wirst uns doch nicht verpfeifen, oder?«

»Kommt drauf an«, kicherte Gemma. »Ich glaube, es würde ihnen auch nicht recht sein, dass ich hier bin, also müssen wir uns wohl gegenseitig aufeinander verlassen.«

»Es trifft sich gut, dass du hier bist«, erklärte Pary. »Die lokalen Talente scheinen nicht sehr aufregend zu sein. Die meisten Frauen sehen mir ein bisschen fad aus.«

Gemma kicherte wieder. »Kein Wunder. Ist euch klar, dass der Laden als *der* Klub für Schwule hier in der Gegend gilt?

»Der Barmann hat uns schon so komisch angeguckt«, scherzte Pary. Er sah sie nachdenklich an. »Und was hat dich hierhin verschlagen?«, fragte er. »Und vermies mir nicht den Abend, indem du mir erzählst, ich würde meine Zeit verschwenden.«

Gemma grinste. »Ich habe nur gehört, es sei ein guter Laden zum Tanzen und die Drinks seien preiswert«, erklärte sie schnell. »Außerdem weiß man ja nie, wem man begegnen könnte.«

»Vielleicht sollten wir irgendwo anders hingehen«, schlug Bri leicht nervös vor.

»Ich bin gerade erst gekommen«, protestierte Gemma. »Wollt ihr nicht tanzen?« Sie ließ verführerisch die Hüften kreisen.

»Maggie ist nicht zufällig bei dir?«, fragte Pary hoffnungsvoll.

Gemma verspürte einen Anflug von Eifersucht. War er etwa an Maggie interessiert? Die war doch viel älter als er! Sie hatte gar nicht daran gedacht, Maggie zu fragen, ob sie mitkommen wollte. »Du machst Witze!«, antwortete sie. »Miss Gute Hostess dachte, es würde Roland nicht gefallen, wenn wir ausgingen, ohne ihn zu fragen«, log sie. »Wahrscheinlich schläft sie schon tief und fest.« Sie wollte noch hinzufügen, dass sie ihre Ruhe dringend nötig hätte, biss sich aber auf die Zunge. Schließlich wollte sie nicht zickig wirken.

Pary sah enttäuscht aus und zuckte dann mit den Schultern. »Warum holst du uns nicht noch was zu trinken?«, schlug er Bri vor. »Was magst du, Gemma?«

»Oh, ich hätte gern einen Campari-Soda.«

»Abmarsch, Bri. Ich nehme noch einen Scotch.« Er leerte sein Glas und reichte es Bri. Der nahm es widerstrebend und machte sich auf den Weg. Gemma vermutete, dass Pary ihn absichtlich loswerden wollte. Sie war immer noch etwas pikiert wegen seines Interesses an Maggie, aber sie war bereit, ihm zu verzeihen.

»Ist dir klar, dass wir Bri wahrscheinlich nicht wieder sehen werden?«, kicherte sie und legte einen Arm um Parys Nacken. »Wenn er hier allein herumläuft, wird er viel Aufmerksamkeit erregen.«

»Ich hatte gehofft, dass der Barmann ihn einige Zeit aufhalten würde«, gab Pary zu, legte einen Arm um ihre Taille und zog sie fest an sich.

»Wenn er überhaupt so weit kommt«, antwortete Gemma. Ihr war aufgefallen, dass mehrere Männer Bri mit mehr als nur flüchtigem Interesse betrachtet hatten, als er über die Tanzfläche ging. Der arme Kerl!

»Vergiss Bri!« Pary zog sie noch fester an sich, sodass sie seinen Schwanz an ihrem Nabel fühlen konnte. Sie wackelte mit den Hüften, rieb sich absichtlich an ihm, bis sie spürte, dass seine Hose stärker spannte. Es machte sie immer an, wenn sie fühlen konnte, wie ein Schwanz an ihrem Körper steif wurde.

»Eins zu null für mich«, murmelte Pary leise.

»Wie bitte?«

»Nichts.« Pary senkte den Kopf und legte die Lippen auf ihre. Sie spürte seine forschende Zunge, schluckte schnell den Kaugummi hinunter und öffnete die Lippen. Seine heiße, schlüpfrige Zunge drang in ihren Mund und wickelte sich um ihre Zunge wie eine hungrige Schlange. Er schmeckte nach Scotch, und sein Kinn war stachelig. Seine Haut roch warm und männlich.

Die Musik wurde jetzt schneller, und Gemma löste sich wiederwillig von Pary und trat einen Schritt zurück. Ihre Lippen kribbelten von seinem Kuss, und ihre Zunge fühlte sich an, als wäre sie zu groß für ihren Mund. Ihr Höschen war nass, und ihr ganzer Körper war mit einem leichten Schweißfilm überzogen.

Pary begann vor ihr allein zu tanzen. Jede seiner Bewegungen strahlte die Anmut und Schönheit eines Athleten aus; seine Gliedmaßen schienen sich wie unter Wasser zu bewegen, und seine Muskeln spielten unter seiner Kleidung, als führten sie ein Eigenleben. Gemma konnte die Augen nicht von ihm lassen.

Das konnten auch etliche andere nicht. Sie bemerkte nach und nach, dass fast alle Leute in der Nähe aufgehört hatten zu tanzen, um ihm zuzuschauen. Sie sah die Bewunderung und die Lust in etlichen Augenpaaren, männlichen und weiblichen gleichermaßen. Schnell griff sie seinen Arm und zog ihn an sich.

»Das ist vielleicht keine so gute Idee«, flüsterte sie in sein linkes Ohr.

»Was?« Er starrte sie mit leicht verwirrter Miene an.

»Dein Tanz. Wenn dir dein Hinterteil lieb ist, solltest du damit nicht so herumwackeln«, zischte sie. »Vielleicht hatte Bri Recht. Wir sollten woanders hingehen, ehe es zu spät ist.«

»Ich komme doch gerade erst in Fahrt!«, protestierte Pary.

»Das tun die auch!« Sie deutete mit dem Kopf auf eine Gruppe von Männern in der Nähe, die in ihrem Schritt herumfummelten. »Komm schon, wir retten Bri und machen dann, dass wir von hier wegkommen!«

Während sie Pary an der Hand über die Tanzfläche zog, spürte Gemma, wie ihnen jedes Augenpaar folgte: Er sollte bleiben, sie sollte verschwinden! Sie hielt ihn besitzergreifend fest und ignorierte die Blicke.

Zuerst konnte sie keine Spur von Bri an der Bar entdecken. Vielleicht kamen sie ja schon zu spät. Jemand würde ihn abgeschleppt haben – mit seiner oder ohne seine Zustimmung. Nun, er war ein großer Junge – daran bestand nun wirklich kein Zweifel –, also konnte er auf sich selbst aufpassen. Sie zog Pary Richtung Ausgang und fragte sich, wo sie hingehen könnten, um allein zu sein. Irgendetwas in der Nähe. Sie konnte nicht mehr warten.

Sie fanden Bri drinnen vor der Eingangstür; er sprach mit einem Paar attraktiver Frauen, die sich umarmt hielten. Mein Lieber, das würde ein Schock werden, falls er meinte, er könnte bei denen landen, dachte Gemma bei sich und grinste.

Bri war voll in Fahrt; er erklärte den Damen etwas, die daraufhin in Kicheranfälle verfielen. Er sagte noch etwas, und sie kugelten sich vor Lachen; sie hielten sich aneinander fest, als sich ihre Lachtränen mit ihrem Mascara vermischten. Gemma stellte fest, dass Bri einen ziemlich betrunkenen Eindruck machte. Sein Babyface war erhitzt, die dunklen Augen gerötet. Sie hoffte, es war nur der Alkohol. Etwas anderes zu nehmen, das hier verkauft wurde, wäre der schiere Wahnsinn. So oder so würde Stephen ihn umbringen, wenn er es herausbekäme. Er würde wahrscheinlich auch sie umbringen, weil sie nicht besser auf ihn aufgepasst hatte.

Pary trat vor und packte Bri fest am Ellbogen. »Zeit zu gehen«, erklärte er kategorisch und steuerte seinen Trojaner-Kumpel von den beiden ziemlich hysterischen Frauen weg hinaus durch die Tür.

»Weswegen sind die beiden Lesben so ausgeflippt?«, fragte Gemma, als sie draußen waren.

»Lesben?« Bris Wangen wurden noch roter. »Machst du Witze? Ich dachte, ich …« Er sah verärgert aus, als Gemma und Pary in sich hineinkicherten. »Und? Wie hätte ich das wissen sollen?«

Pary schüttelte den Kopf. »Heilige Einfalt!«, murmelte er. »Kommt, lasst uns gehen!« Er nahm Gemma bei der Hand.

Als sie durch das verlassene Stadtzentrum gingen, warf Gemma den beiden abwechselnd Blicke zu und fragte sich, wer von ihren dunkelhaarigen Begleitern ihr besser gefiel. Die Wahrheit war, sie wollte sie beide. Wo konnten sie nur hingehen? Sie kannte Nottingham überhaupt nicht. Eine Schande, dass sie ihr Zimmer mit Maggie teilte, sonst hätten sie versuchen können, sich ins Hotel zu schleichen, ohne gesehen zu werden. Hatten Pary und Bri ein Zimmer, oder teilten sie es mit anderen?

Parys Hand glitt von ihrem Arm und schlang sich um ihre Taille. Sie fühlte seine Finger ihre Pobacken streicheln und fragte sich, ob er Bri wohl wieder in die Wüste schicken würde, weil er sie für sich allein haben wollte. Nun, damit war sie einverstanden, aber das löste immer noch nicht das Problem, wohin sie gehen sollten.

In diesem Moment, als sie gerade an einer dunklen Passage zwischen zwei Geschäften vorbeikamen, blieb Pary stehen. Er drehte sie herum, sodass sie ihn anblickte, und legte seine Lippen auf ihre. Seine Zunge nahm die Erforschung ihres Mundes wieder auf, und sie sank in seine Arme.

Sie fühlte, wie ihr Rock von hinten hochgehoben wurde und wie Bris Hände ihre Pobacken streichelten. Wie ein großes, ungeschicktes sechsbeiniges Monster führten die Männer sie rückwärts in die schützende Dunkelheit der Passage. Sie trat gegen eine leere Bierdose, die laut scheppernd in den Schatten rollte.

Pary zog ihr Top über ihren Busen hoch. Er drückte ihre linke Brust und hob mit der anderen Hand vorn ihren Rock hoch. Hinter ihr zog Bri ihr langsam das Höschen hinunter und schob dann seine Finger zwischen ihre Beine.

»Das wolltest du doch, nicht wahr, Gemma?« Pary hatte seinen Mund von ihrem gelöst und sprach in ihr rechtes Ohr. Seine Worte lösten einen Lustschauer in ihr aus. »Du wolltest uns, seit du den Job als Physio für die Mannschaft bekommen hast, oder? Du wolltest unsere Schwänze in dir spüren!«

»Ja! O ja!« Sie wand sich unter seinen Worten. Geiles Gerede machte sie immer an. Ihre Nippel wurden hart wie Kiesel unter seinen Fingern.

Wimmernd vor Erregung öffnete Gemma mit zittrigen Händen Parys Reißverschluss. Sie wollte seinen Schwanz anfassen. Sie griff in die Öffnung und befreite seinen Penis aus der winzigen Unterhose, die er trug. Er war hart und dick, viel dicker, als sie für möglich gehalten hätte. Sie fuhr mit einer Fingerspitze über seine Eichel und dann den soliden Ständer mit seinen geschwollenen Venen hinab. Sein Schamhaar war dicht und flauschig, ganz anders als ihre gekräuselten Löckchen. Sie kraulte ihn und griff dann nach seinen schweren Eiern.

Pary knabberte an ihrem Ohrläppchen, was wohlige Schauer durch ihren Körper sandte. Als sie seinen Sack streichelte, trat er von einem Fuß auf den anderen, und sie hörte ihn schwer seufzen. Hinter ihr öffnete Bri seinen Reißverschluss; sie fühlte, wie er seinen Ständer zwischen ihren Beinen hin und her schob, während seine forschenden Finger all ihre intimen Öffnungen erkundeten.

Draußen auf der Einkaufsstraße kamen Schritte näher und hielten dann inne. Ein Lichtstrahl schien blendend in die Passage und eine tiefe männliche Stimme rief: »Ist da jemand?«

Das sechsbeinige Monster erstarrte und kauerte bewegungslos in einem engen Eingang. Gemma konnte spüren, wie Bris Schwanz zwischen ihren Beinen ungeduldig zuckte und wie Parys dicker Ständer zwischen ihren Fingern zitterte.

Der Lichtstrahl erkundete die gegenüberliegende Wand, strich dann neugierig über einen großen schwarzen Müllsack in der Mitte der Passage. Gemma hatte einen Kloß im Hals, und ihr Herz klopfte so heftig, dass sie sicher war, der Polizist könne es schlagen hören. Bris Ständer zuckte wieder, und zwar so heftig, dass sie beinahe aufgeschrien hätte. Er bewegte ihn jetzt wieder vor und zurück, weil seine Lust offensichtlich größer war als seine Angst vor Entdeckung. Vor lauter Schrecken, der Polizist könne sie hören, presste sie ihre Beine zusammen und klemmte Bris Schwanz ein. Als Pary seine warme Zunge in ihr Ohr steckte, hätte sie fast aufgekreischt.

Der Lichtstrahl ging aus und ließ sie blind in der Dunkelheit zurück. Die schweren Schritte wurden leiser, und Pary begann zu kichern.

»Du lieber Himmel!« Gemma spürte, dass ihr ganzer Körper wegen der Nachwirkungen ihrer Angst zitterte. Sie sah die Schlagzeile vor sich: »JUNGE PHYSIOTHERAPEUTIN TREIBT ES IN DER ÖFFENTLICHKEIT MIT ZÜGELLOSEN EISHOCKEYSPIELERN – EISHOCKEYHELDEN LANDEN MEHRERE TREFFER«.

Würde Roland sie jetzt so sehen, wäre sie ihren Job los.

Pary zwickte wieder ihre Brustwarze, und die Lust ließ ihre Panik abebben. Beide Männer schienen so steif zu sein wie zuvor. Konnte sie denn gar nichts von ihrem Ziel abbringen? Offenbar nicht. Sie stöhnte laut auf, als Bris Stöße kräftiger wurden und Pary seinen Schwanz in die Hand nahm, um ihre überempfindliche Klitoris damit zu reiben.

Sie spürte einen weiteren kräftigen Stoß von hinten, so kräftig, dass Bris langer Penis wie eine Schlange durch ihre Beine hindurchkam. Sofort berührte sie die Spitze mit einer Hand und fand das extrem erotisch. Es war, als hätte sie jetzt selbst einen Penis, der geschwollen und bereit zwischen ihren Beinen hervorlugte. Sie zwickte ihn mit ihren Fingern und verrieb die austretende Flüssigkeit auf der weichen Spitze. Pary streichelte mit seinem Ständer weiter ihren Kitzler, und sie spürte, wie die Erregung tief in ihrem Schoß zunahm. Ihre Pussy zuckte, als sie ein unerwarteter Orgasmus überkam, und sie fühlte ihre Säfte an ihren Beinen hinunterlaufen.

Bri stöhnte verzweifelt auf, als sie die Spitze seines Schwanzes weiterhin rieb, und dann fühlte Gemma den ersten Strahl seines Spermas zwischen ihren Fingern hindurchschießen. Sie pumpte ihn weiter, während Strahl um Strahl herausschoss und sein Ständer zwischen ihren heißen Schenkeln hin und her zuckte.

»Hey, pass auf, wo du hinzielst!« Pary trat zurück, um dem Samenerguss zu entgehen, der vor Gemma in die Luft schoss. Er lachte leise, als er sich ein Kondom über seine stramme Rute zog. »Nachdem du deine Ladung verschossen hast, tritt zur Seite und schau mal einem richtigen Künstler bei der Arbeit zu!«, murmelte er.

Ehe Gemma begriff, was ihr geschah, hatte Pary einen Schritt auf sie zu gemacht und sie hochgehoben. Sie verschränkte die Arme hinter seinem Nacken, und er schob seine Hände unter sie und hob ihre Beine an. Sie schlang sie fest um seine Taille und stöhnte auf, als sie seine Hand zwischen ihren Beinen spürte, die seinen Schwanz an ihre Öffnung führte. Sie war so nass, dass er trotz seines ungewohnten Umfangs leicht in sie hineinglitt.

»Herr im Himmel!«, stöhnte sie vor Lust, als er ganz in sie eindrang und sie komplett ausfüllte. Obwohl sie doch eben erst gekommen war, spürte sie schon den nächsten Orgasmus nahen, als sein Schwanz in sie hineinstieß und er ihren Kitzler weiter streichelte.

»O ja, Baby!«, stöhnte Pary, als er ihren Hintern hob und senkte und sie auf seinem strammen Ständer reiten ließ. »Fühlt sich das gut an?«, murmelte er in ihr rechtes Ohr. Seine Worte entflammten sie.

»Fühlt sich fantastisch an«, flüsterte sie, »einfach fantastisch.« Wieder durchflutete sie eine Welle der Lust. »Fester!«, bettelte sie, »fester!« Er reagierte sofort und stieß seinen Schwanz in sie hinein wie einen Kolben.

Gemma drehte den Kopf und sah an Bri hinunter. Er stand so nah bei ihnen, dass sie selbst im kaum vorhandenen Licht der Passage die glänzende weiße Haut seines Unterleibs sehen konnte. Er starrte wie gebannt auf ihre Arschbacken, und sie stellte fest, dass sein langer dünner Schwanz wieder anschwoll.

Bri sah zu ihr auf und grinste. Langsam griff er nach unten und nahm seinen Schwanz in die Hand. Ohne den Blick von ihr abzuwenden, knetete und drückte er den anwachsenden Ständer. Sein Schwanz wurde dabei noch länger, und Gemma erinnerte sich daran, wie es sich angefühlt hatte, als er sich zwischen ihren Beinen bewegt hatte. Sie leckte sich die Lippen und schnappte dann nach Luft, als Pary das Tempo seiner Stöße beschleunigte.

»Bin gleich so weit, Baby«, stöhnte er. »Jeden Moment. Bist du bereit?«

»Ich bin bereit!« Das war eher untertrieben; so wie Pary in sie hineinstieß und wie Bri sich einen herunterholte, war sie kurz davor zu bersten. Sie biss sich auf die Unterlippe, um ein Stöhnen zu unterdrücken, das sich in ihr aufbaute, als ihre Vagina wieder zu zucken begann. Sie spürte den ersten Strahl seines Samenergusses, heiß und tief in ihr drinnen, und zur gleichen Zeit fühlte sie Bris Samen auf ihre Pobacken und Beine spritzen. Pary stieß noch einmal fest in sie hinein, und sie fühlte seinen Schwanz kräftig zucken, als er sich gehen ließ.

Dann war es vorbei. Pary hob sie sachte von seinem Schwanz und setzte sie vorsichtig auf dem Boden ab. Niemand sagte etwas, als sie sich abrieben, so gut es ging, und ihre Kleider in Ordnung brachten.

»Jetzt muss es uns nur noch gelingen«, murmelte Pary, als die drei aus der Passage wieder auf die menschenleere Einkaufstraße traten, »uns ins Hotel zu schleichen, ohne dass uns jemand bemerkt.«

Mit vor Wut verzerrtem Gesicht tigerte Roland auf und ab. Stephen Jackson saß regungslos da, als stählte er sich mental für das Donnerwetter, das auf ihn niedergehen würde. Roland blieb schließlich vor dem Trainer stehen und sah ihn mit blitzenden Augen an.

»Was, zur Hölle, ist da schief gelaufen, Stephen? Fünf zu zwei, um Himmels willen! Das Spiel hätte ein Klacks sein müssen. Meine eigene Großmutter hätte sie fertig machen können! Noch so eine Nummer, und unsere Chancen für die Meisterschaft sind dahin!«

Stephen schüttelte den Kopf. »Das ist mir klar. Ich versteh's nicht. Letzte Woche beim Training waren die Jungs in so guter Form. Ich weiß nicht, ob es die Nerven waren oder ob ...«

»Oder was?«, bellte Roland.

Stephen zuckte mit den Achseln. »Ach, ich weiß nicht. Nur so ein Gefühl, dass der eine oder andere da draußen heute ein bisschen träge war. Vielleicht waren sie zu aufgeregt, um ordentlich schlafen zu können. Ich meine, die Belastung ist im Augenblick sehr groß für sie. Wie waren noch nie so nah davor, in die Endrunde zu kommen. Ich glaube, sie sind einfach gestresst. Keine Sorge, das kriege ich schon hin.«

»Das solltest du verdammt noch mal auch! Dafür wirst du schließlich bezahlt. Es macht keinen Sinn, die besten Spieler zu haben, wenn sie dem Druck, an der Spitze zu sein, nicht standhalten können. Du hättest das kommen sehen und vor dem Spiel hinkriegen müssen!«

Stephen zog düster die Brauen zusammen. »Falls du meine Meinung hören willst, dann solltest du die Jungs fester an die Kandare nehmen. Vielleicht würden sie verdammt besser spielen, wenn nicht so viel herumgefickt würde. Ich weiß genau, dass einige der Jungs letzte Nacht, als sie sich ausruhen sollten, gesoffen und rumgehurt haben.«

»Du bist ihr Trainer«, schnauzte Roland.

»Und du bist ihr Manager. Warum lässt du mich nicht in Ruhe und benimmst dich wie einer?« Stephen stand auf und rannte wütend aus dem Raum.

Roland stand da und kochte. Wie konnte Stephen es wagen, so mit ihm zu reden? Wenn er ihn jetzt nicht so sehr brauchen würde, hätte er ihn mit einem Fußtritt aus der Mannschaft befördert. Und was die Spieler anbetraf: Er würde ihnen die Leviten lesen! Sie standen unter Vertrag, und wenn sie nicht spurten, dann …

Maggie! Sie hatte ihn den Abend zuvor abblitzen lassen, damit sie mit einigen von der Mannschaft essen gehen konnte. Sie und Troy waren viel zu sehr aneinander interessiert. In seiner Eifersucht berauschte er sich an diesem Gedanken. Die kleine Schlampe! Troy hatte gespielt, als bekäme er die Augen nicht auf. Wahrscheinlich hatte er diese läufige Hündin letzte Nacht ohne Ende gefickt.

Vielleicht sollte er mit Justin mal über Maggie reden. Dann erinnerte er sich daran, dass zwischen den beiden auch etwas war. Mist! Dieses verdammte Weib machte nur Ärger! Benutzte ihn, um an Freikarten heranzukommen! Sie manipulierte den Manager des Stadions für ihre eigenen Zwecke, und jetzt brachte sie auch noch die Spieler durcheinander, was sie wertvolle Punkte gekostet hatte. Sie musste weg! Irgendwie musste er einen Weg finden, Justin klar zu machen, was für ein Passivposten sie war. Er hatte auch schon eine Ahnung, wie er das anfangen könnte. Schon fühlte er sich etwas besser.

»Ha! Du wirst den Tag, an dem du mich hast abblitzen lassen, schon noch bereuen, du kleine Hure«, murmelte er vor sich hin.

*** Acht.

»Ich weiß wirklich nicht, warum du mir so ausweichst! Das ist ja, als würde man versuchen, Wasser aus einem Stein zu pressen!« Maggie sah Jan ungeduldig an. »Vergiss nicht, es war meinetwegen, dass er überhaupt zu dir gekommen ist!« Es war das erste Mal, seit sie aus Bristol zurückgekommen waren, dass Maggie Jan besuchte. Sie brannte immer noch vor Neugier zu erfahren, wie sich Tors Haussuche gestaltet hatte.

Jan lächelte. »Ich weiß, ich weiß. Wie oft soll ich mich noch bei dir bedanken?« Sie trank einen Schluck. »Wie schmeckt dir der Kaffee? Ich habe ihn heiß und schwarz gemacht, so wie du ihn magst.«

»Wechsel doch nicht dauernd das Thema!«, beschwerte sich Maggie und bemühte sich, Jans spitze Bemerkung zu ignorieren. Hatte Jan etwa auch Interesse an Troy, oder benahm sie sich absichtlich so provozierend? Maggie war nicht in der Stimmung dazu, Spielchen zu spielen. Sie machte sich Sorgen über etwas, das Justin ihr vorhin gesagt hatte.

Jan zuckte mit den Schultern. »Ich weiß nicht, was ich sonst noch sagen soll. Du bist doch diejenige mit den ganzen heißen Neuigkeiten! Dabei hast du noch gar nichts über Nottingham erzählt.«

Maggie zuckte mit den Achseln. Sie war sich nicht sicher, ob sie über sich und Troy reden wollte. Außerdem war sie wild entschlossen herauszufinden, was sich zwischen Jan und Tor abgespielt hatte, und sie wollte unbedingt herausbekommen, ob Tor Jan etwas von ihrer Eskapade erzählt hatte. Wenn sich zwischen den beiden etwas Ernsthaftes anbahnte, dann wollte sie nicht, dass ihre Freundin herausfand, wie wollüstig sie sich in jener Nacht in Bristol benommen hatte. Da war ein Traum wahr geworden, aber Träume waren schließlich etwas Privates!

»Hast du nur Tor Objekte gezeigt, oder ist einer von den anderen mitgekommen?«, forschte Maggie. Sie konnte sich gut vorstellen, wie Jan alle bediente, einschließlich Troy, und das fachte ihre Eifersucht an.

»Tor war allein«, sagte Jan mit einem verträumten Blick.

Also war sie nicht mit Troy zusammen gewesen. Maggie fühlte sich erleichtert. Allerdings war sie immer noch neugierig auf das, was zwischen den beiden nun wirklich abgegangen war. Tor hatte am Wochenende nichts von Jan erzählt, obwohl er erklärt hatte, das neue Haus sei genau das, wonach er gesucht habe. Plante Jan, ihn wieder zu sehen? Und wenn, würde sie es zugeben?

»Verflucht!« Ein Tropfen Kaffee war vorn auf ihr Kleid gespritzt. Sie rieb wütend an dem Fleck. »Das Kleid kommt gerade aus der Reinigung!«

Jan schaute sie fragend an. »Wieso bist du heute so kribbelig? Du schaust wie zehn Tage Regenwetter drein, seit du angekommen bist. Habe ich dir irgendwas getan?«

Maggie schüttelte den Kopf. »Tut mir Leid. Es ist nicht deinetwegen. Es hat mit der Arbeit zu tun. In der Ticket-Kasse fehlt Geld, und Justin ist richtig wütend deswegen.«

»Ja und? Was hat das mit dir zu tun? Das ist sein Problem.« Jan trank noch einen Schluck Kaffee. »Möchtest du einen Keks? Ich müsste irgendwo noch welche haben, wenn Marcus sie nicht alle weggeputzt hat.«

Maggie schüttelte wieder den Kopf. »Nein, danke.« Sie zog die Brauen zusammen. »Die Sache ist, er hat sich richtig komisch benommen, als er mir davon erzählt hat. Beinahe so, als verdächtigte er mich, das Geld genommen zu haben.«

»Das kann ich nicht glauben. Justin kennt dich doch besser. Das musst du dir eingebildet haben.«

»Ja, wahrscheinlich. Es ist nur so, ich kann mir nicht vorstellen, wer es getan haben könnte. Ich meine, ein Dieb!«, fuhr Maggie fort. »Ich mag gar nicht dran denken.« Sie stellte sich nacheinander alle Kollegen vor. Es gab nur zwei oder drei, die offiziell Zugang zu seinem Büro hatten, aber nie schloss jemand ab, also konnte es jeder sein. »Es ist eine schreckliche Vorstellung, dass unter den Arbeitskollegen jemand ist, dem man nicht trauen kann.« Maggie versuchte zu lächeln. »Vielleicht sollte ich doch einen Keks essen.«

Jan stand auf, öffnete den Schrank und langte nach der Keksdose. »Noch eine Tasse Kaffee?«, fragte sie. »Und dann will ich alle schmutzigen Einzelheiten über dein Wochenende in Nottingham hören.«

Justin zuckte mit den Schultern. »Ich weiß nicht, was ich sonst noch sagen soll, Maggie.«

Zwei Tage nach ihrem Gespräch mit Jan war Maggie von einem Bürolehrling die Nachricht überbracht worden, dass Justin sie sofort in seinem Büro sprechen wolle. Erstaunt darüber, dass sie auf diese Weise herbeizitiert wurde, hatte Maggie sich beeilt, der Aufforderung nachzukommen. Dabei hatte sie sich gefragt, was so dringend wäre, dass es nicht Zeit hatte, bis sie ihre Schicht beendet hatte. Sie hatte sich nicht lange fragen müssen. Als sie gehört hatte, was er ihr zu sagen hatte, war ihr heiß und kalt geworden. Es war wie ein grauenvoller Albtraum.

»Du kannst doch nicht ernsthaft glauben, dass ich so etwas tun würde, Justin. Du weißt genau, dass ich es nicht tun würde«, protestierte Maggie schwach, als er verstummt war.

»Wenn es das erste Mal gewesen wäre ... Aber da war ja auch noch das Geld aus der Kasse«, antwortete Justin unangenehm berührt.

»Ich habe dir doch gesagt, dass ich damit nichts zu tun hatte«, gab Maggie verärgert zurück. »Es hätte jeder sein können. Mist! Warum sollte ich um Himmels willen Kleingeld stehlen?«

»Kaum jemand wusste, dass in meinem Büro Geld war«, erinnerte Justin sie. »Außer mir selbst nur du und Stephen. Und der ist seit Tagen nicht mehr hier gewesen.«

»Wenn Stephen es wusste, dann wusste es wahrscheinlich auch Roland, oder nicht?«, insistierte Maggie.

»Natürlich. Aber es war sein Geld! Du willst mir doch nicht weismachen, Roland würde sich in mein Büro schleichen und sein eigenes Geld stehlen«, sagte Justin ungläubig.

»Warum nicht? Das ist auch nicht lächerlicher, als zu behaupten, ich hätte mich hereingeschlichen und es an mich genommen.« Maggie starrte ihn an. »Und was machst du jetzt? Lässt du mich verhaften?«

Justin blickte gequält drein. »Nein, natürlich nicht. Sieh mal, Roland stimmt mit mir darin überein, dass wir die Sache nicht an die große Glocke hängen wollen. Wenn wir die Polizei holen, steht es in allen Zeitungen, und das wäre schlechte Publicity für die Mannschaft. Da es mit der Meisterschaft so gut läuft, wollen wir das nicht.«

»Nein, natürlich nicht«, unterbrach Maggie ihn sarkastisch. »Aber was, zum Teufel, hat das alles mit Roland zu tun?«

Justin zog die Brauen zusammen. »Bitte mach es nicht noch schwieriger, als es ohnehin schon ist, Maggie.« Er trommelte mit den Fingern nervös auf seinem Schreibtisch herum. »Aber sieh mal, die Angestellten müssen sehen, dass ich so etwas nicht durchgehen lassen kann. Es tut mir Leid, aber ich werde dich entlassen müssen.«

Maggie schnappte nach Luft. »Das kannst du nicht. Wenn du mich wegen eines angeblichen Diebstahls feuerst, ohne Beweise zu haben, dann gehe ich wegen unberechtigter Kündigung gegen dich vor«, drohte sie. »Dann wollen wir mal sehen, was das für Rolands kostbares öffentliches Image bedeutet!«

»Ich lasse dich nicht wegen Diebstahls gehen«, erklärte Justin ihr kühl. »Dein Vertrag läuft in wenigen Monaten aus, und ich habe mich entschlossen, ihn nicht zu verlängern. Nenn es Rationalisierung oder Verkleinerung des Stabs. Eine interne Untersuchung hat jüngst ergeben, dass wir nicht so viele Teilzeitkräfte brauchen.«

»Du Bastard!«, schimpfte Maggie, als ihr dämmerte, wie gut das Ganze eingefädelt war. Ob Roland wohl gewusst hatte, dass ihr Vertrag erneuert werden musste, oder war das nur eine glückliche Fügung? Sie verspürte einen Anflug von Hass. Nur weil sie ihn hatte abblitzen lassen! Der schleimige, stinkende Bastard ließ sie feuern, weil sie nicht mit ihm ins Bett gehen wollte! Das war Justin offenbar nicht klar. Maggie versuchte ihm darzulegen, was geschehen war.

Justin hörte schweigend zu und blickte dann besorgt in Richtung Tür. »Hat irgendjemand davon etwas gesehen oder gehört?«, fragte er sie.

»Nein.«

»Es tut mir Leid, Maggie. Du wirst nichts davon beweisen können«, erklärte er ihr.

»Du weißt, dass ich nichts gestohlen habe, Justin. Du weißt, dass ich es nicht war!« Maggie spürte, wie ihr die Tränen kamen.

»Du wirst die zwei Monate natürlich bezahlt bekommen.« Justin ignorierte ihren Appell. »Ich zahle dir sogar noch einen Monat als Bonus dazu. Es besteht keine Notwendigkeit, dass du den Vertrag abarbeitest.«

»Ich habe auch nicht die Absicht, ihn abzuarbeiten«, schrie Maggie. »Ich würde hier keine Minute länger bleiben – egal, ob du mich bezahlst oder nicht.« Sie stand auf und wandte sich zur Tür.

Er schenkte ihr ein schwaches Lächeln. »Ich hoffe, wir werden Freunde bleiben, Maggie.«

Sie warf den Kopf in den Nacken und eilte hochnäsig aus dem Zimmer, ehe er die Tränen sehen konnte, die ihr nun ungehindert über die Wangen liefen. Sie sollte verdammt sein, wenn sie ihm diese Genugtuung gönnte.

Sobald Sara Roland das Frühstück serviert und die Küche aufgeräumt hatte, machte sie sich auf in die Stadt, um ihre Freundinnen zum Kaffee zu treffen. Sie hatte ihnen eine Menge zu erzählen. Sie wussten noch gar nichts von ihrer neuen Stelle. Maggie hatte sich wahrscheinlich schon gefragt, warum sie neuerdings nicht mehr im Stadion auftauchte.

In ihrem Kopf kreisten die Gedanken. Roland hatte einige aus der Mannschaft für diesen Abend eingeladen, um über das nächste Spiel zu sprechen, und Sara zermarterte sich das Hirn, was sie für sie kochen sollte. Sie fragte sich auch, ob Ean unter den Gästen sein würde, und – wenn ja – ob er sich absondern würde, um sie wieder zu sehen. Sie wusste, sie sollte sich ein wenig schuldig fühlen wegen ihres Benehmens Ean gegenüber. So etwas würde Mrs. Jamison sicher nicht von ihr erwarten. Sie lächelte. Mrs. Jamison hatte gesagt, Roland brauche eine diskrete Person. Niemand hatte etwas davon erwähnt, dass sie keinen Spaß haben durfte.

Roland hatte sich an diesem Morgen in der Küche wieder an sie gepresst. Das war jetzt zu oft vorgekommen, als dass es hätte Zufall sein können. Sie musste ihn in die Schranken weisen, hatte sie beschlossen. Schließlich war er ihr Arbeitgeber, und obwohl er nicht unfreundlich war, war er doch nicht gerade unwiderstehlich.

Nicht so wie Ean. Hatten sie wirklich um sie gewürfelt? Es war ein unglaublich erregender Gedanke. Sie fragte sich, ob sie es wohl noch einmal tun würden. Sara stellte sich vor, sie stünde nackt und hilflos vor ihnen allen, während sie darum spielten, die Freuden ihres Körpers genießen zu können. Vielleicht sollte sie später in den Schönheitssalon gehen und sich eine komplette Gesichtsbehandlung gönnen. Sie konnte sich diesen Luxus ja jetzt leisten.

Sie war so in ihre Tagträume versunken, dass sie

beinahe an dem Tisch vorbeigerauscht wäre, an dem Maggie und Jan saßen. Ein ungeduldiger Ruf riss sie aus ihren Träumen.

»Sara! Hierher!«

»Hoppla!« Sara machte kehrt und ließ sich neben Maggie auf einen Stuhl fallen. »Tut mir Leid, ich bin etwas spät dran. Habt ihr schon bestellt?«

»Du sahst aus, als wärst du auf einem anderen Planeten gewesen«, neckte Jan sie. »Das muss mit einem Mann zu tun haben. Was hast du denn so gemacht in letzter Zeit?«

Sara fühlte, wie ihr das Blut in die Wangen schoss. Was würden Maggie und Jan sagen, wenn sie ihnen von Ean erzählte? Nein, das konnte sie nicht tun. Jedenfalls nicht so ausführlich. Sie konnte ihnen etwas über ihren neuen Job erzählen und vielleicht ein paar Andeutungen machen. Dann mochten sie ihre eigenen Schlüsse ziehen.

»Ihr werdet es nicht glauben«, setzte sie an, »aber die Agentur hat mir eine neue Aufgabe gegeben. Deswegen bin ich diese Woche nicht im Eisstadion gewesen.« Sie holte tief Luft und versuchte, mit sachlicher Stimme fortzufahren. »Ich habe einen neuen Job als Roland Donaldsons Haushälterin. Und heute Abend koche ich für ihn und einige Trojaner.«

»Du Ärmste! Ich würde höllisch aufpassen, wenn ich du wäre!« Maggies Stimme triefte vor Sarkasmus; Sara sah sie erstaunt an und fragte sich, warum sie so verärgert war. Das war gar nicht ihre Art.

»Mach dir nichts draus, Sara«, erklärte Jan ihr. »Maggie ist momentan nicht besonders glücklich. Erzähl uns alles! Wohnst du bei Roland? Im Haus, meine ich.«

Sara nickte. »Er hat drauf bestanden«, berichtete

sie ihnen. »Er hat gesagt, es wäre überflüssig, jeden Tag hin- und herzufahren, wo er doch so viel Platz hat. Er ist sehr nett zu mir gewesen.«

Maggie zog eine Augenbraue hoch. »Nett?«, fragte sie mit eisiger Stimme. »Nett ist nicht gerade das Wort, mit dem ich diese stinkige Ratte beschreiben würde. Hat er es schon bei dir versucht?«

Sara runzelte erneut die Stirn angesichts des Gifts, das Maggie verspritzte. Irgendetwas stimmte hier ganz und gar nicht. Sie dachte an Rolands Avancen und verspürte so etwas wie Verständnis.

»Ich meinte nur, er ist sehr aufmerksam und zahlt mir ein mehr als großzügiges Gehalt«, antwortete Sara vorsichtig.

Maggie schnaufte verächtlich und trank einen Schluck Kaffee. Jan zuckte entschuldigend mit den Achseln. »Wie du vielleicht bemerkt hast, kann Maggie Roland nicht besonders leiden«, sagte sie.

»Nicht leiden! Ich könnte euch ganz genau sagen, wie ich ihn leiden sehen möchte!«, warf Maggie ein. Ihr Gesicht war von Hass erfüllt.

»Was ist los?«, fragte Sara und blickte verwirrt von der einen zur anderen.

»Maggie ist rausgeschmissen worden. Es ist Geld verschwunden im Stadion, und Justin hat Maggie verdächtigt, es an sich genommen zu haben«, erklärte Jan unumwunden.

»Was? Aber das ist lächerlich! Justin würde nie ... Ich meine, wieso gerade Maggie?« Sara fehlten die Worte.

»Weil dein netter neuer Boss wollte, dass Justin dachte, ich wäre es gewesen, deshalb!«, gab Maggie laut zurück. »Wahrscheinlich hat er das Geld sogar selbst genommen, um mir die Schuld in die Schuhe zu schieben. Weil ich nicht mit ihm ficken wollte«, schrie sie.

Es wurde plötzlich ganz still im Café, und verschiedene Köpfe wandten sich neugierig um.

»Psst! Das weißt du nicht, Maggie«, antwortete Jan leise. »Du hast keine Beweise.«

»Die hat Justin auch nicht. Aber das hat ihn nicht aufgehalten, oder? Ich weiß, es war Roland. Er muss es gewesen sein. So hat er sich an mir gerächt.« Sie schnappte sich ihre Handtasche und rannte schluchzend Richtung Toilette.

Sara starrte Jan an. »Kannst du mir bitte genau erklären, was passiert ist?«, bat sie. Sie konnte nicht wirklich glauben, was Maggie da behauptet hatte.

Später am Tag stand Maggie vor Tors angemietetem Haus und fragte sich, was in aller Welt sie hier zu suchen hatte. In Wirklichkeit wollte sie Troy sehen, aber sie waren nie dazu gekommen, Adressen auszutauschen. Ob er vielleicht bei Tor war? Sie steckten oft zusammen. Troy hatte ihr sogar erzählt, dass er überlegte, ob er zu Tor ziehen und die Miete mit ihm teilen solle. Was würde sie ihnen erzählen? Sie hatte sie seit Nottingham nicht mehr gesehen und wusste nicht, was sie über die Vorgänge im Stadion gehört hatten oder was sie davon hielten. Sie würden doch wohl nicht glauben, dass sie eine Diebin war, oder? Andererseits, warum nicht? Justin glaubte es offenbar, und er kannte sie besser als irgendeiner der Trojaner.

Mist! Maggie fasste zwei Gitterstäbe und rüttelte frustriert am Tor. Es war alles so demütigend und so verdammt unfair. Der Torflügel schwang auf, aber Maggie zögerte. Sie war so durcheinander im

Kopf. Sie war wütend und verletzt, und sie wollte Rache; vor allem aber wollte sie getröstet werden. Sie wollte verzweifelt, dass man ihr glaubte; sie brauchte das!

Maggie schlüpfte hinein und schloss das Tor hinter sich. Als sie die Auffahrt entlangging, musterte sie neidisch das Haus. Wenn sie nur hin und wieder die richtige Chance im Leben bekäme, könnte sie eines Tages auch in einem solchen Haus leben, anstatt in einem lausigen Apartment zu hausen, in dem man sich kaum umdrehen konnte. Momentan war daran natürlich nicht zu denken. So wie die Dinge lagen, musste sie froh sein, wenn sie ihr Apartment behalten konnte. Sie musste einen neuen Job finden.

Komisch, dass sie nie darüber nachgedacht hatte, wie wichtig ihr der Job im Eisstadion war. Wie oft hatte sie zu Jan gesagt, ein Job sei wie der andere. Erst jetzt realisierte sie, wie viel ihr die Arbeit bedeutet hatte. Außerdem war sie gut. Wenn sie nicht alles für Justin organisiert hätte, wäre das Stadion zusammengebrochen. Sie hoffte, das würde jetzt der Fall sein. Geschähe ihm recht!

Als sie sich dem Haus näherte, konnte Maggie Stimmen aus einem der vorderen Räume hören. Sie war sich sicher, eine davon gehörte Troy. Maggie mied absichtlich den Vordereingang, folgte dem schmalen Pfad zum Hintereingang und drückte die Klinke hinunter. Die Tür schwang in einen langen dunklen Flur auf. Sie rief hinein, bekam aber keine Antwort. Was machten sie denn gerade? Sie wartete, damit sich ihre Augen an die Dunkelheit gewöhnen konnten, dann ging sie ein paar Schritte den Flur entlang, vorbei an der offen stehenden Küchentür. Ein ohrenbetäubendes Heulen ließ ihr das Herz stehen bleiben.

Sie erstarrte, als sich Schritte der Tür vor ihr näherten.

»Ich wette, das ist Roland, der uns ausspionieren will.«

»Aber vielleicht ist es wirklich ein Einbrecher? Soll ich vorgehen?«

Die männlichen Stimmen kamen immer näher. Es war zu spät, um irgendetwas zu unternehmen; Maggie musste das durchstehen. Wenn nur der gottverdammte Alarm aufhören würde, damit sie wieder klar denken könnte! Maggie stand ganz gerade, zog den Bauch ein und streckte den Busen raus.

»Wisst ihr denn nicht, wie man das verdammte Ding ausschaltet?«, rief sie, als die Tür aufschwang und Tor und Troy hindurchstürmten.

»Maggie? Was machst du denn hier?« Tor eilte an ihr vorbei und tippte ein paar Nummern in die Konsole der Alarmanlage ein. In der absoluten Stille, die dem Lärm folgte, konnte Maggie ihr Herz pochen hören.

»Ich ruf besser das Polizeirevier an«, murmelte Tor. »Die wollen wir nicht auch noch hier haben.«

»Bist du sicher? Du meinst, sie ist nicht gefährlich oder so?« Troy schaute sie amüsiert an, und Maggie spürte, wie ihr das Blut in die Wangen schoss.

»Ach, ich denke, wir beide zusammen werden schon mit ihr fertig werden«, antwortete Tor leise. Maggie wandte den Kopf und blickte in seine funkelnden grauen Augen. »Nett, dich zu sehen«, erklärte Tor ihr. »Aber tu mir nächstes Mal den Gefallen und klopf an die Vordertür wie alle anderen auch.«

»Tut mir Leid. Ich wollte euch überraschen.« Maggie kam sich plötzlich dumm vor. Was in aller Welt hatte sie geritten, sich so hereinzuschleichen? Wie eine

Diebin! Ihre Unterlippe begann zu zittern. Troy nahm sofort ihre Hand in seine. Sie spürte, wie sie am ganzen Leib zitterte, konnte aber nichts dagegen machen.

»Was ist denn los, Maggie?«, fragte er. »Solltest du jetzt nicht bei der Arbeit sein?«

Maggie errötete noch stärker. Sie hatten also nichts gehört. »Ich arbeite nicht mehr im Stadion«, sagte sie leise.

Troy starrte sie einige Augenblicke an, wandte sich dann Tor zu und nickte mit dem Kopf Richtung Tür. Tor nickte zurück. »Ich rufe jetzt die Polizei an«, murmelte er und schloss die Tür hinter sich.

Troy drückte Maggies Hand leicht. »Wieso hast du uns verlassen? Ohne dich wird das Stadion nicht ordentlich funktionieren!«

»Vielleicht solltest du deinen Boss fragen«, gab Maggie zurück.

»Roland? Was hat er damit zu tun?« Plötzlich erhellte sich sein Gesicht. »Was hat er getan? Übrigens, wie wär's mit einem Kaffee oder so? Wir setzen uns hin und reden über die Sache. Ich bin mir sicher, wir kriegen das schon klar.«

Er nahm ihren Arm und führte sie ins Wohnzimmer, wo Tor schon auf sie wartete. Troy gab ihm ein Zeichen, ihnen einen Drink einzuschenken. Maggie war überrascht von den besorgten Mienen, die beide machten. Sie hockte sich auf eine Armlehne der Couch und saß stumm da, während Tor ihnen einen Scotch eingoss. Maggie trank einen Schluck, sobald ihr Tor das Glas gereicht hatte, und verzog das Gesicht, als das scharfe Getränk in ihrer Kehle brannte. Sie hatte für Schnaps nie viel übrig gehabt. Aber zumindest zitterte sie jetzt nicht mehr so stark.

»Also, was genau hat Roland damit zu tun, dass du

das Stadion verlassen hast?«, fragte Troy sie. »Wenn er dir lästig gefallen ist, solltest du dich nicht darüber aufregen. Er versucht es bei jeder.«

Maggie war versucht, eine Lüge aufzutischen. Es war schrecklich, zugeben zu müssen, dass sie rausgeschmissen worden war und dass Justin dachte, sie sei eine Diebin. Aber wenn sie nun lügen würde und sie später erführen, was tatsächlich geschehen war? Würde sie dann nicht endgültig als schuldig dastehen?

»Jemand hat Geld genommen, für das ich verantwortlich war, und Justin hat mich gefeuert«, sagte sie rasch.

»Mist! Das ist ein wenig abwegig, oder?«, kommentierte Troy. »Hört sich gar nicht nach Justin an.« Maggie zuckte mit den Achseln.

»Ich sehe aber noch nicht, was das mit Roland zu tun hat«, bemerkte Tor.

»Er hat mich reingelegt«, sagte Maggie, und die Wut stieg wieder in ihr hoch. »Ich weiß, dass er es war! Er und ich hatten eine kleine Meinungsverschiedenheit, und so hat er diesen Weg gewählt, um mich loszuwerden.«

»Was für eine Meinungsverschiedenheit?«, wollte Troy wissen.

»Er wollte, dass ich mit ihm vögele, wenn ihr's schon wissen wollt«, platzte Maggie heraus. Sie trank noch einen Schluck Scotch. »Können wir es nicht gut sein lassen? Es ist schlimm genug, von allen für eine Diebin gehalten zu werden, ohne auch noch dauernd darüber reden zu müssen.«

Troy trat zu ihr und legte einen Arm um sie. Er drückte sie an sich. »Ich glaube nicht, dass du eine Diebin bist«, versicherte er ihr.

Tor schüttelte den Kopf. »Ich hatte schon die Vermutung, dass Roland ziemlich hart sein kann, aber ich hätte nie gedacht, dass er so etwas tun würde.«

»Ich kann mir gut vorstellen, dass er versucht hat, bei ihr zu landen«, antwortete Troy, »aber ich kann mir nur schwer vorstellen, dass er einen so tückischen Plan ausheckt. Für das verschwundene Geld muss es eine andere Erklärung geben.«

»Selbst wenn«, meinte Tor, »dann sollte er nicht so einfach damit durchkommen. Willst du, dass wir mal mit ihm reden?« Er ließ seine Finger knacken.

Maggie schüttelte den Kopf. »Nein. Vergessen wir's.«

Tor zuckte philosophisch mit den Schultern. »In Ordnung. Es ist aber zu blöd. Wir werden dich wirklich vermissen. Wo arbeitest du jetzt?«

»Ich weiß nicht. Für eine Ex-Empfangsdame ohne Referenzen gibt es nicht so viele Möglichkeiten.«

Troy drückte sie wieder. »Ich gebe dir Referenzen. Du warst die beste Hostess, die wir je hatten!«

Maggie musste kichern; sie fühlte sich schon viel besser. Diese beiden Männer waren genau die Medizin, die sie jetzt benötigte. Sie war plötzlich sehr froh, hergekommen zu sein. »Danke, aber ich sehe noch nicht, wie mir das helfen sollte, es sei denn, ich entscheide mich dafür, mich beim örtlichen Begleit-Service zu bewerben.«

»Also das ist eine gute Idee!« Tor grinste. »Du würdest ein Vermögen verdienen.« Er betrachtete nachdenklich ihre Figur. »Hey! Kannst du tanzen?«

»Tanzen? Was meinst du mit ›tanzen‹?« Maggie sah sich um und war froh, keine Musikanlage entdecken zu können. Einen verrückten Moment lang hatte sie gedacht, er wolle sie zum Tanz auffordern!

»Tanzen. Du weißt schon. Ein Freund von mir hat

einen Nachtklub nicht weit von hier. Er ist auch Kanadier. Ich wette, er wäre nur zu glücklich, dich als Tänzerin zu engagieren, falls du Interesse hast.«

Maggie wollte schon verärgert zurückgeben, sie plane nicht, Stripperin zu werden, als sie den Ausdruck in ihren Gesichtern sah. Obwohl sie keineswegs die Absicht hatte, als Tänzerin zu arbeiten, konnte sie doch der Versuchung nicht widerstehen, die beiden ein wenig aufzuziehen.

»Ich habe nie ernsthaft darüber nachgedacht«, gab sie vor. »Ich meine, fast jeder kann tanzen, oder nicht?« Sie dachte daran, was sie mit Justin im *Cellar* veranstaltet hatte, und ein kleiner Lustschauer rann ihr den Rücken hinunter.

»Diese Art von Tanzen meinte ich nicht«, murmelte Tor.

»Warum gehen wir heute Abend nicht zusammen aus?«, schlug sie fröhlich vor. »Dann könnt ihr selbst beurteilen, ob ich tanzen kann oder nicht.« Ein Abend mit den beiden wäre genau das Richtige, ihre Laune zu heben.

»Warum tanzt du nicht hier für uns?«, schlug Tor vor.

»Hier? Jetzt?« Maggie sah sich noch einmal um. »Erstens scheint ihr keine Musik zu haben, oder wolltet ihr summen?«

Tor ging durch das Zimmer und öffnete eine schwere hölzerne Truhe, in der eine teuer aussehende Mini-Disc-Anlage zum Vorschein kam. Er betätigte ein paar Schalter, und schon dröhnte laute Discomusik durch den Raum. Er setzte sich auf die Lehne eines großen Ledersessels, und ein erwartungsvolles Grinsen erschien auf seinem Gesicht.

Maggie stand auf und sah die beiden nacheinander

an. Die Männer beobachteten sie wie eine Katze eine Maus, so als ob sie sich jeden Moment auf sie stürzen wollten. Die laute Musik beflügelte sie, und so schwenkte sie ihre Hüften hin und her und stieß ihren Unterleib auffordernd nach vorn. Sie hörte Troy heftig Luft holen und war sofort überwältigt von der Macht, die sie auf die Männer ausübte.

Maggie ließ ihre Hüften schneller kreisen und bewegte sich so nah an Tor heran, dass ihr Unterleib ihn beinahe berührte. Sie hob einen Arm und versetzte seiner Schulter einen kräftigen Stoß. Tor verlor die Balance und rutschte nach unten. Maggie stellte sich mit weit gespreizten Beinen vor ihn.

Sie beugte sich aus der Taille heraus vor, hielt ihm ihren Busen vor die Nase und begann sich durch den dünnen Stoff hindurch zu streicheln. Sie machte große kreisende Bewegungen mit ihren Handflächen und fühlte, wie ihre Brustwarzen daraufhin steif wurden. Als sie Tor in die Augen schaute, wusste sie, dass er das auch bemerkt hatte.

Sie rieb eine Brust weiter mit einer Hand und ließ die andere zu ihrem Schoß hinabwandern. Sie spürte ihre Klitoris anschwellen und wurde ganz feucht vor Erregung. Ein schneller Blick nach unten zeigte ihr, dass nicht nur sie erregt war. Tors Hose beulte sich an seinem Reißverschluss schon ganz schön aus. Sie beugte sich näher zu ihm hinab, sodass ihre Möse nur noch Zentimeter von seinem Schwanz entfernt war, und lächelte, als sie sah, wie er unwillkürlich den Hintern hob, um ihr entgegenzukommen. Lap Dancing hatte doch was!

Immer noch lächelnd, zog Maggie sich von Tor zurück und tanzte verführerisch durch das Zimmer hinüber zu Troy. Sie langte mit den Händen nach hinten und strich über ihre Pobacken, dann über ihre Hüften, ihren Bauch und schließlich über ihren Busen. Troy beobachtete sie hungrig; seine weißen Zähne glänzten, und seine dunklen Augen funkelten.

»Findest du nicht auch, dass du ein bisschen zu viel anhast?«, murmelte er und griff nach dem Bund ihrer Hose. Er zerrte unbeholfen an dem Knopf, und Maggie entzog sich ihm, um wieder zurück zu Tor zu tanzen. Sie wiederholte die aufreizenden Liebkosungen ihres Busens und ihrer Möse für ihn und fühlte sich plötzlich unbesiegbar. Beide Männer waren hochgradig erregt. Das sah sie in ihren Augen, in ihren Gesichtern und an der Art und Weise, wie sich ihre Körper hin und her wanden. Sie waren – einmal mehr – ganz in ihrem Bann, und sie hatte die Absicht, das voll auszukosten.

Maggie bewegte sich zurück in die Mitte des Raums und widmete sich den Knöpfen ihrer Bluse. Sobald sie sie geöffnet hatte, streifte sie die Ärmel ab und ließ die Bluse langsam auf den Boden fallen. Sie trug jetzt nur noch ihren BH und hautenge Hosen.

Troy kam zu ihr herüber. Er schwenkte die Hüften im gleichen Rhythmus wie sie, ohne dass sich ihre Körper berührten. Sein erigierter Schwanz war deutlich zu sehen. Maggie öffnete seinen Gürtel. Dann zog sie den Lederriemen heraus und begann sich damit zu liebkosen. Als sie ihn aufreizend zwischen ihren Beinen hindurchzog, hörte sie ihn schwer seufzen.

»Zieh deine Hose aus«, flüsterte Troy. »Oder lass mich es für dich machen.« Er trat auf sie zu.

Maggie ließ den Gürtel fallen und öffnete ihren Hosenknopf. Sie kickte die Schuhe von den Füßen und schälte sich dann langsam aus der engen Hose, wobei sie den beiden ihren Hintern zuwandte. Ihr kleines Seidenhöschen war so durchtränkt von Schweiß und ihren Säften, dass es wie eine zweite Haut an ihr klebte und nichts mehr der Fantasie überließ. Der moschusartige Geruch, den ihr Körper ausstrahlte, vermischte sich mit dem Geruch männlichen Schweißes und sexueller Erregung.

Sie stieg aus der Hose und kickte sie mit ihrem linken Fuß in die Luft. Sie landete auf Tors Knie, doch das schien er gar nicht zu bemerken. Sie schlüpfte wieder in ihre Schuhe und tanzte weiter. Mit den Fingern fuhr sie über ihren ganzen Körper, über ihren Busen und zwischen ihre Beine. Die Musik schien lauter zu werden und durch sie hindurchzupulsieren.

Maggie stöhnte leise und schob eine Hand unter ihr Seidenhöschen. Mit den Fingerspitzen umkreiste sie ihren geschwollenen Kitzler, und die Säfte flossen noch stärker. Sie schob ihre Hand tiefer, nahm die Nässe mit ihrem Finger auf, zog ihre Hand dann heraus und führte sie zu ihrem Mund. Langsam schob sie einen Finger zwischen ihre pinkfarbenen Lippen und leckte ihre eigenen Säfte.

»Herr im Himmel!« Troy hatte eine Hand unter seinen Hosenbund geschoben und seinen steifen Schwanz umfasst. Er holte ihn vom Reißverschluss weg, und Maggie konnte sehen, dass er ihn dabei leicht drückte. Er sah erhitzt aus und sein Atem kam stoßweise. Sie lächelte provozierend und schob die Hand wieder in ihr Höschen.

Ihr eigenes Verlangen brannte jetzt stark in ihr. Sie konnte gerade noch einen Schrei unterdrücken, als ihre Fingerspitze wieder auf ihre harte Knospe traf. Sie rieb sie rhythmisch, biss die Zähne aufeinander, um nicht laut zu keuchen, und streichelte mit der anderen Hand ihre harten Nippel. Sie bekam eine Gänsehaut, als Lustschauer durch ihren Körper jagten. Troy kam näher und schlang einen Arm um ihre Taille.

»Zusehen erlaubt, anfassen verboten!«, kommandierte sie und entwand sich seinem Griff. Sie drehte einige Pirouetten auf Tor zu, der immer noch in dem großen Ledersessel saß. Sie schenkte ihm ein freches Lächeln und hockte sich über seine Beine, die eigenen weit gespreizt. Sie schaute ihm in die Augen, langte hinter sich und öffnete den Verschluss ihres Büstenhalters. Sie platzierte die andere Hand vorn auf dem BH und schob nach und nach die Träger die Arme hinunter.

Tor hatte seine Augen auf den dunklen feuchten Fleck zwischen ihren weit gespreizten Beinen fixiert. Jetzt hob er den Kopf und blickte erwartungsvoll auf die Hand, die den BH hielt. Maggie beugte ihren Rücken durch, streckte ihren Busen nach vorn und hob dann die Hände über den Kopf. Der BH flatterte ihm in den Schoß, und ihre festen Brüste mit den geschwollenen dunklen Nippeln wippten ins Freie.

Tor grinste bewundernd und reckte sich ihr entgegen. Sie sah die Spitze seiner Zunge, die sich zwischen seine Lippen zwängte: weich und feucht. Sie konnte die sanfte Liebkosung auf ihrer prickelnden Haut beinahe spüren. Es gelüstete sie danach, ihn an ihren Brustwarzen saugen zu lassen. Aber jetzt noch nicht! Sie war noch nicht fertig damit, die beiden aufzugeilen.

Maggie stützte sich auf seiner Brust ab, sprang auf die Füße und wirbelte durchs Zimmer, wobei ihr Busen auf und ab wogte. Sie blieb mit dem Rücken zur Flurtür stehen und lehnte sich dagegen, die Lippen leicht geöffnet. Langsam hob sie ein Bein hoch und strich mit der Hand über den nackten Schenkel.

Tor saß nach vorn gebeugt im Sessel, während Troy jetzt vor der Couch stand. Er hatte seine Hand immer noch in der Hose und trat unruhig von einem Fuß auf den anderen. Maggie blickte auf seinen Schritt und bekam große Augen, als sie sah, wie sehr sich seine Hose ausbeulte – als hätte er sich ein Paar Wollsocken in die Hose gestopft!

Troys Augen folgten ihrem Blick, und er schenkte ihr ein wissendes Lächeln, das so eindringlich war, dass sie beinahe das Gleichgewicht verloren hätte.

»Warum hast du aufgehört, Baby?«, fragte er herausfordernd. »Ich komme gerade in Stimmung!«

Maggie grinste. »Das kann nicht sein, so wie du angezogen bist. Jetzt habt *ihr* viel zu viel an.«

»Das können wir schnell ändern.« Troy zog seine Hand aus der Hose und wollte den Reißverschluss öffnen.

»Nicht so schell! Ich will meinen Spaß haben!«, sagte Maggie.

Tor kicherte. »Du erwartest doch keine Stripshow hier, oder?«

»Hast du damit ein Problem?«, gab Maggie zurück.

Die beiden Männer tauschten einen Blick aus, und dann stand Tor auf. »Überhaupt kein Problem«, versicherte er ihr.

Ohne die Augen von ihnen zu nehmen, glitt Maggie sinnlich durch den Raum und hockte sich mit leicht gespreizten Beinen auf eine Sessellehne. Mit einer Hand spielte sie gedankenverloren an ihren Brustwarzen. Die andere Hand legte sie auf den Mund, um einen kleinen Aufschrei zu unterdrücken, als die beiden sich Seite an Seite vor sie stellten, sich dann simultan umdrehten, ihre Hosen herunterzogen und ihre kreisenden Ärsche in die Luft streckten.

Ohne aus dem Rhythmus zu kommen, rissen die beiden sich die Hemden vom Leib und warfen sie in die Luft. Synchron drehten sie sich um und präsentierten ihr zwei viel zu enge Unterhosen, in denen schmeichelhaft steife Schwänze steckten. Als das gerade laufende Musikstück mit einem Crescendo zu Ende ging, ließen sie langsam die Unterhosen herunter. Jetzt waren zwei neue Tänzer da, einer weiß, der andere purpur-schwarz, die den Rhythmus aufnahmen und auf und ab schwangen.

Es sah lustig aus, und Maggie hätte gekichert, aber aus irgendeinem Grund war ihr Mund so trocken, dass kein Laut herauskam. Sie verspürte ein weiteres lustvolles Kribbeln zwischen ihren Beinen und schlug sie sofort übereinander, um ihre gequälte Sexknospe fest zwischen ihre Beine zu klemmen.

Im Takt der Musik schob sich Troy zu ihr hinüber und hielt ihr seine Erektion vor den Busen. Ohne lange darüber nachzudenken, beugte Maggie sich vor und nahm seinen Schwanz in den Mund. Sie schob ihre linke Hand zwischen seine Beine und umfasste seine massiven Eier. Langsam und aufreizend saugte sie seinen Ständer tiefer und tiefer in ihren Mund und streichelte mit ihrer Zunge seine glatte und glänzende Eichel.

Zum ersten Mal, seit sie zu tanzen begonnen hatten, spürte sie, dass Troy aus dem Takt kam. Mit einem leisen Lustseufzer kniff er seine Arschbacken zusammen und stieß sachte in sie hinein, wobei er auf den Fersen hin und her wippte und die sanfte Feuchte ihres Mundes und ihrer Lippen genoss.

Aus den Augenwinkeln sah sie Tor näher kommen, der ganz gebannt war von dem, was sie da machte. Sie streckte eine Hand aus und umfasste seinen Schwanz.

Während sie mit ihrer Zunge weiter über Troys Ständer fuhr, rieb sie Tors Rute mit ihren eifrigen Fingern.

Troy hockte sich etwas tiefer hin und streckte einen Arm aus, bis seine Finger ihr nasses Höschen erreichten. Zielsicher fand er ihre Klitoris und begann sie zu masturbieren.

»Also, wie hat dir unser Tänzchen gefallen?«, murmelte Tor, während er seinen gigantischen Penis noch fester gegen ihre Hand drückte.

Selbst wenn Maggie den Mund nicht voll gehabt hätte, wäre ihr nur schwerlich eine passende Antwort eingefallen. Ihr Hirn schien ihren Kopf verlassen und sich zwischen ihren Beinen angesiedelt zu haben. Sie konnte an nichts anderes denken als an Troys kundige Finger, die ihren Kitzler bearbeiteten. Kleine Lustwellen liefen ihre Beine hinab wie leichte Elektroschocks. Ihre inneren Muskeln zuckten heftig und lösten weitere lustvolle Empfindungen aus, die sich bis hin zu ihren Nippeln ausbreiteten.

»O ja!«, stöhnte sie leise in einem Anfall purer Ekstase. Sie fühlte, wie wieder ein Schwall ihrer Säfte aus ihr herauslief und Troys Finger benetzte, aber sie wurde viel zu sehr von ihrem Höhepunkt überwältigt, als dass sie sich für diesen Kontrollverlust hätte schämen können.

»Jetzt nicht aufhören!«, flüsterte Troy.

Leicht erschrocken bemerkte Maggie, dass ihre Zunge und ihre Hand ihre Bewegungen eingestellt hatten. Sie war so sehr mit ihrer eigenen Befriedigung beschäftigt gewesen, dass sie die beiden glatt vergessen hatte!

Troy zog seinen Ständer aus ihrem Mund und tätschelte ihren Kopf. »Vielleicht sollten wir uns ein wenig mit uns selbst amüsieren und Maggie Gelegenheit geben, sich zu erholen.« Seine Worte ließen keinen

Zweifel daran, dass sie genau wussten, was sie ihr angetan hatten. Aber jetzt war es zu spät, verschämt zu tun.

Sie sah kommentarlos zu, wie er seinen steifen Schwanz in die Hand nahm und sich selbst streichelte. Wenn Männer nur wüssten, wie aufregend es für eine Frau war zuzusehen, wenn sie es sich selbst machten. Sie lächelte in sich hinein. Vielleicht war es ja gut so, dass sie es nicht wussten.

Tor entzog sich ihrem gelockerten Griff und begann sich langsam und aufreizend einen herunterzuholen. Maggie blickte stumm von einem zum anderen; sie war ganz gebannt von dem Anblick und überhaupt nicht erstaunt, dass sich zwischen ihren immer noch zitternden Beinen schon wieder Lustgefühle einstellten.

»Macht es dir Spaß, Baby, uns beim Wichsen zuzusehen?«, fragte Troy und trat näher, um mit ihren Nippeln zu spielen. »Es macht dir Spaß, nicht wahr? Ich kann es an deinem Gesicht ablesen.« Er bearbeitete seinen Ständer schneller. »Vielleicht möchtest du ja sehen, wie wir uns gegenseitig einen runterholen.«

Sie bekam große Augen, als er nach Tors Ständer griff, dessen Hand wegschob und den Schwanz dann im gleichen Rhythmus pumpte wie seinen eigenen.

»Das macht dich an, Baby, oder?«

Maggie nickte stumm. Sie hatte noch nie gesehen, dass zwei Männer sich so anfassten. Sie war völlig baff, wie erregend das für sie war. Sie bekam noch größere Augen, als Tor seine Hand zwischen Troys Beine schob und mit seinen Eiern spielte. Schließlich steckte er einen Finger zwischen Troys muskulöse Pobacken und ließ ihn rhythmisch über seinen Anus kreisen. Maggie fielen fast die Augen aus dem Kopf.

»Und das magst du also auch«, grinste Tor. »Willst du zugucken, wie ich ihn reinstecke? Oder willst du lieber, dass ich ihn dir wieder reinstecke?« Er ließ Troy los und kam auf sie zu.

Bereitwillig stand Maggie auf, ließ sich von ihm herumdrehen und nach vorn über die Armlehne beugen. Sie drehte ihren Kopf etwas zur Seite und konnte sehen, dass Troy seinen Ständer weiter anfasste. Bei beiden Männer schienen die Eier auf die doppelte Größe angewachsen zu sein, und die Spitzen ihrer Schwänze waren feucht und glänzend.

Sie stöhnte auf, als Tor seine Rute oben zwischen ihre Schenkel schob, wobei er ihre Säfte dazu benutzte, auf ihrer Haut hin und her zu gleiten. Im Hintergrund lief immer noch die Musik mit dem pulsierenden Rhythmus und fachte ihre Leidenschaft an. Sie verspürte das bekannte Prickeln und Kribbeln zwischen ihren Beinen und wusste, dass sie schon wieder kurz vor dem Höhepunkt stand.

Ohne vorherige Warnung entzog sich Tor ihr und packte sie fest um die Taille. Mühelos hob er sie hoch in die Luft, drehte sich auf den Fersen herum und hielt sie vor sich hoch. Als ob dies ein erprobtes Manöver wäre, stand Troy jetzt breitbeinig vor ihr.

Grinsend griff er nach ihrem Höschen und zog es in einer einzigen fließenden Bewegung über ihre Schenkel, Knie und Knöchel. Er warf das dünne, feuchte Stück Seide hinter sich und reckte einladend sein Becken vor, während er ihr mit den Händen die Beine spreizte.

Tor hielt sie noch höher, machte zwei Schritte nach vorn und senkte sie auf Troys wartenden Ständer hinab.

»O mein Gott!«, murmelte sie leise, als seine Männlichkeit tiefer und tiefer in ihre einladende Öffnung sank.

Als Troy sie zu stoßen begann, hielt Tor sie weiter von hinten. Jedes Mal, wenn er sie auf Troys Ständer hinabließ, spürte sie seinen eigenen harten Schwanz gegen ihre Pobacken stoßen. Maggie schloss die Augen, überließ sich ganz dem Rhythmus der Musik und den Stimulierungen ihres Körpers.

Troy stöhnte auf und stieß noch fester in ihre geschmeidige Möse. Maggie öffnete die Augen gerade rechtzeitig, um zu sehen, wie sich sein Gesicht verzerrte und dann entspannte, als er kam. Sie fühlte, wie sein immer noch zuckendes Organ aus ihr herausglitt, als Tor nach hinten stolperte und in einen Sessel sank. Er zog ihren schweißgetränkten Körper fest an sich und schob seinen harten Schwanz zwischen ihre schlüpfrigen Schenkel. Maggie griff zwischen ihre Beine und streichelte seine geschwollene Eichel, während sie mit dem Daumen ihre prickelnde Knospe bearbeitete.

Sein Aufstöhnen wurde von ihrem Aufschrei übertönt, als sie beide gleichzeitig kamen. Sie fühlte seinen Samen auf ihre Schenkel klatschen, wo er sich mit ihren Säften vermischte. Völlig befriedigt wimmerte sie leise vor sich hin und entspannte ihren Körper an seiner warmen feuchten Brust. Wie aufs Stichwort hörte die Musik auf, und die plötzliche Stille wurde nur von schwerem und unregelmäßigem Atmen unterbrochen, das langsam leiser wurde, als sie sich erholten.

»Also, ich würde mal sagen, das beweist, dass sie tanzen kann«, flüsterte Tor mit belegter Stimme.

Sie lachten noch lauthals, als sie draußen ein Auto vorfahren hörten.

»Das ist Roland«, stöhnte Tor. »Das höre ich am Motorengeräusch.«

Troy sprang auf die Füße. »Du lieber Himmel!« Er verdrehte dramatisch die Augen und wedelte in vermeintlichem Schrecken mit den Armen. »Massa Boss wird meinen schwarzen Arsch versohlen, wenn er mich mit dem Schwanz herumwedeln sieht! O Gott, o Gott!«

Maggie und Tor konnten sich vor Lachen kaum halten und klammerten sich aneinander fest, während ihnen Tränen über die Wangen liefen. Draußen wurde eine Autotür zugeschlagen, und Maggie riss sich zusammen.

»Passt auf, ich gehe besser. Und zwar so, wie ich gekommen bin«, erklärte sie ihnen. »Ich glaube nicht, dass Roland und ich uns derzeit etwas zu sagen haben.« Während sie mit ihrer verknüllten und verschwitzten Kleidung kämpfte, fiel ihr auf, dass die beiden Männer überaus geschickt darin waren, sich rasch anzuziehen – so wie bei allem anderen, was sie taten.

Zu Saras großer Enttäuschung kam an diesem Abend nicht Ean in die Küche, als sie die Spülmaschine einräumte, sondern Roland. Sie hielt sich von ihm fern, als er sie für das Essen lobte und sich danach erkundigte, ob sie glücklich war und es noch etwas gab, was sie benötigte. Sie spitzte die Ohren, um herauszufinden, was die anderen machten, aber im Haus war es seltsam still und ruhig.

»Wo sind alle hin?«, fragte sie schließlich.

»Ich glaube, sie sind nach Hause gegangen«, antwortete Roland. Er klang etwas pikiert; anscheinend begriff er langsam, dass sie nicht an ihm interessiert war. Sie malte sich aus, wie Ean nackt unter der Decke in seinem Bett lag. Wenn sie nur seine Haushälterin wäre! Sie stellte sich vor, wie sie in sein Schlafzimmer ging, um nachzusehen, ob er etwas brauchte …

»Nun gut. Wenn Sie meinen, Sie benötigen nichts mehr, dann gehe ich jetzt und erledige einigen Papierkram. Es ist ein Vollzeitjob, mit den Kosten der Jungs klarzukommen. Ich bin in der Bibliothek, falls Sie mich brauchen.«

Nachdem er gegangen war, erledigte Sara flott ihre restliche Arbeit und entschloss sich dann, früh zu Bett zu gehen. Als sie auf Zehenspitzen an der offen stehenden Bibliothekstür vorbeiging, sah sie Roland über die Buchhaltung gebeugt sitzen und an einem großen Scotch nippen. Sie erinnerte sich an Maggies bissige Kommentare über ihn und fragte sich, ob die Anschuldigungen ihrer Freundin wohl wahr sein könnten. Es ergab keinen Sinn. Warum sollte sich Roland die Mühe machen, dafür zu sorgen, dass Maggie gefeuert wurde? Vielleicht sollte sie morgen die Bibliothek einmal gründlich putzen und Rolands unordentlichen Schreibtisch aufräumen. Wer weiß, was sie finden würde?

*** Neun.

Roland rieb sich die müden Augen und fuhr mit dem Finger die endlosen Zahlenreihen entlang. Er nickte befriedigt. Wie immer war es ihm hervorragend gelungen, seine Spuren zu verwischen. Selbst jemandem, der etwas von Buchhaltung verstand, wäre es schwer gefallen, Diskrepanzen zu entdecken. Ein Haufen hirnloser Klotzköpfe wie die Trojaner hatte dagegen überhaupt keine Chance. Mit Ausnahme von Troy vielleicht. Roland runzelte die Stirn. Der Typ war einfach cleverer, als ihm gut tat. Roland ärgerte sich noch immer, dass Maggie Troy den Vorzug gegeben hatte. Aber das hatte sie nun davon! Falls Troy ihm jemals Ärger machen würde, würde er ihn genauso schnell loswerden. Es gab genug gute Eishockeyspieler auf dem Markt, und ein weiteres Transfer-Geschäft würde seiner Altersversorgung nur zugute kommen.

Roland holte seine Kontoauszüge hervor und betrachtete mit gierigen Augen den Kontostand. Selbst angesichts seiner hohen Spielverluste lief es ganz gut. Wenn er so weiter machte, würde er in kurzer Zeit ein sehr reicher Mann sein. Die blöden Kerle hatten nicht den geringsten Schimmer, wie viel sie diese Saison allein von den Sponsoren bekamen. Er rieb sich die Hände, trank seinen Scotch aus und griff nach seiner Jacke. Er hatte noch etwas bei der Bank zu erledigen. Als er durch die Eingangshalle ging, hörte er Sara in der Küche singen, als sie sein Mittagessen vorbereitete.

Roland lächelte. In der Küche hatte er auch noch etwas zu erledigen. Da Maggie jetzt aus dem Weg geräumt war, musste er seine Aufmerksamkeit jemand anderem zuwenden. Es war eine Ewigkeit her, seit er eine Frau gehabt hatte. Maggie, diese dumme Kuh! Er hätte ihr mehr bieten können als Troy oder irgendeiner von den anderen Spielern. Aber eine Fotze war so gut wie die andere, und Sara hatte sicher auch ihre Qualitäten.

Als es an diesem Abend schließlich klingelte, war Jan schon ziemlich außer sich vor Nervosität. Gott sei Dank war Marcus wieder ein paar Tage lang geschäftlich unterwegs. Nicht, dass sie sich deswegen Sorgen machen müsste. Sie war sich ziemlich sicher, dass er nicht allein schlief, wenn er weg war. Eines Tages würde sie Marcus wegen seiner Doppelmoral in Sachen Sex zur Rede stellen müssen!

Sie überprüfte ihr Erscheinungsbild noch einmal im Flurspiegel und öffnete dann die Tür.

»Hallo Jan!« Tor hielt ihr einen Riesenstrauß Blumen hin. Sie mussten ein Vermögen gekostet haben. Jan traute ihren Augen kaum. Niemand brachte zu einer Verabredung noch Blumen mit. Es erschien ihr beinahe lächerlich altmodisch und kam völlig unerwartet.

»Sie sind wunderschön. Vielen Dank!«

»Damit wollte ich nur danke sagen für die Hilfe.«

Jan nahm ihm die Blumen ab und ging Richtung Küche. »Ich stelle sie eben in Wasser.« Sie war sich bewusst, dass Tor ihr folgte. Während sie eine große Vase mit Wasser füllte und die Blumen dann arrangierte, fühlte sie, dass er jede ihrer Bewegung genau beobachtete – wie ein Löwe auf dem Sprung.

Sie konnte gar nicht glauben, wie seltsam sie sich fühlte. Wie ein Teenager bei der ersten Verabredung. Das war für jemanden ihres Alters und mit ihrer Erfahrung ziemlich lächerlich. Besonders, wenn man bedachte, was bei ihrem letzten Zusammentreffen geschehen war.

»Also, was hast du denn heute Abend mit uns vor? Ich meine, wohin gehen wir?«, formulierte sie ihre Frage rasch neu.

»Ich kenne mich in der Gegend hier nicht so gut aus, aber mir ist dieses nette kleine Lokal aufgefallen, draußen auf dem Land. Es heißt *Blue Wren*, glaube ich. Ich dachte, wir schauen da mal rein, wenn es dir recht ist.« Selbst seine Stimme weckte Verlangen in ihr.

»Ja, das kenne ich. Ich hole nur meinen Mantel.« Jan ließ von den Blumen ab und wandte sich um, um in den Flur zu gehen. Tor beobachtete sie stumm, und sie hatte das Gefühl, er hätte sie gern angefasst. Sie erwog kurz, ihm in die Arme zu sinken und es ihm leichter zu machen. Sie wusste jedoch ganz genau, wenn sie erst einmal angefangen hätten, dann würden sie nicht mehr aufhören können. Andererseits – da war das große Doppelbett im Schlafzimmer, das auf sie wartete, und jede Menge zu essen und zu trinken im Eisschrank, falls sie später Hunger hatten.

Als sie an ihm vorbeiging, sah sie ihm in die Augen und entdeckte dort lodernde Lust. Sie erinnerte sich an das große Verlangen, das er letztes Mal nach ihr gehabt hatte, und wie er gekommen war, kaum dass sie ihn angefasst hatte. Die Erinnerung sorgte für Aufruhr in ihrem Unterleib. Sie wollte ihm noch einmal etwas Ähnliches antun, wollte sehen, wie er sich vor Verlangen nach ihr verzehrte. Aber sie hatte viel Zeit. Wozu die Eile? Der ganze Abend lag noch vor ihnen.

Jan nahm ihren Mantel. »Fertig?«, rief sie.

Tor nahm ihr den Mantel aus der Hand und half ihr hinein. Dann fuhr er mit den Händen kurz über ihre Schultern. Davon bekam sie ganz weiche Knie, und es tat ihr beinahe Leid, dass er sie losließ, um die Eingangstür für sie aufzuhalten. Als sie draußen waren, stellte sie mit Genugtuung fest, dass er sich Rolands schicken roten Sportwagen ausgeliehen hatte. Sie war froh, dass er nicht mit dem alten Van aufgetaucht war, in dem sie ihn und einige von den anderen Trojanern hatte herumfahren sehen.

»Das ist nett von deinem Manager, dich sein Auto fahren zu lassen«, bemerkte sie, als er ihr hineinhalf.

»Ja, ich hoffe, es macht ihn glücklich, wenn er erfährt, wie großzügig er gewesen ist«, antwortete Tor mit einem frechen, fast jungenhaften Grinsen.

Tor fuhr schnell, aber sicher, und Jan ließ sich in die Lederpolster sinken, um die komfortable Fahrt zu genießen. Sie war sowohl überrascht als auch enttäuscht, dass er seine Hände bei sich behielt; die bewundernden Blicke aber, die er auf ihre Beine warf, versöhnten sie.

Das Lokal war nur halb voll, und sie fanden schnell einen Tisch für zwei in einer verschwiegenen Ecke. Tor holte ihnen einen Drink und brachte eine Speisekarte mit. Nach ein paar verlegenen Momenten begannen sie sich zu entspannen und angeregt über nichts Besonderes zu plaudern. Sie saßen Seite an Seite, und der Tisch war klein genug, dass sie den Druck seines Schenkels an ihrem spüren konnte. Das reichte aus, sie daran zu erinnern, was über kurz oder lang passieren würde. Das angenehm warme Gefühl, das ihren Körper durchströmte, hatte wenig mit Alkohol zu tun.

Sie entschieden sich für eine Paté- und Käseplatte für zwei und einen Rotwein, und während sie auf das Essen warteten, plauderten sie weiter miteinander. Sie erzählte ihm alles über ihre Pläne, demnächst eine eigene Maklerfirma aufzumachen, und er beschrieb sein Leben in Kanada, nachdem seine Eltern etwas Geld geerbt und sich entschlossen hatten auszuwandern. Jan erfuhr, wie gut er schon immer beim Sport gewesen war und dass er ursprünglich vorgehabt hatte, Läufer zu werden, bevor er in Kanada das Eislaufen ausprobiert und festgestellt hatte, dass er dafür Talent besaß.

»Natürlich habe ich auch eine Zeit lang daran gedacht, ein Mountie zu werden«, erklärte er ihr augenzwinkernd, »aber da gab es ein kleines Problem.«

»Wieso? Weil du Brite warst?«, fragte sie.

»Nein, weil ich nicht reiten kann«, antwortete er fröhlich. Als sie beide lachen mussten, legte er wie beiläufig einen Arm um ihre Schultern; sie lehnte sich an ihn und genoss seine männliche Ausstrahlung.

»Hättest du Lust, später einen Film zu sehen?«, fragte er.

Was heißt ›später‹?, fragte Jan sich, da ihre Erregung zunahm. Es war lange her, seit ein Mann sie durch seine bloße Anwesenheit so verdammt geil gemacht hatte wie Tor. Ihr Höschen war schon etwas klamm, und er hatte sie noch nicht einmal geküsst.

»Ja, wenn du möchtest. Ich habe allerdings keine Ahnung, was läuft.«

»Ich schon«, versicherte er ihr. »Ah, großartig! Da kommt unser Essen. Ich habe einen Bärenhunger.«

Während des Essens ließ Tor eine Hand unter den Tisch sinken und legte sie sanft auf ihren Schenkel. Die Aktion geschah so beiläufig, dass es beinahe so schien, als hätte er selbst es gar nicht bewusst bemerkt. Es hätte keine erregendere Wirkung auf Jan gehabt, wenn er seine Hand in ihr Höschen geschoben hätte. Ihre Sehnsucht war so stark, dass sie es kaum ertragen konnte. Sie hatte so etwas noch nie erlebt.

Als er seine Finger schließlich wegnahm, um die Rechnung zu bezahlen, war der Verlust wie ein physischer Schock für sie. Als sie aufstand, um den Mantel anzuziehen, stellte sie fest, dass ihre Knie zitterten. Sie hatte Mühe, sich auf den Beinen zu halten, und nahm seinen Arm als Stütze.

»Herrje! Der Wein muss stärker gewesen sein, als ich dachte«, murmelte sie, als sie leicht hin und her schwankte. Tor legte schnell einen Arm um ihre Taille.

Die kühle Nachtluft machte sie ein wenig klarer, doch als er ihr in den Wagen half und sie seine Hände auf ihrer Haut fühlte, löste die Berührung wieder ein so starkes Verlangen in ihr aus, dass sie regelrecht atemlos wurde und sich ganz erhitzt fühlte – ihr war beinahe schlecht, so groß war ihre Sehnsucht.

Sie sprach nicht, als Tor den Motor startete und zurück in die Stadt fuhr. Sie befürchtete, ihre Stimme könnte ihre Gefühle offenbaren. Sie spürte ihr Herz heftig in ihrer Brust klopfen und war sich des Ziehens in ihrem Unterleib nur allzu bewusst. Sie schloss die Augen und versuchte sich zu entspannen.

»Da sind wir.« Tor hatte den Wagen angehalten, und sie hörte, wie er die Fahrertür öffnete. Sie schlug die Augen auf und sah durch die Windschutzscheibe.

Er hatte vor dem Tor zu seinem Haus angehalten und öffnete es soeben.

Nachdem er wieder eingestiegen war, sah sie ihn verwundert an. »Hattest du nicht etwas von einem Film gesagt?« War er so angespannt wie sie? Vielleicht hatte er beschlossen, den Film wegzulassen und sie gleich mit ins Bett zu nehmen. Ein verzweifeltes Verlangen überkam sie und nahm ihr beinahe den Atem.

»Fernseher und Video stehen bereit«, antwortete er, als er den ersten Gang einlegte und den Wagen durch die Toreinfahrt manövrierte. »Ich dachte, es würde mehr Spaß machen, wenn nur wir beide zuschauen. Wenn du damit einverstanden bist.«

Jan nickte stumm, weil ihr Mund plötzlich so trocken war, dass sie nicht antworten konnte.

Sobald sie im Haus waren und er die Alarmanlage codiert hatte, nahm Tor ihren Arm und führte sie die Treppe hinauf in den ersten Stock. Seine Hand schien ihre Haut durch den Stoff hindurch zu verbrennen. Tor stieß eine Tür mit dem Fuß auf.

»Das zweitgrößte Schlafzimmer mit einem wunderbaren Blick auf den hinteren Teil des Gartens«, ahmte er sie nach. »Selbstverständlich ist es jetzt etwas zu dunkel, um den Ausblick genießen zu können.« Er grinste.

Das würde ich nicht unbedingt sagen, dachte Jan, während sie ihn von oben bis unten musterte. Würde er sie für zu forsch halten, wenn sie ihm jetzt die Kleider vom Leib reißen würde? Interessierte sie denn überhaupt seine Meinung, wenn sie nur endlich Hand an ihn legen konnte?

»Mach es dir gemütlich«, schlug er vor. »Ich lege den Film ein.«

Sie zog den Mantel aus und sah sich um. Fernseher

und Videorecorder standen auf einem Tisch am Ende des Betts. Sonst gab es nichts, wo man hätte Platz nehmen können. Also setzte sie sich aufs Bett und schwang ihre Beine hoch auf die federnde Matratze. Tor beugte sich über das Videogerät, und sie bewunderte seinen Hintern und die Schenkel in der eng sitzenden Hose; sie hätte sie ihm gern heruntergezogen und die Zähne in seine nackte Haut geschlagen.

»Hättest du gern einen Drink? Ich habe im Badezimmer etwas Champagner auf Eis gestellt.«

»Ja, bitte«, antwortete sie leise.

Das nenne ich Stil, dachte sie, als er aus dem Bad mit zwei großen Gläsern eiskaltem Champagner zurückkam. Er setzte sich neben sie und reichte ihr ein Glas.

»Ich hoffe, der Film taugt was«, bemerkte er, als er auf einen Knopf der Fernbedienung drückte. »Troy hat ihn sich irgendwoher vom Kontinent kommen lassen und hält ihn für großartig.«

Wen interessiert schon der Film!, dachte Jan, trank einen Schluck und stellte das Glas dann auf den Nachttisch. Ich will jetzt nur eines sehen! Sie rollte sich näher an ihn heran und legte eine Hand auf seine Brust. Während sie sich mit dem obersten Hemdenknopf beschäftigte, warf sie einen Blick auf den Fernseher und hielt in ihrer Bewegung inne.

Der Film hatte schon begonnen. Zwei muskelbepackte Männer knieten auf dem Boden, bekleidet nur mit winzigen Tangas. Zwischen ihnen lag ausgestreckt ein hübsches junges Mädchen in einem kurzen, durchgängig geknöpften weißen Kleid. Ihre Hände und Füße waren mit Stricken gefesselt, und ihre Augen waren verbunden. Der blonde Mann zu ihrer Linken nahm ein Stück Samtband und ließ es leicht über ihre nackten Beine gleiten. Das Mädchen wand sich und stöhnte leise.

Tor schlang einen Arm um Jan und zog sie näher zu sich heran. Jan legte ihren Kopf auf seine Brust und versuchte nicht allzu heftig zu reagieren, als seine Hand auf ihrer rechten Brust landete. Sie blickte hinunter auf die Ausbeulung seiner Hose im Schritt und erschauderte bei der Erinnerung an das letzte Mal.

Das Mädchen im Film stöhnte jetzt lauter, und ihr Atem kam stoßweise. Jan sah auf den Bildschirm und stellte fest, dass der Blonde ihr Kleid aufgeknöpft hatte. Ihre kleinen Brüste waren jetzt zu sehen; er umkreiste mit dem Ende des Samtbands eine ihrer Brustwarzen, die bereits steif wurde. Das Mädchen drückte den Rücken durch und hob ihre Brust hoch. Der Mann bewegte sich mit dem Band zu ihrer anderen Brustwarze, die sogleich hart wurde.

Jan seufzte leise. Sie spürte ihre eigenen Nippel gegen ihren BH reiben und drehte sich etwas, sodass Tor ihre Brust besser erreichen konnte. Sie fühlte eine Fingerspitze auf ihrer superharten Brustwarze und seufzte wieder. Ein kleiner Schauer rann durch ihre Brust und ihren Bauch wie ein leichter elektrischer Schlag. Ihre Klitoris begann erwartungsvoll zu prickeln.

Der blonde Mann schob das Kleid des Mädchens hoch, und zum Vorschein kam ein winziges Dreieck weißen Stoffs, das kaum groß genug war, ihre Möse ganz zu bedecken. Die Kamera fuhr näher heran, sodass man einige kleine Büschel blonder Schamhaare sehen konnte, die an den Seiten hervorlugten. Der zweite Mann nahm einen Vibrator, schaltete ihn ein und berührte damit die Haut über dem weißen Dreieck.

Der Körper des Mädchens zuckte, als wäre er von einem Skorpion gestochen worden. Die Kamera schwenkte hoch, um ihr Gesicht zu zeigen. Sie warf den Kopf hin und her und stöhnte heftig. Ihre Lippen waren leicht geöffnet, und ihre rosa Zunge leckte wiederholt ihre rubinroten Lippen.

Jan wandte den Kopf und sah zu Tor auf. Er starrte gebannt auf den Bildschirm. Sie senkte den Blick und musterte erneut seinen Schritt. Die Ausbeulung am Reißverschluss war weit größer als zuvor, und dieser Anblick verursachte bei ihr einen neuen Lustanfall. Sie zwang sich dazu, weiter den Film zu betrachten.

Der zweite Mann hatte den Vibrator ins Höschen des Mädchens geschoben und machte jetzt kleine kreisende Bewegungen um ihren Kitzler herum. Der andere Mann spielte weiter mit dem Band an ihrem Busen.

»Bitte! Aufhören! O bitte! Ich kann nicht …« Das Mädchen wälzte den Körper hin und her und trommelte mit den Fersen auf den Boden. Eine Nahaufnahme zeigte einige Schweißtropfen, die zwischen ihren Brüsten hinabliefen. Sie sah aus, als käme sie gleich.

Plötzlich hörten beide Männer mit ihren Bewegungen auf und setzten sich aufrecht hin. Der Dunkelhaarige stellte den Vibrator ab und legte ihn weg. Während die Kamera auf ihn gerichtet war, zog er seine winzige Unterhose aus und legte seine Hand um seine mächtige Erektion. Er kniete sich neben das Mädchen und pumpte seinen Ständer.

»O Gott!« Jans Aufschrei war draußen, ehe sie sich bremsen konnte. Sie hatte schon einige Pornofilme gesehen, aber noch nie einen mit einem voll erigierten Glied.

Tor wandte den Kopf. »Was ist los?«, fragte er.

»Ach nichts.« Jan geriet ins Schwitzen. »Woher, sagtest du, kommt der Film?«

Der dunkelhaarige Mann wichste begeistert weiter, während der blonde Mann ihm zusah und sein Geschlecht befummelte. Mit der anderen Hand streichelte er das gefesselte Mädchen, das noch immer zitterte. Jan dachte, es sei nur gut, dass ihr die Augen verbunden waren. Wenn sie eben schon so kurz davor gewesen war zu kommen, dann hätte sie bei diesem Anblick sicher einen Orgasmus gehabt.

»Troy hat ihn, glaube ich, aus Holland kommen lassen. Gefällt er dir?« Seine Finger spielten wieder mit ihrer Brust, und Jan fühlte, wie sich die Feuchtigkeit zwischen ihren Beinen ausbreitete. Die Kamera war jetzt noch näher an den dunkelhaarigen Mann herangefahren. Sie konnte genau sehen, wie seine Eichel feucht glänzte. Sein Penis war purpurfarben und geschwollen und seine Eier ganz hart. So etwas konnte man nicht vortäuschen. Ohne seinen Rhythmus zu unterbrechen, schob er eine Hand in das Höschen des Mädchens und begann sie zu reiben.

Das Mädchen zuckte erneut zusammen und stemmte sich seiner Hand entgegen. Ohne ihre Augen vom Bildschirm abzuwenden, legte Jan ihre Hand in Tors Schritt. Sie hörte, wie er scharf Luft holte, und spürte, wie er ihre Brust fester umfasste. Sie zog seinen Reißverschluss auf, schob eine Hand in die Öffnung und umfasste seinen Schwanz.

Tor drehte den Kopf und steckte seine Zunge in ihr Ohr. Jan erschauderte von Kopf bis Fuß; Wellen der Lust wogten durch ihren ganzen Körper. Im Film zerrte der dunkelhaarige Mann den Slip des Mädchens über ihre Beine hinunter und fuhr dann mit der Zunge über ihre Schamlippen. Das Mädchen schrie auf, und ihr Gesicht und ihre Brust röteten sich. Der Mann lächelte und rieb wieder seinen Schwanz. Der andere Mann holte seinen Ständer aus der Unterhose, hockte sich über die Brust des Mädchens, legte seinen Schwanz zwischen ihre Brüste und drückte sie mit seinen Händen um seine Erektion zusammen. Tors Ständer war ganz hart in Jans Hand. Seine Zunge spielte weiter an ihrem Ohr, und irgendwie hatten seine Finger den Weg unter ihre Bluse und unter ihren BH bis hin zu ihrer steifen Brustwarze gefunden.

Jan rollte sich gegen ihn und presste sich gegen seinen Schenkel. Der Druck seines Körpers gegen ihre Klitoris genügte, um ihr den Rest zu geben. Mit einem lauten, langen Aufstöhnen kam sie so intensiv, dass es ihren ganzen Körper schüttelte. Das war einer der heftigsten Orgasmen, die sie je erlebt hatte, und er machte sie ganz schwach und atemlos, während sie darauf wartete, dass ihr Kopf aufhörte, sich zu winden.

»Wir sind etwas überempfindlich, nicht wahr?«, ahmte Tor sie flüsternd nach. »Ich nehme mal an, der Film gefällt dir.«

Jan fand keine passende Antwort. Ihre Hand umfasste noch immer seine Erektion, obwohl sie, während sie sich in ihrer eigenen Befriedigung ergangen hatte, ihre Finger nicht mehr bewegt hatte. Als sie seinen Schwanz jetzt zucken fühlte, spürte sie, dass sie wieder zu Kräften kam.

Sie schlängelte sich ein wenig an seinem Körper hinunter, öffnete den Knopf an seiner Hose und holte den Schwanz heraus. Er war so hart und so purpurn wie der des Mannes im Film, nur doppelt so groß. Jan fuhr mit der Zunge an ihm hinunter und freute sich an der unmittelbaren Reaktion. Im Film leckte der blonde Mann jetzt den Kitzler des Mädchens, während der dunkelhaarige Mann seinen Schwanz zwischen ihre Lippen geschoben hatte und ihn jetzt heftig in ihren Mund stieß.

Jan leckte ihre Finger ab und umkreiste dann Tors Eichel. Dann pumpte sie ihn, wobei sie langsam schneller wurde, bis sie spürte, wie er seinen Körper anspannte. Sofort hörte sie mit ihrer Bewegung auf und drückte seine Eichel fest. Tor stöhnte und reckte ihr die Hüfte entgegen, damit sie weitermachte. Sie fuhr mit der Hand Zentimeter für Zentimeter an seinem Schwanz hinunter, und dann genauso langsam wieder hinauf.

Das Mädchen im Film schrie auf, aber weder Jan noch Tor sahen hin. Jan spürte Tors ganzen Körper zittern, weil es ihn nach Erlösung drängte. Jan beschleunigte ihre Bewegungen wieder und brachte ihn erneut an den Rand des Orgasmus.

»O Gott!« Tors Stimme war ganz schwach und klang verzweifelt. Sie machte wieder langsamer und wartete ab. Plötzlich rollte er sich unter ihr weg. Mit der ganzen Agilität seines Berufs drehte er sie auf den Rücken und zerrte ihr das klamme Höschen über die Beine. Ehe sie begriff, wie ihr geschah, spürte sie seinen heißen Ständer in sie eindringen.

»Ja!« Sein Aufschrei war eine Mischung aus Verzweiflung und Triumphieren, als er mühelos tief in sie eindrang. Das Mädchen im Film schrie wieder auf; Jan ließ sich in die Kissen sinken und streckte den Rücken durch, um Tors gnadenlosen Stößen entgegenzukommen.

Als er schließlich seinen Höhepunkt erreichte, kam auch sie wieder, und ihr gemeinsames Stöhnten übertönte den Film nun völlig. Da die beiden Männer und das Mädchen nicht wissen konnten, dass sie ihr Publikum verloren hatten, machten sie begeistert weiter.

Saras Herz pochte so heftig, dass sie kaum Luft holen konnte. Sie wusste, es wäre viel klüger gewesen zu warten, bis Roland das Haus verlassen hatte, aber Maggie hatte sie seit Tagen angefleht, ihr zu helfen, und sie wollte nicht, dass ihre Freundin dachte, sie hätte nicht den Mumm dazu. Allerdings hatte auch Maggie keine Ahnung, was es bringen sollte. Wenn Roland dafür verantwortlich war, dass sie gefeuert worden war – und davon war Sara noch nicht wirklich überzeugt –, dann würde er doch zu Hause keine Beweise herumliegen lassen. Was erwartete Maggie überhaupt? Dass sie einen beschrifteten Umschlag mit dem fehlenden Geld aus dem Stadion oder ein unterzeichnetes Geständnis finden würde?

Sara wandte den Kopf und spitzte die Ohren. Roland und einige Spieler waren zusammen mit dem Trainer im Wohnzimmer und diskutierten Taktiken für das nächste Spiel. Tor und Pary waren auch da, und sie ärgerten sich offenbar über etwas, weil sie beide wütend herumschrien. Sie konnte Rolands zuckersüße Stimme hören, als er sie zu beruhigen versuchte, allerdings ohne Erfolg. Es hörte sich an, als ob das noch eine Weile so gehen würde.

Sara sah sich in der Bibliothek nachdenklich um und fragte sich, wo sie anfangen sollte. Sie bemerkte den Safe und lächelte kläglich. Falls Roland das gestohlene Geld irgendwo versteckt hatte, was höchst unwahrscheinlich war, dann war das der offensichtlichste Platz. Mit zittrigen Fingern zog sie die Schreibtischschublade auf und suchte nach dem Schlüssel. Stattdessen fand sie das große schwarze Buch, mit dem sich Roland, wie sie gesehen hatte, die meiste Zeit beschäftigte. Einem Impuls folgend zog sie es heraus und schlug es auf.

Wie Roland gesagt hatte, war es ein Kontobuch, und Sara wurde ganz schwindlig angesichts der hohen Summen. Kein Wunder, dass Roland wie ein Lord lebte, dass es jeden Abend Braten gab und jeden Morgen ein umfangreiches Frühstück. Als sie sah, was Butterflies für ihre Dienste in Rechnung stellte, fühlte sie sich etwas benachteiligt. Davon bekam sie ja nicht einmal die Hälfte! Es erklärte allerdings, warum Mrs. Jamison so zufrieden ausgesehen hatte.

Ständig nervöse Blicke über die Schulter werfend, ging Sara die ganzen Zahlenreihen durch. Sie wusste wirklich nicht, wonach sie suchen sollte. Maggie hatte ihr gegenüber auch den Verdacht geäußert, Roland würde in die eigene Tasche arbeiten, aber falls es sich tatsächlich so verhielt, würde sich das ihren unerfahrenen Augen wohl kaum offenbaren.

Saras Blick blieb auf einem Sponsoren-Eintrag haften, und sie runzelte die Stirn. Obwohl der eingetragene Betrag sehr hoch war, war er doch längst nicht so hoch wie der Betrag, über den Roland, wie sie zufällig mit angehört hatte, vor zwei Tagen mit einem smart aussehenden Geschäftsmann gesprochen hatte. Sie starrte die Zahl verwundert an. Sie war sicher, der Mann hatte die Firma vertreten, die die Mannschaft sponserte. Warum hatten Roland und er über einen bestimmten Betrag gesprochen und Roland dann einen viel kleineren Betrag in das Kontobuch eingetragen? Das ergab keinen Sinn. Vielleicht hatte sie es nicht richtig gehört, oder vielleicht hatte die Firma es sich noch mal überlegt, statt eine so generöse Summe zu spenden?

Die Wohnzimmertür knallte zu, und Sara hörte Schritte in der Diele. Sie schlug das Buch hastig zu und verstaute es wieder in der Schreibtischschublade. Kaum hatte sie die geschlossen, stürmte Roland in den Raum.

»Sara? Was machen Sie hier?«, fragte er.

Sie fuchtelte mit ihrem Staubwedel herum. »Nur ein bisschen sauber machen.« Als ob sie so ihre Aussage bekräftigen könnte, wischte sie über das Telefon. »Aber ich bin so gut wie fertig; wenn Sie also zu arbeiten haben, räume ich sogleich das Feld.« Sie machte einen Schritt Richtung Diele.

Roland streckte die Hand aus und hielt sie am Arm fest, als sie an ihm vorbeigehen wollte. »Keine Eile! Wie wär's mit einem kleinen Drink?«

»Oh, äh, nein danke. Es ist viel zu früh für mich. Ich muss mich um das Mittagessen kümmern.«

»Arbeiten Sie gern hier, Sara? Ich meine, würden Sie in Erwägung ziehen, die Arbeitsbeziehung auf Dauer einzugehen?«

»Ich ... Also, ja.« Sara war geschmeichelt. Soweit sie wusste, hatte Roland ihre Dienste nur bis zum Ende der laufenden Saison in Anspruch nehmen wollen. Es war eine viel angenehmere Arbeit als im Café des Eisstadions. »Das heißt, wenn die Agentur damit einverstanden ist.«

»Machen Sie sich wegen der Agentur keine Sorgen. Ich bin derjenige, dem Sie gefallen müssen.« Rolands Stimme war so süßlich wie Sirup, aber seine Augen funkelten dunkel und gefährlich. Es war ziemlich klar, was er meinte, und Sara verließ der Mut. Offensichtlich würde sie nicht bleiben können, wenn er ihrem Vertrag neue ungeschriebene Klauseln hinzuzufügen gedachte.

»Ich denke, ich kümmere mich jetzt darum, Ihr Essen rechtzeitig auf dem Tisch zu haben«, sagte sie fröhlich, schüttelte seine Hand von ihrem Arm und trat einen Schritt zurück. Mit gesenktem Kopf verließ sie das Zimmer.

»He! Du siehst aus, als wäre dir eine Laus über die Leber gelaufen. Was ist los?« Das war Tors Stimme. Sara wäre beinahe mit ihm zusammengestoßen.

»Entschuldigung, ich war ganz in Gedanken«, meinte sie und schaute ihn an. Sie fragte sich, wie man einen Mann so abstoßend und einen anderen so attraktiv finden konnte, dass man weiche Knie bekam.

»Roland ist schlecht gelaunt, nicht wahr? Tut mir Leid. Ist wahrscheinlich mein Fehler. Wir haben uns wegen des nächsten Spiels gestritten. Mach dir keine Sorgen! Hunde, die bellen, beißen nicht.«

Sara lächelte wegen des Sprichworts, weil es so gut passte. Roland erinnerte sie an einen großen sabbernden Rottweiler.

»Es gibt bald Mittagessen«, erklärte sie Tor. »Ich hoffe doch, du und die anderen, ihr bleibt?« Sie wurde ganz aufgeregt, als sie seinen hungrigen Blick sah. Natürlich dachte er an ihr Essen und nicht an ihren Körper – aber es musste einem Mädchen doch gestattet sein zu träumen, oder?

Sobald sie das Geschirr vom Mittagessen weggeräumt hatte, rief Sara Maggie an und verabredete sich in ihrem Stammcafé mit ihr. Sie verließ das Haus, ohne dass jemand es bemerkte.

Maggie wartete schon ungeduldig, als Sara endlich kam. Sobald sie sich gesetzt und etwas zu trinken bestellt hatten, erzählte Sara ihrer Freundin, was sie entdeckt hatte.

Maggies Augen funkelten triumphierend. »Da siehst du's! Ich habe dir ja gesagt, diesem Bastard ist nicht zu trauen«, erklärte sie aufgeregt.

Sara blickte zweifelnd drein. »Ich sehe nicht, dass das irgendetwas beweist. Es ist doch wahrscheinlicher, dass ich mich verhört habe oder dass er einen Fehler gemacht hat.« Sara trank schnell einen Schluck Kaffee und schaute sich in dem fast leeren Café um.

Maggie schüttelte energisch den Kopf. »Es ist viel wahrscheinlicher, dass er behauptet, einen bestimmten Betrag zu bekommen, den er in das Kontobuch einträgt, und dann den Rest für sich selbst behält«, meinte sie.

»Damit würde er aber ein großes Risiko eingehen. Es wäre doch ganz einfach, ihm auf die Schliche zu kommen. Wenn ich schon gehört habe, um welchen Betrag es ging, dann haben andere das auch getan«, argumentierte Sara.

Maggie schnaufte verächtlich. »Zum Teufel, ich weiß es auch nicht. Vielleicht führt er zwei Bücher. Eins, das er der Mannschaft und dem Finanzamt zeigt, und ein anderes, mit dem er sich die eigene Tasche füllt.«

Sara sah weiterhin nicht sehr überzeugt aus. Das Gespräch bereitete ihr Kopfschmerzen. Sie kam zu dem Schluss, keine gute Privatdetektivin zu sein. Diese Spioniererei und diese Spekulationen waren viel zu verwirrend.

»Was ist dir noch aufgefallen?«, wollte Maggie wissen.

»Nichts weiter. Ich hatte nicht viel Zeit, und außerdem wusste ich überhaupt nicht, wonach ich suchen sollte.« Sara versuchte sich vorzustellen, was Maggie sich von alledem erhoffte. Roland war zweifellos ein mieser Typ. Aber selbst wenn er als Manager der Trojaner krumme Geschäfte machte, warum sollte er Maggie feuern lassen? Das war alles zu viel für sie. Im Grunde wollte sie mit der ganzen Sache nichts zu tun haben, aber sie sah ja deutlich, wie sehr ihre Freundin verletzt war, und sie wollte ihr wirklich gern helfen.

»Ich muss zurück an die Arbeit«, sagte sie entschuldigend. »Ich habe noch so viel zu tun.«

Nachdem Sara gegangen war, blieb Maggie gedankenverloren sitzen. Wenn Sara ein zweites Kontobuch finden würde, dann hätte sie den Beweis, um Roland festnageln zu können. Ohne Beweis, da war sie sich sicher, würden ihr die Trojaner nicht glauben. Troy hatte sie bereits mehr oder weniger ausgelacht, als sie ihren Verdacht geäußert hatte, Roland selbst sei für das verschwundene Geld verantwortlich, und ihr versichert, ihr Manager sei viel zu dumm, als dass er versuchen würde, jemanden zu übervorteilen.

Verärgert schlug sie mit der Hand auf die Tischplatte. Das war einfach nicht fair. Sie war sich ganz sicher; Roland war dafür verantwortlich, dass sie rausgeschmissen worden war. Er hatte ihr das mehr oder weniger selbst angekündigt. Bis jetzt hatte sie noch nicht das Glück gehabt, einen passenden Job zu finden, und das Geld wurde bereits knapp. Und falls sie es nicht schaffte, ihren Namen reinzuwaschen, würde es viele Leute geben, die sie für eine Diebin hielten. Sie musste Justin ihre Unschuld beweisen! Nicht, dass sie noch etwas mit ihm zu tun haben wollte, nachdem er sie so mies behandelt hatte, aber sie wollte ihm beweisen, dass er Unrecht hatte!

»Sieh an, sieh an! Hallo, Maggie! Wie geht es Ihnen? Nein, bleiben Sie sitzen!« Rolands Stimme unterbrach ihren Gedankenfluss, und sie erschrak sichtlich.

»Was machen Sie denn hier?« Maggie fühlte, wie ihr die Galle hochkam. Wo nahm er die Frechheit her, nach allem, was er ihr angetan hatte, sie hier mit seinem falschen Lächeln anzusprechen? Sie war ernsthaft versucht, ihm eins auf die Nase zu geben. Hatte er gesehen, dass sie mit Sara gesprochen hatte? Vielleicht hatte er ein schlechtes Gewissen. Nicht ihretwegen, das verstand sich von selbst, aber vielleicht machte er sich Sorgen, ob Sara etwas wusste – oder herausfinden könnte.

»Ich kam gerade vorbei, als ich Sie hier sitzen sah – so ganz allein«, antwortete er gut gelaunt. »Ich fragte mich, wie Sie wohl klarkommen. Es hat mir Leid getan, hören zu müssen, dass Sie Ihren Job verloren haben. Völliger Unsinn, das. Ich bin sicher, Sie würden nie etwas Unehrenhaftes tun. Und das habe ich Justin auch gesagt.«

Maggie schluckte. Sein Mitgefühl war so falsch, dass es sie krank machte. Sie wollte schon aufstehen und gehen, als ihr der Gedanke kam, dies könne die Gelegenheit sein, nach der sie suchte. Wenn sie ihn in falscher Sicherheit wiegte, könnte sie ihn vielleicht dazu bringen, etwas zu sagen, was ihn belastete.

»Möchten Sie einen Kaffee?«, fragte sie ihn freundlich.

»Nein danke.« Roland schüttelte den Kopf und parkte seinen dicken Hintern auf dem Stuhl ihr gegenüber. »Ich habe gerade einen getrunken.« Er bleckte die großen Zähne, und Maggie verstand sofort, wie Rotkäppchen sich gefühlt haben mochte. Sie versuchte, ihren Ekel zu unterdrücken.

»Ich wünschte wirklich, ich könnte etwas für Sie tun«, erklärte er ihr. »Wenn ich einen Job anzubieten hätte, täte ich das, aber die Zeiten sind ziemlich hart.«

Maggie schnaufte. »Bei den ganzen Sponsorengeldern, die Sie einheimsen? Das kann ich nur schwer glauben.«

Roland sah plötzlich besorgt aus. »Ich weiß nicht, wie Sie auf diese Idee kommen. Gelder von Sponsoren zu akquirieren ist extrem schwierig, und bei den ganzen Kosten, die wir haben, reichen sie nicht lange«, erklärte er ihr.

»Das verstehe ich. Ihr XK8 muss ein ziemliches Loch in der Kasse hinterlassen haben«, gab Maggie zurück, ehe sie sich selbst davon abhalten konnte.

Roland runzelte die Stirn. »Ich weiß nicht, worauf Sie hinauswollen. Meine persönlichen Ausgaben haben nichts mit den Sponsorengeldern der Mannschaft zu tun.« Er zog ein schmuddeliges Taschentuch hervor und wischte sich die Stirn.

»Wenn Sie das sagen.« Maggies Tonfall machte ziemlich klar, dass sie ihm nicht glaubte.

Roland zog die Brauen zusammen, und sein Mund nahm einen harten Zug an. Er stand abrupt auf. »In Anbetracht Ihrer eigenen Situation, junge Frau, hätte ich nicht damit gerechnet, dass Sie es wagen würden, Andeutungen über andere Leute zu machen. Sie sollten sich glücklich schätzen, dass Justin Sie nicht der Polizei übergeben hat.«

»Ja. Ich bin überrascht, dass Sie das nicht auch noch arrangiert haben«, antwortete Maggie. »Vielleicht wäre es Ihnen unangenehm gewesen, wenn die Beamten im Stadion herumgeschnüffelt hätten, denn sie hätten ja vielleicht etwas finden können, was nicht in Ihrem Interesse gewesen wäre.« Kaum hatte sie diesen Satz ausgesprochen, hätte Maggie sich die Zunge abbeißen können. Roland vor dem zu warnen, was sie vermutete, war das Letzte, was sie wollte. Warum, zum Teufel, hatte sie es zugelassen, dass er sie derart provozierte?

»Ich glaube, dieses Gespräch ist schon zu weit gegangen«, schnauzte er. Seine Augen blitzten gefährlich auf. »Ich würde Ihnen raten, sich nicht in Dinge einzumischen, die Sie nichts angehen, meine Liebe, oder ...« Er verstummte.

»Oder was?« Sie hoffte, dass er nicht bemerkt hatte, wie zittrig ihre Stimme war.

»Ich dulde es nicht, dass sich jemand in meine Geschäfte einmischt, Miss Lomax. Oder sich zwischen mich und andere drängt. Daran sollten Sie sich immer erinnern, falls Ihnen klar ist, was gut für Sie ist.«

»Ist das eine Drohung?«

»Ich mache nie Drohungen, meine Liebe. Jedenfalls keine leeren.«

Maggie stand mit weichen Knien auf.

»Es war nett, sich mit Ihnen zu unterhalten.« Er streckte eine Hand aus. Sie ignorierte es, doch er grinste nur. »Ich bin sicher, wir verstehen uns.« Er machte auf dem Absatz kehrt und ging davon, ohne sich noch einmal umzublicken.

Zumindest wusste sie jetzt, dass sie doch Recht hatte. Ihre übereilten Bemerkungen hatten ins Schwarze getroffen. Hatte er ihr tatsächlich gedroht? Doch nicht wirklich! Was könnte er ihr denn noch tun? Er hatte schließlich schon für ihre Entlassung gesorgt. Sicher war er nur darauf aus gewesen, sie einzuschüchtern. Nun gut, es brauchte mehr als ein fettes Schwein, um sie zu bremsen, wenn sie sich einmal zu etwas entschlossen hatte. Sie musste sich noch einmal mit Sara in Verbindung setzten und etwas mehr Druck auf sie ausüben. So oder so, sie würde es Roland der Ratte schon zeigen!

*** Zehn.

Maggie fluchte vor sich hin, während sie versuchte, ihren Wagen zwischen zwei anderen Autos herauszumanövrieren, die gedankenlos viel zu nah an ihrem geparkt hatten. Sie hatte mit Jan den ganzen Abend über ihre Jobsituation gesprochen, ohne dass es etwas gebracht hätte, und nun war sie müde und schlecht gelaunt. Sie wollte nur noch nach Hause ins Bett. Als sie losfuhr, war sie irritiert von einem Auto, das mit Fernlicht hinter ihr her fuhr.

»Blöder Idiot!« Maggie drehte den Rückspiegel weg, weil er sie blendete. Die Straße war leer, und sie bog nach links ab Richtung zu Hause. Im Seitenspiegel sah sie, dass der andere Wagen ihr folgte, und zwar viel zu dicht. Die Scheinwerfer waren immer noch auf Fernlicht geschaltet, und so konnte sie die Marke und die Farbe des Autos nicht erkennen. Sie fuhr schneller, um von dem Wagen wegzukommen. Als sie das Ende der Straße erreichte, bremste sie ab und betätigte den rechten Blinker.

Der andere Wagen war so nah hinter ihr, dass sie seine Anwesenheit fühlen konnte, gerade so, als stünde jemand zu nah hinter ihr, atmete ihr in den Nacken und dränge in ihren persönlichen Raum ein. Glücklicherweise kam kein anderes Fahrzeug, und so nahm

Maggie die Kurve so schnell, dass die Hinterräder wegrutschten und sie kämpfen musste, um den Wagen wieder unter Kontrolle zu bringen. Ihr unwillkommener Schatten folgte ihr auf dem Fuße.

»Das reicht jetzt!« Maggie riss die Hutschnur. Sie zitterte vor Wut und Angst, und ihr Herz klopfte wie wild. Sie betätigte den linken Blinker, stieg dann auf die Bremse und die Kupplung und hielt am Bordstein. Als sie stand, hörte sie den Motor des anderen Autos aufheulen, als der Fahrer herunterschaltete.

Der Wagen schoss so nah an ihrem vorbei, dass sie dachte, er würde den Seitenspiegel erwischen. Sie sah mit großen Augen aus dem Seitenfenster und erhaschte einen kurzen Blick auf zwei große, gut gebaute Gestalten auf den Vordersitzen des großen schwarzen Wagens. Kurz vor ihrem eigenen Auto hielt der Wagen an. Sie konnte sehen, wie sich die beiden Gestalten zu ihr umdrehten. Sie gestikulierten und schienen sich über irgendetwas zu beratschlagen.

Da sie jetzt richtig Angst hatte, trat sie auf die Kupplung und legte den Rückwärtsgang ein. Ehe sie jedoch losfahren konnte, heulte der Motor des anderen Wagens auf, und er schoss mit quietschenden Reifen davon. An der nächsten Ecke bog er nach links ab und verschwand in der Nacht.

Maggie zitterte so sehr, dass sie ihre Beine kaum noch unter Kontrolle hatte. Trotzdem legte sie den ersten Gang ein und fuhr los. Als sie an die nächste Ecke kam, klopfte ihr das Herz bis zum Hals, und ihr rechter Fuß schwebte über dem Gaspedal, das sie durchgetreten hätte, falls der andere Wagen auf der Lauer gelegen hätte. Aber die Straße war vollkommen leer. Sie lachte nervös.

Als sie ihr Apartment erreichte, hatte Maggie sich

schon fast wieder unter Kontrolle. Vielleicht waren es nur zwei Jungs gewesen, die sich einen Spaß hatten machen wollen. Sie parkte ihr Auto und eilte nach drinnen. Nachdem sie ihre Jacke über die Sofalehne geworfen und die Schuhe ausgezogen hatte, ließ sie sich mit einem Buch in ihrem Lieblingssessel nieder. Obwohl sie vorhin so müde gewesen war, war ihr jetzt gar nicht mehr nach Schlafen zumute.

Zwei Tage später befand sich Maggie wieder auf dem Weg zu Jan. Es war später Nachmittag und ein grauenvoller Tag gewesen. Alle drei Bewerbungsgespräche, die sie absolviert hatte, hatten sich als reine Zeitverschwendung herausgestellt, und langsam dachte sie, sie würde nie wieder einen anderen Job finden.

Wenn sie sich nur überwinden könnte, Justin um ein Zeugnis zu bitten! Sie war sich ziemlich sicher, dass er ihr eines ausstellen würde, egal wessen er sie verdächtigte, aber sie konnte ihren Stolz nicht einfach so herunterschlucken. Sie war überrascht gewesen, wie sehr sie sein fehlendes Vertrauen verletzt hatte. Ihr war nicht klar gewesen, dass es ihr so viel bedeutete.

Als sie aus ihrer Parklücke fuhr, sah sie in den Rückspiegel und entdeckte den fremden schwarzen Wagen. Ihr drehte sich der Magen um. Wenn das derselbe Wagen war, dann konnten es schlecht nur ein paar Jungs gewesen sein, die ihren Spaß hatten haben wollen, oder? Rolands drohende Worte kamen ihr unwillkürlich in den Sinn: »Ich würde Ihnen raten, sich nicht in Dinge einzumischen, die Sie nichts angehen, oder …«

Maggie versuchte ein Grinsen. Es war mit Sicherheit nicht Roland, der ihr folgte. Seinen auffallend roten Sportwagen würde sie sofort und überall erkennen. Aber wer hatte sie wohl gestern Abend anzurufen versucht? Zweimal hatte sie den Hörer abgenommen, aber es war niemand dran gewesen. Also wirklich! Ihre Fantasie ging mit ihr durch. Es gab hunderte großer schwarzer Autos, und falsche Nummern wurden auch des Öfteren gewählt.

Maggie bog nach links in Richtung Jan ab. Sie versuchte den schwarzen Wagen nicht weiter zu beachten. Wenn das ein blödes Spiel sein sollte, dann spielte sie es einfach nicht mit. Als sie noch einmal nach links abbog, beschleunigte der Wagen plötzlich und überholte sie. Jetzt sah sie, dass es ein Ford Cosworth war. Wie zuvor saßen zwei große Gestalten darin, die sie aber nicht erkannte.

Sie nahm den Fuß vom Gas und erwartete, dass der Wagen vor ihr sich quer stellen und die Straße blockieren würde, gerade so, wie man das im Fernsehen bei Verfolgungsjagden sah. Der Cosworth aber fuhr mit hoher Geschwindigkeit davon, und sie lächelte erleichtert und fast ein wenig enttäuscht, als er aus ihrem Blickfeld verschwand. Auf eine seltsame Art und Weise war es aufregend, ja beinahe stimulierend gewesen, sich vorzustellen, sie würde verfolgt.

Maggie fuhr langsamer und bog nach rechts in die Peacock Lane ab. Ein Mann hockte am Rand der Straße, und sie fuhr instinktiv einen Bogen. Als sie näher kam, sah sie, dass er an einer Rolle Stacheldraht herumfummelte. Dann stand der Mann auf und warf, ohne dabei auf sie zu achten, etwas auf die Straße. Maggie hatte keine Chance auszuweichen.

»Verdammter Idiot!«, fluchte sie, als sie ein seltsames Rattern unter ihrem Wagen hörte. Sie bremste ab, um nach links abzubiegen, und warf einen Blick zurück zu dem Mann. Was für ein Verrückter!

Als sie das Lenkrad drehte, spürte Maggie, wie das Heck des Wagens ausbrach. Sie kämpfte mit dem Steuer und versuchte gegenzulenken. Das Auto benahm sich wie ein bockendes Pferd. Sie hatte praktisch keine Kontrolle mehr. Verdammt, sie musste sich einen Platten geholt haben! Laut fluchend steuerte sie den Wagen auf die Grasnarbe, um zum Stehen zu kommen. Glücklicherweise war es bis zu Jan nur noch ungefähr ein Kilometer, falls sie gezwungen war zu laufen.

»Verdammter Idiot!« Sie zitterte vor Wut und Angst und starrte auf die platten Reifen. Sie hätte tot sein können! Langsam ging sie um den Wagen herum. Alle vier Reifen waren ruiniert.

Als sie den Kopf wandte, sah sie den Mann auf sie zukommen, und was auch immer er auf die Straße geworfen hatte, trug er unter dem Arm. Der Trottel kam wohl, um sich zu entschuldigen. Doch dann dämmerte ihr, dass es vielleicht gar kein Versehen gewesen war. Der Mann hatte den Draht absichtlich vor ihr auf die Straße geworfen! Benutzte die Polizei nicht solche Reifenfallen, um flüchtende Autos aufzuhalten? Ihr Herz blieb stehen. War die Polizei hinter ihr her? Herr im Himmel, vielleicht hatte man sie ja doch angezeigt!

»Reiß dich zusammen, Mädchen«, murmelte sie. Ihr Vergehen würde kaum derartige Methoden hervorrufen. Der Mann kam rasch näher, und nun war sie sich sicher, dass er kein Polizist war. Sie packte ihre Handtasche und rannte in Richtung von Jans Haus die Straße hinunter. Ein rascher Blick zurück bestätigte ihren Verdacht. Der Mann verfolgte sie. Sie rannte schneller. Wenn sie die nächste Ecke erreichen konnte, würde sie einen Pfad über ein unbebautes Grundstück nehmen können, der direkt zu Jans Straße führte.

Als sie an die Ecke kam, warf sie einen Blick zurück. Der Mann war nicht näher gekommen. Wenn er nicht schneller laufen konnte, dann würde sie ihm leicht entkommen. Sie rannte um die Ecke auf den Pfad zu. Bald würde sie außer Sicht sein.

Als sie über den kleinen Zaun kletterte, der das Grundstück umgab, blieb sie mit dem Rock an einem rostigen Nagel hängen. Sie riss sich los, verlor dabei aber das Gleichgewicht und fiel hin. Ehe sie sich aufrappeln konnte, packten sie zwei Hände und halfen ihr hoch. Maggie schrie.

»Haben Sie sich verletzt?«

Voller Angst sah die den Mann an. Er trug Turnschuhe und einen Jogginganzug. Er hatte eine Kapuze auf, und sie konnte sein Gesicht nicht richtig erkennen. »Tut mir Leid, Sie haben mich erschreckt!«

Aus den Augenwinkeln sah sie ihren Verfolger um die Ecke kommen und auf den Pfad zulaufen. Sie packte den Jogger am Arm. »Bitte helfen Sie mir!« Sie zeigte den Pfad hinunter. »Dieser Mann verfolgt mich!« Als der Verfolger an den Zaun kam und darüber kletterte, fühlte Maggie, wie der Jogger seine Muskeln spielen ließ. Er war sehr gut gebaut. Und auf grobe Weise auch sehr attraktiv. Maggie war erleichtert, weil sie sich von ihm beschützt fühlte.

Der Jogger lächelte. »Keine Sorge«, versicherte er ihr, »ich kümmere mich um Sie. Wir wollen doch nicht, dass Ihnen etwas geschieht, Maggie!« Er schüttelte ihre Hand ab und packte ihren Arm.

Maggie gefror das Blut in den Adern. Sie starrte zurück auf ihren ursprünglichen Verfolger. Er hatte eine Maske aufgezogen und kam langsam näher. Seine Augen waren zwei dunkle, bedrohliche Löcher.

Blöde Kuh! Sie war direkt in die Falle gelaufen …

Maggie wimmerte vor Angst und sah sich hektisch um. Hinten auf der Straße hätte jemand vorbeifahren können; hier aber gab es keinen Ausweg und niemanden, der ihr helfen könnte.

Maggie versuchte sich von dem Jogger loszureißen, aber er packte ihren Arm nur noch fester und drehte ihn ihr auf den Rücken. Sie wimmerte wieder.

»Du hast deine Nase in Sachen gesteckt, die dich nichts angehen, Maggie!«, sagte der Mann mit der Maske. Seine Stimme war so kalt und bedrohlich wie seine Augen.

»Ich weiß nicht, was Sie meinen! Lassen Sie mich los!« Maggie hatte sich absichtlich entspannt in der Hoffnung, den Jogger überrumpeln zu können. Jetzt bot sie ihre ganze Kraft auf, um sich loszureißen. Beinahe wäre es ihr auch gelungen. Sie wollte ihn gegen das Knie treten, aber er machte einen Schritt zur Seite und verstärkte den Griff um ihren Arm. Vor Schmerzen traten ihr Tränen in die Augen.

»Au! Hören Sie auf, das tut weh!« Sie musste sich zu ihm hinbeugen, damit es nicht so schmerzte. Dann zog sie den Bauch ein und stieß mit aller Kraft nach hinten. Ihr Hintern krachte in seinen Schritt, aber das schien ihn nicht im Geringsten zu beeindrucken.

»Jetzt benimm dich mal, Maggie! Wir haben eine Botschaft für dich, eine Warnung!« Das letzte Wort betonte er. »Es ist nichts Persönliches. Nur ein Job.« Er lockerte den Griff, sodass sie aufrecht stehen konnte.

»Normalerweise brechen wir einen Arm oder ein Bein. Nichts Ernstes.« Er sah sich um, betrachtete nachdenklich das Feld und den nahen Wald. »Wenn dir so etwas hier zustoßen würde, könnte es lange dauern, ehe dich jemand findet. Das wäre doch schade.«

»Sehr schade«, fügte der Mann mit der Maske leise hinzu. Seine Stimme klang sanfter, und Maggie schöpfte Hoffnung. Sie war entschlossen, sich nicht anmerken zu lassen, wie viel Angst sie hatte.

»Okay. Also werden Sie mir nicht die Beine brechen«, antwortete sie. »Sie haben Ihren Job erledigt. Meine Reifen sind kaputt, und ich habe die Botschaft verstanden. Von jetzt an kümmere ich mich um meine eigenen Angelegenheiten.«

Roland musste sie geschickt haben. Obwohl sie kaum glauben konnte, dass er etwas Derartiges fertig bringen würde, bewies es ihr doch, dass sie Recht hatte, was ihn anbetraf.

»Na also, ich wusste doch, dass du vernünftig bist! Habe ich gleich gesehen.« Der Jogger drückte ihr Handgelenk.

»O ja, sehr vernünftig«, stimmte sie zu. »Immer mit beiden Beinen auf dem Boden.« Von ihrem Versuch, tapfer zu klingen, war sie selbst nicht so recht überzeugt.

»Nun, das ist gut«, antwortete er. »Aber so, wie die Dinge liegen, müssen wir sicher sein, dass du verstehst. Ich meine, das lässt sich jetzt einfach so sagen, aber was ist mit später? Wenn du Zeit gehabt hast, drüber nachzudenken und wieder ganz zu dir zu kommen?« Der Jogger zerrte an ihrem Arm, und sie stolperte. Sofort trat sie wieder nach ihm, verfehlte ihn jedoch.

»Siehst du, was ich meine, Maggie? Nein, wir müssen dir eine Lektion erteilen.« Er verdrehte brutal ihren Arm. Maggie schrie vor Schmerz auf.

»Wenn dein Tritt mich getroffen hätte, würde ich dir nicht nur wehtun. Ich würde dir deine verdammten Beine brechen!«

Sie wusste, dass er das auch so meinte. Als er den Griff lockerte und sie sich wieder aufrichten konnte, liefen ihr Tränen über die Wangen.

»Es wäre eine Schande, diese hübschen Beine zu brechen«. Der Mann mit der Maske kam näher und schob eine Hand unter ihren Rock. Warum, zum Teufel, hatte sie keine Jeans angezogen! Maggie biss die Zähne zusammen, als seine andere Hand ihre Pobacken tätschelte.

»Wir haben hier eine sehr sexy Lady«, sagte der Mann zu seinem Partner. Maggie zuckte zusammen, als seine Hand die nackte Haut ihrer Oberschenkel erreichte. Sie versuchte sich ihm zu entziehen, aber das schien ihn nur anzuspornen.

Also hielt sie still und heuchelte Desinteresse.

Sie würden ihr nichts tun. Nichts wirklich Schlimmes. Roland mochte ein Betrüger sein, aber er war kein harter Gangster. Nein, sie würden ihr nur ein wenig Angst machen und sie dann laufen lassen. Und Roland würde man nichts nachweisen können.

»Warum zeigst du uns nicht mal deine Titten? Hast du schöne Titten, Maggie?«

Maggie hasste es, dass sie beide immer wieder ihren Namen sagten. Als ob sie ihnen gehörte oder so. Der Jogger ließ ihren Arm los und schlang die Arme um sie. Mit den Händen umfasste er ihre Brüste.

»Fühlen sich gut an.« Er öffnete einen Knopf ihrer Bluse und schob eine Hand in ihren BH. Seine Hand fühlte sich auf ihrer Haut eiskalt an. Mit der anderen Hand öffnete er zwei weitere Knöpfe. Dann zwickte er ihren linken Nippel, dass sie kreischte.

»Bastard!« Als Antwort zwickte er sie noch fester, und sie biss sich auf die Lippe, um nichts mehr zu sagen. Sie bekam am ganzen Körper eine Gänsehaut, und ihre Beine zitterten wegen ihrer widersprüchlichen Gefühle.

»Sehr nett!« Seine Worte brachten sie zum Handeln. Sie war es leid, wie ein Stück Fleisch behandelt zu werden, und wütend auf sich selbst, weil sie auf die Berührungen reagierte. Sie entzog sich seinem Griff, hob ihre Hand und schlug ihm mit aller Kraft ins Gesicht.

Überrascht und aus dem Gleichgewicht gebracht, stolperte der Jogger nach hinten. Ohne abzuwarten, was der andere Mann tat, lief Maggie los. Doch ehe sie drei Schritte machen konnte, zog jemand an ihrem Rock, und sie fiel auf die Knie. Wieder wurde an ihrem Rock gezogen, und er riss an einer Seite bis zum Gürtel auf. Sie wurde hochgehoben und dann zwischen den beiden Männern hin und her gestoßen wie eine Maus zwischen zwei Katzen. In ihrem Kopf drehte es sich.

»Aufhören, bitte aufhören!«, bettelte sie. Ihre Bluse klaffte, und ihr Rock hing in Fetzen. Sie lachten sie aus, und sie hasste sie dafür. Sie musste ihnen entkommen, ehe es zu spät war.

Der Jogger packte sie im Nacken, drückte ihr den Kopf hinunter und zerrte sie den Pfad entlang. Sie wand sich hin und her, kratzte und trat nach ihm. Der Mann mit der Maske hockte sich vor sie hin, außer Reichweite, und sprach sie mit seiner ruhigen, aber bedrohlichen Stimme an.

»Je mehr du dich wehrst, desto mehr Spaß macht es uns«, sagte er. Maggie sah, wie er in eine Tasche griff und etwas herausholte. Als sie das Klicken eines Springmessers hörte, gefror ihr das Blut in den Adern. Sie hielt den Atem an und stand ganz still; dann legte er eine Hand auf ihren Bauch und drückte sie zu Boden.

»Bleib still liegen, oder ich schneide dich!«

Seine Worte versetzten sie in Todesangst. Ihr ganzer Mut verflüchtigte sich. Sie starrte hilflos auf die blitzende Klinge.

»Bitte lassen Sie mich gehen«, wimmerte sie.

Er ignorierte sie, fuchtelte mit dem Messer herum und tat so, als ob er zustechen würde, ohne sie jedoch zu berühren.

Maggie starrte wie hypnotisiert auf das Messer, während sein Besitzer ihre Angst belächelte.

»Jetzt halt ganz still! Ich möchte nicht ausrutschen, und wir wollen doch keinen Unfall!« Er fuhr mit der stumpfen Seite der Klinge über ihre Kehle.

Maggie schüttelte stumm den Kopf. Sie zitterte vor Angst, und ihre Kehle war so trocken, dass sie nicht sprechen konnte. Sie bettelte mit den Augen.

Das Messer verschwand von ihrer Kehle, und sie hörte, wie es zuklappte. Ihre Erleichterung war so groß, dass sie sich beinahe in die Hose gepinkelt hätte. Sie stieß die Luft aus und begann zu keuchen. Tränen liefen ihr die Wangen hinunter, als sie da lag und sich ängstlich fragte, was als Nächstes passieren würde.

Der Jogger beugte sich vor und tätschelte ihre Schulter. »Meinst du, sie hat die Botschaft jetzt verstanden?«, fragte er seinen Partner.

»Ich bin mir nicht sicher.« Der andere Mann nahm ihre Hände und zerrte Maggie auf die Füße. »Schau mir in die Augen, Maggie!«

Maggie bewegte sich nicht. Sie stand mit gesenktem Kopf vor ihm.

»Jetzt!«

Ihr Kopf schoss hoch, als hinge er an Fäden wie eine Marionette. Sie sah, wie er ihren nackten Körper mit Blicken verschlang.

»Du hast einen richtig hübschen Körper, Maggie!«

Sie sagte nichts.

»Stimmt's?«

Sie zuckte zusammen. »Ja«, murmelte sie.

»Du möchtest doch keine Narben haben, oder? Du möchtest doch nicht, dass wir dich in einem Zustand zurücklassen, in dem kein Mann dich je wieder haben will?«

Sie schüttelte den Kopf.

»Gut. Dann steh jetzt auf!«

»Ich hole den Wagen«, murmelte der Mann mit der Maske. Er ging Richtung Straße.

»Komm, Maggie!« Der Jogger packte ihren Arm und zerrte sie mit sich.

»Bitte lassen Sie mich gehen!« Was auch immer passierte, sie durfte nicht mit ihnen ins Auto steigen. Als sie den Zaun erreichten, kam der Wagen an, und der andere Mann setzte zu ihnen zurück.

»Hören Sie! Sie haben erreicht, was Sie wollten. Ich habe Angst. Ich werde alles vergessen, was passiert ist. Ich werde niemandem etwas erzählen. Nur lassen Sie mich gehen!«

»Halt die Klappe!« Der Jogger erreichte das Auto und öffnete den Kofferraum. Er holte einen Strick heraus und band ihr die Hände zusammen. Dann holte er eine schwarze Kapuze heraus und stülpte sie ihr über den Kopf. Sie schrie.

»Ich sagte, halt die Klappe!«

Sie fühlte, wie sie hochgehoben und in den Kofferraum gelegt wurde. Der Deckel schloss sich mit einem dumpfen Geräusch.

Maggie zerrte verzweifelt an den Fesseln. Sie schluchzte unkontrolliert. Was hatten sie nur mit ihr vor? »Lieber Gott, bitte lass sie mich nicht umbringen!«, flüsterte sie. Sie schrie wieder auf, als der Wagen sich in Bewegung setzte. Wohin brachten die Männer sie?

Ein paar Minuten später hielt das Auto an. Sie hörte die Türen zuschlagen, und dann streifte sie kalte Luft, als der Kofferraum geöffnet wurde. Sie wurde hochgehoben und strampelte mit den Beinen. Sie wollte schreien, doch ihre Kehle war so trocken, dass kein Laut herauskam.

»Denk dran, Maggie! Stecke in Zukunft deine Nase nicht in Angelegenheiten, die dich nichts angehen! Das nächste Mal werden wir nicht so nett sein!« Die körperlosen Worte ließen sie erstarren. Sie fiel hin, und etwas Scharfes verletzte ihr Bein. Die Autotüren wurden zugeschlagen, und der Motor heulte auf. Sie fuhren mit quietschenden Reifen davon. Einige Kieselsteine trafen ihre nackte Haut, dann war alles still.

Maggie nahm ihre ganze verbliebene Kraft zusammen und kämpfte mit dem Strick. Der Knoten war nicht sehr fest, und nach ein paar Minuten waren ihre Handgelenke frei. Sie zog die Kapuze vom Kopf und blinzelte, als sie sich umschaute. Sie lag in einem Graben neben einer anderen Straße, doch sie brauchte nicht lange, um sich zu orientieren. Sie war nur ein paar Kilometer von der Stelle entfernt, wo sie attackiert worden war. Wenn sie sich recht erinnerte, war am Ende der Straße eine Telefonzelle. Nur einige hundert Meter entfernt.

Maggie schaute an sich hinunter. Sie trug nur die Fetzen ihres Rocks und die Strümpfe. Die hatten nicht einmal Laufmaschen bekommen. Diese Feststellung ließ sie hysterisch auflachen. Sie musste sich zusammenreißen! Sie konnte nicht in alle Ewigkeit halb nackt in diesem Graben liegen bleiben.

Es war eine ruhige Straße mit wenigen Häusern und noch weniger Verkehr. Maggie krabbelte den Grasabhang hoch und eilte die Straße hinunter, so gut sie das auf Strümpfen konnte. Nach zwanzig Metern oder so verfiel sie in einen verzweifelten Laufschritt. Sie fühlte sich sehr verletzlich und war immer noch verängstigt. Als sie ein Auto herankommen hörte, hechtete sie in den Graben und versteckte sich hinter einem kleinen Busch. Wenn die Männer nun zurückkämen? Sie hielt den Atem an und hoffte, der Wagen würde nicht anhalten. Sie konnte jetzt niemandem in die Augen blicken. Sie zitterte am ganzen Körper, und die kühle Abendluft ließ sie frösteln.

Das Auto fuhr vorbei, ohne anzuhalten, und Maggie kletterte aus dem Graben und rannte weiter. Die Telefonzelle war schon in Sichtweite, als sie ein anderes Auto hörte. Maggie rettete sich erneut in den Graben und senkte den Kopf. Sie war völlig außer Atem, und Tränen der Angst und Demütigung liefen ihr über die Wangen. Sie ertrug den Gedanken nicht, jemand könnte sie so sehen.

O Gott! Hätte sie doch nie etwas mit den Trojanern und ihrem schleimigen Manager zu tun gehabt! Sie wollte keinen von ihnen jemals wieder sehen. Von jetzt an würde sie Eishockey vergessen und sich nur um sich selbst kümmern. Roland konnte machen, was ihm beliebte.

Als das Auto vorbeigefahren war, stand Maggie auf und starrte nervös auf die Telefonzelle. Sie stand so frei in der Landschaft, und jetzt in der Dämmerung brannte drinnen auch noch ein Licht. Aber hatte sie eine Wahl? Sie sah sich um, eilte zur Zelle, nahm den Hörer ab und wählte die Vermittlung.

Während sie darauf wartete, mit Jan verbunden

zu werden, machte sich Maggie so klein wie möglich, zog den Rock um sich und legte einen Arm schützend über ihren Busen. Sie blickte sich ständig um und lauschte auf das kleinste Geräusch. Sie käme um, wenn jemand sie in diesem Zustand fände. Als sie die Vermittlung Jan fragen hörte, ob sie ein R-Gespäch annähme, schluchzte sie in den Hörer und bat Jan, das Gespräch anzunehmen.

»Ja, ich nehme das Gespräch an.« Jans ruhige, einfühlsame Stimme war wie ein Rettungsanker. »Maggie? Bist du das? Was ist los?«

»Jan, bitte hilf mir!« Ihre Stimme war kaum mehr als ein schwaches Krächzen.

»Wo bist du? Ist alles in Ordnung?«

»Ich bin in der Telefonzelle bei den Feldern in der Market Road. Du musst kommen und mich holen! Bitte beeil dich!« Maggies Nerven spielten nicht mehr mit. Sie hängte ein und rettete sich in die relative Sicherheit des Grabens. Dort hockte sie sich hinter einen Busch und rieb sich die Arme mit den Händen, um sich warm zu halten. Bald würde es ihr besser gehen.

Jan kam nach etwa zehn Minuten. Sie parkte den Wagen bei der Telefonzelle und stieg aus. »Maggie? Ich bin's! Wo bist du?«

Maggie schluchzte erleichtert, als sie ihre Freundin sah. Sie stand auf und kletterte aus dem Graben.

»O mein Gott, Maggie! Was ist passiert?« Jan zog rasch ihren Mantel aus und legte ihn um Maggies zitternde Schultern. Dann half sie ihrer Freundin ins Auto und stieg selbst schnell ein. Sie ließ den Motor an und stellte die Heizung auf Maximum.

»Es wird gleich warm«, versprach sie und fuhr los.

Maggie kauerte in ihrem Sitz. Jetzt, da sie in Sicherheit war, konnte sie nur noch hilflos schluchzen, während sie sich mit dem Mantel bedeckte. Glücklicherweise drängte Jan sie nicht zu erzählen, was geschehen war. Sie hätte jetzt auch nicht die richtigen Worte finden können.

Als sie bei Jan ankamen, hatte Maggie aufgehört zu weinen. Jan half ihr nach drinnen und führte sie vor den Kamin im Wohnzimmer. Kleine Schluchzer entrangen sich Maggie, als sie sich vor das Feuer hockte und die Wärme fühlte. Jans Mantel rutschte ihr von den Schultern und fiel zu Boden.

»Hier! Trink das!« Jan drückte ihr ein großes Glas Brandy in die Hand. Mit zittrigen Händen führte Maggie es zum Mund und nahm einen Schluck. Der Brandy war so scharf, dass sie nach Luft schnappte und husten musste; dann trank sie den Rest aus.

Jan betrachtete besorgt Maggies halb nackten Körper. »Bist du verletzt? Du musst mir erzählen, was passiert ist. Bist du vergewaltigt worden? Soll ich die Polizei holen oder einen Arzt kommen lassen?«

Maggie schüttelte den Kopf. Durch die Wärme des Feuers und des Brandys fühlte sie sich stärker. Sie war jetzt in Sicherheit. Sie setzte sich in einen Sessel.

Jan kniete sich neben sie und legte einen Arm um Maggies Schultern. »Willst du mir nicht erzählen, was passiert ist?«

Maggie erschauerte, als sie daran dachte, wie sie im Kofferraum des Autos gelegen war und sich gefragt hatte, ob man sie umbringen würde. Sie musste wieder schluchzen.

»In Ordnung, macht nichts. Aber wir sollten dich wenigstens waschen.« Jan nahm ihre Hand und führte sie die Treppe hoch ins Badezimmer. Sie ließ sich die Strümpfe ausziehen und auch den Rest ihres

Rocks von ihrem zitternden Körper streifen. Jan ließ warmes Wasser in die Wanne laufen und machte Maggie dann ein Zeichen hineinzusteigen. Sanft wusch sie ihre Freundin am ganzen Körper, ehe sie ihr aus der Wanne half und sie mit einem flauschigen Handtuch abtrocknete. Die Kälte wich aus Maggies Körper, und sie lächelte sogar schwach, als Jan ihr in einen warmen Bademantel half. Die beiden Frauen gingen wieder nach unten vor den Kamin, und Jan goss ihnen noch einen Brandy ein. Sie drückte Maggie kurz an sich.

»Kannst du mir jetzt erzählen, was passiert ist?«

Maggie sah sie ein paar Sekunden lang stumm an, dann blickte sie sich um. »Wo ist Marcus?«, flüsterte sie.

»Mach dir keine Sorgen, er ist nicht da. Vor Morgen kommt er auch nicht zurück. Wir beiden Mädchen sind allein.« Sie zog Maggies Kopf an ihre Brust und streichelte sanft ihr Haar. »Es ist alles in Ordnung. Hier bist du sicher.«

Schließlich begann Maggie zu erzählen. Während die Worte nur so aus ihr heraussprudelten, liefen ihr wieder Tränen über die Wangen.

Jan hörte schweigend zu, bis Maggie zu Ende gesprochen hatte.

»Du bist dir sicher, dass Roland das arrangiert hat?«

Maggie zuckte mit den Schultern. »Ja, ich bin mir ziemlich sicher. Aber ich kann es nicht beweisen.«

Jan runzelte die Stirn. »Aber du lässt ihn nicht ungeschoren davonkommen?«

Maggie sah sie erstaunt an. »Aber was soll ich denn tun?«

Jan schüttete den Kopf. »Das weiß ich auch noch nicht, aber wenn dieser Bastard glaubt, er könne so etwas meiner besten Freundin antun, dann hat er sich verdammt geschnitten!«

Maggie hatte Jan noch nie so wütend und so entschlossen erlebt. Das gab ihr ein Gefühl der Stärke und Sicherheit. »Ich glaube, du hast Recht. Aber ich weiß nicht, was ich unternehmen könnte.« Ein Zittern ging durch ihren Körper.

Jan schaute sie an. »Das hat noch Zeit. Du siehst völlig erschöpft aus. Du bleibst heute Nacht besser hier. Ich weiß, dass es noch früh ist, aber ich denke, du könntest etwas Schlaf vertragen, nach dem, was du durchgemacht hast.«

»Ich möchte aber nicht allein sein, Jan.«

»Keine Sorge. Ich stelle nur den Wecker und checke alle Schlösser. Es kann nicht schaden, wenn ich auch mal früh zu Bett gehe.«

Oben schlüpfte Maggie schnell in eines von Jans Nachthemden und kuschelte sich dann dankbar in das große Doppelbett. Jan zog sich aus und legte sich neben sie. Dankbar schmiegte sich Maggie an den warmen Körper ihrer Freundin. Sie spürte Jans Arm um ihre Taille und ihre eigene Hand, die unterhalb von Jans Busen lag.

Maggie schloss die Augen und versuchte, nicht an das zu denken, was geschehen war, doch das war unmöglich. Jedenfalls war sie nicht vollständig das Opfer gewesen. Dennoch war das Ganze unverzeihlich. Wie konnte Roland es wagen, sie so behandeln zu lassen! Herr im Himmel! Sie war entführt, misshandelt, mit einem Messer bedroht und in einen Graben geworfen worden. Sie hätte ernsthaft verletzt werden oder sogar tot sein können. Wie hatte sie nur daran denken können, ihn ungeschoren davonkommen zu lassen? Jan hatte Recht. Roland musste eine Lektion erteilt werden. Wovor hatte er solche Angst? Woran hatte sie nur gerührt?

Natürlich war es einfach, an Vergeltung zu denken, jetzt, wo sie warm und sicher in Jans Armen lag. Maggie entspannte sich und zog Jans Arm fester an sich. Als sie langsam einschlief, bemerkte sie, dass ihre Hand nun auf Jans Brust lag. Sie erinnerte sich an Jans Hände, als sie sie eingeseift hatte. Sie streichelte leicht die Brustwarze. Es fühlte sich gut an.

* * * Elf.

Maggie schlug die Augen auf, blickte sich verwirrt um und versuchte sich daran zu erinnern, wo sie war. Als ihr die Ereignisse des vergangenen Abends wieder in den Kopf kamen, überfiel sie erneut Angst angesichts der Vorstellung, was alles hätte passieren können. Sie wimmerte leise vor sich hin.

»Maggie? Was ist los? Geht es dir gut?«

Sie wandte den Kopf und blickte in Jans besorgte Augen. Sie gab sich Mühe, ein schwaches Lächeln zu Stande zu bringen. »Hallo! Ja, mir geht es gut.«

Jan setzte sich auf und rieb sich den Schlaf aus den Augen. Sie gähnte herzhaft und schaute Maggie an. »Wie spät ist es? Hast du gut geschlafen?«

Maggie nickte. »Ja, danke. Ich muss sofort eingeschlafen sein. Brandy hat immer diese Wirkung auf mich.« Sie verstummte, weil sie nicht wusste, was sie sonst noch sagen sollte. Die Gedanken schwirrten ihr nur so im Kopf herum. Sie erinnerte sich an ihre Hand auf Jans Brust und an das Gefühl, sicher und beschützt zu sein. Sie erinnerte sich auch daran, dass sie gedacht hatte, es sei richtig und natürlich, Jan anzufassen, und außerdem hatte sie das schon lange machen wollen. Hatte Jan bemerkt, was in ihr vorging? Sie spürte, dass sie leicht errötete.

»Es ist erst halb acht.« Jan hatte ihre Brille gefunden und sah auf die Uhr auf dem Nachttisch. »Kein Grund, schon aufzustehen. Wie wär's mit einer Tasse Tee?«

Maggie nickte. »Ja, bitte. Die würde mir gut tun.« Sie sah zu, wie Jan aus dem Bett kletterte und durchs Zimmer ging, um ihren Morgenmantel anzuziehen. Ihr kurzes Nachthemd war hochgerutscht und hatte den Blick auf ihre Pobacken freigegeben, und Maggie fragte sich, wie es sich wohl anfühlen würde, diese glatte Haut zu berühren. Es prickelte in ihrem Unterleib, doch sie war auch ein bisschen beschämt wegen ihrer Erregung.

Jan warf sich den Morgenmantel über die Schultern und ging hinaus, um Tee zu machen. Maggie warf das Deckbett zur Seite und eilte ins Badezimmer. Sie wusch sich das Gesicht und benutzte einen Finger, um sich provisorisch die Zähne zu putzen, ehe sie mit Mundwasser gurgelte, um ihren Atem frisch zu machen. Ihr Haar war noch ganz verwuselt, und sie kämmte sich; sie war überrascht und erfreut, wie gut sie aussah und wie gut sie sich fühlte, wenn man bedachte, was sie durchgemacht hatte. Sie musste wie eine Tote geschlafen haben. Sie pinkelte und war überrascht, dass das anhaltende Prickeln zwischen ihren Beinen nicht verschwand. Als sie Jan die Treppe hinaufkommen hörte, huschte sie zurück ins Schlafzimmer und machte es sich im Bett mit einem Kissen im Rücken bequem.

Jan kam mit einem Tablett ins Zimmer. »Tee und Toast im Bett«, verkündete sie mit einem Lächeln. Maggie grinste.

»Ich fühl mich königlich«, lachte sie. »Ich kann mich gar nicht erinnern, wann ich zum letzten Mal im

Bett gefrühstückt habe. Wahrscheinlich nicht mehr, seit ich von zu Hause weg bin.«

Jan stellte das Tablett auf Maggies Beine, zog ihren Morgenmantel aus und schlüpfte unter das Deckbett.

»Nach dem, was du durchgemacht hast, verdienst du das«, erklärte sie.

Maggie verzog das Gesicht und zwang sich zu lächeln. »Oh, ganz so schlimm war es nun auch nicht«, protestierte sie und versuchte die Erinnerung zu verdrängen, wie große Angst sie gehabt hatte, als man sie in den Kofferraum des Autos gelegt hatte. »Du solltest die Typen mal sehen«, scherzte sie.

Jan blickte sie lange an und griff dann nach dem Tablett. Sie stellte es auf den Nachttisch, drehte sich um und legte einen Arm um die Schultern ihrer Freundin. »Du Arme! In letzter Zeit hast du einiges hinnehmen müssen, nicht?«, murmelte sie leise und drückte Maggie an sich.

Maggie schluckte ein Schluchzen hinunter und kuschelte sich an ihre Freundin, sodass ihr Kopf auf Jans weichen Brüsten lag. Sie schloss die Augen und versuchte sich zu entspannen. Jans Haare strichen über ihr Gesicht; sie waren weich und rochen frisch und sauber wie ein Sommertag. Maggie fühlte, wie ihr ein angenehmer Schauer den Rücken hinunterlief. Versuchsweise hob sie die Hand und strich mit den Fingerspitzen leicht über Jans Brust.

Jan zuckte zusammen, entzog sich Maggie aber nicht. Maggie schaute ihre Freundin besorgt an. »Du hast doch nichts dagegen, oder?«, flüsterte sie mit belegter Stimme.

Jan schüttelte den Kopf. »Nein, ich habe gar nichts dagegen«, antwortete sie leise.

Maggie lächelte. »Du hast schöne Brüste«, murmelte sie, während ihre Finger weiter Jans Körper erkundeten. »Ich möchte …«

»Ja? Du möchtest was?«, fragte Jan.

»Ich möchte sie mit meiner Zunge berühren«, gab Maggie zu.

Jan entwand sich ihr und zog das Deckbett weg. Langsam zog sie ihr Nachthemd über den Kopf. Ihre nackten Brüste wippten auf und ab. Maggie seufzte freudig und beugte sich vor. Langsam fuhr sie mit der Zunge über Jans Schulter und tiefer zu ihrer linken Brust. Als sie die Brustwarze mit ihren Lippen streichelte, spürte sie sie hart werden und hörte Jan seufzen. Ihr Magen flatterte, und ihre eigenen Brustwarzen begannen steif zu werden.

»Oh!«, hauchte Jan. »Das fühlt sich gut an!« Sie bog ihren Rücken durch und drückte ihren Busen fester gegen Maggies Lippen. Maggie saugte die steife Brustwarze in ihren Mund und umkreiste sie mit der Zunge. Jan seufzte erneut, und Maggie spürte einen Lustschauer zwischen ihren Schenkeln. Ungeduldig stellte sie das Tablett zur Seite, setzte sich auf und zog ihr Nachthemd über den Kopf. Ihre eigenen Brüste lechzten nach Berührung, und ihre Nippel waren harte, dunkle Knospen. Sie jauchzte vor Freude, als sie Jans Zunge auf ihrem Busen spürte. Sie wurde feucht, und ihr Kitzler begann zu prickeln.

»Träume ich, oder wache ich? Oder bin ich gestorben und im Paradies gelandet?« Marcus stand in der Tür und beobachtete sie. Maggie schnappte vor Schreck nach Luft. Rasch entzog sie sich Jans Zärtlichkeiten und bedeckte ihre Nacktheit mit dem Deckbett.

»Marcus?« Jan sah definitiv überrascht und unangenehm berührt aus. »Ich habe dich erst später erwartet.«

»Das sehe ich.« Marcus machte einen Schritt ins Zimmer, und Maggie konnte die Lust in seinen Augen aufblitzen sehen. Sie versuchte sich vorzustellen, wie er sich gefühlt hatte, als er sich ins Schlafzimmer geschlichen hatte in der Erwartung, Jan schlafend anzutreffen; stattdessen überraschte er sie mit ihrer Freundin! Obwohl die Situation ihr peinlich war, fand Maggie doch, dass das Ganze auch eine komische Seite hatte. Sie konnte sich nur zu gut vorstellen, welch eine Wirkung die Szene auf ihn hatte. Ihr war voll und ganz bewusst, in was für Fantasien Männer sich in dieser Hinsicht ergingen. Der Gedanke machte sie nur noch geiler. Marcus hin, Marcus her, sie wollte Jan mehr denn je.

Marcus stand jetzt am Fuß des Betts, und Maggie brauchte sich seine Reaktion nicht mehr nur auszumalen: Sie konnte die Kontur seines erigierten Schwanzes in seiner Hose deutlich sehen. Wieder durchlief sie ein Lustschauer.

»Maggie hatte ein schockierendes Erlebnis«, erklärte Jan. »Ich habe sie nur getröstet …«

»Ich habe gesehen, was du gemacht hast«, fuhr er fort. »Tut doch einfach so, als ob ich nicht da wäre.« Während er sprach, schob er eine Hand in den Hosenbund und rückte die Hose zurecht. Maggie erschauderte wieder, zum einen, weil sie seine Erregung sehen konnte, und zum anderen wegen seines Vorschlags.

Sie war schon nervös genug angesichts dessen, was sie und Jan taten. Wie sollte sie weitermachen können, wenn er jetzt zuschaute? Andererseits, wie sollte sie aufhören können? Ihre Erregung wuchs mit jeder Sekunde. Ihr Körper lechzte danach, von Jan gestreichelt zu werden, und wenn sie ganz ehrlich war, fachte es ihre Leidenschaft an, dass es ihn erregte, ihnen zuzuschauen. Darüber hatte sie sich oft in Fantasien ergangen. Nicht gerade mit Hinsicht auf Marcus, aber im Endeffekt spielte das keine Rolle.

Jan setzte sich auf und wickelte sich in das Deckbett. »Möchtest du Frühstück?«, fragte sie fröhlich, als ob an der Situation nichts Ungewöhnliches wäre.

Marcus schüttelte den Kopf. »Ich bin nicht hungrig.« Er leckte sich die Lippen. »Jedenfalls nicht auf Essen.« Er trat zu Jan und zog das Deckbett weg. Als sie aufstehen wollte, drückte er sie aufs Bett zurück und zog auch Maggie das Deckbett weg. Beide Mädchen sahen ihn stumm an.

Marcus legte eine Hand auf Jans linke Brust und zwickte ihre Brustwarze. Jan stöhnte und wand sich vor Lust. Marcus schob sie zu Maggie hin. »Saug ihre Nippel!«, befahl er mit belegter Stimme.

Jan schüttelte den Kopf, tat aber, wie ihr geheißen wurde, und Maggie fühlte die Feuchtigkeit zwischen ihren fest zusammengepressten Schenkeln zunehmen. Sie starrte Marcus an und sah, wie er sie beide beobachtete.

»Jetzt du, Maggie! Saug an ihren Titten!«, kommandierte er.

Maggie konnte nicht widerstehen und nahm Jans rechte Brustwarze in den Mund. Jan stöhnte und bäumte sich auf, sodass das Deckbett herunterrutschte und die feuchten blonden Locken ihres Schamhaars sichtbar wurden. Sie streckte eine Hand aus und streichelte sanft Maggies kribbelnde Brüste.

»Oh …« Maggie erzitterte von Kopf bis Fuß, saugte fester an Jans Brust und umkreiste mit ihrer Zunge die aufgerichtete Brustwarze. Sie hörte Marcus stöhnen und sah aus den Augenwinkeln, wie er mit dem Reißverschluss seiner Hose kämpfte. Wollte er zu ihnen ins Bett steigen? Maggie hatte nie an Sex mit ihm gedacht. Er war zweifellos attraktiv, aber sie hatte ihn heimlich immer für ein Weichei gehalten. Außerdem war er Jans Liebhaber, und wenn man mit dem Mann seiner besten Freundin herummachte, konnte das nur Ärger geben.

Jan schob sie plötzlich beide weg und setzte sich wieder aufrecht hin. Ihr Gesicht war gerötet, und ihre Augen funkelten vor Lust. »Eins nach dem anderen!«, flüsterte sie. Sie sah Maggie an und zwinkerte verschwörerisch. »Da Marcus eigentlich nicht eingeladen war, sollte er sich zurückhalten und warten, bis er an der Reihe ist, findest du nicht?«

Maggie sah ihre Freundin erstaunt an. Sie hatte sich selbst immer für abenteuerlustiger als Jan gehalten, was Sex anbetraf. Man erinnere sich nur daran, was sie mit den Trojanern angestellt hatte! Andererseits wusste sie nicht, was Jan mit ihnen angestellt hatte. Sie war sich ziemlich sicher, dass zumindest etwas zwischen ihr und Tor gelaufen war.

»Was meinst du?«, murmelte sie und tat ihr Bestes, die Art und Weise zu ignorieren, mit der Marcus ihren Körper mit den Augen verschlang. Machte Jan das gar nichts aus?

»Ich zeig's dir!« Jan kletterte aus dem Bett und nahm Marcus' Arm. Sie führte ihn durchs Zimmer zu einem hölzernen Stuhl und ließ ihn sich hinsetzen. »Ich denke mal, von hier aus müsstest du alles sehen können«, sagte sie zu ihm, zog den Gürtel aus ihrem Morgenmantel und band seine Arme damit an den Stuhllehnen fest.

Maggie starrte beide wortlos an; jetzt wurde ihr klar, dass Marcus' Passivität auch ihre guten Seiten hatte. Hatte Jan so etwas mit ihm schon einmal gemacht? Bei dem Gedanken, womöglich nicht die Erste zu sein, verspürte sie einen kleinen Anfall von Eifersucht.

Jan stand nackt vor dem gefesselten Marcus, die Hände in die Hüften gestemmt. »Hm. Ist noch nicht ganz richtig so. Das ist sicher unbequem, mit so viel Kleidung am Leib.« Sie beugte sich vor und öffnete seine Hose ganz. »Heb dich hoch!« Sie zog ihm Hose und Unterhose aus, und sein geschwollener Schwanz sprang heraus. Jan nahm davon keine Notiz, während Maggie große Augen bekam.

Schließlich holte Jan noch den Gürtel seines Morgenrocks, der hinter der Tür hing. Ohne ein Wort zu sagen, band sie damit seine Beine am Stuhl fest und kletterte dann wieder zu Maggie ins Bett.

Maggie schaute sie mit offenem Mund scheu an. Jan grinste. »Ich binde Marcus öfter so fest, während ich es mir für ihn mache«, gab sie mit leiser Stimme zu. »Mir gefällt die Vorstellung, dass er zuschauen kann, aber niemand anfassen darf. Weder mich noch sich selbst. Keine Sorge, er mag das auch.«

Bei Jans Worten rann ein weiterer Lustschauer Maggies Rücken hinunter. Egal, wie erregt Marcus sein würde, er konnte nichts tun, ehe Jan es ihm erlaubte. Diese Vorstellung gefiel Maggie enorm. Das müsste sie mal mit Justin ausprobieren. Doch ihre gute Stimmung verflüchtigte sich, als ihr einfiel, dass es mit ihr und Justin aus und vorbei war.

»Also, wo waren wir stehen geblieben?« Jan rückte näher zu Maggie und legte eine Hand auf ihre Brust.

Maggie schüttelte den Kopf. »Ich weiß nicht, Jan, ich bin nicht sicher …« Trotz ihres Stimmungswechsels verspürte Maggie immer noch ein starkes Verlangen in ihrem ganzen Körper. Jans Hand war so sanft und wissend. Sie stöhnte leise, als Jans andere Hand über ihren Bauch zu ihrem Geschlecht hinabwanderte.

»Du willst doch nicht, dass ich jetzt aufhöre, oder?«, flüsterte Jan. Sie langte zwischen Maggies Beine, und ihre Fingerspitze suchte und fand ihre harte Klitoris. Sie streichelte sie leicht, und Maggie stöhnte wieder auf; sie schloss die Augen und gab sich ganz ihren Lustgefühlen hin. Und sie schüttelte langsam den Kopf als Antwort auf Jans Frage.

Jan intensivierte ihre Zärtlichkeiten und rieb ihre Lustknospe auf eine Art und Weise wie nie jemand zuvor – außer Maggie selbst. Sie konnte kaum glauben, wie viel besser sich das anfühlte, als wenn sie es sich selber machte. Es war unglaublich. Sie spürte bereits, wie ihr Orgasmus sich in ihr aufbaute. Sie wand sich hin und her und stöhnte vor Lust.

Auch Marcus stöhnte. »Heiliger Strohsack!« Seine Stimme war ein heiseres, hohes Krächzen. »Jan, bitte! Bind mich los! Ich halte das nicht aus!«

Maggie öffnete die Augen und sah zu ihm hinüber. Marcus lehnte sich so weit vor, wie seine Fesseln es ihm erlaubten. Sein Gesicht war stark gerötet und vor Lust verzerrt. Sie ließ den Blick hinabwandern zu seinem erigierten Schwanz, der hungrig zuckte, während Marcus die beiden Frauen beobachtete.

Jan sah sich zu ihm um und lächelte verführerisch. »Natürlich hältst du es aus!«, widersprach sie ihm und genoss sichtlich die Macht, die sie über ihn und Maggie ausübte. »Wenn es zu viel wird, schließ einfach die Augen und denk an was anderes!«

»Das kann ich nicht … Mist! Ich meine es ernst, Jan!« Marcus zerrte so stark an seinen Fesseln, dass der Stuhl hin und her wackelte, und Maggie befürchtete, Marcus könnte nach vorn kippen und aufs Gesicht fallen. Er presste die Beine so fest zusammen, wie es nur ging, und wackelte unkontrolliert mit den Hüften, weil er seinen gequälten Schwanz nicht anfassen konnte. »Ich muss … ich will … o Gott!«

Jan lächelte und widmete sich wieder Maggie. Langsam und verführerisch fuhr sie mit der Zunge über Maggies Bauch hinab zu ihrer rasierten Möse. Maggie sank in die Kissen zurück und biss die Zähne zusammen. Herr im Himmel! Es fühlte sich so gut an! Jans Zunge war ganz weich und leicht wie eine Feder, und sie schien genau zu wissen, wo und wie sie Maggie berühren musste, um die intensivste Wirkung zu erzielen. Maggies Kitzler stand in Flammen, und ihr Orgasmus war unvermeidlich. Sie konnte spüren, wie er sich in ihrer tropfenden Spalte zusammenbraute wie ein Gewittersturm. Jede Sekunde würde er losbrechen und ihren ganzen Körper schütteln; ein ekstatischer Schrei stieg ihr schon die Kehle hoch, und ihr Busen hob und senkte sich vor aufgestauter Lust.

Jan entfernte sich von Maggies Möse und legte eine Hand zwischen ihre eigenen Beine. Maggie stöhnte frustriert auf, weil ihr der Höhepunkt so kurz vor seinem Ausbruch verweigert worden war. Es schien gar nicht möglich zu sein, sich so kurz davor zu befinden und dann nicht zu kommen. Jeder Nervenstrang in ihrem Körper stand in Flammen. Es brauchte nur noch eine einzige Berührung, und sie wäre so weit. Ihr Verlangen überwältigte sie, und sie rollte ihre Hüften hin und her, vor Lust schier vergehend.

»Bitte, Jan!«, schluchzte sie. »Bitte hör nicht auf!« Der Gewittersturm zog sich schon etwas zurück, doch das brennende Verlangen blieb und drohte sie zu verzehren.

Jan nahm Maggies Hand und legte sie auf ihre eigene Möse; dann hob sie den Po, sodass sie sich an Maggies geschmeidigen Fingern reiben konnte. Maggie spürte Jans warme Säfte auf ihrer Haut, und ein neuer Lustschauer schüttelte ihren Körper. Langsam schob sie ihre Hand zwischen Jans seidige Lippen und steckte ihren Mittelfinger tief in das feuchte Loch ihrer Freundin.

Jan presste ihre Pobacken zusammen und stemmte sich gegen Maggies Hand; sie rollte sich von einer Seite zur anderen und überließ sich ganz ihrer Lust.

»O Gott, Jan! Du musst mich losbinden!«, bettelte Marcus wieder.

Maggie sah noch einmal zu ihm hinüber und hätte beinahe lauthals nach Luft geschnappt angesichts seiner schier verzweifelten Miene. Sein Schwanz tanzte auf und ab, als hinge er an Fäden, und seine Eier waren so hart und geschwollen, als ob sie gleich platzen würden. Auf der purpurnen Spitze seines glänzenden Ständers glitzerte Feuchtigkeit, und Maggie konnte nur allzu gut nachempfinden, wie sehr er litt.

»Nicht aufhören!«, bat Jan sie jetzt und drückte sich noch fester gegen Maggies Hand.

Maggie sah zu ihrer Freundin hinab und lächelte. Ein Blick in Jans Gesicht reichte aus, um ihr klar zu machen, dass sie fast am Ziel war. Maggie zog ihren Finger zurück und zitterte am ganzen Körper vor Verlangen, als Jan sich hin und her warf, weil es ihr genauso erging.

Jan setzte sich auf und grinste schwach. Sie kletterte aus dem Bett, ging hinüber zu Marcus und kniete sich vor ihn hin. Mit einer Hand umfasste sie die Basis seines zitternden Penis und schob sie hoch bis zur geschwollenen Eichel. Dann ließ sie ihre andere Hand der ersten folgen, sodass eine einzige gleitende Bewegung entstand, mit der sie ihn äußerst effektiv stimulierte – wieder und wieder, ohne Unterbrechung.

Marcus stöhnte, und sein ganzer Körper zitterte. Maggie sah beiden fasziniert zu; auch sie zitterte. Marcus spannte den Körper an und biss die Zähne zusammen, als ob er den herannahenden Ausbruch so aufhalten könnte. Jan grinste ihn an und versetzte seinem Ständer leichte Schläge, sodass er vor und zurück pendelte. Maggie hätte schwören können, dass er dadurch noch härter wurde.

»Ungezogener Junge!«, höhnte Jan. »Du hättest eine richtige Tracht Prügel verdient, du Spanner!«

»Bitte Jan! Bind mich los!«, bettelte Marcus erneut.

Jan versetzte seinem Schwanz noch einen leichten Schlag und setzte sich zurück auf ihre Fersen. »Noch nicht, mein Lieber«, murmelte sie. »Noch nicht.« Sie stand auf, ging durchs Zimmer, kletterte aufs Bett und positionierte sich so, dass sie ihren Mund zwischen Maggies immer noch zitternde Schenkel platzieren konnte, während Maggie das Gleiche bei ihr tat. Als die beiden Frauen ihre Köpfe auf ihre Sexlippen senkten, hörte Maggie, wie Marcus wieder aufstöhnte, und dann hörte sie den Stuhl über den Boden hüpfen, als Marcus sich näher ans Bett heranarbeitete.

Maggie zuckte zusammen, als sie Jans Zunge auf ihrer Knospe spürte und diese dann in ihre bereitwillige Möse schlüpfte. Ekstatische Schocks zuckten durch ihre Beine, und ihr so lange überfälliger Orgasmus baute sich rasch wieder auf. Wimmernd vor Lust schob sie ihre eigene Zunge in Jans feuchten Schlitz und stieß sie immer wieder hinein. Es folgte ein dumpfes Geräusch, als Marcus' Stuhl gegen das Bett stieß.

Als Maggie schließlich kam, war der Orgasmus so intensiv, dass sie nicht einmal schreien konnte. Die Zuckungen, die ihren Körper schüttelten, waren derart mächtig, dass sie dachte, ihr flöge die Schädeldecke weg. Sie war so mit sich selbst beschäftigt, dass sie nur vage wahrnahm, wie Jan aufschrie, als auch sie kam.

Als die letzten Zuckungen ihres Höhepunkts abebbten, hob sie den Kopf, um Marcus anzusehen. Sein Gesicht war vor Leidenschaft angeschwollen, und er triefte vor Schweiß. Seine Rute ragte vor ihm auf wie ein Mast.

»Ich glaube, es hat ihm auch Spaß gemacht«, kicherte Jan.

Maggie konnte nicht widerstehen; sie leckte einen Finger ab, beugte sich vor und fuhr an seiner Erektion hinunter bis zu seinen Hoden. Marcus stöhnte, und Maggie schrie erschrocken auf, als der Samen aus ihm herausschoss und auf seiner Brust und seinen Schenkeln landete.

Maggie wusste, dass ihr ein befriedigtes Lächeln ins Gesicht geschrieben stand, als sie sich aufs Bett zurücksinken ließ und die Wärme von Jans Körper und den unverwechselbaren Geruch ihrer gemeinsam genossenen Freuden gewahrte. Nur um den Tee und den Toast war es schade, dachte sie schläfrig; die mussten inzwischen eiskalt sein.

Maggie blieb schließlich bis zum Ende der Woche bei Jan und Marcus. Sie nutzte die Zeit, um sich über ihre widersprüchlichen Gefühle angesichts dessen, was ihr passiert war, klar zu werden. Als sie bereit war, nach Hause zurückzukehren, waren die Angst, die Wut und die Demütigung fast vollständig von einem Appetit auf Rache verzehrt worden. Anfangs hatte sie es nicht so ernst gemeint, gegen Roland vorzugehen, aber das hatte sich gründlich geändert.

Es war in vielerlei Hinsicht eine interessante Zeit. Am Ende gab es für Maggie keine unbeantworteten Fragen mehr darüber, wie es wohl sein könnte, Liebe mit einer anderen Frau zu machen. Es gab keine Fragen mehr, nur viele glückliche Erinnerungen und eine viel engere Beziehung zu Jan als zuvor.

Ihre Ansichten über Marcus hatten sich auch geändert. Er war in Wirklichkeit ein sehr netter und angenehmer Mann. Jan konnte von Glück sagen, ihn zu haben. Maggie hatte ein wenig ein schlechtes Gewissen darüber, wie sie ihn während ihres Aufenthalts behandelt hatte. Nicht, dass es ihm etwas ausgemacht hätte. Im Gegenteil, er schien es zu genießen, von ihr schlecht behandelt zu werden, so wie sie es genoss, ihn schlecht zu behandeln. Aber nie zuvor hatte sie jemanden zu ihrer eigenen Befriedigung derart benutzt. Sie hatte ihn gnadenlos gereizt, und fast schien es ihr, als wäre jeder Akt der Demütigung und all sein Leiden dazu nütze gewesen, sie stärker und entschiedener zu machen, was ihre Rache an Roland betraf.

Wie Maggie gehofft hatte, mangelte es Jan nicht an Ideen, wie man Roland bloßstellen könnte. Drei Tage nach der Attacke auf Maggie hatten die beiden ihre grobe Strategie festgelegt. Jetzt mussten sie sich nur noch um einige Einzelheiten kümmern. Es war nun an der Zeit, sich mit Sara und Claire zu unterhalten. Wenn der Plan eine Aussicht auf Erfolg haben sollte, dann war Saras Kooperation entscheidend.

* * * Zwölf.

»Maggie?« Saras Flüstern war kaum hörbar. »Bist du da?«

»Endlich!« Maggie kam hinter einigen Büschen hervor und klopfte sich ein paar Zweige vom Kleid. Das milde Frühlingswetter hatte sich unlängst verschlechtert, und ihr klapperten die Zähne. »Wurde auch Zeit! Ich dachte schon, du hättest mich vergessen. Es ist saukalt hier draußen.«

»Psst!« Sara legte einen Finger auf den Mund. »Tut mir Leid! Ich musste warten, bis alle angekommen und mit Drinks versorgt waren.«

Die Vorstellung, dass all ihre Freunde im Warmen mit den Trojanern tranken, während sie wie eine Aussätzige draußen im Unterholz vor sich hin fror, verbesserte Maggies Laune keineswegs. »Ich bin überrascht, dass du nicht gewartet hast, bis sie alle etwas zu essen hatten und sich einen Film reinzogen«, bemerkte sie sarkastisch. Sie ging zu dem Fenster und sah zu Sara hinein, die händeringend dastand und nervöse Blicke über die Schulter warf. Hoffentlich verlor sie jetzt nicht die Nerven!

»Wo ist die Ratte?«

Saras Lippen zuckten. »Jan will ihn gerade irgendwohin zu einem Gespräch mitnehmen.«

Maggie grinste. Die gute alte Jan! So wie sie ihre Freundin kannte, würde Roland lange genug aus dem Weg sein. »Also los!« Sie trat ins Zimmer. »Zeig mir den Weg, und dann sehen wir uns seine Bücher mal etwas genauer an und finden heraus, was für schmutzige kleine Geheimnisse er in seinem Safe versteckt.«

Jan ging durchs Zimmer und tippte Roland auf die Schulter. Sie stellte sich auf die Zehenspitzen, damit sie ihm ins Ohr flüstern konnte. »Haben Sie ein paar Minuten Zeit? Ich würde gern etwas mit Ihnen besprechen.«

Roland grinste sie lüstern an und tätschelte ihren Hintern. Jan biss die Zähne zusammen, um ihre Wut nicht zu zeigen. »Selbstverständlich, meine Liebe«, antwortete er. »Für eine schöne Frau habe ich immer Zeit. Warum ziehen wir uns nicht in die Bibliothek zurück? Da sind wir ungestört.«

»Äh, nein, nicht die Bibliothek«, antwortete Jan. Sie dachte nach. »Ich habe gehört, Sie besitzen ein Aquarium mit tropischen Fischen. Ob ich die wohl sehen könnte? Ich liebe Fische!«

»Warum nicht?« Er nahm ihren Arm und geleitete sie die Diele entlang zum anderen Ende seines luxuriösen Anwesens. In seinem makellosen Salon dimmte er das Licht und führte sie zu einer großen komfortablen Couch, die vor einem offenen Kaminfeuer stand.

»Möchten Sie etwas trinken?« Er zeigte auf eine üppig ausgestattete Bar in einer Ecke des Raums.

»Ja, bitte. Gin und Tonic, wenn möglich. Mit Eis und Limone.« Jan ignorierte die Couch und ging hinüber zu dem großen Aquarium, das in die gegenüberliegende Wand eingelassen war. Sie beäugte die bunten Fische. »Sie sind schön. Irgendwie konnte ich Sie mir nicht als Tierliebhaber vorstellen.«

»Fische sind für mich nicht unbedingt Tiere«, lachte Roland. »Ich finde sie sehr beruhigend. Die Fische, meine ich.« Er kam zu ihr hinüber. »Hier ist Ihr Drink.« Er nickte Richtung Aquarium, als er ihr das Glas reichte. »Es ist eine gute Art, sich zu entspannen, indem man ihnen einfach nur zuschaut.«

Jan nahm das Glas. »Danke.« Sie strich mit den Fingern absichtlich über seine Knöchel, tat aber so, als hätte sie nicht bemerkt, wie seine Augen aufleuchteten. »Sie haben wirklich ein schönes Haus, Roland.« Sie ließ den Blick im Zimmer umherschweifen. »Ich wusste gar nicht, dass Eishockey-Manager so gut bezahlt werden.«

Er nahm ihre Hand und führte sie zur Couch. Er setzte sich so nah neben sie, dass sein Schenkel den ihren berührte. Jan lächelte schüchtern, leckte sich dann verführerisch die Lippen. »Zum Wohl!« Sie sank zurück in die weichen Polster und lächelte zufrieden.

»Sie sagten, Sie wollten etwas mit mir besprechen«, bemerkte er und trank einen großen Schluck seines Drinks, ehe er sich auch in die Polster sinken ließ, wobei er einen Arm hinter sie legte. Jan grinste in sich hinein, als er den Druck seines Schenkels verstärkte. Sie wusste, dass er sie haben wollte, aber sie vermutete, es gab etwas, das ihm noch mehr gefiele.

»Ja.« Sie lächelte ermutigend. »Ich bin neulich zu etwas Geld gekommen«, erklärte sie ihm. »Eine Erbschaft von einer Tante. Ich suche nach der besten Möglichkeit, es zu investieren.« Das klang ein bisschen abgedroschen, aber er schien es nicht zu bemerken. Und nichts wirkte besser, als seinem Ego zu schmeicheln. »Die Jungs haben alle gesagt, Sie wären der Mann, mit dem ich reden müsste.«

Roland ließ den Arm auf ihre Schultern sinken. Seine Finger begannen mit ihren Haaren zu spielen. »Ich verstehe. Über wie viel Geld sprechen wir denn?«

»Über eine Menge.« Sie zwang sich dazu, sich nicht zu verkrampfen.

Er nahm noch einen Schluck von seinem Scotch und starrte in sein fast leeres Glas. Sein Gesicht war leicht gerötet, und Jan konnte seinen Schweiß riechen. Sie blickte auf die Uhr auf dem Kaminsims und schätzte, dass sie ihn mindestens noch eine Viertelstunde beschäftigen musste. Er ließ die Hand über ihre Schulter rutschen, sodass seine Finger jetzt oben auf ihrer Brust lagen. Jan sah in seinen Schritt und stellte fest, dass der Stoff bereits spannte. Noch so ein übererregter Freak, dachte sie. Sie legte ihre Hand wie beiläufig auf seinen Schenkel und musste ein Grinsen unterdrücken, als seine Muskeln sofort zuckten.

»An welche Art von Investment haben Sie denn gedacht?«, fragte er sie. »Etwas Sicheres, Langfristiges, oder etwas Kurzfristiges mit hohem Risiko und hohen Renditen?«

»Kein Risiko. Eine sichere, langfristige Rendite.« Sie machte eine Pause und spielte dann ihr Ass aus. »Ich habe sogar daran gedacht, vielleicht in die Trojaner zu investieren«, erzählte sie ihm schüchtern. »Wenn die Nebenleistungen stimmen.«

Rolands Augen funkelten gierig. »Nebenleistungen?«, fragte er vorsichtig.

Sie nickte. »Ich müsste ein verbrieftes Recht haben. Etwas, das so unwiderstehlich ist, dass man es nicht ignorieren kann.«

Roland grinste hungrig, beugte sich vor und presste seine Lippen auf ihre. Jan reagierte mit so viel gespielter Leidenschaft, wie sie aufbringen konnte. Sie fragte sich, wie Maggie und Sara vorankamen. Vielleicht würden zehn Minuten ja reichen.

»Ich denke, das kann ich garantieren«, murmelte Roland und verstärkte den Druck seiner Finger auf ihrem Busen.

»Warum machen Sie nicht den Reißverschluss auf und zeigen mir, was Sie zu bieten haben?«, flüsterte Jan. Sie hatte das Gefühl, es würde nicht viel brauchen, ihn zu befriedigen. Wahrscheinlich nur ein paar Worte und Andeutungen. Sie stellte sich der Herausforderung. Konnte sie ihn vielleicht dazu bringen zu kommen, ohne ihn anzufassen, bevor Maggie und Sara fertig waren? Es war ein interessante Vorstellung. Plötzlich hatte Jan Hummeln im Hintern.

Als Maggie und Sara schließlich das Wohnzimmer betraten, konnte Maggie nicht umhin, eine selbstgefällige Miene zu ziehen. Die Beweise gegen Roland waren überwältigend und sprachen für sich selbst. Wenn die Trojaner das sahen und wenn sie hörten, was sie zu sagen hatte, dann konnten sie nicht mehr daran zweifeln, dass ihr Manager sie schröpfte. Sie hatte sogar zwei Eintragungen für Zahlungen gefunden, von denen sie sicher war, sie waren für die Dienste, sie einzuschüchtern. Eine Zahlung war kurz vorher, die andere einen Tag nach der Attacke geleistet worden. Aber sie würde es wohl nie beweisen können.

Claire kam aufgeregt zu ihnen hinüber. »Warum habt ihr so lange gebraucht?«, zischte sie. »Ich war total nervös.«

»Wo ist Roland?«, fragte Maggie atemlos.

»Da drüben! Er und Jan sind vor zwei Minuten zurückgekommen. Er sieht nicht sehr glücklich aus.« Claire kicherte. »Jans Angebot hat ihm offenbar nicht so sehr gefallen.« Sie warf Maggie einen besorgten Blick zu. »Und? Habt ihr irgendwas gefunden?«

»Das könnte man sagen«, antwortete Maggie. Sie wandte den Kopf, als sie sah, dass Justin mit einem fragenden Gesichtsausdruck auf sie zukam. Ihr Zorn regte sich, als sie daran denken musste, wie er sie behandelt hatte. Nach allem, was sie durchgemacht hatte, würde sie den Rest dieses Abends sehr genießen.

»Maggie! Was in aller Welt machst du denn hier?«

Maggie ignorierte Justin, trat stattdessen in die Mitte des Raums und räusperte sich. Sie wandte sich Roland zu und hielt sein persönliches Kontobuch, das sie hinter ihrem Rücken verborgen hatte, in die Höhe. Roland starrte sie erstaunt an. Als er erkannte, was sie da hochhielt, wich alle Farbe aus seinem Gesicht.

»Wo, zum Teufel, hast du das her?« Roland sprang los und versuchte das Buch zu schnappen, aber Maggie wich ihm gekonnt aus. »Gib das her! Ich dachte, du hättest deine Lektion gelernt ...«

»Welche Lektion? Die von Ihren Schlägern?« Maggie lächelte süß. »Haben sie es Ihnen nicht erzählt? Sie haben es sich anders überlegt, als ihnen klar wurde, dass sie auf der falschen Seite standen. Ich würde sogar sagen, wir haben uns angefreundet ...«

»Würde es irgendjemandem etwas ausmachen, uns zu erklären, was zur Hölle hier vorgeht?« Tor schaute verdutzt zwischen Roland und Maggie hin und her.

»Ich bin sicher, Roland wird das gern erklären«, antwortete Maggie. »Sie haben doch gewiss eine Erklärung dafür, warum Sie zwei unterschiedliche Bücher führen, Roland, oder etwa nicht? Ich bin auch sicher, es gibt einen wirklich guten Grund dafür, warum ein großer Prozentsatz der Sponsorengelder für die Mannschaft in Ihrer eigenen Tasche landet, oder? Andererseits weiß ich, Sie haben sich große Mühe gegeben, das alles geheim zu halten. Das beweisen ja schließlich Ihre Gorillas.«

»Ich habe nicht den blassesten Schimmer, wovon du redest«, stieß Roland zwischen zusammengebissenen Zähnen hervor. »All das macht überhaupt keinen Sinn!« Er warf Sara einen wütenden Blick zu. »Was macht diese dumme Kuh in meinem Haus?«, wollte er wissen.

Maggie warf das Kontobuch Tor zu. »Na los! Schau selbst!«

Tor schlug das Buch auf und starrte stumm auf die Zahlenreihen. Seine Miene verdüsterte sich, als er die Daten einiger Eintragungen checkte, und langsam begriff er, was Maggie gemeint hatte. Er fuhr herum und starrte den Manager fragend an. »Nun?«

Roland zuckte mit den Schultern.

»Da scheint es eine Menge Einzahlungen zu geben«, sagte Tor leise.

»Ich glaube nicht, dass hier der Ort und jetzt die Zeit ist«, murmelte Roland. »Ich weiß nicht, wovon sie spricht, aber ich verspreche euch, es gibt für alles eine logische Erklärung. Es gibt keine Unregelmäßigkeiten. Ihr wisst, dass ich viel investiere.«

»Ja, aber hier sehe ich nur Einzahlungen«, insistierte Tor. »Und alle zu deinen Gunsten.«

»Vergesst das mal! Was soll das Gerede über Schläger?«, fragte Troy und sah Maggie neugierig an.

»Als Roland bemerkte, dass Maggie misstrauisch wurde, schickte er zwei Schläger los, um ihr eine Lektion zu erteilen«, antwortete Jan wütend. »Sie haben sie ausgezogen, herumgestoßen, ihr angedroht, sie zu vergewaltigen, und fast umgebracht.«

Troy fuhr zu Roland herum. »Ist das wahr?« Seine Stimme war kälter als Eis, und seine Mundwinkel zuckten gefährlich. Er ballte die Hände zu Fäusten und versuchte seiner Wut Herr zu werden. Entschlossen machte er ein paar bedrohliche Schritte auf den jetzt ängstlich aussehenden Manager zu.

Roland schüttelte hektisch den Kopf. »Nein! Die Frau ist doch von Sinnen!«, stammelte er. »Ich weiß wirklich nicht, was sie will.«

Tor stellte sich zwischen Roland und Troy. »Ich glaube, du hast Recht. Das ist nicht der Ort, um das zu diskutieren. Ich schlage vor, wir arrangieren so bald wie möglich ein Treffen mit dem Vorsitzenden. Je eher, desto besser. Du kannst ihm dann alles erklären.« Er wandte sich Maggie zu.

»Wenn auch nur teilweise stimmt, was du gesagt hast, dann müssen wir uns alle bei dir entschuldigen. Ich denke, Roland war wirklich dafür verantwortlich, dass man dich entlassen hat. Ich habe nie geglaubt, dass du eine Diebin bist.«

»Ich habe auch nie geglaubt, dass Maggie schuldig ist«, fiel Justin ihm ins Wort. »Das habe ich dir doch gesagt, Maggie! Ich hatte nur keine Wahl!«

»Augenblick mal! Du willst doch nicht ernsthaft behaupten, dass du dieser Verrückten mehr glaubst als mir?«, polterte Roland. »Nicht nach allem, was ich für dich getan habe. Ich habe dich gemacht. Du schuldest mir was!« Er versuchte noch einmal, das Kontobuch zu schnappen.

Tor hielt es aus seiner Reichweite. »So, wie es aussieht, hast du seit Monaten unsere Kohle eingesackt. Man könnte sagen, du schuldest uns etwas. Möchtest du, dass wir die Schulden eintreiben?« Er zog eine Augenbraue hoch. Zwei oder drei Trojaner kamen näher heran.

»Das wird euch noch Leid tun! Damit werdet ihr nicht durchkommen! Ihr werdet nie wieder spielen, keiner von euch! Ich habe Freunde!«

»Hier aber nicht«, versicherte Tor ihm.

Roland sah Maggie wütend an. »Es ist eine Schande, dass sie dich nicht richtig hergenommen haben, du kleine Schlange!«, zischte er.

»Du elender Bastard!« Troy stürmte um Tor herum, ehe jemand reagieren konnte, und versetzte ihm einen Schwinger in den Magen. Roland heulte erbärmlich auf und klappte luftschnappend zusammen.

Tor packte Troy rasch und zog ihn weg. »Lass ihn, Troy! Ihn zusammenzuschlagen bringt uns auch nicht weiter!«

Troy versuchte wütend, sich loszureißen. »Ich reiß ihm seinen verdammten Kopf ab!«, schrie er.

Maggie fasste ihn am Arm. »Troy, lass es gut sein! Ich habe meine Rache. Ich wollte nur meinen Namen rein waschen. Wir brauchen nicht noch mehr Gewalt.«

Plötzlich waren alle ganz still. Jan sah Maggie an und zwinkerte mit einem Auge, und Maggie lächelte schwach. Sie zitterte am ganzen Körper, und in ihrem Bauch rumorte es. »Komm, lass uns rausgehen und frische Luft schnappen!«, schlug sie vor.

Maggie führte Troy durch die Diele und durch die Küche zum Hintereingang auf eine große Veranda. Es war eine wolkenverhangene, kühle Nacht, und Troy zog sie an sich heran, als er spürte, wie sie zitterte.

»Sieht so aus, als könnten wir uns dorthin setzen.« Er führte sie eine breite Treppe hinunter zu einem kurz geschnittenen Stück Rasen. Sie setzten sich auf eine Gartenbank, und er nahm ihre eiskalte Hand in seine.

»Dieser Bastard, ich kann's kaum glauben!«, murmelte er. »Schau! Es tut mir wirklich Leid, dass ich dir nicht geglaubt habe. Ich dachte, du hättest dich bloß aufgeregt. Ich hätte dir zuhören sollen. Entschuldige!«

Maggie war überrascht, echte Anteilnahme in seiner Stimme zu hören. Sie erschauderte, als sie sich an die Angst erinnerte, die sie im Kofferraum des Autos empfunden hatte. »Mir geht es gut«, erklärte sie ihm. »Ich bin nicht zu Schaden gekommen, und jetzt ist alles vorbei. Und ich habe meinen guten Namen wieder.«

»Du hättest mich ihm die Zähne ausschlagen lassen sollen!«, schimpfte Troy.

Maggie lächelte. Sie lehnte sich zu ihm hinüber und küsste ihn auf die Wange. »Was? Und dabei das Risiko eingehen, dich vor dem großen Spiel zu verletzen? Außerdem spielt das jetzt keine Rolle mehr. Das Wichtigste war, dass wir ihn erwischt haben.«

»Wie bist du überhaupt darauf gekommen, dass er uns betrügt? Und wodurch hat er gemerkt, dass du ihm auf die Schliche gekommen bist?« Troy schüttelte den Kopf. »Ich kann es gar nicht fassen, dass wir nichts davon gemerkt haben. Hätte ich nur gleich auf dich gehört! Wie konntest du Bescheid wissen?«

Maggie lachte. »Keine Ahnung. Ich wusste es einfach. Nennen wir es weibliche Intuition.«

Troy nahm sie in die Arme und küsste sie. Ein Lustschauer rann ihr den Rücken hinunter, als seine Zunge in ihren Mund drang. Sie legte die Hände in seinen Nacken und spielte mit seinen kurzen krausen Haaren.

Ohne die Lippen von ihren zu lösen, zog Troy den Reißverschluss vorn an ihrem Kleid nach unten. Er schob die Hände unter das Kleid und umfasste ihre linke Brust. Maggie stöhnte vor Freude, und ihre Brustwarzen wurden sofort steif; zwischen ihren Beinen wurde es feucht.

Troy stöhnte und zog den Reißverschluss seiner Hose auf. Er nahm eine ihrer willigen Hände und schob sie durch die Öffnung. Er trug keine Unterhose, und sein Schwanz war heiß und hart. Maggie umschloss ihn mit ihren Fingern und drückte ihn leicht.

»Herrgott noch mal! Ich muss dich haben, jetzt sofort!«

»Ist das während des Trainings nicht verboten?«, neckte Maggie ihn.

»Für das, was ich mit dir machen werde, brauche ich kein Training«, versicherte Troy ihr, und Maggie erzitterte, als er sie hochhob, sodass sie jetzt direkt vor ihm stand. Er zerrte ihr das Kleid über die Arme, und noch ehe es zu Boden gefallen war, zog er ihr den Slip herunter. Maggie wimmerte, als seine Zunge ihre feuchte Spalte erkundete. Unwillkürlich spreizte sie die Beine, und dann beugte sie sich über ihn, bis sich ihre Brüste gegen seinen Kopf pressten.

Troy stöhnte wieder und stand auf, damit sie ihm die Hose über den Hintern ziehen konnte. Seine dunkle Haut schimmerte, und sein an der Spitze feuchter Schwanz schien in der kühlen Nachtluft zu dampfen. Er packte ihre Hüften und zog sie in seine Arme. Mit einer einzigen geschmeidigen Bewegung senkte er sie auf seinen harten Ständer hinab, der sogleich in sie eindrang. Sie legte die Hände auf seine Schultern, ließ die Hüften kreisen und saugte seinen steifen Schwanz tiefer in sich hinein.

Troy hielt sie weiter fest und begann in sie hineinzustoßen. Gleichzeitig leckte er ihre Nippel, und seine Finger krallten sich in ihre Haut.

Maggie warf den Kopf zurück und drückte ihren Busen fest gegen seinen Mund. Sie setzte ihre inneren Muskeln ein, um seinen harten Schwanz zu reizen. Sie steuerte bereits auf ihren Höhepunkt zu, und Wellen der Lust durchfluteten ihren Körper.

»Ich werde dich ficken, bis du nicht mehr stehen kannst«, keuchte Troy mit belegter Stimme. Maggie erschauderte, als sie das Verlangen in seiner Stimme hörte, und verstärkte den Druck ihrer Muskeln um seinen Schwanz. Troy lachte, und sein heißer Atem bildete Wölkchen in der kühlen Luft. »Da musst du dich noch mächtig anstrengen«, erklärte er ihr atemlos. »Aber auch das wird dir nichts helfen. Du kannst nicht gewinnen. Ich werde dich mindestens dreimal kommen lassen, ehe du mich dazu bringst!«

Schon die bloße Ankündigung reichte aus. Maggie fühlte, wie ihre Klitoris zuckte, als ihr erster Orgasmus sie überkam, und sie stieß einen spitzen Schrei aus. Sie schrie noch einmal, als ihr ganzer Körper von Wellen der Lust durchströmt wurde. Troy lachte.

»Eins zu null«, stellte er fest. »Stehen noch zwei aus. Ich hoffe, du fühlst dich stark genug.« Er saugte ihren rechten Nippel in den Mund und knabberte daran.

Maggie holte tief Luft und verstärkte den Griff um seine muskulösen Schenkel. Sie ließ die Hüften kreisen und stemmte sich seinem Ständer entgegen, um ihn dazu zu bringen, die Kontrolle zu verlieren. Doch Troy lächelte nur und stieß sie weiter mit aller Kraft.

»O Gott! Das fühlt sich so gut an!«, keuchte Maggie. »Ich liebe es, wenn du deinen harten Schwanz in meine Möse rammst!«

»Netter Versuch, Maggie. Rede nur, wie dir der Schnabel gewachsen ist! Aber es wird nicht funktionieren.« Troy hob sie hoch, sodass seine Rute aus ihr hinausglitt. Er drehte sie herum und drückte ihren Oberkörper nach vorn. »Lass uns mal sehen, wie sich das Ganze von hinten anfühlt«, meinte er und stellte sich hinter sie, um seinen Ständer zwischen ihre Beine zu schieben. Maggie stöhnte auf und streckte ihren Po in die Luft. Sie wimmerte, als sein hartes Ding in sie hineinglitt. Nach und nach wurden seine Stöße wieder schneller. Sie griff hinter sich, packte seine Pobacken und drückte ihn rhythmisch gegen sich, sodass sein Hodensack gegen ihre Schenkel klatschte. Dann griff sie zwischen ihren Beinen hindurch und nahm seine schweren Eier in die Hand.

Troy stöhnte vor Lust und packte ihre Titten. Er zwickte ihre steifen Nippel im Rhythmus seiner Stöße und streichelte mit den Fingern seiner anderen Hand ihren Kitzler. Sie wusste sofort, er würde wieder gewinnen.

»O Gott!«, schrie sie, als ein weiterer mächtiger Orgasmus sie schüttelte. Sie spannte alle Muskeln an, und ihr ganzer Körper bebte vor lauter Lust. Sie fühlte ihre Säfte an ihren Schenkeln hinunterlaufen. Troys Schwanz schlüpfte aus ihrer triefenden Möse, und dann rieb er ihn über ihre kribbelnden Pobacken.

»Zwei zu null!«, zählte er triumphierend. »Ergibst du dich jetzt?«

Maggie schüttelte den Kopf und richtete sich auf. Sie zog Troy hinunter auf den Sitz und spreizte seine Beine. Dann kniete sie sich zwischen seine Schenkel, nahm seinen Ständer in die Hand und fuhr mit ihrer Zunge die ganze beeindruckende Länge hinab. Troy stöhnte leise auf und schloss die Augen. Sie sah, dass er seinen Hintern hochhob, um ihrem Mund entgegenzukommen, und lächelte zufrieden. Dem konnte auch er nicht widerstehen. Maggie saugte seinen Schwanz tief in ihren Mund. Dabei sah sie ihm in die Augen und legte los.

Troy kniff den Mund zusammen, und sie bemerkte die großen Schweißtropfen auf seiner Stirn, als er darum kämpfte, die Kontrolle zu behalten. Sein Ständer zuckte zwischen ihren Lippen, und sie schmeckte die kleinen salzigen Tropfen, die aus der Spitze austraten. Sofort schob sie eine Hand unter ihn und packte wieder seine Eier. Sie waren hart und geschwollen. Es würde jetzt nicht mehr lange dauern.

»Spiel mit dir selbst! Ich will sehen, wie du es dir machst!«, sagte er mit gepresster Stimme. Seine Worte entflammten sie. Ohne aufzuhören, ihn zu blasen, ließ Maggie eine Hand über ihren Bauch zu ihrer Möse wandern. Ihre Klitoris war so groß wie eine Traube, und sie stöhnte laut auf, als ihre Finger sie berührten. Ihre Schamlippen waren vom letzten Orgasmus immer noch feucht und geschwollen. Langsam schob sie den Mittelfinger in ihren feuchten Spalt und bewegte ihn dann rhythmisch hin und her.

Troy beugte sich vor, damit er sehen konnte, was sie trieb. Sein Schwanz zuckte wieder in ihrem Mund, und sie fühlte, wie er die Muskeln anspannte, um ihr zu widerstehen. Sie beschleunigte ihre Bewegungen und genoss es, wie sein Schwanz ruckte und zuckte, während sie gleichzeitig ihre Lustknospe bearbeitete. Sie stöhnte laut auf, als sie von einem weiteren Orgasmus überrumpelt wurde.

»Drei zu null!«, murmelte Troy. »Ich hab's dir prophezeit! O Mist!« Er stieß so tief in ihren Mund hinein, dass sie seinen langen Schwanz an ihrer Kehle spürte. »O ja!«

Maggie schmeckte den salzigen Samen, der aus ihm herausschoss. Sie schluckte und saugte und schluckte und saugte, während ein Spermastrahl nach dem anderen in ihren Mund spritzte, bis Troy nichts mehr zu geben hatte.

»Ich habe gewonnen«, sagte Troy leise, nachdem er wieder zu Atem gekommen war. Maggie lachte.

»Morgen ist das Endspiel«, erinnerte sie ihn. »Wirst du da auch gewinnen?«

Troy umarmte sie fest. »Natürlich! Jetzt, wo du wieder unser Maskottchen bist, kann nichts mehr schief gehen!«

»Ich glaube trotzdem nicht, dass ich wieder im Stadion arbeiten sollte«, erklärte Maggie ihm, ganz überrascht davon, dass sie endlich einen Entschluss gefasst hatte. Sie dachte an das kleine Mädchen mit dem verstauchten Knöchel und an das, was sie ihr erzählt hatte.

»Ich habe jetzt eine Chance, neu anzufangen«, sagte sie, »und diese Gelegenheit werde ich mir nicht entgehen lassen. Es ist zwar zu spät für mich, Ärztin zu werden, aber ich könnte eine Krankenschwester oder Physiotherapeutin aus mir machen.«

Troy küsste sie auf die Nase. »Wann auch immer du Ärztin oder Krankenschwester und Patient mit mir spielen willst, bin ich bereit dazu, Baby«, scherzte er.

Maggie bemerkte, dass es angefangen hatte zu schneien. Sie lächelte zufrieden, während sie sich an seine breite Brust schmiegte und sie die Schneeflocken auf seiner heißen Haut schmelzen sah – Ebenholz und Elfenbein, Feuer und Eis. Eindeutig eine aufregende Kombination!